die Macht der Hexe

Thea Harrison

Ins Deutsche übertragen von Simone Heller

Die Macht der Hexe, Band 1 der Hexenmacht-Trilogie

Originaltitel: American Witch © 2019 by Teddy Harrison LLC

Copyright für die deutsche Übersetzung: Die Macht der Hexe © 2019 Simone Heller

Lektorat: Hannah Brosch

Deutsche Erstausgabe

ISBN 13: 978-1-947046-21-4

Cover-Gestaltung: K.D. Ritchie / Story Wrappers

Die Ereignisse dieses Romans sind frei erfunden. Namen, Figuren, Orte und Geschehnisse sind Erfindungen der Autorin oder wurden in einen fiktiven Kontext gesetzt und bilden nicht die Wirklichkeit ab. Jede Ähnlichkeit mit lebenden oder toten Personen, tatsächlichen Ereignissen, Orten oder Organisationen ist rein zufällig.

New York Times– *und* USA Today-*Bestseller-Autorin Thea Harrison startet eine zauberhafte neue Trilogie ...*

Macht verändert Menschen ...

Monatelang erlebt Molly Sullivan Unerklärliches: Stromausfälle, Autopannen, Visionen. Sie fragt sich sogar, ob es an ihr liegen könnte ... und ob sie womöglich verrückt wird. Dann findet sie heraus, dass ihr Mann sie betrogen hat. Schon wieder. Nun wird Molly klar, dass in ihr neue Hexenkräfte erwachen – und dass man sie zu weit getrieben hat.

Rache formt Menschen ...

Josiah Mason ist ein mächtiger Hexer und Anführer eines geheimen Zirkels mit nur einem Ziel: der Vernichtung eines alten Feindes, der viele Leben zerstört hat. Dieser Mann raubte Josiah Jahre seines Lebens, und nun ist er versessen auf Rache. Josiah ist auf alles vorbereitet – nur nicht darauf, eine schöne Hexe zu treffen, die nichts von der enormen Macht ahnt, die in ihr erwacht, oder von der Anziehungskraft, die sie auf ihn ausübt.

Gefahr bringt Menschen zusammen ...

Bei ihrer Scheidung deckt Molly ein bedrohliches Geheimnis auf, für das ihr Mann sogar töten würde. Hilfesuchend wendet sie sich an Josiah, und sie finden eine Verbindung zwischen Mollys Mann und Josiahs Feind.

Bei der Zusammenarbeit funkt es zwischen ihnen stark genug für eine Feuersbrunst. Aber Molly hat es satt, sich für einen Mann einzuschränken, und für Josiah steht seine Mission an erster Stelle. Und der Feind ist tückisch und grausam und rückt immer näher.

Die Lage spitzt sich zu, und die Spannung zwischen ihnen wird immer stärker. Gibt es die Chance auf eine dauerhafte Beziehung? *Werden sie lange genug leben, um es zu versuchen?*

Kapitel 1

ALS MOLLY DAS anstarrte, was sie gerade gefunden hatte, wurde ihr erst brüllend heiß und dann kalt, und das Dröhnen in ihren Ohren war das Geräusch, mit dem all die Bälle, die sie jahrelang jongliert hatte, auf ihre Füße herabstürzten.

Ihre Finger bebten, als sie die fremde Unterwäsche aus dem kleinen Spalt zwischen dem Nachtkästchen ihres Mannes und ihrer Doppelmatratze holte. Sie ließ das Höschen aufs Bett fallen. Es war skandalös feminin, dunkelviolett und mit Spitze besetzt.

Es war eine Größe kleiner als das, das sie trug.

Ihr Blick schleppte sich durch den schattigen, stillen Raum, ein sinkendes Schiff, das einen sicheren Hafen suchte. Vor Jahren hatte sie das Schlafzimmer so gestaltet, dass es Ruhe ausstrahlte, aber im Augenblick fühlte es sich alles andere als ruhig an. Ein Sturm war aufgezogen, und der Himmel draußen war so düster, dass es zu dämmern schien.

Regen prasselte an die Fenster wie ein wildes Tier, das sich Zutritt verschaffen wollte. Wasser lief in Strömen über die Glasscheibe, und Donner grollte.

Drinnen wirkte alles wie erstarrt, als ob das Haus die Luft anhielt, und die schwere, drückende Atmosphäre war elektrisch aufgeladen.

Abrupt widmete Molly sich wieder dem violetten Höschen. Es war ein schockierender Eindringling, das Violett auf der blass cremefarbenen Bettdecke hatte etwas Brutales.

Was für eine Frau schlief bitte mit einem verheirateten Mann in seinem eigenen Bett und vergaß dann ihr Höschen, wenn sie ging? Was für ein Mann tat seiner Frau so etwas an?

Heiße Tränen liefen ihre Wangen hinab. Etwas, das in ihr festgezurrt gewesen war, riss sich los, und ihre Gefühle tobten ungehemmt.

Oben an der Treppe hörte eine altmodische Standuhr auf zu ticken. Mit einem zischenden elektrischen Ploppen, das Molly beinahe aus der Haut fahren ließ, wurde das Schlafzimmer in Halbdunkel getaucht.

Aus seinem Büro unten rief Austin verstimmt herauf: „Gottverdammt, Molly – die Sicherung ist wieder rausgeflogen. In zwei Stunden ist die Party, und ich rechne hier immer noch durch, was ich heute Abend mit den anderen Partnern besprechen muss. Kümmerst du dich mal drum?“

Mach schon, Molly. Kümmere dich.

Geh in den Keller und schalte die Sicherung wieder ein.

Dann back bis 17:45 Uhr die Blätterteig-Vorspeise.

Das Hähnchen sollte bis 18:10 Uhr marinieren, und dann muss es sofort in den vorgeheizten Ofen. Schau im Weinkühlschrank nach, ob der Weißwein auf elf Grad gekühlt ist, schneide Limetten und Zitronen für Cocktails und vergiss nicht die Buttercreme für den Biskuitkuchen und die frischen Früchte obendrauf, die du schon gewaschen und zum Abtropfen auf Küchenrolle gelegt hast.

Und du musst duschen, dich schminken und schick anziehen, damit du deinen Teil beitragen und heute Abend die Gäste verzaubern kannst.

Würde die Besitzerin des violetten Höschens zur Party kommen?

Sie spürte ihre Finger nicht mehr. Sorgfältig legte sie das Höschen zusammen und stopfte es in die Tasche ihrer alten Strickjacke. Sie ging nach unten, nahm ihre Handtasche, suchte die Autoschlüssel und verließ das zauberhafte Haus im Cape-Cod-Stil mit sechs Schlafzimmern und viereinhalb Bädern.

Der graue Himmel spie nadelfeinen, eiskalten Regen auf sie herab, während sie in der Einfahrt in ihren Escalade stieg. Sobald sie den Motor gestartet und die Heizung angestellt hatte, nahm sie das Höschen und legte es auf den Beifahrersitz. Dann schnallte sie sich an und fuhr los.

Ihre Schultern fühlten sich zermalmt an, und ihr Gesicht quoll auf. Sie konnte nicht tief genug Luft holen, ihre Lunge krampfte sich zusammen.

Sie fuhr bis zum Ende der Straße, drehte dann um

und fuhr zurück in die Nachbarstraße, vorbei an ausgedehnten, gut gepflegten Rasenflächen und ebenso großen, vertrauten Häusern. Sie fuhr im Zickzack vor und zurück, ohne irgendwohin zu kommen, ihr Verstand war leer.

Ihr Handy klingelte. Sie ignorierte es. Es klingelte noch ein paar Mal, bis sie es auf Vibrationsalarm stellte. Es summte wie eine wütende Hornisse. Sie wollte nie wieder mit ihm reden. Sie fühlte sich, als könne sie wochenlang weiterfahren. Einfach nur die Straße betrachten, die auf sie zurollte. Warum konnte sie das nicht tun? Als ihr auffiel, wie eingesperrt sie sich fühlte, brach eine Woge der Qual über sie herein.

Alle Lichter auf dem Armaturenbrett des Escalade leuchteten auf, und der Motor stotterte. Sie war schlagartig ruhig und lauschte, während er noch einmal aufkeuchte, bevor er endgültig aufgab. Mit dem verbliebenen Schwung des SUV steuerte sie den Seitenstreifen an und parkte an einem großen, schön gestalteten Speichersee am Rande des Wohngebiets.

Zur abwesenden Besitzerin des Höschens sagte sie: „Heute ist Donnerstag. Der Reinigungsdienst war gestern Vormittag da. Ich bin gestern Abend vom Besuch bei meiner Mutter heimgekehrt und heute erst dazu gekommen, im Schlafzimmer aufzuräumen. Also warst du gestern Nachtmittag in meinem Bett."

„Stimmt", gab die Frau in ihrer Fantasie zu. „Es kann nur dann gewesen sein."

Molly konnte sie sich vorstellen. Die Frau hatte

bestimmt tolle Beine. Vielleicht war sie leicht gebräunt, hatte goldblondes Haar und kam gerade von einer Karibikreise zurück. Das violette Höschen sah sicher gut an ihr aus. Sie war genauso intelligent wie hübsch, gebildet, mit einem wissenden Ausdruck in den weltläufigen Augen. Den Mund hatte sie womöglich leicht ironisch verzogen.

Vermutlich sah sie Molly ziemlich ähnlich. Austin stand auf einen bestimmten Typ.

Durch zusammengebissene Zähne sagte Molly: „Du hast dieses Höschen absichtlich dagelassen. Niemand vergisst sowas. Du hast es dagelassen, damit entweder Austin oder ich es finden. Wäre es Austin gewesen, hätte es ihn an das erinnert, was du und er zusammen getan haben. Wenn ich es finde, erfahre ich von eurer Affäre. Es hätte sich in jedem Fall für dich ausgezahlt.“

In ihren Gedanken lächelte die Frau und überschlug die langen Beine. „Stimmt genau. Was hast du noch?“

Sie packte das Steuer mit beiden Händen. „Austin würde keine fremde Nutte ins Haus holen. Wenn er sich eine Nutte nähme, würde er ins Hotel gehen. Das hier ist eine Beziehung. Er und du hatten auch vorher schon was.“

Die Frau lächelte ihr verschwörerisch zu. „Du bist nicht ganz so blöd, wie Austin denkt.“

Als Molly diesmal einen Blick auf das Höschen warf, wirkte der Beifahrersitz nicht mehr komplett leer.

Der undeutliche, durchsichtige Umriss einer Frau schien dort zu sitzen, obwohl es nicht die große, langbeinige Blondine war, die Molly sich vorgestellt hatte. Sie hatte den Eindruck, es wäre eine zierliche, kurvige Gestalt, mit dunklem Haar und leuchtendem Blick.

Ihr Herz pochte. Sie blinzelte heftig, bohrte sich die Handwurzeln in die trockenen, brennenden Augen. Als sie wieder hinsah, war die seltsame Halluzination verschwunden. Der Sitz war so leer wie eh und je.

Was zum Teufel ist mit mir los?

Erschüttert wischte sie sich übers Gesicht. Als sie sich wieder gefasst hatte, suchte sie ihr Handy. Sie ignorierte die verschiedenen Text- und Sprachnachrichten und rief den Pannendienst.

Sie brauchten fast eine Stunde. Während Molly wartete, stieg sie aus dem Auto und ging am See entlang, ohne auf den leichten Regen zu achten, während sie den Escalade immer im Blick behielt.

Der Wind war eisig, aber sie merkte es kaum. Sie fühlte sich, als wäre sie ein wandelnder Bluterguss.

Alles in ihrem Leben hatte sich um Austins Karriere gedreht. Jede Entscheidung, die sie getroffen hatte, war genau geplant gewesen.

Sie hatten sich am College kennengelernt, und nach dem Abschluss waren sie nach Atlanta gezogen, wo Austins Vater eine kleine Anwaltskanzlei gehabt hatte. Dann war die Kanzlei seines Vaters von einer größeren aufgekauft worden. Austin war Partner in der neuen, größeren Kanzlei geworden, während sein Vater in den Ruhestand gegangen war.

Also hatten sie sich hier niedergelassen, hatten im Lauf der Jahre Geld gescheffelt, an Einfluss und Ansehen gewonnen, wichtige Verbindungen aufgebaut und ein Vorzeigehaus gekauft, das perfekt geeignet war, um ständig Dinnerpartys für die Mächtigen zu geben.

In Mollys Augenwinkel leuchtete etwas Rotes auf. Sie drehte sich um und beobachtete, wie die Lichter eines Abschleppwagens am Ende der Straße auftauchten. Während der Mechaniker parkte, marschierte sie rasch zurück und stopfte das Höschen in die Tasche ihrer Strickjacke.

Sie wartete im Escalade, als er die Batterie austauschte. Danach zahlte sie mit ihrer Kreditkarte, und er reichte ihr die Papiere. „Das Auto hier ist noch keine zwei Jahre alt", erklärte er. „Die Batterie hätte in Ordnung sein müssen. Wenn ich Sie wäre, würde ich mich an den Händler wenden. Das läuft vermutlich noch auf Garantie."

„Ich verstehe. Danke." Sie sah ihm nach, als er in seinen Wagen stieg.

Während er an ihrem SUV gearbeitet hatte, war es dunkler geworden. Sie war schrecklich, unentschuldbar spät dran.

Als sie zu Hause ankam, war das Haus hell erleuchtet. Austin hatte sich um die rausgeflogene Sicherung gekümmert. Teure Autos parkten am Rand der langen Einfahrt und auf der Straße.

Seine wichtige Dinnerparty hatte begonnen. Niemand hatte den Weißwein aus dem Kühlschrank geholt, also würde er zu kalt sein. Die Vorspeise war nicht gebacken, der Kuchen nicht fertig, und niemand war da gewesen, um das Hähnchen zuzubereiten.

Sie hatte definitiv nicht geduscht und sich auch nicht geschminkt. Im Seitenspiegel erhaschte sie einen Blick auf ihr Gesicht. Sie sah aus wie eine halb ertrunkene Ratte.

Ok, dachte sie. Was mache ich jetzt?

Ich könnte durch die Hintertür reingehen, die Treppe raufschleichen und mich waschen, zurück nach unten gehen und Ausreden erfinden. Austin wird wütend sein, es aber hinter einem warmem Lächeln und einem Wangenkuss verbergen.

Danach wird er mir einen Vortrag halten. Mich vielleicht etwas anbrüllen. Ich könnte ihm was vorlügen, dass ich einer Freundin in Nöten geholfen habe, und dann die Wahrheit sagen, dass mein Auto eine Panne hatte, und das Ganze würde sich in Wohlgefallen auflösen.

Aber nein. Ich glaube nicht.

Sie marschierte auf die Vordertür zu und wurde dabei schneller, während der Eisklumpen in ihrer Brust zu heißer Lava schmolz. Die Wut fühlte sich an wie ein wildes Tier, das in ihrer Brust hauste. Es machte ihre Schritte lang und kraftvoll.

Durch die Tür.

An gut gekleideten, überraschten Leuten vorbei.

Molly ließ sich von ihrer Wut einnehmen, während sie in einem Winkel ihres Verstandes hoch über allem schwebte und die Szene beobachtete.

Die Kleider der Gäste schienen grell, zu leuchtend. Viele der Frauen waren schön, ihre geschminkten Münder bildeten Worte, während sie sie anstarrten, einige gehässig und verurteilend, andere verstört. War die Besitzerin des Höschens da? Möglicherweise.

Sie marschierte an Teilhabern von Austins Firma und ihren jeweiligen Lebenspartnern vorbei. An ausgewählten Kunden. Richter Mallory. Irgendwo würde sich auch der neue Bezirksstaatsanwalt Josiah Mason herumtreiben. Ein echter Senkrechtstarter, wie es hieß. Ein Mann, bei dem man aufpassen musste. Ein Mann, den man beobachten sollte.

Alle hatten Drinks in der Hand. Ein paar Leute riefen ihr Fragen und Begrüßungen zu, aber sie gab keine Antwort. Sie hatte nur ein Ziel.

Sie fand Austin im Gespräch mit Russell Sherman, dem Geschäftsführer der Kanzlei, und einem hochgewachsenen, gebieterischen Mann, den sie nicht kannte. Als sie näherkam, drehten sich alle drei zu ihr um. Das Gefühl der Gelöstheit verschwand, und plötzlich stürzte sie in ihren Körper zurück.

Austins gutaussehendes Gesicht verzog sich zu einem Lächeln, während sein scharfer Blick sie hätte töten können. „Da bist du ja, Schatz. Was war los? Ich habe mir schon Sorgen um d…"

Während er sprach, streckte sie die Hand aus und

ließ das zusammengefaltete Höschen in sein Martini-Glas fallen. Seine Stimme erstarb wie ein aus dem Himmel geschossener Vogel.

„Beim ersten Mal, als du mich betrogen hast, hast du mir das Herz gebrochen", sagte sie. „Hast es in eine Million Stücke zerbrochen. Ich war erst einundzwanzig und in meinem dritten Jahr am College. Du warst zweiundzwanzig und hattest gerade deinen Abschluss gemacht, und wir waren erst ein Jahr zusammen. Aber es tat dir *so* leid, und Gott, meine Mutter war so verdammt beharrlich. Also blieb ich und gab dir noch eine Chance." Sie wandte sich an Russell und den machtvoll wirkenden Fremden, der neben ihm stand. „Er kann überzeugend sein, nicht wahr?"

Russell starrte sie an, als hätte sie sich in eine Klapperschlange verwandelt, während der Unbekannte sie mit ausdruckslosem Blick betrachtete. Er hatte ein hartes Gesicht mit starken Zügen, eher markant als klassisch gutaussehend. In ihren Gedanken schien er zu schimmern, erfüllt von einer dunklen Essenz, als wäre er ein polierter Onyx, der das Licht einfing, während alle um ihn herum in den Hintergrund traten wie flache Scherenschnitte in einem Buch, das die Geschichte eines anderen erzählte.

„Molly", sagte Russell mit einem peinlich berührten Lachen und einem Seitenblick auf den stiller werdenden Raum. „Das ist weder der richtige Zeit-punkt noch der richtige Ort dafür."

Sie schnitt ihm das Wort ab. „Das ist genau der

richtige Zeitpunkt und der richtige Ort."

Russell wandte sich ab, bewegte seinen untersetzten, kräftigen Körper wie eine Waffe. Mit leiser Stimme sagte er zu Austin: „Krieg sie mal in Griff."

Austin wurde blass. Er presste die Zähne aufeinander, und sein Blick verhieß Vergeltung. Er packte Mollys Arm mit harten Fingern, die sich in ihren Bizeps gruben, und murmelte: „Wir gehen in die Küche. Sofort."

Wut brach sich die Bahn, ließ eine Feuerlohe in ihren Körper strömen. Am Rand ihres Blickfelds sah sie tatsächlich Funken aufblitzen.

Sie riss ihren Arm los und zischte: „Ich glaube, die rechtliche Definition von tätlichem Angriff liegt vor, wenn man eine andere Person ohne deren Einwilligung packt. Oder war das Körperverletzung? Das kann ich nie auseinanderhalten. Fass mich noch einmal an, und ich rufe die Polizei."

Hektische rote Flecken flammten auf seinem verkniffenen Gesicht auf. „Hast du verdammt nochmal den Verstand verloren?", stieß er hervor.

Ihr Blick fiel über seine Schulter auf die antike japanische Satsuma-Vase, die er ihr vor zwanzig Jahren als Hochzeitsgeschenk überreicht hatte. Sie hatten ihre Flitterwochen in Japan verbracht und die Vase beim Einkaufen entdeckt. Sie war so teuer gewesen, dass Molly ihr den Rücken gekehrt hatte, aber Austin war in den Laden zurückgegangen und hatte sie ihr gekauft.

Damals war sie so glücklich gewesen. Hatte so sehr

auf ihre Zukunft vertraut, und der Schatten seines ersten Treuebruchs war für sie Vergangenheit gewesen.

Sie konzentrierte ihren ganzen Zorn und Schmerz auf diese Vase. Die Lichtflecken am Rande ihres Blickfelds leuchteten auf, und etwas — *etwas Undefinierbares, Unsichtbares* — schoss aus ihrem Körper wie ein Blitzschlag.

Auf der anderen Seite des Raums krachte die Vase gegen die Wand und zersprang, und der Ständer fiel um.

Hey, dachte sie. Moment. Ich ... war ich das? *Wie zum Teufel habe ich das gemacht?*

Sie starrte dumpf die Zerstörung an, während der Rest der Welt verblasste und Rufe und Getuschel zu einer undeutlichen Geräuschkulisse wurden. Einige der Gäste huschten zur Tür hinaus, während andere dablieben, um zu gaffen.

Der ehrfurchtgebietende Fremde betrachtete die kaputte Vase, dann schaute er zurück zu ihr, einen Mundwinkel nach oben gebogen. Inmitten seiner tiefen Bräune wirkten seine Augen gelb wie Katzenaugen. Er hob die langen Finger zu seinem Kopf und zog vor ihr einen imaginären Hut.

Austin durchbrach die pochende Anspannung mit einem lauten Lachen. „Ich schätze, wir hätten diesen wackligen Vasenständer reparieren lassen sollen", sagte er mit einer Stimme, die es darauf anlegte, durch den ganzen stillen Raum zu tragen. „Ich sag Ihnen was, es ist wohl völlig klar, dass Molly und ich uns gerade in schwierigem Fahrwasser befinden. Gehen Sie doch alle einfach an die Bar im Nebenzimmer. Russell wird Ihnen ausschenken, was Sie möchten, während ich und meine Frau das regeln."

Das brachte Mollys Konzentration flugs zurück.

„Weil es nur knappe fünf Minuten dauern wird, *das* zu regeln?" Ihre scharfen Widerworte sorgten dafür, dass er den Kopf wandte.

„Wo ist dein Tafil?", murmelte er.

„Du denkst, das lässt sich regeln, indem du *mir Pillen verabreichst?"* Sie erhob die Stimme und sagte deutlich: „Als du mich zum zweiten Mal betrogen hast, habe ich wochenlang geheult. Du wusstest nicht, dass ich es rausgefunden hatte. Ich war zu … irgendwas halt. Ich weiß nicht mal ein Wort dafür. Da warst du, hast dein Leben gelebt, während dir der Schwanz aus der Hose hing, und ich hatte zu viel Angst oder Sorge oder Kummer, um dich zur Rede zu stellen. Ich fühlte mich wie gescheitert. Ich dachte, es wäre zumindest teilweise meine Schuld. Ich hatte mich zu dem Zeitpunkt von dir entliebt, aber ich habe trotzdem noch versucht, unser gemeinsames Leben am Laufen zu halten. Ich gebe nicht auf, sagte ich mir. Ich würde es durchziehen. In guten wie in schlechten Tagen, oder?"

Sie sah, wie sich der verlegene Zorn auf Austins Gesicht in ungehemmte Wut verwandelte. „Du frigide Schlampe", spie er ihr entgegen. „Du weißt doch nicht mal, was *Liebe* bedeutet. Für dich muss alles eingeteilt sein, irgendwie auf einer unsichtbaren Waage ausgeglichen. Ich musste es mir jedes Mal verdienen, dich zu ficken."

Seine Worte drangen mit unsichtbaren Klauen in sie ein und rissen an ihr, unter ihrer Haut, auf der kein Mal zurückblieb. Zorn und Erniedrigung brannten noch stärker auf ihrem Gesicht.

Sie zwang ihre bebenden Lippen, Worte zu bilden. „Beim zweiten Mal, als du mich betrogen hast — da wurde mir klar, dass ich keine Kinder haben möchte. Jahre zogen ins Land, und jetzt stehen wir hier. Ich bin fast vierzig, und du über vierzig. Und ich schaue auf die letzten zwanzig Jahre meines Lebens zurück, und ich denke nur, was für eine gottverdammte Verschwendung, und *nichts* davon war meine Schuld."

Er stieß ein bellendes Lachen aus. „Du bist doch irre."

„Habe ich dich je betrogen?", fuhr sie ihn an. „*Habe ich?*"

„Natürlich nicht", knurrte er. „Du weißt doch kaum, wie man die Beine breit macht."

Die absichtliche Grausamkeit seiner Worte zerstörte jegliche zärtliche gemeinsame Erinnerung — jeden zärtlichen Augenblick, den sie je geteilt hatten —, und die Tiefe seiner Wut verblüffte sie. Sie fühlte sich verletzt und wund. War sie wirklich so kalt und rigide? So wenig liebenswert?

Nein. Das würde sie sich von ihm nicht antun lassen.

Sie riss sich zusammen, schob den Schmerz weg, trat einen Schritt vor und stieß ihm einen Finger in die Brust. „Hör auf, zu rechtfertigen, was du getan hast, indem du mich heruntermachst. Ich war die *perfekte Ehefrau*. Ich war toll im Bett, ich habe die richtigen Dinge gelernt, und ich habe auf meine Figur geachtet. Ich war geduldig und habe mir entscheidende Kochkünste draufgeschafft. Du und deine Karriere standen für mich immer an erster Stelle, und wozu? Du bist eine gottverdammte Nullnummer, und ich habe es satt, ein lebendes Klischee zu sein.“

„Himmel, ihr beiden“, knurrte Russell und schob sich mit seinem untersetzten Leib zwischen sie. „Hört ihr jetzt mal auf, euren Ehekrieg vor alle Leuten auszutragen und haltet verdammt nochmal den Mund?“

Erkenntnis breitete sich in Austins zornigem Blick aus, und er wirkte beschämt. Das war Balsam für Mollys wundes Herz.

„Ich glaube nicht“, erklärte sie Russell. In Austins und auch Russells Blick bemerkte sie, überlagert von allem anderen, wie überrascht sie waren, dass sie es wagte, dem Geschäftsführer zu widersprechen. Sie konzentrierte sich wieder auf Austin und rief: „Du hattest in meinem Haus etwas mit einer anderen. In meinem Bett. *Nein, ich halte nicht den Mund, verdammt nochmal!*“

„Vergessen Sie die Bar“, sagte Russell zu dem Fremden. „Der Abend ist gelaufen. Wir sollten gehen.“

„Nein, die Herren gehen doch bitte schon mal vor

und bleiben“, erwiderte Molly. Sie funkelte Austin an, bis er ihrem Blick auswich. „In diesem Haus gibt es jede Menge Alkohol, und ich bin sicher, Austin könnte etwas Mitgefühl wegen seiner frigide Schlampe von einer Ehefrau vertragen, die nicht die Beine breit macht oder auf Befehl das Maul hält. Ich bin diejenige, die geht.“

Sie wandte sich ab und stürmte an den verbliebenen Gästen vorbei die Treppe hinauf ins Schlafzimmer. Mit schnellen Bewegungen zog sie ihren Koffer heraus und warf Sachen hinein. Unterwäsche, Alltagskleidung, Schuhe, Kosmetik …

Sie brauchte ihren ganzen Schmuck. Da steckte eine ganze Menge Geld drin, und sie würde kein einziges Stück zurücklassen.

Was noch, was noch? Was sollte man noch mitnehmen, wenn man sein Leben gegen die Wand fuhr?

Finanzdokumente.

Im Augenblick war Austin damit beschäftigt, sich um die wichtigen Leute und Kontakte aus seinem Berufsleben zu kümmern und die Situation zu retten. Aber sobald er Zeit zum Überlegen hatte, würde er denken wie ein Anwalt.

Sie trug ihre Koffer die Hintertreppe hinab. Vor dem Haus hörte sie noch ein paar Gäste reden.

An der Hintertür ließ sie die Koffer stehen, marschierte in Austins Büro, öffnete den Bodentresor und stopfte alles daraus in eine große Ledertasche, ohne es sich anzuschauen – Investment-Portfolios,

Kfz-Briefe, CDs, Bargeld, Testamente, Verfügungen und ihrer beider Pässe.

Er würde nicht schnell irgendwohin verschwinden. Er musste bleiben und sich dem stellen, was als nächstes geschah.

Nachdem sie den Tresor ausgeräumt hatte, schloss sie ihn und zog ihr gemeinsames Scheckbuch aus der obersten Schublade von Austins Schreibtisch. Gleich am nächsten Morgen würde sie zur Bank gehen und das flüssige Vermögen auf ihr Konto überweisen. Er würde genug mit den Nachwirkungen und Aufräumarbeiten dieses Abends zu tun haben. Musste Beziehungen verbessern. Hatte zweifellos eine Geliebte, bei der er sich beschweren konnte. Mit etwas Glück rechnete er nicht damit, dass sie so schnell war.

Während sie arbeitete, strömte ihr Nässe übers Gesicht, und ihre Gefühle tobten in alle Richtungen, ungezügelt und chaotisch. Schmerz und Selbstbezichtigungen stachen besonders hervor.

Sie war fast vierzig und kinderlos, ihr Lebenslauf ein Flickenteppich aus etlichen gesellschaftlich akzeptierten Teilzeitjobs und ehrenamtlicher Beschäftigung bei gesellschaftlich akzeptierten Wohltätigkeitsorganisationen. Sie hatte ihr gesamtes Erwachsenenleben damit verbracht, in die richtige Schublade zu passen.

Irgendwie musste sie ihre Gedanken aus diesen Fesseln entlassen. Musste ihr wahres Ich entdecken und versuchen, das Leben *dieser* Molly zu leben, bevor es zu spät war.

Sie schlang sich die Ledertasche über die Schulter und schlich in die Küche. Kurz bevor sie die Koffer zur Tür heraus zog, schaute sie sich ein letztes Mal um.

Auf dem Küchentresen reihten sich offene Flaschen, Gläser, Bleche mit ungebackenem Blätterteig und der unverzierte Vanille-Waldbeeren-Kuchen. Austin hatte ein Chaos zu beseitigen. Das würde zusammen mit seiner Arbeit mehr als genügen, um ihn abzulenken, während sie sich am nächsten Vormittag ums Geschäftliche kümmerte.

So viele leere Zimmer in diesem Vorzeigehaus, und er hatte die andere ausgerechnet in ihres schleppen müssen. All diese leeren, kinderlosen Zimmer. Eine letzte Woge aus Zorn und Schmerz durchlief sie.

Die Küchenbeleuchtung flackerte. Während das ganze Haus dunkel wurde, rollte sie ihre Koffer in die verregnete Nacht. Niemand kam zu ihr, als sie die Koffer hinten in den Escalade warf und einstieg. Erleichterung durchströmte ihre blank liegenden Nerven, während sie wegfuhr.

Die Scheinwerfer des SUV beleuchteten nasse, knospende Büsche, die die Straßen des Wohngebiets säumten. Jenseits der überhängenden Zweige senkte sich eine Schwärze herab, die die vertraute Szenerie fremd wirken ließ, bis sie sich fühlte, als würde sie durch einen geheimen Tunnel fahren.

Riesige Gestalten schienen im Dickicht zu lauern. Sie glaubte, einen Wolf zu sehen, der sie beobachtete, und einen Raben. Sie verschmolzen alle mit den Blättern und Schatten, als sie vorbeifuhr.

Dann stieß sie durch das Grün hinaus ins Freie, als es auf den Highway ging. Eine enorme Erleichterung erfasste sie, als wäre sie unvorstellbar weit gefahren und hätte die Grenze in ein neues Land überquert.

Nach einem einzigen Blick zurück auf den Wald, aus dem sie gekommen war, bog sie auf den Highway und fuhr in die Stadt.

Ich bin fast vierzig und werde gerade geboren, dachte sie.

RUSSELL SHERMAN WAR kein Typ, der einfach locker ließ, wenn er sich auf etwas eingeschossen hatte. Er hatte sich darauf eingeschossen, eine Verbindung mit Josiah zu schmieden, und er klammerte sich fest wie ein Oktopus mit allen Tentakeln.

Letztlich war er Josiahs Willenskraft jedoch nicht gewachsen. Nachdem er sich endlich abgeseilt hatte, fuhr Josiah schnell und nahm einen Umweg, während in seinen Gedanken Bilder der gescheiterten Dinnerparty aufblitzten wie grelle Schnappschüsse eines Tatortes.

Der Bezirksstaatsanwalt hatte eine Zweizimmerwohnung in einem gehobenen Apartmenthaus in der Nähe von Atlantas Innenstadt, und es war mit sorgsam ausgewählten Gegenständen eingerichtet. Josiah besaß zudem ein altes zweistöckiges Haus mit vier Zimmern außerhalb der Stadt, das er mit einer anderen Identität gekauft hatte, und dorthin fuhr er nun.

Das Haus befand sich an einem ruhigen Feldweg, der am Grundstück in einer Sackgasse endete. Dazu gehörten 3000 Quadratmeter Grund, der an ein großes bewirtschaftetes Feld und ein altes Wäldchen anschloss. Die Einsamkeit und Ruhe waren ihm nur recht.

Auch dieses Haus hatte ausgesuchte Möbel – gerade passend an den Fenstern auf der Vorderseite arrangiert, damit es bewohnt wirkte, wenn die Jalousien oben waren. Abgesehen von ein paar Lampen, die in den Räumen verteilt waren und mit Zeitschaltuhren liefen, war das Haus fast leer.

Bis auf den Keller.

Während er in die Einfahrt bog, überprüfte er im Geiste alle Zaubersprüche, die er um den Umkreis des Geländes gewoben hatte. Keiner war gestört worden. Trotzdem blieb er angespannt, bis er nach drinnen gegangen und durch das Haus gelaufen war, um es in Augenschein zu nehmen. Erst dann stieg er die alte Treppe aus unbehandeltem Holz hinab in den Keller.

Er hatte monatelange Planungen und viel Arbeit in diesen Bereich gesteckt. Als er das Haus gekauft hatte, hatte es im Keller ein spärlich eingerichtetes Bad und einen großen Freizeitraum gegeben. Jetzt waren es zwei ausgebaute Zimmer mit weiteren Schutz- und Verhüllungszaubern in Böden, Wänden und der Decke, verankert mit Runen aus magiesensitivem Silber.

Das Erdreich bildete eine weitere verhüllende Schutzschicht. Man konnte im Keller eine Menge Magie wirken, bevor sie nach draußen drang und womöglich für Beobachter außerhalb erkennbar gewesen wäre.

Das war seine echte Operationsbasis. In einem Raum stand ein Bett, groß genug, um für seine hochgewachsene Gestalt bequem zu sein, sowie ein Schrank mit Kleidung, ein Nachtkästchen, eine Nachttischlampe.

Der andere Raum war größer. Auf einer Seite gab es drei Computer, etliche Telefone und mehrere Monitore für das ausgeklügelte Sicherheitssystem, das er eingerichtet hatte. Auf der anderen Seite waren die magischen Utensilien — all seine derzeitigen Werkzeuge —, zusammen mit einem großen Bodentresor, der die gefährlicheren Gegenstände enthielt. Er sperrte den Tresor und die Tür zu diesem Zimmer immer ab, bevor er ging.

Es gab zwei Möglichkeiten, den Keller zu betreten oder verlassen. Eine war der offensichtliche Weg, indem man die alte Treppe nahm, die hinauf in die große, leere Küche führte. Josiah hatte die andere Möglichkeit geschaffen, und das war zum Teil auch der Grund, warum es so lange gedauert hatte, den Raum an seine Bedürfnisse anzupassen.

Nachdem er ein Loch in die Betonwand des Kellers gemeißelt hatte, hatte er geduldig einen Tunnel gegraben, der in der Deckung des dicht wuchernden alten Waldstücks gleich hinter dem Haus herauskam. In diesem Keller würde niemand in einem unterirdischen Raum festsitzen, wenn er es verhindern konnte.

Ihm gehörten noch weitere Häuser anderswo, die er unter wieder anderen Namen gekauft hatte. Viele dieser Häuser hatten ähnliche Anpassungen erhalten, aber für seine derzeitige Identität als Josiah Mason war keines von ihnen wichtig.

Er setzte sich an einen der Computer und führte eine Internetsuche nach Molly Sullivan durch, dann scrollte er durch Artikel und Fotos in den Lokalnachrichten. Die meisten Treffer kamen über Klatschseiten und Wohltätigkeitsorganisationen.

Sie hatte recht – sie *war* die perfekte Ehefrau, besonders für einen Partner in einer bekannten Anwaltskanzlei. Auf den Fotos wirkte sie cool, elegant und gefasst, ganz anders als die zerraufte, wütende Frau, die Austin mit so eiserner Entschlossenheit zur Rede gestellt hatte.

Er nahm ein Telefon und tippte auf eine Schnellwahlnummer. Als derjenige am anderen Ende abnahm, sagte er: „Planänderung.“

„Ok“, erwiderte der Mann. „Was ist?“

„Leg eine Akte über eine Frau namens Molly Sullivan an. Blond, blaue Augen, etwa einsfünfundsiebzig groß, zwischen fünfunddreißig und fünfundvierzig, Gattin von Austin Sullivan von Sherman & Associates.“ Zumindest noch. „Wühl in ihrer Vergangenheit und ihren bekannten Kontakten, aber am wichtigsten, finde heraus, wo sie heute Nacht aufschlägt. Sie hat ihren Mann nach einer hässlichen, öffentlichen Konfrontation auf einer Party verlassen, auf der ich war. Ich will wissen, wohin sie geht und was sie als nächstes macht."

„Ich bin dran." Der Mann legte auf.

Josiah warf das Telefon auf den Schreibtisch und lehnte sich zurück, die Finger einer Hand über den Mund gelegt, während er das Bild der schönen Frau auf seinem Computermonitor musterte.

Er hatte für so viele Notfälle vorgeplant, aber dafür nicht.

„Sie sind eine enorme Komplikation, Molly Sullivan", murmelte er. „Jetzt muss ich mir überlegen, was ich Ihretwegen anstelle."

Kapitel 2

STUNDEN SPÄTER HATTE Molly in eine Hotelsuite eingecheckt und ausgepackt, was sie in ihre Koffer gestopft hatte, soweit vorhanden.

Sie hatte nicht ganz so klar gedacht, wie sie geglaubt hatte. Sie hatte ihre Zahnbürste eingepackt, aber keine Zahnpasta. Sie hatte ihre Schminksachen in eine Tasche gefegt, aber ihr Reinigungswasser hatte am Waschbeckenrand gestanden, und sie hatte es übersehen.

Sie hatte kein Tafil. Sie hatte einen einzelnen Schuh eingepackt, kein Paar, aber zumindest hatte sie die Tennisschuhe, die sie trug. Und sie hatte vergessen, auch nur einen zusätzlichen BH mitzunehmen. Sie hatte ihren Bademantel, Jeans und T-Shirts, eine leichte Jacke und einen taubengrauen Zweiteiler, der zu ihrem einzelnen Schuh passte.

Immerhin hatte sie sich das Wichtigste geschnappt. Sie warf die Ledertasche mit dem Inhalt des Tresors auf den Tisch, ohne sie anzuschauen. Dann flaute der Zorn ab, der sie antrieben hatte, und ihre Gefühlslandschaft fiel in sich zusammen.

Es gab nur einen Trost. Es fühlte sich gut an, irgendwo zu sein, wo Austin sie nicht finden konnte, in der kühlen Stille eines fremden Orts zu leben. So vorübergehend es auch war, es war ihr Reich, und endlich war ihr, als könne sie wieder atmen.

Sie rief bei der Rezeption an und bestellte eine Tasche mit Toilettenartikeln für eine Nacht, dann rief sie den Zimmerservice an, um etwas zu essen zu bestellen, von dem sie nicht glaubte, dass sie es hinunterbringen würde, mit einer Flasche Wein, die sie auf jeden Fall trinken wollte.

Danach tigerte sie durch die Zimmer, ohne sich hinsetzen oder konzentrieren zu können. Sie fühlte sich zerrissen, als würde sich die alte Molly gewaltsam von der Person lösen, die nun in ihrer Haut lebte, während die Szene auf der Party sich bruchstückhaft in ihrem Kopf wiederholte.

Herr im Himmel, dachte sie. Was wir einander an den Kopf geworfen haben.

Ich bin *keine* frigide Schlampe. Ich habe nichts davon verdient.

Aber Austins Worte hatten sich in sie gebohrt wie giftige Würmer, hatten Gewebeschäden an ihren verletzlichsten Stellen verursacht, und während sie aus dem Fenster in die undurchdringliche Nacht schaute, wollten die Zweifel einfach nicht enden.

Habe ich ihm wirklich das Gefühl gegeben, er müsse sich meine Zuneigung verdienen?, fragte sie sich. Habe ich wirklich alles aufgerechnet und meine Liebe an Bedingungen geknüpft, wie meine Mutter es bei mir getan hat? Oder hatte er diese Salven abgefeuert, weil er wusste, dass er sie genau damit am meisten treffen würde?

Ihr Atem ging schwerer, und weit hinten in ihren Augen brannten Tränen, bis sie sich schlagartig erneut an die eine Anomalie in dem ganzen Debakel erinnerte.

Die Vase. Wie war sie zerbrochen? Niemand hatte auch nur in der Nähe gestanden.

Warum fühle ich mich, als ... hätte ich das vielleicht getan?

Ich bin nicht verrückt. Auf keinen Fall. Etwas kam aus mir heraus. Was ist dieses *Undefinierbare, Unsichtbare?*

Und warum hat mich dann dieser Mann mit einem so wissenden Ausdruck angesehen? Russell nannte ihn Josiah. Das muss der neue Bezirksstaatsanwalt sein. Warum hat er vor mir seinen imaginären Hut gezogen? Es ist fast, als hätte er ebenfalls gewusst, dass ich die Vase zerbrochen habe. Was offenkundig unmöglich ist. Oder?

Sie drückte sich die Hände auf die Augen, erinnerte sich an die Blitze am Rand ihres Blickfelds und den Energieausbruch, der aus ihrem Körper geschossen war, kurz bevor die Vase in tausend irreparable Stücke zersprungen war. War sie ganz sicher, dass sie nicht verrückt wurde?

Die wütende Hornisse, zu der ihr Telefon geworden war, hörte nicht auf zu brummen. Sie griff danach und schaute auf den Bildschirm. Es gab sehr viel mehr Nachrichten und Anrufe als vorhin, und eine Warnung, dass der Ladezustand niedrig war und weniger als zehn Prozent betrug.

Ein Ladekabel war noch so etwas, woran sie nicht gedacht hatte. Sie rief noch einmal bei der Rezeption an. Dann setzte sie sich hin, nahm das Telefon in die Hand und starrte ins Nichts, bis es an der Tür klopfte und alles kam, was sie bestellt hatte.

Nachdem sie ein paar Nudeln gegessen und fast die ganze Flasche Wein getrunken hatte, fühlte sie sich schließlich ruhig genug, um zu duschen und ins Bett zu fallen. Sobald ihr Kopf das Kissen berührte, schaltete sie ab wie eine Lampe.

Nach einer gestaltlosen Dunkelheit fand sie sich in einer Küche wieder.

Sie war groß und viktorianisch, mit gelb gemusterten Kacheln und blassgrünen Wänden. Warmes Sonnenlicht strömte durch hohe Fenster, während draußen jemand im Garten arbeitete. Ein Mann mit wirrem blondem Haar ging vorbei, der einen Rechen auf einer breiten Schulter trug.

An einem klobigen alten Gasherd stand mit dem Rücken zu Molly eine Frau und kochte. Ergrauendes Haar fiel ihr über den Rücken. Sie hatte eine rundliche, gemütliche Figur, und sie trug einen alten, geblümten Hausmantel.

„Du bist ganz schön laut", sagte die Frau. Ihre sonore, warme Stimme strömte wie beruhigender Balsam über Mollys zertrümmerte Nerven. „Hast mich aus einem tiefen Schlaf geweckt. Ich dachte mir, da ich schon mal wach bin, kann ich auch gleich Rührei machen.“

„Es tut mir leid, wenn ich Sie geweckt habe“, sagte Molly. „Ich weiß nicht, wie ich hierhergekommen bin.“

„Nein? Na, mach dir keinen Kopf darum“, erwiderte die Frau. „Wann kommst du mich besuchen?“

„Das weiß ich genauso wenig. Ich weiß nicht, wer Sie sind, oder wo das hier ist. Oder, da wir schon dabei sind, was ich hier mache.“

Während Molly sich umsah, merkte sie, dass sie auf einem hohen Stuhl an einem großen Tisch mit Holzarbeitsplatte in der Mitte der Küche saß. Sie trug das T-Shirt, in dem sie zu Bett gegangen war, und ihre Beine waren nackt. Verlegen und mit dem Gefühl, entblößt zu sein, schlang sie die Knöchel um den Rand ihres Stuhls und zog die Knie unter das Shirt.

„Mach dir darum auch keinen Kopf“, sagte die Frau. Sie drehte den Herd ab, trat von einer Eisenpfanne zurück und beugte sich über eine alte Steinschale. „Das wird mit der Zeit schon klar werden. Und ja, ich glaube, dieser Zauber ist fast fertig.“

„Entschuldigen Sie, Sie haben nicht eben Zauber gesagt, oder?“

„Tatsächlich habe ich das.“

„Jetzt weiß ich, dass ich träume“, murmelte Molly. Sie kannte niemanden, der zaubern konnte. Sie war im Lauf der Jahre einigen Nicht-Menschen begegnet, aber zum größten Teil waren die Welten der Alten Völker und ihre Domänen eine Realität, die weit weg von ihrem Leben stattfand.

Die Frau nahm etwas aus der Schale. Molly roch eine Mischung aus Lavendel und Zitrone mit einem scharfen, würzigeren Aroma, das sie nicht genau bestimmen konnte. Dann wandte die Frau Molly das Gesicht zu, hielt sich die Handfläche an den Mund und pustete.

Molly erhaschte eine Ahnung dunkler, machtvoller Augen. Bevor sie einen Blick auf das Gesicht der Frau werfen konnte, umhüllte sie eine Wolke aus Gewürzen und Energie.

Die Frau sagte: „Finde mich."

Dann verblasste die Frau zusammen mit der Küche, und Molly schlief die restliche Nacht hindurch tief und traumlos.

✧   ✧   ✧

„MOLLY! WAS UM alles in der Welt machst du denn?"

Am Samstag trieb eine Schwade Dior-Parfüm über den Tisch, als Julia Oliver sich auf den Platz gegenüber von Molly fallen ließ. Sie war kleiner als Molly und zierlich, zart gerundet an Busen und Hüfte, mit dunklen Locken, die ihr über den Rücken fielen. Vor dem Restaurant tanzte die helle Frühlingssonne auf dem Bürgersteig.

„Ich lese die heutige Mittagskarte", sagte Molly, sah kurz auf und lächelte abwesend. „Was um alles auf der

Welt machst *du* denn?"

„Das habe ich nicht gemeint, und das weißt du auch." Julia schaute zur Kellnerin, die an den Tisch kam. „Ich nehme einen Lemon Drop Martini."

Molly hob die Augenbrauen. Ein solches Mittagessen wurde das also, was? Warum zum Teufel auch nicht? Sie knallte die Speisekarte zu. „Ich auch."

Ihre Kellnerin brachte bald die Drinks und nahm ihre Essensbestellung auf. Als sie weg war, beugte Julia sich vor. „Alle reden darüber, was Donnerstagabend bei euch los war."

„Klar tun sie das." Molly dehnte den Nacken von einer Seite zur anderen, um die Anspannung in den Muskeln loszuwerden. Sie wollte nicht mit Julia zu Mittag essen, doch diese war die letzten fünf Jahre ihre beste Freundin gewesen, und Molly fühlte sich nicht gut dabei, *nicht* mit ihr zu reden.

In Julias Blick blitzte schockiertes Entsetzen auf. „Hast du wirklich das Höschen einer anderen in Austins Drink geworfen?"

„Ja."

Julia schaute auf ihren Drink, berührte den gezuckerten Rand und leckte sich sacht die Fingerspitze ab. „Weißt du, wer sie ist?"

Molly schüttelte den Kopf. „Nein, aber ich schätze, ich bin ihr irgendwann mal begegnet. Du weißt doch, was für aktive Gastgeber wir immer waren."

„Und nachdem du ihn zur Rede gestellt hattest, bist du einfach gegangen?"

„Ja", wiederholte sie. Sie nahm einen Schluck von ihrem Getränk. Ah, Alkohol.

„Ich wünschte, Drew wäre nicht so krank gewesen. Wenn ich gekonnt hätte, wäre ich für dich dagewesen."

„Du hättest doch einen Fünfjährigen nicht mit 39 Grad Fieber beim Babysitter lassen können", erklärte Molly. „Außerdem ist es ja nicht so, als hätte ich irgendwas davon geplant. Es ist einfach passiert."

„Trotzdem wünschte ich, ich hätte für dich da sein können." Julia musterte sie. „Aber warum hast du mich nicht angerufen, um es mir zu erzählen?" Nun klang sie ein wenig beleidigt.

Molly zuckte mit den Schultern und schaute sich im Restaurant um. Was konnte sie dazu sinnvollerweise sagen? Dass um sie herum bizarre Dinge geschahen und sie manchmal glaubte, sie würde verrückt werden, während sie ein andermal wieder sicher war, die Ursache zu sein? Sie hatte in den letzten Monaten so sehr darum gekämpft, alles zusammenzuhalten, aber Austin und seine Untreue hatten ihr gewissermaßen den Rest gegeben.

Schließlich erwiderte sie: „Ich weiß, dass du für mich dagewesen wärst, aber ich war so erschöpft, dass ich nur in ein Hotel eingecheckt, Zimmerservice bestellt und mich ins Bett gelegt habe. Gestern war ich beschäftigt. Ich musste zur Bank und mir einen Anwalt suchen. Tatsächlich habe ich schon am Montag einen Termin. Danach habe ich nur geschlafen."

Sie war so müde gewesen. Sie hatte sich ins Bett

gelegt und die sonnenbeschienene Wand betrachtet, bis es im Zimmer langsam dunkel geworden war.

Sie war immer noch so müde. Sie fühlte sich, als könnte sie wochenlang schlafen.

„Also tust du es." Julia beobachtete ihr Gesicht genau. „Du verlässt ihn tatsächlich."

Molly nickte. „Ich habe ihn bereits verlassen. Jetzt lasse ich mich von ihm scheiden."

Julias Gesicht verzog sich, eine kurze Reaktion, dann wurde es wieder glatt. „Na dann tschüs. Ich habe immer gesagt, dass du jemanden viel Besseres verdient hast als Austin. Aber wo wohnst du?"

„Wie ich schon sagte." Sie zuckte mit den Schultern. „In einem Hotel."

„Würdest du bitte zu uns kommen, damit ich dir was Anständiges kochen und hoffentlich etwas Fleisch auf deine Vogelknochen kriegen kann? Austin und Philip mögen in der gleichen Kanzlei Partner sein, aber du weißt ja, wie Männer sind. Sie segmentieren ihr Leben. Sie halten das Private von der Arbeit getrennt."

„Das bedeutet mir viel." Mit einem warmen Gefühl lächelte Molly. „Aber ich fühle mich im Hotel ganz wohl. Ich habe eine Managersuite mit Küchenzeile."

Julias haselnussbrauner Blick war ernst. „Du bist trotzdem jederzeit willkommen. Ich möchte, dass du das weißt."

„Weiß ich." Molly schaute auf ihre Serviette hinab und glättete die Ränder mit den Fingern. „Du solltest außerdem wissen, dass ich darüber nachdenke, auch

Atlanta zu verlassen.“

„Neeeeein.“ Julias hübscher Mund verzog sich nach unten. „Das ist nur eine Reaktion, das ist alles. Und auch verständlich. Austin hat sich wie ein Schwein verhalten, aber hier ist deine Heimat. Deine Freunde sind hier. Dein *Leben*. Deine Mutter wohnt nur eine Dreiviertelstunde entfernt!“

Molly biss sich auf die Lippen und wartete, bis Julia sich wieder beruhigt hatte. Dann sagte sie: „Mein Leben, wie ich es kannte, ist vorbei. Es hat mich sowieso langsam erstickt, und ich *will*, dass es vorbei ist. Ich bin nicht außer mir und ich mache nichts rein Impulsives. Ich kann mir nur nicht vorstellen zu bleiben.“

Mit einer kleinen Bewegung schnellte Julia vor und nahm mal wieder ihre Hand. Julia fasste die Leute an. Molly hatte das schon dutzende Male bei ihr erlebt.

„So fühlst du dich nur heute“, beharrte Julia. „Es fühlt sich sicher gerade alles falsch an.“

Da sie nicht weiter diskutieren wollte, nickte Molly. „Du hast schon recht. In meinem Kopf hängt über Atlanta diese riesige Wolke des Unglücks. Ich werde schon noch rausfinden, was ich tun muss. Es ist nur vielleicht nicht hier, das ist alles.“

„Das finde ich völlig unannehmbar“, erklärte Julia, der die Tränen kamen.

Molly machte die Kellnerin auf sich aufmerksam und tippte an den Rand ihres Glases. Die Kellnerin lächelte und nickte.

Als ihr zweiter Lemon Drop halb ausgetrunken war, sagte Julia verbittert: „Du wirst weggehen und dich selbst finden und mich hier lassen, dann bin ich ohne dich die Frau eines Anwalts für Gesellschaftsrecht. Ich schätze, du ziehst los und ziehst dir so viele Kalorien rein, wie du willst, hörst auf, dir die Beine zu rasieren, und trägst keinen BH mehr, und hast vermutlich One-Night-Stands mit verschwitzten Automechanikern aus der Provinz."

Unwillkürlich platzte ein Lachen aus Molly heraus. „Wer weiß das schon, vielleicht."

Sie hatte nach dem Mittagessen einen Arzttermin, darum verabschiedete sie sich von Julia und ging zu ihrer Untersuchung. Und da sie keine Ahnung hatte, wie oft Austin sie betrogen hatte, oder mit wem, ließ sie sich von der Ärztin auf Aids und Geschlechtskrankheiten testen. Wieder einmal.

Dann verbrachte sie den Nachmittag damit, alles zu besorgen, was sie brauchte. Sie hätte zum Haus zurückfahren und ihre Sachen holen können, aber der Gedanke, womöglich Austin zu begegnen, bescherte ihr ein Gefühl der Übelkeit und der Wut. Winzige Funken erschienen wieder in ihren Augenwinkeln, und sie glaubte, sie müsse um sich schlagen.

Irgendwann würde sie ins Haus zurückkehren müssen. Vermutlich.

Sie konnte theoretisch klarkommen, ohne je zurückzukehren, aber später würde es ihr leidtun, dass sie nicht die Kiste mit Kindheitserinnerungen und

Fotos ihres verstorbenen Vaters geholt hatte.

Vielleicht würde Julia sie begleiten und ihr helfen, Leute abzuwehren, oder sogar an ihrer statt gehen und alles zusammensuchen, was Molly behalten wollte. Sie verabscheute es, jemanden in ihr persönliches Drama zu verwickeln, aber sie glaubte nicht, dass es Julia etwas ausmachen würde.

Als der Nachmittag voranschritt und der angenehme Schwips von den Mittags-Martinis nachließ, blieb ihr ein dumpfer Kopfschmerz.

Sie begab sich zurück ins Hotel und hielt an der Rezeption in der geräumigen Lobby, um sich ihre Einkaufstaschen ins Zimmer bringen zu lassen. Als sie sich abwandte, fiel ihr die Tür zur Hotelbar auf.

Der offene Raum schien sie hereinzulocken, und sie gab dem Impuls nach, ihn zu betreten. Vielleicht würden der Zucker und das Koffein einer Cola den Kater vertreiben.

Als sie aus der Lobby über die Schwelle in die Bar ging, kam es zu einer schwer fassbaren Veränderung. Die Luft fühlte sich anders an – kühler und schärfer, erfüllt von Energie. Ihre Kopfschmerzen verschwanden.

Wenn der Barmann das, was hier in der Luft lag, hätte in Flaschen abfüllen können, hätte er ein Vermögen gemacht.

Tische aus dunklem Kirschholz standen auf einem gemusterten Fliesenboden verteilt. Etliche Tische waren besetzt. Der Tresen bestand aus demselben Holz wie die Tische, und die bunten Flaschen im Regal sowie die gespiegelte Wand dahinter warfen das Licht zurück, so dass alles hart und hell wirkte.

Ein dunkelhaariger Mann saß allein am Tresen. Seine lange, zusammengekauerte Gestalt deutete darauf hin, dass er groß und breitschultrig war. Als sie ihm einen Blick schenkte, schaute er von seinem Drink auf und in den Spiegel.

Seine Augen, gelb wie Katzenaugen, in einem hageren, sonnengegerbten Gesicht, fixierten sie.

Überraschung pochte als einzelner Impuls durch ihren Körper. Josiah Mason, Atlantas neuer Bezirksstaatsanwalt, hing an der Bar herum, als würde sie ihm gehören. Als würde er auf etwas oder jemanden warten.

Ihn hier zu sehen, an einem Ort, den sie unbewusst für sich beansprucht hatte, erzeugte in ihr einen übelkeitserregenden Adrenalinstoß, ganz wie am Donnerstagabend. Sie unterdrückte den instinktiven Drang zu flüchten.

Sie warf ihm einen langen Blick zu und dachte, verdammt soll ich sein, wenn ich weglaufe. Sie schenkte ihm ein höfliches Nicken und ging ein paar Stühle entfernt an den Tresen, wo sie sich auf einen Hocker setzte und ihre Handtasche neben sich abstellte.

Als der Barkeeper kam, um ihre Bestellung aufzunehmen, lösten sich all ihre guten Absichten, keinen Alkohol mehr zu trinken, in Luft auf. „Ich nehmen einen Single Malt Scotch. Ihren besten."

„Wir haben einen einundzwanzig Jahre alten Balvenie, ist der in Ordnung?"

Sie hob die Augenbrauen. „Ja."

„Geht klar." Er machte sich auf den Weg.

Während sie auf ihren Drink wartete, breitete sie die Hände auf der glatten, glänzenden Holzoberfläche des Tresens aus.

Zufälle kommen vor, sagte sie sich. Schau nicht nochmal zu ihm. Schau auf deine Hände. Leute flippen ständig aus und brüllen ihre Männer auf Dinnerpartys an. Es gibt nichts, wofür du dich schämen musst. Austin kann man was vorwerfen, dir nicht.

Außerdem erkennt er dich vielleicht gar nicht wieder. Du siehst völlig anders aus als damals auf der Party. Das ist keine große Sache.

Eine Bewegung im Spiegel erregte ihre Aufmerksamkeit. Aus dem Augenwinkel beobachtete sie, wie Josiah Mason mit lässiger Anmut von seinem Hocker glitt. Er trug Jeans und einen dünnen, cremefarbenen Pullover, der nach Kaschmir aussah und seine gesunde Bräune betonte. Die dunklen Haare waren in einer langen, unzähmbaren Welle aus seiner Stirn zurückgestrichen.

Er kam rüber. Natürlich kam er rüber. Ihre Hände ballten sich zu Fäusten. Verdammt, warum ignorierte er die *Hau-ab*-Schwingungen, die sie so angestrengt aussandte? Jeder Mensch mit etwas Diskretion oder Anstand würde einen großen Bogen um sie machen, nachdem er miterlebt hatte, wie sie ausgerastet war.

Er war ein kraftvoll gebauter Mann, und er bewegte sich mit der geschmeidigen Anmut eines Jaguars. Er wirkte, als könne er jeden Gegner beim Preisboxen umhauen. Als könne er jemanden töten, wenn er es darauf anlegte.

Als er näherkam, spürte sie genauso wie am Donnerstag, dass er eine Art dunkler, intensiver Frequenz abgab, die jeden anderen in der Bar blass und flach wirken ließ, wie einen Scherenschnitt. Dieser Mann gestaltete die Realität um, wohin er auch ging.

Ohne um Erlaubnis zu bitten, glitt er auf den freien Hocker neben ihr. Als der Barkeeper ihren Drink abstellte, unterschrieb sie dafür, dann umschlang sie mit beiden Händen das Glas und hielt es, als wäre es ihre Rettungsleine. Bleib einfach ruhig und atme normal, dachte sie.

Mit leiser Stimme sagte sie: „Ich fühle mich enorm unwohl damit, dass Sie zu mir rüber gekommen sind.“

„Ich bin mir sicher, Sie überleben es.“ Seine Stimme war tiefer, als sie erwartet hatte. Sie zuckte kurz zusammen, als ihr auffiel, dass sie ihn zum ersten Mal sprechen hörte. „Man hat uns einander nicht richtig vorgestellt.“

„Ich weiß, wer Sie sind.“ Sie nahm einen großen Schluck Balvenie. Fruchtig und rauchig lief der Scotch ihre Kehle so geschmeidig hinab wie ein Jagdmesser, das in die Scheide glitt. Wärme durchflutete ihre Körpermitte, breitete sich aus wie eine frische Blutlache. Sie war unerwartet morbide geworden. „Man nennt Sie den heißen Scheiß, das habe ich zumindest gehört."

Das hätte ihr vermutlich nicht entschlüpfen sollen. Alkohol tagsüber hatte eine verheerende Wirkung auf ihre Impulskontrolle.

Während sie im Spiegel zusah, zog sich ein Winkel seines breiten Mundes nach oben. Seine Augen waren weniger gelb als bernsteinfarben. Sie schienen heller, wenn das Licht genau richtig darauf fiel.

„Mir ist Josiah lieber." Seine starken Halsmuskeln arbeiteten, als er auch einen Schluck aus seinem Glas nahm. Es war irgendwas Klares, Sprudelndes auf Eis mit einer Limettenscheibe, vermutlich Gin Tonic, oder Wodka. Oder vielleicht war es Selters. Er wirkte nicht wie jemand, der gerne die Kontrolle an äußere Instanzen abgab.

„Als ich hier reinkam, sah es aus, als würden Sie auf jemanden warten." Sie nahm noch einen Schluck von ihrem Scotch. „Josiah."

Seine Stimme wurde kühl. „Seien Sie nicht geziert, Molly. Das passt nicht zu Ihnen."

Moment, *wie bitte?*

Plötzlich misstrauisch spannte sie sich an. Er konnte nicht meinen, dass er auf sie gewartet hatte. Oder doch? Wenn ja, war es wahnwitzig, lächerlich. Wie hätte er wissen können, dass sie aus einem Impuls heraus die Bar betreten würde?

Ein Schauder überlief sie. Hatte er nach ihr gesucht? Wenn ja, *wie hatte er sie gefunden? Und warum?*

Ihr wurde klar, dass sie so gut wie nichts über den Mann wusste, der neben ihr saß. Sie passte sich seinem Tonfall an und erwiderte ebenso kühl: „Wie können Sie wohl wissen, was zu mir passt und was nicht?"

„Ich bin hier, um mich zu entschuldigen." Er stützte die Ellbogen auf den Tresen. „Als ich einen Zauber des Findens wirkte, habe ich keine Hexen mit ernstzunehmender Macht in Atlanta gespürt, was einer der Gründe war, warum ich hergezogen bin. Wenn ich gewusst hätte, dass Sie hier sind, wäre ich nie in Ihr Territorium eingedrungen. Jetzt, da ich hier bin, hoffe ich, dass Sie und ich eine Vereinbarung zur Koexistenz in derselben Stadt treffen können."

Zauber des Findens … was zum Teufel?

Hexe.

Das Wort hallte durch ihren Kopf, übertönte die Musik und Unterhaltungen ringsum. Vorsichtig stellte sie ihren Scotch auf den Tresen, griff nach ihrer Handtasche und glitt langsam vom Hocker.

„Ich habe nicht die geringste Ahnung, wovon Sie sprechen", erklärte sie dem ruhigen, normal wirkenden Irren, der neben ihr saß. „Sie verwechseln mich mit jemandem. Bitte entschuldigen Sie mich."

Er fuhr mit einem Tempo herum, das sie überraschte, und starrte sie an, als wäre sie die Irre. Die dunklen Schrägen seiner Augenbrauen gingen hoch, und er begann zu lächeln, was ihn noch gefährlicher aussehen ließ.

„Sie haben keine Ahnung?", wiederholte er. „Sie.

Haben. Keine. Ahnung.“

„Ok, es war nett mit Ihnen zu reden.“ Sie ging rückwärts. „Jetzt wünsche ich Ihnen einen schönen Abend.“

Er sagte etwas Schnelles, Unverständliches. Die Worte waren seltsam, vielleicht in einer Fremdsprache, und ihr Klang knisterte in der Luft wie ein brutzelndes Steak.

Eine schimmernde, durchsichtige Barriere schnellte um sie und Josiah hoch, trennte sie vom Rest der Bar. Alle anderen Geräusche wurden abgeschnitten, und plötzlich war es so ruhig, dass sie ihre eigene beschleunigte Atmung hören konnte. Wild blickte sie um sich.

Er hatte das erzeugt. Das wusste sie einfach. Sie konnte die Verbindung zwischen den seltsamen Worten und der Barriere spüren, und wie das alles von ihm ausgegangen war.

Wie konnte sie das spüren? Wie hatte er es erzeugt? Würde es ihr wehtun, wenn sie es berührte? War sie hier gefangen und konnte nicht weg?

Mit einem Lächeln ging Josiah zu ihr, bis er sehr dicht bei ihr stand, zu dicht. Das Licht traf seine Augen genau richtig, so dass sie leuchtend hell aufglühten. Bebend starrte sie zu ihm auf. Seine Körperhitze wärmte ihre fröstelnde Haut.

Er beobachtete sie intensiv, legte ihr eine Hand auf den Unterarm und ließ lange Finger hinab zu ihrer Hand gleiten. Hornhaut rieb über ihre Haut. Er schloss seine Hand vorsichtig um ihre und hob sie. Sie spannte sich an, um sich zu sträuben, tat es aber nicht.

Er nahm ihrer beider Hände und schob sie sanft durch die Barriere. Sie zuckte zusammen, als ihre Haut damit in Kontakt kam. Die Barriere fühlte sich etwas kühl an, fast wie eine Seifenblase. Sie starrte hin, während ihre Hände unbeschadet durchgingen.

„Es gibt keinen Grund, sich zu fürchten. Ich tue Ihnen nicht weh." Er hatte die Stimme gesenkt, entweder, weil er so nah bei ihr stand oder wegen der tiefen Stille um sie her. „Es ist ein Privatsphärezauber. Nur Sie können ihn sehen oder spüren. Niemand sonst achtet auf uns, und so hören die Leute nicht, was wir zueinander sagen."

„Wie haben Sie das gemacht?" Aber sie wusste es bereits. Er hatte den Zauber mit diesen merkwürdig klingenden Worten gewirkt.

„Ich kann es Ihnen zeigen, wenn Sie wollen, aber nicht, wenn Sie weglaufen."

Erst, als er die Hand wieder ihren Arm hinaufgleiten ließ, ihren Ellbogen nahm und sie zurück zum Tresen drängte, fiel ihr auf, dass er sie noch immer berührte.

„Setzen Sie sich und trinken Sie ihren Whisky, auch wenn wir eher eine Flasche Champagner öffnen sollten. Man begegnet nicht jeden Tag einer erwachenden Hexe."

Kapitel 3

J OSIAH BETRACHTETE FASZINIERT Molly Sullivans schönes, verwirrtes Gesicht. Sie hatte wirklich keine Ahnung, was mit ihr geschah oder wozu sie fähig war.

„Sie meinen *mich*." Molly schien kaum ein Wort herausbringen zu können, während sie zurück auf den Hocker glitt. „Das können Sie nicht ernst meinen. Das kann nicht sein."

„Ich meine es todernst, und natürlich ist das so." Er setzte sich wieder auf den Hocker neben ihr und wandte sich ihr zu. „Ein Teil von Ihnen muss wissen, dass ich die Wahrheit sage."

Sie warf einen weiteren Blick auf die schimmernde Barriere und hielt sich ganz gerade. Ihre Miene war nicht zu deuten, als könne sie jeden Augenblick flüchten. Er war sich nicht sicher, ob sie in Panik war, aber vermutlich schon.

Ihm kam ein unerfreulicher Gedanke. Jene mit magischen Fähigkeiten sammelten sich meist in Gegenden, in denen Magie toleriert wurde, etwa dicht am Zentrum der Domänen der Alten Völker, die sich mit der menschlichen Geographie überschnitten. Es gab allein in den Vereinigten Staaten sieben Domänen, und viele weitere auf der ganzen Welt.

Falls sie nicht dicht an einer Domäne der Alten Völker lebten, ließen sie sich oft bei einem der Übergänge nieder, die geschaffen worden waren, als Zeit und Raum sich bei der Formung der Erde gekrümmt hatten. Die Übergänge führten in magiereiche Anderländer, wo die Zeit anders verlief, moderne Verbrennungstechniken nicht funktionierten, und die Sonne mit fremdem Licht schien.

Aber die Magie-Intoleranten, jene mit xenophoben Tendenzen, sammelten sich eher in anderen Regionen, weit weg von den Domänen und Übergängen. In den Vereinigten Staaten war es zu einer Gegenbewegung gekommen, was die Einstellung gegenüber den Alten Völkern und allen mit magischem Talent betraf, und Atlanta war kein Gebiet, das für seine Toleranz bekannt war.

Die Bevölkerung der Stadt bestand größtenteils aus ganz gewöhnlichen, unmagischen Menschen, und die Mehrheit der Wähler in der Gegend war nicht promagisch. Molly würde ein elendes Leben führen, wenn sie nicht mit dem klar kam, was sie durchmachte.

„Sehen Sie mich an", befahl er.

Ihre Augen weiteten sich, und ihr Blick huschte zu seinem.

„Etwas geschieht mit Ihnen." Er beugte sich vor. „Vielleicht ausgelöst durch das Trauma, dass Ihr Mann fremdgegangen ist, vielleicht passiert es auch schon seit ein paar Monaten. Unerklärliche Ereignisse … etwa Autos, die Pannen haben, oder Stromausfälle. Sie hatten vielleicht seltsame Träume oder Visionen von Dingen, die eigentlich gar nicht existieren können. Habe ich recht?"

Ihr unlesbarer Gesichtsausdruck verschwand, und ihre Lippen bebten. Sie flüsterte: „Es geht schon ein paar Monate."

Er kniff sich in den Nasenrücken. Sie erwies sich als eine Überraschung nach der anderen, und keine davon war willkommen.

Kurz darauf erklärte er: „Als Sie am Donnerstag diese Vase zertrümmert haben, dachte ich, Sie machen Ihrem Zorn auf eine Art Luft, die niemanden verletzt. Es kam mir absolut nicht in den Sinn, dass Sie keine Ahnung haben könnten, wozu Sie fähig sind oder was Sie getan haben." Er konnte ihre fassungslose Miene nicht mehr ertragen, daher drückte er ihr das Whisky-Glas in die Hand.

Sie atmete zittrig aus und nahm es. Mit einer raschen Bewegung kippte sie den restlichen Drink weg. „Ich habe es gespürt", gestand sie heiser. „Ich sah Funken am Rande meines Blickfelds, und ich *wusste*, dass etwas aus meinem Körper hervorgeschossen war. Und dann zersprang die Vase."

„Ja." Er nickte. Einem Impuls folgend, den er sich nicht die Mühe machte, näher zu betrachten, berührte er ihre warme, weiche Haut, rieb die empfindliche Stelle an der Innenseite ihres Ellbogens mit dem

Daumen. „Das waren Sie. Es gibt unter hunderttausend Leuten niemanden wie Sie. Nicht in einer Million, womöglich in zehn Millionen. Sie verfügen über eine unfassbar seltene Macht, und Sie bilden Sie gerade erst aus."

Vorsichtig machte sie sich los, um sich mit den Fingern durch die Haare zu fahren. „Aber es ergibt keinen Sinn", murmelte sie. „Wir hatten nie Hexen in der Familie, oder auch nur irgendwelche Erwähnungen von Magie. Wir sind einfach nur normale Nullacht-fünfzehn-Menschen."

„Sie haben vielleicht *von keinen Hexen gehört*", erwiderte er trocken. „Das heißt nicht, dass es keine gab. Hexen sind dafür bekannt, ihr wahres Wesen zu verbergen, damit sie friedlich mit magie-intoleranten Familien oder Gemeinden koexistieren können."

Er sah, wie diese letzte Aussage sie traf, und ihre Miene war voller Bestürzung. „Aber warum ich? Warum jetzt?"

Er zuckte mit den Schultern. „Ich denke, das weiß keiner. Jeder ist anders. Manchmal manifestiert sich das Hexentum früh, schon im Kleinkindalter. Manche finden ihre Macht, wenn sie in die Pubertät kommen. Andere finden sie später im Leben durch persönliche Traumata, wie den Tod eines Partners oder eines Kindes, oder einen starken Lebenseinschnitt wie die Menopause."

„Aber was ist mit den alten Familiendynastien in der Hexendomäne – in Louisville, richtig?", fragte sie.

„Sie scheinen in jeder Generation Hexen zu haben, das habe ich zumindest gelesen."

„Diese Familien haben gezielt so geheiratet und sich fortgepflanzt, dass sie ihre magische Neigung verstärkten, aber das ist keine Garantie. Manchmal können sogar die mächtigsten Familien der Hexendomäne gar keine Nachkommen hervorbringen." Nachdem er innegehalten hatte, fuhr er langsamer fort. „Ich hatte auch keine Vorgeschichte mit bekannten Hexen in der Familie, aber vor vielen Jahren hatte ich einen Unfall und lag anschließend zwei Wochen im Koma. Als ich wieder aufwachte, hatte ich mich für immer verändert."

Sie drückte sich die Handballen gegen die Augen. „Gibt es eine Möglichkeit, das aufzuhalten?", fragte sie. „Eine Methode, es abzuschalten?"

Er lachte ehrlich amüsiert. „Natürlich nicht. Warum um alles in der Welt sollten Sie das wollen?"

„Vielleicht, weil es verdammt unheimlich ist?", fuhr sie ihn an. „Ich will keine Zündschnüre hochgehen lassen oder dass mein Auto zufällig liegenbleibt oder ich vielleicht jemandem mit Magie wehtue, ohne es zu wollen."

Er wurde nüchtern. „Nein, auf keinen Fall. Sie sollten niemanden unabsichtlich verletzen. Alles, was Sie tun, sollten Sie mit Absicht tun."

Sie wirkte noch entsetzter als zuvor. „Aber ich verstehe nicht, was wirklich passiert oder wie man es steuert." Ihre Stimme wurde lauter. „Ich weiß gar nichts. Das ist das erste Mal, dass jemand mit mir darüber spricht!"

„Sie sind gewissermaßen ein unbeschriebenes Blatt", murmelte er, während er sie mit abschätzendem Blick musterte. Obwohl es eine heftige Unannehmlichkeit gewesen war, sie zu entdecken, konnte er daraus vielleicht einen Vorteil ziehen. „Sie bilden so viel Magie aus, dass sie von Ihnen abstrahlt. Sie werden eine sehr mächtige Hexe werden. Die einzige Art, wie Sie hoffen können, das zu kontrollieren, ist durch Training."

„Training." Sie beugte sich vor. „Was für ein Training?"

Eins von der intensiven Art, die ein Leben neu formt. Das dachte er, sagte es aber nicht.

Stattdessen erwiderte er: „Übung, Techniken und Zaubersprüche werden Ihnen helfen, Ihre Macht unter Kontrolle zu bekommen. Wie lange das dauert, liegt an Ihnen. Wenn Sie entschlossen und konzentriert sind, wird es schneller gehen." Er kniff die Augen zusammen, während er über die Idee nachdachte, die ihm gekommen war. Anders als die anderen Überraschungen war diese nicht ganz unerwünscht. „Ich könnte es Ihnen beibringen."

„Das könnten Sie?" Sie wirkte noch erstaunter.

Er zog die Idee in Betracht. Er hatte nicht vorgehabt, sich einen Schüler zu nehmen, und auf vielerlei Art würde das seinen Zielen im Weg stehen, aber mit einer solch unkontrollierten Macht, wie sie sie im Augenblick ausstrahlte, war sie wie ein menschliches Tschernobyl. Wenn sie sich nicht unter Kontrolle bekam, würde sie unerwünschte Aufmerksamkeit auf die Gegend lenken – Aufmerksamkeit, der er noch nicht bereit war, sich zu stellen.

„Denken Sie nur daran, was wir alles tun könnten." Er musterte sie, während er diese neue Wendung der Ereignisse berechnete. „Zusammen könnten wir eine bedeutende Macht an der Ostküste werden, wenn wir wollten – wir wären dem Lord der Wyr oder dem Hohen Lord der Elfen ebenbürtig."

Sie stieß ein ungläubiges Lachen aus. „Eine bedeutende Macht an der Ostküste werden? Wie zum Teufel kommen Sie darauf?"

Seine Lider senkten sich, um seinen Blick zu verbergen. „Ich bin ehrgeizig."

Sie schüttelte den Kopf. „Mein Leben ist gerade in Trümmern. Das ist mir zu viel auf einmal. Ich habe nichts davon gewollt."

„Sie wollten es vielleicht nicht, aber Sie haben es bekommen." Er nahm ihre Hand und umfasste ihre Finger. „Mit meinem Training und meiner Führung sind Ihnen keine Grenzen gesetzt. Gefällt Ihnen das nicht irgendwie? Denken Sie darüber nach – nehmen Sie sich wirklich einen Augenblick Zeit und überlegen Sie."

Sie zögerte, eindeutig angezogen von seinen Worten, und ihr Blick richtete sich wieder auf ihre Hände.

Er ließ seine Stimme tief und verführerisch werden und sagte leise: „Sie wollen Rache an Ihrem Mann für das, was er Ihnen angetan hat? Mit etwas Disziplin, Training und etwas Arbeit gehört sie Ihnen. Sie wollen reich und mächtig sein? Das können Sie erreichen, und es ist einfacher, als Sie glauben." Er folgte wieder dem Impuls, sie zu berühren, und hob eine Hand, um über ihre blütenzarte Wange zu streichen. „Würden Sie nicht gerne so jugendlich und schön bleiben, wie Sie gerade sind, so lange wie möglich? Mächtige Hexen leben sehr viel länger als eine normale menschliche Lebensspanne. Ich kann es Ihnen zeigen."

Sie bewegte sich so gemächlich wie er und zog ihr Gesicht langsam vor seiner Berührung zurück, während ihr Blick seinen weiterhin erwiderte.

Er lächelte sie schief an und ließ die Hand auf seinen Oberschenkel fallen. „Ich kann Ihnen zeigen, wie Sie alles bekommen, was Sie sich wünschen. *Alles.* Wenn wir zusammenarbeiten, können wir eine neue Zukunft schaffen, wie Sie sie sich nie ausgemalt haben."

Aber er hatte sie zu weit getrieben – er erkannte es in dem Augenblick, als er die Worte aussprach. Sie entriss ihm ihre Hand und glitt vom Hocker.

„Das ist zu viel auf einmal für mich", sagte sie abrupt. „Danke, dass Sie mich aufgesucht und mir alles erklärt haben. Zumindest werde ich nicht verrückt. Glaube ich."

Josiah richtete sich zu seiner ganzen Größe auf.

„Gern geschehen, aber gehen Sie noch nicht gleich. Wir haben kaum an der Oberfläche dessen gekratzt, was Sie gerade durchmachen. Sie haben bestimmt tausend Fragen."

Sie lachte, während sie rückwärtsging. „Das ist eine heftige Untertreibung. Die werde ich zweifellos haben."

„Gehen Sie mit mir essen, und wir können alles etwas genauer besprechen" Er kam ihr nahe genug, um das schwache, sexy Parfüm zu riechen, das sie aufgelegt hatte. An ihrem unruhigen Blick erkannte er, dass sie schwankte.

Sie beugte sich sogar wieder in seine Richtung, und ein kleines, triumphierendes Lächeln breitete sich auf seinen Lippen aus.

Aber es war ein weiterer Fehler, seinen Triumph zu zeigen. Ihr Blick fiel auf seinen Mund, und sie zuckte zurück. „Nicht heute Abend. Bei mir ist so viel los." Sie machte eine Geste an ihrer Schläfe. „Hier drin herrscht völliges Chaos. Ich muss nachdenken."

Er fluchte innerlich. „Sie machen einen Fehler. Sie werden besser nachdenken können, wenn Sie die Dinge bereden. Ich kann Ihnen alles erklären, was Sie nicht verstehen."

Gerade als er dachte, sie würde flüchten, tat sie das genaue Gegenteil. Sie ging einen Schritt auf ihn zu und schaute ihn ein weiteres Mal ausdruckslos an, während ihre Macht aufflammte. „Ich sagte Nein."

Sofort zog er sich zurück und lächelte sie leicht an. „Das sagten Sie. Hier." Während sie misstrauisch zusah, fischte er eine hochwertige weiße Karte aus der Tasche und reichte sie ihr. „Meine Privatnummer. Haben Sie keine Scheu, jederzeit anzurufen, Tag und Nacht."

Sie zögerte, sie zu nehmen, ihr Widerwillen war offensichtlich.

Seine Stimme wurde etwas gereizt. „Dieses Angebot mache ich nicht sonderlich vielen Leuten, Molly."

„Nein, da bin ich mir sicher", gab sie zurück. „Nur eines. Liegt auf dieser Karte ein Zauber?"

Überraschung durchzuckte ihn. Er kniff die Augen zusammen. „Warum fragen Sie?"

Ihre Miene wurde grimmig. „Weil Sie einen Zauber auf diese Bar gelegt haben, um mich hereinzulocken, oder nicht?"

Erneut durchzuckte ihn Überraschung. „Gute Frage, und sehr gut beobachtet. Ja, ich habe einen Zauber gewirkt, um Sie in die Bar zu locken, aber wenn Sie stark dagegen eingestellt gewesen wären, hätte er nicht funktioniert. Es war eher eine Einladung." Er ging mit der Hand über die Karte und löschte den kleinen Zauber, den er darauf gewirkt hatte. „Jetzt ist der hier auch weg."

Ihre Hand hob sich und verharrte in der Luft. „Was war es?"

„Die gleiche Art. Eine kleine Ermutigung", erklärte er. „Ein Willkommensgruß, wenn Sie so wollen."

Sie musterte sein Gesicht, hinterfragte offenkundig

diese Aussage, aber das hielt sie nicht davon ab, nach der Karte zu greifen. „Danke."

„Gern geschehen." Er machte eine Handbewegung, und die Privatsphärenblase, die sie umgeben hatte, verschwand. „Wir reden bald."

Sie nickte ihm ruckartig zu und entfernte sich. Ihre Erleichterung, dass sie gehen konnte, war so spürbar, dass er das Gesicht verzog. Die meisten Frauen wollten nicht so dringend von ihm weg. Eigentlich suchten die meisten Frauen nach einer Möglichkeit, sich zu nähern. Das Gespräch mit Molly hatte seinem Ego einen Dämpfer verpasst.

Sein Telefon vibrierte. Er zog es aus der Tasche und schaute auf den Bildschirm. Eine Nachricht von Anson. `Hattest du schon die Gelegenheit, mit dieser Sullivan zu reden?`

Mit schnell tippenden Fingern erwiderte er: `Ja.`

`Wie lief es?`

Er schürzte die Lippen und überlegte sich eine Antwort, seine Laune hatte sich verdüstert. `Wir bekommen vielleicht Ärger, bevor wir damit rechnen. Warn die anderen lieber vor.`

Und sie konnten in nächster Zeit keinen Ärger gebrauchen.

Gedankenversunken fuhr er zu seiner Wohnung in der Stadt. Der Bezirksstaatsanwalt musste etwas Zeit in seinem schicken Apartment verbringen, ehe jemandem seine Abwesenheit auffiel und man anfing, Fragen zu stellen, die er nicht beantworten wollte.

✧   ✧   ✧

ZURÜCK IN IHREM Hotelzimmer warf Molly die Karte auf den Tisch und verbrachte den restlichen Abend damit, die Preisschilder von ihren Einkäufen abzuschneiden und diese einzuräumen.

Josiah behauptete, den Zauber auf der Karte entfernt zu haben, und sie spürte nichts, aber auf dem dunklen Holz leuchtete sie, als wolle sie sie dazu verlocken, sie wieder in die Hand zu nehmen.

Molly hatte sich vorhin überfordert gefühlt, und ein Gespräch mit ihm wäre einer *weiteren* Flutwelle gleich gekommen, die über ihren Kopf hinwegrollte, nur dass sie größer gewesen wäre als die erste. Inzwischen hatte sie das Gefühl, so tief unter Wasser zu sein, dass sie keine Ahnung hatte, wie sie wieder zur Oberfläche schwimmen sollte.

Und als er mit seiner überzeugenden, sonoren Stimme das Bild einer möglichen Zukunft beschrieben hatte, hatte sie alles vor sich gesehen wie in einem Film.

Ein Leben ohne Grenzen. Hatte ein Teil von ihr sich das nicht immer gewünscht? Sie hatte ihre Wahl getroffen und versucht, dabei zu bleiben. Gott, hatte sie es versucht.

Austin war ihre Karriere gewesen. Sie hatte alles getan, seine Kleidung aus der Reinigung abgeholt, die richtigen Verbindungen aufgebaut und gepflegt. Sie hatte alles in seine Anwaltstätigkeit investiert, in den Aufbau eines gemeinsamen Lebens.

Im Zeitalter von Lieferdiensten und professionellem Catering hatten die Leute ihre raffinierten, selbstgekochten Spezialitäten zu schätzen gewusst. Sie wusste, wie man sich mit Juristen unterhielt, und sie war stolz darauf gewesen, jeden herzlich und einladend zu behandeln.

Aber geliebt oder geschätzt hatte man sie nicht. Sie war jemand, den man *in den Griff kriegen* musste. Mit einer Ungezügeltheit, die sie zittern ließ, wollte sie Austin so wehtun, wie er ihr im Lauf der Jahre wehgetan hatte. Sie wollte, dass er weinte wie ein Baby. Und hätte er es nicht verdient, sie aufblühen zu sehen, während er litt?

Josiah hatte gesagt, dass sie aus eigener Kraft Macht erlangen könnte. Sich ihr eigenes schickes Haus in einem Reichenviertel kaufen. Sich etliche Häuser in verschiedenen Gegenden der Welt kaufen. Sie könnte jeden Lover haben, den sie wollte, und mehr Geld, als sie je brauchen würde.

Und sie war zwar mit guten Genen gesegnet und wirkte noch jugendlich, aber in den letzten paar Jahren waren einige zarte Falten um Mund und Augen aufgetaucht, und ihr blondes Haar war an den Schläfen heller geworden. Sie war nicht ergraut, noch nicht, aber das würde sie, wenn sie nichts tat, um es zu verbergen. Oder vielleicht sollte sie etwas tun, um zu verhindern, dass es überhaupt geschah?

Aber etwas fühlte sich komisch an. Sie musste ihre Empfindungen unter die Lupe nehmen, um herauszufinden, was es war.

Zum einen traute sie sich selbst gerade nicht über den Weg. Normalerweise war sie nicht auf Rache aus, aber sie war zu wütend und verletzt, und was im Moment gut klang, mochte sich als genauso schädlich erweisen wie das, wovor sie gerade floh.

Und Josiah war sexy. Sehr sexy. So verletzt, wie sie sich fühlte, war es ihr nicht geheuer, wie sehr ein Teil von ihr es genoss, von ihm berührt zu werden. Das sanfte Reiben seiner rauen Finger auf ihrer Haut war definitiv angenehm gewesen. Es war sehr lange her, dass sie schlichtes Verlangen gespürt hatte.

Und noch etwas war ihr nicht geheuer. Er war zu berechnend gewesen, zu drängend. Irgendwann im Verlauf ihres Gesprächs war er zu einer Entscheidung gelangt und hatte sich darauf eingeschossen wie eine Wärmesuchrakete. Mächtige Männer waren so. Sie hatte so etwas schon öfter beobachtet, und er hatte gesagt, dass er ehrgeizig war.

Und selbst wenn alles, was er ihr gesagt hatte, stimmte, war sie nicht willens, zu einer Konsequenz der Entscheidungen eines weiteren mächtigen Mannes zu werden.

Nachdem sie im Kopf dieses Problem gewälzt hatte, löschte sie alle Nachrichten, E-Mails und Sprachnachrichten, die ihr Telefon vollstopften.

Einige waren von ihrer Mutter, und sie unterdrückte ein Seufzen. Molly konnte es nicht mehr aufschieben, sie zu besuchen. Sie hätte sehr viel lieber alles per E-Mail kommuniziert, aber ihrer Mutter sollte sie persönlich erzählen, was passiert war.

Oder zumindest, wie sie Austin verlassen hatte. Ihre Mutter war stockkonservativ und hatte sich beharrlich gegen jede politische Initiative ausgesprochen, die die Interessen von Alten Völkern oder Magieanwendern vertrat. Es wäre desaströs, über Hexen, Zauber und plötzliche Macht zu sprechen.

Argh. Argh. Argh. Der morgige Tag würde nerven. Grimmig machte sie sich bettfertig, und spät in der Nacht träumte sie erneut.

Als sie sich dessen bewusst wurde, saß sie wieder an dem Tisch mit der Arbeitsplatte, während die Frau am Tresen stand und Kräuter hackte. Diesmal trug die Frau Jeans und ein schwarzes T-Shirt, und ihr ergrauendes Haar war auf ihrem Kopf zu einem Knoten aufgetürmt. Molly warf einen Blick aus dem Fenster. Keine Spur von dem zotteligen blonden Mann. Stattdessen prasselte Regen an die Scheiben. Ein Sturm zog auf.

„Sie sind eine Metapher, oder?" Molly kauerte sich zusammen. „Etwas, das ich geschaffen habe. Sie, diese Küche und alles darin – das ist eine Art Botschaft, die ich mir selbst vermitteln will."

Die Stimme der Frau war sanft. „Weil es immer nur um dich geht?"

„Nein, natürlich nicht! Aber ich erfinde diesen Traum. Richtig?"

Die Frau zuckte mit den Schultern. „Wenn du meinst."

Unbehaglich rutschte Molly herum und rieb sich die nackten Arme. „Wenn ich es nicht erfinde … Sie haben einen Zauber auf mich gelegt, damit ich Sie finde. Warum?"

„Schien mir zu dem Zeitpunkt eine tolle Idee zu sein." *Hack-hack-hack.* Die Kräuter rochen gut und frisch. Molly erkannte den stechenden, unverwechselbaren Geruch von Salbei.

„Was, wenn etwas passiert?", beharrte sie. „Was, wenn der Zauber kaputtgeht? Was, wenn ich nicht kommen will? Nicht gesteuert werden will?"

„Der Zauber wird funktionieren, wenn du es willst." Die Frau lächelte ihr beruhigend zu. „Und er funktioniert nicht, wenn du es nicht willst. So einfach ist das. Du wirst mich finden, wenn du bereit bist. Oder nicht. Das liegt ganz bei dir."

„Ich finde das nicht sonderlich beruhigend", murmelte Molly.

Die Frau warf den Kopf zurück und lachte, während vor dem Fenster ein Blitz aufleuchtete. Dann verschwand die Szenerie, und Molly war noch ratloser als zuvor.

Sie wachte mit neuerlichen Kopfschmerzen auf, und der Sonntag wandelte sich von schlimm zu schlimmer.

Früh am Morgen richtete sie den neuen Laptop und den tragbaren Drucker ein, die sie gekauft hatte. Dann sortierte sie den Inhalt der Tasche, in der alles aus ihrem Tresor war, und fing an, die Dokumente zu scannen.

Dabei fand sie ein paar Papiere, die sie noch nie gesehen hatte. Sie wirkten wie Kopien von Kontoauszügen, aber sie stammten nicht von einer ihr bekannten Bank. Und die aufgelisteten Zahlen waren astronomisch hoch – Millionenbeträge.

Millionen, von denen sie keine Ahnung gehabt hatte, dass sie existierten.

Ein eisiges Frösteln bescherte ihr eine Gänsehaut. Als Partner verdiente Austin jährlich im mittleren sechsstelligen Bereich, was ein wirklich nettes Einkommen war. Ihr Haus gehörte ihnen, und um Geld mussten sie sich schon lange keine Gedanken mehr machen.

Sie konnte es sich leisten, in einem gemütlichen Hotel zu wohnen, sich schöne Kleider zu kaufen und gut zu essen. Sie konnte es sich auch leisten, sich Zeit zu lassen, während sie sich die nächsten Schritte überlegte, und sie war extrem dankbar, für sich sorgen zu können, während sie sich mit den Nachwirkungen ihrer Trennung auseinandersetzte.

Aber diese Zahlen … Sie konnte sich nicht vorstellen, wie er an so viel Geld gekommen sein sollte.

Sie hatte keine Zeit, sich damit eingehend zu befassen. Rasch brachte sie alles andere in Ordnung, füllte eine Excel-Tabelle fertig aus, in der alle Anlagen aus dem Tresor aufgelistet waren, und schickte sich die Tabelle zusammen mit einer Zip-Datei der gescannten Dokumente per E-Mail.

Danach duschte sie und bereitete sich innerlich darauf vor, sich ihrer Mutter zu stellen.

Besuche bei ihrer Mutter waren immer wie eine Reise in die Vergangenheit. Gloria Addison lebte nach wie vor dort, wo sie schon gewohnt hatte, als ihr Mann Samuel noch gelebt hatte. Das alte, große Haus stand im Staatlichen Register historischer Denkmäler und befand sich schon seit Generationen im Familienbesitz.

Als Molly parkte, ging die Haustür auf. Glorias silbrig graues Haar war sorgfältig frisiert, und sie trug ein schickes grau-rosa Kleid und passende Schuhe mit niedrigem Absatz.

„Ich habe mich schon gefragt, wann du endlich aufkreuzt." Glorias Stimme war eisig, ihr Rücken durchgedrückt. Beides waren Hinweise darauf, wie der Besuch ablaufen würde.

Molly verbiss sich ein Seufzen und betrat das Haus. „Hallo, Mutter."

Gloria ging voraus in die Küche, und Molly folgte ihr. Sie sank auf einen Stuhl am Tisch, während Gloria Salat auf zwei Teller verteilte.

Währenddessen sagte Gloria: „Austin hat mich gestern angerufen."

Molly versuchte ruhig zu bleiben und rieb sich die Schläfen. Gloria hatte von Austin immer viel gehalten. Die Tatsache, dass er sich als erster bei ihr gemeldet hatte, ließ Molly noch mehr in Ungnade fallen. „Was hat er gesagt?"

„Er hat dich gesucht." Gloria holte das Dressing

aus dem Kühlschrank. „Er dachte, du wärst vielleicht zu mir gezogen. Er sagte, ihr hättet euch gestritten, aber das wusste ich schon. Melinda hat es rausgefunden. Ihr Sohn Graham geht mit einem der Johnson-Mädchen aus, das in Austins Kanzlei arbeitet."

„Ich hatte mich schon gefragt, ob du davon gehört hast." Wieder log sie. Sie musste irgendwie damit aufhören. Wo war ihr authentisches Selbst, wenn Molly es am dringendsten brauchte?

Ihre Mutter brachte die Salate zusammen mit Besteck und Dressing herüber, dann setzte sie sich. „Also, hast *du* mit Austin geredet?"

„Nein." Sie schob den Teller von sich.

„Na, glaubst du nicht, dass es an der Zeit ist? Ihr habt euch gestritten, aber das ist vorbei. Jetzt ist es an der Zeit, weiterzumachen. Er macht sich Sorgen um dich, und er ist verletzt."

Kein Ton von Mollys Gefühlen. Keine Frage, ob sie verletzt war oder nicht.

„Hat Melinda dir erzählt, worum es bei dem Streit ging?", fragte sie.

Gloria spießte ein kleines Stück Schinken auf. „Das spielt keine Rolle. Ist alles vergangen. Wichtig ist, dass ihr daran arbeitet, eure Ehe in Ordnung zu bringen, und in die Zukunft blickt."

Mollys Blutdruck stieg mit jeder Minute weiter. „Ich gehe nicht zu Austin zurück. Ich reiche die Scheidung ein."

Glorias Augen blitzten auf. Sie legte Messer und

Gabel ab. „Unmöglich. Kannst du nicht. Er ist derjenige mit dem Einkommen, und das war die letzten fünfzehn Jahre so. Du hast in deinem Leben nichts getan, außer ihn zu unterstützen."

„Ja, ganz genau." Sie reckte das Kinn. „Ignorieren wir mal die Tatsache, dass man als Frau eines erfolgreichen Anwalts auch einen Vollzeitjob hat, oder dass ich im letzten Jahr beinahe dreihunderttausend Dollar für den Wohltätigkeitsverein gesammelt habe, für den ich in Teilzeit ehrenamtlich arbeite."

„Nichts davon sichert dir deinen Lebensunterhalt", erklärte Gloria. „Wenn du weißt, was gut für dich ist, nimmst du ihn zurück. Du findest nie einen Job, der dir den Lebensstil ermöglicht, an den du dich gewöhnt hast."

Molly verlor langsam die Beherrschung. „Ich kann den Gedanken nicht ertragen, dieselbe Postleitzahl zu haben wie Austin, ganz zu schweigen davon, im selben Haus zu wohnen, oder, mein Gott, wieder im selben Bett zu schlafen. Diese Ehe ist schon sehr, sehr lange durch. Ich treffe mich morgen mit einer Anwältin. Das mit dem Geld wird schon irgendwie funktionieren."

In Glorias Blick flammte ein wütendes Funkeln auf. „Ich habe dich nicht dazu erzogen, eine Ehe aufzugeben, nur weil es mal schwieriger wird."

„Weil es mal schwieriger wird?", wiederholte Molly ungläubig. „Mom, er hat mich *betrogen. In meinem eigenen Bett.* Er hat mich *immer wieder* betrogen – und dann auch noch diesbezüglich beschimpft. Mir tut es nur leid, dass ich so lange bei ihm geblieben bin, wo ich es doch tief in meinem Innern besser wusste."

„Na, dann hat er dich eben betrogen", sagte Gloria verbittert. „Männer betrügen. So sind sie nun mal. Du kannst nicht erwarten, einen Mann zu finden, der dich anders behandeln wird, und für einen Neuanfang bist du zu alt. Du hast keine echte Berufserfahrung, und dein Abschluss liegt achtzehn Jahre zurück. Wenn du ihn verlässt, wirfst du dein Leben weg."

Mitten in Glorias Predigt wurde Molly wieder einmal klar, dass ihre Mutter nicht von ihr redete. Gloria redete von sich selbst.

„Mom, was sagst du da? Hat Dad dich betrogen?"

Gloria schaute auf ihre Serviette hinab und faltete sie präzise. „Dein Vater und ich hatten unsere Probleme, aber das geht dich nichts an. Er hat dich geliebt, und er wollte das Beste für dich, genau wie ich. Du machst einen großen Fehler, Molly Ann. Geh zurück zu Austin, solange du noch kannst."

Das Gespräch mit ihrer Mutter laugte sie so aus, wie sie erwartet hatte. „Wir finden hier keine gemeinsame Basis. Du musst mir vertrauen, dass ich weiß, was für mich am besten ist."

Aber Gloria war nicht zu überzeugen, und schließlich gab Molly auf und floh. Im Auto schaute sie auf ihr Telefon. Sie hatte weitere Nachrichten, etliche von Austin. Sie löschte sie und startete den Motor.

Als sie sich Atlanta näherte, kam die Skyline in Sicht. Die Dächer zweier Gebäude waren in Gold getaucht, und während sie näherkam, ging auf mehreren Stockwerken der Hochhäuser das Licht an, funkelnd wie Diamanten.

Im rosigen, sanften Licht des voranschreitenden Frühlingsabends wirkte die Skyline wie eine sagenhafte Stadt in einem Märchen, ein Ort, für den man alles einsetzen musste, wenn man ihn erreichen wollte, und wo man hoffen konnte, Verstand, Herz oder Mut zu finden, oder einen Weg nach Hause zu entdecken.

Was den Zauberer anging ... Es gab nur einen, der das sein konnte. Josiah. Aber er war zu anziehend und mächtig auf eine Art, die sie noch nie erlebt hatte, sowohl persönlich als auch magisch. Seine dunkle, glänzende Essenz machte ihr genauso viel Angst, wie sie sie faszinierte.

Sie spürte den Drang, zu ihm zu gehen, und das verstörte sie. Er zerrte am schwächsten, verwundbarsten Teil von ihr, gerade dann, wenn sie ihre Kraft finden musste, um nicht in alte, negative Verhaltensweisen zu verfallen.

Nachdenklich parkte sie den Escalade in der Hoteltiefgarage und begab sich zu den Aufzügen in der Lobby. Alles, was sie wollte, war eine Dusche und die Füße hochlegen, vielleicht ein bisschen hirnloses Fernsehen und dann ins Bett gehen.

„Molly!"

Sie hatte beim Gehen auf den Boden geschaut. Beim Klang von Austins Stimme hob sie abrupt den Kopf.

Er marschierte durch die Lobby auf sie zu, das gutaussehende Gesicht hart, die Augen glitzernd.

Ihr Verstand stürzte sich in panische Spekulationen. Wie hatte er sie gefunden? Hatte er den Privatdetektiv der Kanzlei eingesetzt? Oder – verdammt, sie hatte ihre Kreditkarte verwendet. Er hatte lediglich die Website ihre Bank überprüfen müssen.

Egal. Es spielte keine Rolle. Sein Gesichtsausdruck verriet ihr zusammen mit seinen angespannten, raschen Bewegungen alles, was sie wissen musste. Er war so zornig und eiskalt wie noch nie.

Ein weiterer rascher Blick verriet ihr, dass keine Zeugen da waren. Vorhin war im Hotel viel los gewesen, aber durch eine seltsame Fügung war es nun minimal belebt. Und niemand stand an der Rezeption.

Sie hielt nicht inne, um ihre Instinkte zu hinterfragen. Stattdessen floh sie.

Kapitel 4

AUSTIN RIEF NOCH einmal scharf nach ihr. Sie wusste, ohne sich umzuschauen, dass er ihr nachlief.

Sie stürmte durch den nächsten Ausgang, huschte Richtung Westen und duckte sich sofort hinter eine zwei Meter hohe Kübelpflanze neben dem Hoteleingang. Einen Augenblick später rannte Austin an ihr vorbei.

Sie ging zurück ins Hotel, lief zu den Aufzügen und drückte wiederholt den Aufwärts-Knopf. Ihre Finte würde Austin nicht lange verwirren. Sobald er sich umschaute und sie nirgends entdeckte, würde er wieder hereinkommen.

Es spielte keine Rolle. Sie wollte nur in ihre Suite und die Welt aussperren.

Die Aufzugtüren öffneten sich. Sie huschte hinein, drückte den Knopf für ihr Stockwerk, dann hielt sie den Schließen-Knopf gedrückt. Während sich die Aufzugtür langsam schloss, sah sie Austin zurückkehren. Ihre Blicke trafen sich, ehe die Tür zuging.

Verdammt! Jetzt würde er nachvollziehen können,

in welchem Stockwerk sie ausstieg.

Rasch drückte sie etliche andere Knöpfe. Dann schüttelte sie den Kopf und kniff sich in den Nacken.

Selbst wenn er herausfand, auf welchem Stockwerk sie war, gab es eine Menge Suiten und Zimmer. Er konnte nicht wissen, in welchem sie wohnte. Er konnte überall klopfen, aber sie musste nicht öffnen. Und die Suite hatte eine starke Sicherheitstür. Er würde nicht in ihren Bereich eindringen, außer sie ließ ihn. Und sie würde ihn nicht reinlassen.

Als sie auf ihrem Stockwerk ankam, rannte sie zu ihrer Suite und ging hinein. Dann schob sie den Riegel vor und überprüfte zweimal, dass die Tür verschlossen war.

Dreimal.

Da sie nicht anders konnte, ging sie immer wieder dieselben Bewegungen durch. *Riegel, Tür, Schloss. Riegel, Tür, Schloss. Riegel, Tür, Schloss.* Ich muss aufhören, dachte sie, und beobachtete ihre Hände, als gehörten sie einer Fremden.

Ihr Telefon klingelte.

Das Telefon, das sie abgeschaltet hatte.

Sie fühlte sich zugleich heiß und betäubt, griff in ihre Handtasche und zog das Telefon heraus. Sie erinnerte sich, dass sie es abgeschaltet hatte. Sie erinnerte sich ganz deutlich.

Josiahs Name erschien auf dem Bildschirm.

Sie hatte seine Kontaktinformation nicht in ihr Telefon eingegeben. Es hätte eine unbekannte

Nummer anzeigen müssen.

Sie bewegte sich auf wackligen Beinen, ging zur Küchenzeile, öffnete die Mikrowelle und legte das Telefon hinein. Nachdem sie die Tür zugeschlagen hatte, ging sie ins Bad und stützte die Hände aufs Waschbecken. Dann schaute sie in den Spiegel.

Sie konnte sich nicht deutlich erkennen. Tränen strömten ihr Gesicht hinab, und wieder tauchten die Lichtblitze am Rand ihres Blickfelds auf. Sie traute sich selbst nicht über den Weg, und sie wollte wirklich niemandem wehtun.

Sie wischte sich die Wangen ab und sagte zu der Frau im Spiegel: „Du kommst in Ordnung. Ich weiß nicht, wie, aber du kommst in Ordnung. Es wird alles gut."

Denn jemand musste das zu ihr sagen, selbst wenn sie es nicht spüren konnte.

Irgendwie würde alles gut werden.

JOSIAHS TELEFON KLINGELTE, während er eilig zu Mollys Hotel fuhr. Er warf einen Blick auf das Armaturenbrett seines Audi TT Coupé und sah, dass es Anson war, also ging er ran.

Ansons Stimme kam über Lautsprecher. „Spürst du das?"

„Natürlich", sagte er grimmig, während er bei Gelb um eine Ecke raste.

„Maria nimmt es sogar in Birmingham wahr, über

zwei Stunden entfernt. Ist das *Molly Sullivan*?“

„Ja. Ich will, dass du, Richard und Henry Atlanta verlassen. Trefft euch in Birmingham mit Maria.“

Anson fluchte. „Gut. Wie lange?“

„Lass uns das spontan entscheiden. Steven ist noch in New York, dem sollte also nichts passieren.“

„Wir können nicht ewig untertauchen.“

„Ich weiß, aber wir können es uns auch nicht leisten, unnötige Risiken einzugehen, und wir sind noch nicht bereit für eine Konfrontation. Jetzt fahrt einfach erst mal und haltet euch ruhig. Ich kontaktiere euch dann mit weiteren Anweisungen.“ Er drückte den Knopf, der den Anruf beendete.

Wieder spie sie chaotische Macht aus, und diesmal war es kein kurzer Schwall. Tschernobyl hatte eine weitere Kernschmelze. Und er hatte ihre Nummer nicht, daher wirkte er einen Zauber, damit der Anruf zu ihr durchkam, aber sie ging nicht dran.

Als er gespürt hatte, wie ihre Macht anschwoll, hatte er sich mal wieder in seiner offiziellen Wohnung blicken lassen und war gerade zum sicheren Unterschlupf unterwegs. Wie es das Glück so wollte, war er nur eineinhalb Kilometer vom Hotel entfernt. Die chaotische Macht befand sich in dieser Richtung.

Ein paar Minuten später kam er an. Er bog in einen Parkplatz an der Straße, warf sich einen Verhüllungszauber über, stellte sein Telefon auf Vibration und rannte ins Hotel.

Mollys Stockwerk war leicht zu finden. Er schätzte

es ab, und als er im elften Stock aus dem Aufzug trat, erkannte er, dass er zu weit gefahren war, daher rannte er die Treppe hinunter, bis er auf dem Absatz im neunten Stock Halt machte.

Das war definitiv die richtige Etage. Er schob sich durch die Tür aus dem Treppenhaus.

Auf jedem Stockwerk gab es Dutzende Zimmer und Suiten, aber Mollys Energiesignatur glühte vor seinem inneren Auge wie ein Leuchtfeuer. Zielsicher wandte er sich nach rechts.

Ein Stück entfernt im Gang stand Austin Sullivan und redete mit einem Hotelgast. Josiah spürte einen gewalttätigen Impuls, als er stehen blieb. Auf der Party hatten sich Molly und Sullivan hässliche Dinge an den Kopf geworfen, aber Mollys Worte hatten aus wahrer und tiefer Verletzung gerührt, während die von Sullivan absichtlich grausam gewesen waren.

Sullivan war eine Schlange, und Josiah hätte ihn mühelos unter seinem Absatz zertreten können. Aber Gewalt würde sein größeres Problem nicht lösen, daher unterdrückte er den Impuls und beobachtete unbewegt den Austausch zwischen Sullivan und einer Frau mittleren Alters.

„Entschuldigen Sie nochmal, dass ich Sie gestört habe."

„Kein Problem." Die Frau im Türrahmen lächelte. „Ich hoffe, Sie finden Ihre Frau."

„Danke, das hoffe ich auch. Das Ganze war ein Missverständnis." Die Schlange lächelte die Frau charmant an.

Sullivans Anwesenheit musste der Grund für Mollys Ausbruch sein. Sie wusste wohl, dass er hier war. Josiah ging Ideen durch, wie er den Mann loswerden könnte, ohne seine Anwesenheit zu verraten. Vielleicht funktionierte ein Panikzauber.

Allgemeine Panikzauber waren interessant wegen der Art, wie sie die Unachtsamen und Unwissenden trafen. Sie sorgten dafür, dass der Verstand des Opfers den Grund für die Panik lieferte, indem sie dessen Phobien und Ängste verstärkten.

Ja, das würde gehen. Nachdem die Frau ihre Tür geschlossen hatte, wirkte Josiah den Spruch.

Sullivan war schon unterwegs zur nächsten Tür, in Josiahs Richtung. Als der Zauber anschlug, wurde er langsamer, hielt an und sah sich um. Josiah zog einen Mundwinkel zu einem harten Lächeln hoch, während der Mann die Stirn runzelte und der berechnende Charme auf seinen ansehnlichen Zügen sich in Furcht wandelte.

Vielleicht wog Sullivan das Risiko, Aufmerksamkeit auf sich zu ziehen, indem er an Türen klopfte, neu ab. Vielleicht dachte er darüber nach, was für einen Ärger er bekommen könnte, wenn ein Gast sich beschwerte. Oder vielleicht hatte er eine irrationale Angst vor dem Teppich. Josiah war es herzlich egal, solange der Zauber den Mann dazu brachte, das Hotel so schnell wie möglich zu verlassen.

Sullivan hielt inne, kämpfte sichtlich mit sich. Dann

öffnete sich eine Zimmertür, und heraus trat ein Paar, das ihm im Vorbeigehen einen neugierigen Blick zuwarf, und er knickte ein. Er schob sich an ihnen vorbei und begab sich zum Aufzug.

Gemächlich ging Josiah ihm aus dem Weg und drückte sich an die Wand, bis das Paar weg war. Dann verbannte er die anderen aus seinen Gedanken und machte sich zu Mollys Zimmer auf.

Er lokalisierte ihre chaotische Macht an der dritten Tür vor dem Ende des Korridors, gegenüber der Stelle, an der Sullivan mit der Frau geredet hatte. Die Logik sprach dafür, dass Sullivan nicht zurück zu den Aufzügen unterwegs gewesen wäre, wenn er nicht bereits die andere Seite des Ganges abgeklappert hätte.

Also hatte er schon an Mollys Tür geklopft. Josiah stellte sich vor, wie sie durch den Spion blickte und draußen ihren Ex-Mann stehen sah. Kein Wunder, dass sie gestresst war.

Sie war nicht drangegangen, als er angerufen hatte, daher war ihm klar, dass sie ihn auch nicht an ihrer Tür empfangen würde. Er legte eine Hand auf die glatte Fläche der Tür und scannte das Innere. Ihre Aufregung prasselte auf seine Sinne ein.

Ok. Er wagte es nicht, einen Beruhigungszauber in ihre Richtung zu sprechen. Die konnten zwar durchaus subtil sein, aber sie hatte die anderen subtilen Beeinflussungszauber bemerkt, die er gewirkt hatte, daher würde sie im Augenblick keinen weiteren willkommen heißen.

Er hatte nur eine echte Option. Er grub tief nach seiner eigenen Macht und wirkte einen größeren Verhüllungszauber – groß genug, um Mollys Raum auf der anderen Seite der Tür zu umschließen und auch ihn vor anderen Gästen zu verbergen. Sorgsam baute er den Zauber um sie auf, so dass nichts von seiner Magie die von Molly streifte.

Als sich die riesige Blase bildete, hielt er die Luft an.

Nichts geschah. Sie stürmte nicht heraus, um ihn mit Vorwürfen zu überhäufen. Der Korridor blieb leer. Er seufzte vor Erleichterung und rutschte vor der Tür in eine sitzende Position. Dann zog er sein Telefon heraus und schrieb eine Gruppennachricht an Anson und die anderen.

Wie ist es jetzt? Besser?

Ihre Antworten waren positiv.

Anson fragte im Gruppenchat: Willst du immer noch, dass wir uns zurückziehen?

Ja, entgegnete er. Sie hatten zu viel Zeit und Sorgfalt darauf verwendet, Atlanta unter dem Radar ihrer gefährlichen Beute zu betreten, und er wollte sie jetzt nicht durch Leichtsinnigkeit auffliegen lassen. Ich werde hier Wache halten. Wenn in den nächsten zwei Tagen nichts passiert, sollte eine Rückkehr für uns sicher sein.

Verstanden.

Nach diesem Austausch herrschte Funkstille. Molly glaubte, allein zu sein, und ihre innere Krise setzte sich fort. Das konnte eine verdammt lange Nacht werden, aber zumindest würde es weniger Kraft kosten, den Verhüllungszauber aufrecht zu halten, als ihn zu wirken. Er entspannte sich an der Tür, die Unterarme auf die angezogenen Knie gestützt und das Telefon in einer Hand, aber er erhielt keine weiteren Nachrichten.

Wie sich herausstellte, hielt ihr Aufruhr nicht die ganze Nacht an. Sie hatte nicht die Ausbildung oder genug Erfahrung, um dauerhaft so viel Energie auszustoßen. Nach einer weiteren Stunde ließ ihre chaotische Macht allmählich nach. Sobald sie sich auf ein Niveau abgeschwächt hatte, dass er für einigermaßen sicher hielt, ließ er den Verhüllungszauber fallen und stand auf.

Molly, Molly, dachte er. Was für eine spektakuläre Unannehmlichkeit du doch geworden bist.

Er schüttelte den Kopf, dann machte er sich mit einem trockenen Lachen zum Ausgang auf. Zumindest sollte er heute Nacht etwas Schlaf im Unterschlupf bekommen, was gut war, denn sein neuer Job machte noch keine Anstalten, ruhiger zu werden.

Und der neue Bezirksstaatsanwalt von Atlanta hatte viel zu tun.

Der nächste Tag begann so hektisch, wie er befürchtet hatte, aber er hatte sehr lange in der Justiz gearbeitet, und es fiel nichts Außergewöhnliches vor, dem er nicht gewachsen war.

Vormittags klingelte sein Handy. Er warf einen Blick auf den Bildschirm und sprang aus dem Stuhl, um seine Bürotür zu schließen. Er erkannte die Nummer. Es war dieselbe, die aufgetaucht war, als er sein Telefon verzaubert hatte, um Molly anzurufen.

Er ging ran und hielt sich das Telefon ans Ohr. „Hallo?"

Im Hintergrund hörte er Autos. Sie sprach erst nach einer Weile, aber er konnte extrem geduldig sein, wenn es darauf ankam.

„Josiah."

Langsam jetzt, Junge, sagte er sich, während er sich in seinen Stuhl zurücklehnte. Verscheuch sie nicht wieder. „Molly. Schön, von Ihnen zu hören. Was kann ich für Sie tun?"

„Wie haben Sie gestern Nacht mein Telefon verzaubert?", wollte sie wissen.

Er stellte fest, dass seine Lippen sich zu einem belustigten Lächeln verzogen. Sie war offenbar immer noch wütend auf ihn. „Essen Sie mit mir zu Mittag, und ich sage es Ihnen. Oder noch besser zeige es Ihnen. Es ist leicht."

„Ich kann nicht zum Mittagessen. Ich bin von Ihrem Büro aus auf der anderen Seite der Stadt."

„Dann eben Abendessen. Ich bin schon verplant, aber ich verschiebe das gerne."

„Vielleicht." Ihr Widerstreben war laut und deutlich zu hören.

Sein Lächeln wurde breiter. „Was für eine Begeisterung. Wie gut, dass ich ein gesundes Ego habe, sonst wären vielleicht meine Gefühle verletzt."

Sie schnaubte. „Hören Sie, Sie haben zu sehr versucht, mich zu beeinflussen, und ich traue Ihnen nicht."

„Autsch", sagte er, und Reue mischte sich in seine Erheiterung. Im Lauf der Jahre hatte er sich angewöhnt, kleine Beeinflussungszauber einzusetzen, um zu bekommen, was er wollte, so dass er sie oft wirkte, ohne groß drüber nachzudenken. Aber sie war zu intelligent und empfindsam, und er war zu plump gewesen. „Das geschieht mir recht. Hilft es Ihnen zu wissen, dass ich nur Zauber wirkte, die Ihnen einen ermutigenden Schubs in die richtige Richtung geben würden?"

„Weil Sie derjenige sind, der entscheidet, welche Richtung richtig ist?" Ihre Stimme wurde hart. „Wie auch immer, es ist mir egal. Es ist manipulativ, und wenn Sie das noch einmal machen, finde ich eine Möglichkeit, mich zu wehren."

Abrupt kehrte seine Erheiterung zurück, zusammen mit Neugier. Er drehte seinen Bürostuhl langsam im Kreis und fragte: „Was würden Sie tun?"

„Ich würde …" Ihre Stimme wurde leiser. „Nun, ich weiß nicht, was ich tun würde. Aber ich würde mir was einfallen lassen."

Zweifellos. Wenn sie auch nur einen Bruchteil der Dinge gewusst hätte, die er wusste, hätte Molly einem Gegner ein unfassbares Ausmaß an Schaden zufügen können. „Ich glaube Ihnen, aber das tut nichts zur Sache. Ich entschuldige mich, und ich verspreche, nie wieder einen Beeinflussungszauber auf Sie zu wirken. Klingt das akzeptabel?“

Sie atmete langsam aus. „Vielleicht. Aber was, wenn ich mich entscheide, Ihnen zu vertrauen, und Sie es doch tun?“

„Werde ich nicht“, sagte er ausdruckslos. „Zum einen respektiere ich Ihre erwachende Macht zu sehr. Zum anderen habe ich gerade mein Wort gegeben, und das bedeutet mir etwas.“

Sie wurde wieder still, und im Hintergrund hupte ein Auto. Diesmal war er nicht so dumm, sie zu heftig zu drängen, und da sie diejenige gewesen war, die sich gemeldet hatte, wartete er ab.

Schließlich seufzte sie. „Ok. Ich nehme Ihre Entschuldigung an. Außer Sie beweisen mir das Gegenteil. Ich nehme Sie beim Wort.“

So unterhaltsam dieses Gespräch gewesen war, er hatte einen Berg Arbeit vor sich, daher wurde er geschäftlich. „Sehr gut. Ich frage noch einmal — was kann ich für Sie tun?“

Sie senkte die Stimme. „Was, wenn ich jemanden kenne würde, der einen anonymen Hinweis für den Staatsanwalt hätte?“

Noch mehr Überraschungen. Sie erwies sich als Fundgrube interessanter Erfahrungen. Er richtete sich auf. „Ich würde sagen, der Staatsanwalt wäre fasziniert. Erzählen Sie mir mehr.“

„Es könnte irgendwohin führen, oder auch nicht.“

„Das kommt vor“, sagte er gedehnt. „Anonyme

Hinweise sind dafür berüchtigt."

„Außerdem wäre es für Ihre Quelle ziemlich gut, wenn nichts unternommen würde, bis ihre Scheidung abgeschlossen ist." Sie zögerte wieder. „Sie wissen schon, nur für den Fall, dass der Tipp tatsächlich zu irgendwas führt."

„Naja, ich weiß nicht, was für eine Information es ist. Und auch nicht, wie lange die Scheidung dauern wird, aber wenn Warten eine Option ist, denke ich, ich könnte damit einverstanden sein."

„Ich habe mich heute Vormittag mit einer Scheidungsanwältin getroffen", gab sie zu. „Austin hat herausgefunden, wo ich wohne, und ist gestern Abend im Hotel aufgekreuzt, daher wird sie die Unterlagen und eine einstweilige Verfügung sofort einreichen. Sie wird Austin auch ein Vergleichsangebot schicken, das er, wie ich schätze, nicht ablehnen kann. Auf jeden Fall wird die Scheidung hoffentlich nicht zu lange dauern."

„Es muss sehr unangenehm gewesen sein, als Sullivan aufgetaucht ist", sagte er leise. „Es tut mir leid, dass Sie das durchmachen mussten. Was haben Sie?"

„Einen Vorschlag", erwiderte sie. „Ich verrate Ihnen, was ich weiß — und ich muss Sie warnen, es ist nicht sonderlich viel — und im Gegenzug will ich, dass Sie mir beibringen, wie ich mich verteidige."

Er richtete sich aus seiner hingelümmelten Position auf. „Haben Sie das Gefühl, Sie sind in Gefahr?"

„Ehrlich gesagt weiß ich es nicht." Anspannung durchzog ihre Erwiderung wie ein feiner Draht.

„Vielleicht nicht. Aber ich fühle mich unwohl, und ich hätte gern etwas Sicherheit. Ein Ass im Ärmel, nur für den Fall. Ich rede nicht von einer langfristigen Verpflichtung. Ein Zauber würde reichen, oder auch nur ein Weg, die Fähigkeiten, die ich bereits habe, irgendwie zu kanalisieren. Das würde ich lieber tun, als mir eine Schusswaffe zuzulegen. Waffen kann man ihren Besitzern abringen, aber diese Macht kann mir niemand nehmen."

Oh, was für eine Naivität.

Trotzdem hatte sie nach ihrem derzeitigen Wissensstand nicht unrecht, und Respekt regte sich in ihm. „Hat das mit Ihrem Hinweis zu tun?"

„Ja. Ich glaube, Austin hat Dreck am Stecken. Ich habe etwas in unserem Tresor gefunden."

Er hob die Augenbrauen. „Ich nehme Ihren Vorschlag an. Jetzt müssen Sie mit mir zu Abend essen und mir erklären, was los ist. Sobald ich meine anderen Pläne abgesagt habe, gehöre ich heute Abend ganz ihnen, aber wir sollten uns nicht öffentlich treffen."

Ihre Erleichterung war spürbar. „Nein, ich finde auch, dass wir uns nicht öffentlich treffen sollten. Man sollte uns nicht zusammen sehen. Wo wollen Sie sich treffen?"

Er ging gedanklich mehrere Möglichkeiten durch. „Irgendwo außerhalb der Stadt. Kennen Sie den Sweetwater Creek State Park? Ich war noch nicht dort, aber nach allem, was ich gehört habe, ist der Park riesig. Er sollte genug Privatsphäre bieten."

„Natürlich. Es ist wunderschön dort. Ich war schon oft da, und er ist nur etwa dreißig Minuten außerhalb. Ja, treffen wir uns dort. Der Park hat ein Besucherzentrum. Sobald Sie das gefunden haben, gibt es nicht weit entfernt einen Picknickbereich." Sie ratterte eine Wegbeschreibung herunter, und er schnappte sich einen Stift, um sie aufzuschreiben.

„Verstanden", sagte er. „Ich fahre gleich nach der Arbeit los und treffe mich um sechs mit Ihnen."

„Danke." Sie hielt inne, und als sie weitersprach, war ihr Zögern wieder da. „Wenn Sie direkt von der Arbeit kommen, haben Sie sicher Hunger. Ich bringe was zu essen mit."

Eine unerklärliche Reaktion ließ ihm warm ums Herz werden. Sie waren keine Freunde, und er hatte ihr gute Gründe geliefert, ihm gegenüber misstrauisch zu sein. Er konnte sich nicht einen Grund vorstellen, warum sie ihm so etwas anbieten sollte, außer dass sie einfach … nett war.

„Danke. Das ist sehr freundlich."

„Dann bis später", sagte sie.

Bevor sie auflegen konnte, fügte er hinzu: „Oh, und Molly? Wenn jemand es wirklich darauf anlegt, Ihnen zu schaden, ist eine einstweilige Verfügung nicht mehr als ein Blatt Papier. Sie sollten umziehen, und benutzen Sie diesmal nicht Ihre Kreditkarte."

Sie atmete aus. „Das ist der nächste Punkt auf meiner Liste. Ich habe heute Morgen im Hotel ausgecheckt, und ich habe ein paar Prepaid-Visa-Cards gekauft. Sobald wir fertig telefoniert haben, suche ich mir eine neue Bleibe.“

Er entspannte sich, lächelte und raunte: „Ich wusste doch, dass Sie mehr als nur ein hübsches Gesicht zu bieten haben.“

„Sie finden mich hübsch?“ Sie klang überrascht und fügte schnell hinzu: „Ich lege jetzt auf.“

Er lachte. „Ich finde Sie hübsch, und ich lege jetzt auch auf. Seien Sie vorsichtig, und sorgen Sie dafür, dass Ihnen niemand folgt. Bis bald.“

Nachdem der Anruf beendet war, schrieb er eine Mail, um seine Essensverabredung abzusagen, und lehnte sich dann in seinem Stuhl zurück.

Molly glaubte also, dass Sullivan Dreck am Stecken hatte. Na sowas aber auch.

Ihre Information mochte für Josiahs Vorhaben interessant sein oder auch nicht, aber das spielte keine Rolle. Die Hauptsache war, dass er sich weiteres Vertrauen bei ihr erarbeiten können sollte, zumindest genug, um sie wenig zu unterrichten.

Das könnte ihr reichen, um sich so weit zu kontrollieren, dass nicht mehr so verdammt sichtbar für jene war, die magisch sensitiv und ausreichend interessiert an Atlanta waren, um neu auftretende Anomalien unter die Lupe zu nehmen. Wenn er Molly half, half er sich selbst.

Er stellte fest, dass er schon wieder lächelte. Sie hatten sich nicht lange unterhalten, aber sie hatte es trotzdem geschafft, überraschend viele Gefühle in ihm zu wecken. Bei jeder einzelnen Veränderung ihres Tonfalls konnte er sich ihre Gesichtszüge vorstellen.

Sie war beschäftigt und in ihre eigenen Probleme verstrickt, aber davon ließ sich ihr scharfer Verstand nicht beeinträchtigen. Ja, sie war schön, aber in diesen modernen Zeiten wurde Schönheit überbewertet. Eine Frau mit ihrer Klugheit war teuflisch sexy, und das gefiel ihm. Das gefiel ihm sehr.

Aber das spielte keine Rolle. Er hatte in seinem Leben keinen Platz für jemand Nettes – nicht bei dem Schaden, den er anrichten wollte, und der Gefahr, die damit einherging.

Es kostete ihn etwas Mühe, aber schließlich schob er die Gedanken an sie beiseite und machte sich wieder an die Arbeit.

Kapitel 5

MOLLY LIEß IHR Telefon zurück in die Handtasche gleiten und stieg in ihr SUV. Nur die Zukunft würde zeigen, ob Josiah Wort halten würde. Sie hatte ihren Kurs festgelegt. Das musste fürs erste reichen.

Beim Treffen mit ihrer neuen Anwältin Nina Rodriguez am frühen Morgen hatten sich leider all ihre Befürchtungen konkretisiert. Nina war eine attraktive Fünfzigjährige hispanischer Abstammung mit scharfen, dunklen Augen und einem warmen Lächeln, und sie zog, wie sie sagte, nur zu gerne betrügerischen Arschlöchern jedweden Geschlechts das letzte Hemd aus.

Molly hatte ihre Zip-Datei mit den Dokumenten am vorigen Abend an Nina gemailt, und sie waren alles persönlich durchgegangen. Sobald Nina das mysteriöse Konto gesehen hatte, hatte sie am Format eine Bank auf den Seychellen erkannt.

„Wäscht Ihr Mann Geld?", fragte Nina mit einer hochgezogenen Augenbraue.

„I…ich weiß nicht", erwiderte Molly. Nachdem sie

das violette Höschen gefunden hatte, hatte sie geglaubt, Austin könne nichts mehr tun, um sie zu erschüttern. Sie hatte sich geirrt.

Nun fuhr sie, ihrem neu erlangten Gefühl der Paranoia nachgebend, im Kreis, während sie den umgebenden Verkehr im Blick behielt. Ihre Erschütterung war viel größer, als sie zugeben wollte, und es wurde ihr allmählich unangenehm, den Escalade zu fahren. Er war zu leicht erkennbar, und das Nummernschild war bekannt.

Sie fuhr zum nächstbesten Cadillac-Händler und verkaufte ihn. Während sie darauf wartete, dass der Händler ihren Scheck fertig machte, rief sie eine Autovermietung an – nicht die, die günstigerweise gleich auf der anderen Straßenseite war, sondern eine ein paar Kilometer entfernt – und reservierte eine Limousine. Die Vermietungsfirma bot ihr an, sie abzuholen, und damit konnte sie beide Geschäfte innerhalb weniger Stunden abschließen.

Danach suchte sie auf ihrem Telefon, bis sie eine verfügbare Airbnb-Wohnung in einer trendigen Gegend in der Nähe der Clark Atlanta University ausfindig gemacht hatte. Sie plauderte zehn Minuten lang mit der Besitzerin, dann mietete sie sich für eine Woche mit einer ihrer Prepaid-Visa-Cards ein und fuhr zur neuen Bleibe.

Die Besitzerin wohnte in einem Midcentury-Stil-Haus, und das freie Apartment befand sich über einer freistehenden Garage. Sie hatte Molly gestattet, die

Einfahrt zu nutzen, und so parkte sie auf einer Seite der Garage, neben der Außentreppe, die zur Wohnung hinaufführte. Die Tür war mit einer Codebox verschlossen, und die Besitzerin hatte ihr den Code gegeben, so dass sie aufsperren konnte.

Bei einem raschen Durchgang stellte sie fest, dass die Frau nicht übertrieben hatte, als sie gesagt hatte, die Wohnung sei zweckmäßig eingerichtet. Es gab eine Grundausstattung an Möbeln – ein Sofa, einen Stuhl, einen Beistelltisch und einen LED-Fernseher von einem Meter Breite im Wohnzimmer, dazu eine Essecke in der Küche, angemessene Schlafzimmerausstattung mit einem Doppelbett und minimalen Wandschmuck.

Aber es war sauber, und die großen Fenster blickten auf viele Bäume hinaus, was dem Raum eine luftige, friedliche Stimmung verlieh. Und es war ein neuer Ort, der sich frisch und unbekannt anfühlte, ein Ort, an dem Austin nie gewesen war.

Am wichtigsten war, dass es ein Ort war, an dem sie nun hoffentlich niemand finden konnte.

Sie schleppte ihr Gepäck die Treppe hinauf, packte aus und ging dann einkaufen. Am Ende des Nachmittags fühlte sie sich besser als seit Tagen. Sie hatte ein paar Flaschen Wein, sie konnte sich etwas Schönes kochen, und sie musste nicht raus, wenn ihr nicht danach war.

Es gab noch anderes, um das sie sich kümmern musste. Etwa einen Ort, an dem sie sich dauerhaft niederlassen konnte. Sie sollte versuchen, die Frau aus ihren Träumen zu finden, oder einen anderen Lehrer, jemanden, dem sie trauen konnte, der nicht Josiah war.

Aber es überforderte sie, an den Rest ihres Lebens zu denken. Sie war nicht bereit, schon weitere Entscheidungen zu treffen, die langfristige Folgen haben würden, und sie zog sich rasch davor zurück. Das war nicht das, worauf sie sich heute Abend konzentrieren musste.

Sie trug immer noch ihren Zweiteiler vom Treffen mit Nina. Sie zog sich aus, duschte lange und ausgiebig, föhnte sich und zog sich Jeans, einen Pulli und eine neue Lederjacke an. Wenn die Sonne unterging, würde es im Park kühl werden.

Kein Make-up. Sie band sich die Haare zu einem schlichten Pferdeschwanz im Nacken und schaute sich lange gleichmütig im Spiegel an. Die Frau, die zurückstarrte, wirkte stark, nüchtern, fähig. Man sah nicht, dass ihr Leben in Trümmern lag und sie sich selbst kaum wiedererkannte.

Nachdem sie sich Bargeld und Ausweis in die Jeanstasche gesteckt hatte, faltete sie die Kopie eines der ausländischen Kontoauszüge zusammen und stopfte sie in die andere Tasche, nahm ihre Schlüssel und zog los, um etwas zu essen zu besorgen.

Als es sechs Uhr wurde, saß sie auf einem der Picknicktische unter einem Unterstand, die Füße auf der Bank, das Abendessen in zwei Papiertüten neben ihr.

Etwas streifte ihr Bewusstsein. Ein Auto fuhr rasch vor und parkte neben ihrem Mietwagen. Von ihrem Platz aus konnte sie das Modell nicht erkennen, aber es wirkte dunkel, tiefergelegt und wuchtig. Während sie darauf wartete, dass Josiah ausstieg, ließ sie den Blick durch die Umgebung schweifen.

Eine Frau mit einer Dogge joggte ein paar hundert Meter entfernt die Straße durch den Park entlang, aber Mollys und Josiahs Autos waren die einzig sichtbaren Fahrzeuge. Im Sommer war dieser Picknickplatz bis Sonnenuntergang gut besucht, aber im Augenblick, da es abends kälter wurde, sollten sie die Lichtung für sich haben.

Josiah stieg aus und spazierte über die freie Fläche, als würde er sie erobern, seine Haltung locker und ausgeglichen. Wie sie war er nicht jung. Er schien Anfang bis Mitte Vierzig zu sein, aber trotz seiner Reife war an seinem hochgewachsenen, athletischen Körper kein Gramm Fett zu viel. Seine Muskelmasse hatte etwas Festes, Peitschenartiges. Sie hatte kaum etwas mit Austins gepflegter, im Fitnessstudio gehegter Figur zu tun.

Ok, sie musste ehrlich sein. Der Mann war Sex am Stiel.

Er war ähnlich wie sie gekleidet, in Jeans, ein schwarzes Hemd und eine Lederjacke, und die schräg stehende Abendsonne glänzte auf seinem dunklen, kastanienbraunen Haar. Schau mal einer an. Er war gar nicht so düster und gefährlich, wie sie anfangs gedacht hatte.

Dann begegnete sie seinem harten, katzenhaften Bernsteinblick. Ein Hauch seiner Magie, dunkel, elaboriert und gut geschärft, schimmerte vor ihrem inneren Auge. Sie fühlte sich so schnittig an, wie sein Auto aussah, und definitiv mächtiger.

Sie warf alles über Bord. Er war genauso gefährlich, wie sie anfangs gedacht hatte. Genauso und noch mehr.

Vielleicht war es nicht die klügste Idee gewesen, ihn an einem so einsamen Ort zu treffen. Aber er war ein Bezirksstaatsanwalt, rief sie sich in Erinnerung, kein Serienmörder. Bis Josiah am Picknickunterstand angekommen war, hatte sie ihre Reaktionen im Griff.

Er setzte sich neben sie, seinen langgliedrigen Körper bewegte er mit fließender Mühelosigkeit. „Guter Essplatz."

„Hab ich mir auch gedacht." Sie durchwühlte die erste der beiden Tüten neben sich, zog ein Sixpack Craftbeer heraus und bot es ihm an.

Er nahm eine Flasche. Sie stellte das Sixpack zwischen sie und reichte ihm die zweite Tüte. Er schaute hinein und betrachtete dann das Logo außen auf der Tüte. „Ich hatte gehofft, dass ich gebratenes Hähnchen rieche. Ist das von einer Kette?"

„Nein. Den Namen dieses Ladens sollten Sie sich merken. Das beste Brathähnchen in Atlanta." Sie benutzte den Flaschenöffner, reichte ihn dann ihm und nahm einen Schluck aus der Flasche.

„Hervorragend. Ich hatte zu viel zu tun für ein

richtiges Mittagessen." Er suchte sich ein großes Stück aus und reichte die Tüte zurück.

„Wie läuft Ihr Job? Keine fiesen Überraschungen, hoffe ich?"

Lässig gab er zurück: „Nichts, womit ich nicht fertig werde."

Darauf wette ich. Sie vermied es, das laut auszusprechen.

Sie durchsuchte die Tüte und holte ein in Alu verpacktes Brötchen heraus. Das Essen war noch warm, darum rollte sie den oberen Teil der Tüte über den Rest, um die Wärme drinnen zu halten.

Dann zerbrach sie ihr Brötchen und nippte an ihrem Bier, während Josiah schweigend aß. Als er sein erstes Stück gegessen hatte, fischte er sich ein weiteres heraus. Er schien keine Eile zu haben, die Stille zu brechen, aber sie hatte einen Plan.

„Wie nennen Ihre Leute Sie?", fragte sie. „Sind Sie ein Hexer oder Hexenmeister?"

Er zuckte mit den Schultern, trank sein Bier aus und nahm eine zweite Flasche. „Eins davon oder beides. Manchmal *Zauberer*. Hin und wieder *Arschloch*. Ich persönlich mag keine Schubladen."

Die anhaltende Wärme der Sonne lag auf ihrem Gesicht und ihren Händen, aber die abendliche Kühle senkte sich herab. „Ich will keine bedeutende Macht der Ostküste werden. Der Gedanke ist mir nie gekommen, nicht mal in meinen kühnsten Träumen."

Er grinste. „An der Stelle wollten Sie nicht mehr

folgen, was?"

Sie nickte. „Das war eine der Stellen. Ich habe aber gemerkt, dass Sie das wollen."

„O ja", sagte er, seine Stimme wurde tiefer. „Ich werde in den nächsten zwei Wahlzyklen Gouverneur von Georgia."

Als sie sein hartes, entschlossenes Profil betrachtete, glaubte sie ihm. „Aber wenn Sie davon sprechen, eine bedeutende Macht zu werden, meinen Sie nicht wirklich das politische System der Menschen. Oder?"

„Nein, obwohl es helfen wird, wenn ich auch politische Macht erringe." Er warf ihr einen Blick zu, rasch, berechnend, und schaute dann wieder auf die Lichtung. „Die meisten Hexen sind territorial, besonders in der Hexendomäne, die von einem sehr alten, fest eingerichteten Rat beherrscht wird. Außerhalb von Louisville findet man Gegenden, die entweder von einzelnen Hexen oder ganzen Zirkeln regiert werden. Sie mögen keine anderen Leute mit bedeutender Macht in ihrem Revier. Es wurden schon Kriege darüber geführt, wer welche Stadt beherrschen darf. Sie dürfen auch gerne wissen, dass ich vorhabe, mir Atlanta unter den Nagel zu reißen."

Kriege.

Da sie plötzlich sicher war, dass sie keinen Alkohol trinken sollte, während sie mit ihm sprach, stellte sie ihr Bier ab. „Die Gegend von Atlanta ist nicht pro-magisch."

„Geben Sie mir genug Zeit, und ich ändere das."

Seine Überzeugung war so felsenfest, dass sie ihm glaubte. „Warum werden Sie dann nicht aktiv? Wenn keine andere reife, offen praktizierende Hexe da ist, wäre die Stadt doch bereit für die Übernahme, oder?"

Er schüttelte den Kopf. „Darauf kann man nicht mit Ja oder Nein antworten. Atlanta mag zwar nicht von einer residierenden Hexe beansprucht werden, aber es ist ein Ort von besonderem Interesse für eine gewisse gefährliche Macht, was mich zu einem wichtigen Punkt führt. Diese Macht fliegt gern unter dem Radar, außerhalb der öffentlichen Wahrnehmung. Ich weiß, Sie glauben, ich habe Ihr Telefon verzaubert, als wir uns in der Bar unterhalten haben, aber das habe ich nicht. Gestern Nacht konnte ich erkennen, dass sie großen Stress durchmachten, und darum habe ich einen Zauber gewirkt, um Sie zu kontaktieren. Der Kommunikationszauber nutzt den nächstbesten Weg, um jemanden zu erreichen. Zu diesem Zeitpunkt war das zufällig Ihr Handy, aber es hätte auch Ihr Fernsehbildschirm oder Computermonitor sein können."

„Ich verstehe." Sie atmete langsam ein. Sie sah ihn von der Seite an und fragte: „Woher wussten Sie, dass ich unter Stress stand?"

„Ich konnte es spüren. Sie spuckten Macht wie ein Geysir." Er legte den Kopf zurück und trank sein Bier aus. „Noch wichtiger, jedes Wesen mit einem Gefühl für Macht hätte es auch spüren können, und Molly –

wenn Sie mir sonst nichts glauben, vertrauen Sie mir in dieser einen Sache –, auf diese Weise sollten Sie nicht jemandes Aufmerksamkeit erregen. Es zeigt, dass Sie keine Kontrolle haben, und macht Sie zum Ziel für Raubtiere. Es gibt Geschöpfe auf der Welt, die nur zu gern ihre Zähne in Sie versenken und Ihnen alle Magie aus den Knochen saugen würden wie den Saft aus einem reifen Pfirsich."

Sie spürte, wie ihr das Blut aus dem Gesicht wich. „Das ist eine ziemlich heftige Beschreibung."

„Es ist ziemlich heftig, wenn es dazu kommt." Er schaute sie mit zusammengekniffenen Augen an. „Aber es gibt gute Nachrichten. Sie können das vermeiden, und Sie können es vermeiden, jemandem unabsichtlich wehzutun, wenn Sie ein paar einfache Techniken anwenden."

„Wie zum Beispiel?"

„Meditation zum einen. Fangen sie mit zehn Minuten am Stück an, dreimal täglich, und bauen Sie darauf auf. Das wird Ihnen helfen, Ihre Macht besser unter Kontrolle zu halten, bis Sie die Ausbildung bekommen, die Sie brauchen. Eine tägliche Yoga-Routine hilft auch. Und sie müssen eine Technik für stressige Situationen entwickeln. Üben Sie das, als wäre Ihr Leben davon abhängig, denn der Fall könnte eintreten." Er wischte sich den Mund und die Hände mit einer Papierserviette ab, dann nahm er sich ein weiteres Bier.

Sie hatte nie den Drang verspürt zu meditieren,

aber zehn Minuten am Stück klangen machbar, und sie würde nur zu gern wieder mit Yoga anfangen. „Was für eine Technik?"

„Es kann alles sein, was Sie in einer stressigen Lage beruhigt und Ihnen Selbstbeherrschung ermöglicht. Sie könnten es mit 4-7-8-Atmung versuchen." Er zog den Mundwinkel hoch. „Zumindest sollte das ganze Zählen Sie zurück auf den Boden holen. Und wenn die Lage zu stressig ist, um zu zählen, haben Sie schlimmere Sorgen als Ihre fluktuierende Macht."

Zögerlich erwiderte sie das Lächeln. „Das ist der schlimmste Beruhigungsversuch, den ich je gehört habe."

„Sie sollten mal mich mal am Krankenbett erleben."

Ha. Sie beäugte ihr Bier. Wenn sie misstrauisch sein wollte, hätte sie Josiah gar nicht erst zu kontaktieren brauchen. Was soll's. Sie griff nach der Flasche.

„Molly", sagte er. Sie schaute von ihrem Getränk auf und begegnete seinem intensiven Bernsteinblick. „Meditation, Yoga und Atemtechniken – das sind alles nur Pflaster. Sie haben viel zu viel Macht." Er hielt inne, und dann drang zum ersten Mal in ihrem Leben jemandes Stimme in ihren Kopf ein. <Wir reden hier nicht von bescheidener Glitzermagie, die es Ihnen ermöglicht, Telepathie zu nutzen oder glänzende Zauber zu sehen. Sie sind zu gewaltigen Verheerungen fähig. Wenn Sie Ihre Macht ignorieren, ist es zu Ihrem eigenen Schaden – und zum Schaden aller um Sie

herum.>

Die Bedeutung seiner Botschaft entzog sich ihr, als sie erkannte, dass er …

In. Ihrem. Kopf. War.

Die Bierflasche fiel ihr aus den schlaffen Fingern. Sie stieß sich vom Picknicktisch ab und hielt nicht an, bis vierzig Meter zwischen ihnen waren. Dann drehte sie sich im Kreis, die Hände an die Schläfen gepresst.

„Sie hätten mich vorwarnen können!", schrie sie, als sie wieder zu ihm schaute.

Er lachte so sehr, dass er beinahe vom Tisch fiel. „Wie hätte ich ahnen können, dass Sie vorher noch nie Telepathie ausprobiert hatten? Das war das erste, was ich versucht habe, als meine Macht erwacht ist."

„Ich war ein wenig mit anderen Dingen beschäftigt!" Sie stampfte auf ihn zu. „Reden Sie nicht mehr so mit mir!"

Er wartete, bis sie fast bei ihm war. <Warum? Andere Leute werden ebenfalls versuchen, telepathisch mit Ihnen zu reden, da können Sie sich auch gleich dran gewöhnen.>

„Arrgh!" Sie drückte sich wieder die Hände an den Kopf. „Ich muss mich an gar nichts gewöhnen! Ernsthaft, *hören Sie auf!*"

Sein Gesicht war immer noch erheitert. „Als ich angeboten habe, Sie als Schülerin anzunehmen, war mir nicht klar, wie unterhaltsam das sein könnte."

„Ich bin nicht Ihre Schülerin", erklärte sie verärgert. „Das ist eine einmalige Lektion, vergessen?"

Sein Lachen verklang, und er beäugte sie mit einem trägen, fast sinnlichen Blick. „Das muss es nicht sein. Niemand sonst kann Ihnen beibringen, was ich Ihnen beibringen kann. Niemand sonst wird Sie ermutigen zu sein, wie auch immer Sie sein wollen. Ihre Beschränkungen abzuwerfen und ihr gesamtes Potential zu erkunden.“

Sie ließ sich von der Verlockung seiner Worte anziehen, von seiner sexy Stimme. Nur einen Augenblick lang. Es war eine so gefährliche, hübsche Fantasie, sich jemandem zuzuwenden, der behauptete, alle Antworten zu kennen.

Dann schaute sie weg, und die Fantasie platzte. „Ich traue Ihnen immer noch nicht“, hörte sie sich sagen. „Sie sind zu ehrgeizig, zu manipulativ. Ich merke, wie sie jeden Schritt abwägen, während sie sich ausrechnen, was für Sie rausspringt.“

Er versuchte nicht, es zu leugnen, und klang auch nicht wütend, nur sachlich. „Macht das nicht jeder? Sie belügen sich selbst, wenn Sie etwas anderes behaupten.“

Ihre Lippen spannten sich an. „Und Sie werfen Zauber auf mich und um mich herum, als wäre es Konfetti.“

Seine Erheiterung verflog endgültig, und er schob sich vom Picknicktisch hoch. Er wirkte wie ein Tiger, der seine Beute anspringen wollte. „Ich habe Ihnen bereits gesagt, dass ich damit aufhöre. Wenn Sie mir nicht glauben, warum sind Sie dann hier?“

„Weil ich glaube, dass ich Sie trotzdem mag." Sie überraschte sich selbst, und sie erkannte an seiner Miene, dass sie auch ihn überrascht hatte. „Zumindest kann ich Sie nicht so wenig leiden, dass ich Ihnen aus dem Weg gehen will. Außerdem gibt es gerade niemand anderen, den ich anrufen kann."

Als das aus ihrem Mund kam, bewunderte sie ihre eigene Taktlosigkeit. Nur zu, du Genie, vergraul den einzigen Lehrer meilenweit. Aber zum Glück wirkte er wieder erheitert.

Er musterte sie. Sie wollte sich unter seiner Beobachtung winden und spannte ihre Muskeln gegen den Impuls an. Dem Tiger den Rücken zu kehren oder vor ihm zurückzuzucken klang nach einer richtig schlechten Idee.

„Also gut", sagte er schließlich. „Jetzt erzählen Sie mir doch etwas mehr über diesen Hinweis. Sie sagten vorhin, dass Sie die Scheidung einreichen und eine einstweilige Verfügung erwirken."

Sie zögerte. Die Joggerin und ihr Hund waren schon lange weg, und die Einsamkeit ließ alles riskanter wirken. Die einbrechende Nacht schien von Schatten und ungesehener Gefahr erfüllt.

Aber sie war diejenige, die das Ganze angefangen hatte, daher deutete sie auf ihren Oberarm. „Ich habe immer noch die blauen Flecken von neulich, als Austin mich gepackt hat, und er ist letzte Nacht im Hotel aufgekreuzt. Er ist sehr wütend, und wenn er die Scheidungspapiere und den Vergleichsvorschlag erhält, wird er noch wütender sein. Sehen Sie, als ich am Donnerstag weggegangen bin, habe ich den Haustresor ausgeräumt und alles mitgenommen."

Ein kleines Lächeln legte sich um seinen harten Mund. „Obwohl sie in dieser Nacht sehr aufgeregt waren, haben sie einen kühlen Kopf bewahrt."

„Ja. Seitdem habe ich herausgefunden, dass etwas nicht zusammenpasst – eine ziemlich große Sache." Sie zog ein gefaltetes Blatt aus der Tasche und reichte es ihm. „Das war in einem der Dokumente aus dem Tresor. Nina Rodriguez ist meine Anwältin." Juristen pflegten oft engen Umgang, daher hielt sie inne, um neugierig zu fragen: „Schon mal von ihr gehört?"

Wortlos schüttelte er den Kopf.

„Nun, sie ist ziemlich clever. Nina und ich haben einen Vergleich aufgesetzt, bei dem Austin bekommen würde, was auf diesem Bankkonto liegt, während ich alles andere behalte. Auf den ersten Blick sieht es so aus, als würde er besser wegkommen, denn … sehen Sie sich einfach die Summen an."

Er faltete das Blatt auseinander, und seine Lippen spitzten sich zu einem tonlosen Pfiff. „Das ist eine schockierend solide Endsumme."

Nun, da sie zur Tat geschritten war, wich die Anspannung aus ihrem Körper. Sie ging zurück zum Tisch und nahm ihre Bierflasche. „Wie ich sagte, die Zahlen passen nicht zusammen. Alles sieht gut aus. Unsere Anlagen und Renten und Sparkonten sind so, wie man erwarten würde bei dem, was wir angehäuft haben. Aber ich wusste nicht mal, dass das von einem Bankkonto auf den Seychellen stammte, bis meine Anwältin das Format erkannte. Austin muss Dreck am Stecken haben. Ich weiß nicht, wie er sonst so viel Geld auf einem versteckten Konto hätte anhäufen können."

Er überflog das Blatt und schaute sie an. „In Ihrem Vergleichsangebot behalten Sie alle rechtlich einwand-freien Vermögenswerte und lassen ihm nur das. Und Sie haben gerade den Bezirksstaatsanwalt darüber informiert."

Sie hob eine Schulter. „Wenn es rechtlich ein-wandfrei ist und er es nur vor mir versteckt hat, kann er eine Menge Geld behalten. Wenn nicht, bekommt er, was er verdient."

„Und verliert alles." Er lächelte. „Mir gefällt, wie Sie denken."

Sie nickte und schaute zur Seite. „Auf jeden Fall wäre ich mit dem Vergleich mehr als gut versorgt, und ich wäre ihn los. Aber das funktioniert für mich nur, wenn Sie nichts tun, bis die Scheidung durch ist."

„Sie glauben, das wird nicht angefochten?"

„Ganz genau. Ich kann mir nicht vorstellen, dass er will, dass das Gericht diese Informationen be-kommt." Sie zuckte mit den Schultern. „Es ist möglich, dass er das Geld legal verdient hat. Ich weiß nicht, wie, aber er hat mich nicht über alles auf dem Laufenden gehalten, was er gemacht hat, daher …"

„Geben Sie eine gemeinsame Steuererklärung ab?"

„Ja."

„Dann haben Sie die Steuererklärungen der letzten paar Jahre gesehen? Haben Sie bestimmt, denn Sie müssen sie ja unterzeichnen."

„Ja."

„Und keine Ihrer Steuererklärungen hat dieses Einkommen ausgewiesen?"

Sie verzog das Gesicht. „Nein. Natürlich nicht."

„Dann liegen Sie nicht falsch. Zumindest ist er der Steuerhinterziehung schuldig und muss eine Menge Geld nachzahlen. Da er das Einkommen versteckt hat, hat er es vermutlich nicht auf legalem Weg erworben, obwohl es möglich ist, dass er es einfach nur vor Ihnen und der Regierung versteckt hat."

Sie spürte, wie sie mit den Zähnen mahlte. „Das habe ich mir auch gedacht. Er wollte vielleicht einige seiner Anlagen verstecken, falls er vorhatte, mich zu verlassen."

Josiah faltete das Blatt zusammen und steckte es in seine Jacke. „Wenn Ihre Scheidung nicht angefochten wird, sollte sie in etwa sechzig Tagen abgeschlossen sein, und sorgfältige Untersuchungen sind keine einstündigen Fernsehsendungen – sie dauern. Selbst wenn das Ganze irgendwohin führt, würde mein Büro ein paar Monate brauchen, um den nächsten Schritt zu tun."

Sie schnaubte. „Also *werden* Sie Nachforschungen anstellen?"

„O ja. Ich kann es kaum erwarten, den Spuren nachzugehen und herauszufinden, was dahintersteckt." Er hielt inne, und seine Miene wurde berechnend. „Und Sullivan hat dieses Geld nicht in einem Vakuum verdient."

Einen Augenblick lang versuchte Molly zu ermessen, wie weit Josiahs Ermittlungen gehen könnten. Andere mussten beteiligt sein, Leute mit Macht. Vermutlich sogar Leute, denen sie bei ihren vielen Dinnerpartys begegnet war. Die Summe, um die es ging, garantierte das.

Mit einiger Mühe hörte sie auf zu spekulieren. „Ich war völlig mit meinen eigenen Sorgen beschäftigt. Ich habe nicht bedacht, wie groß das werden könnte. Und wissen Sie was? Es ist mir egal. Ich will mich nur gesetzlich und finanziell von ihm trennen, damit ich mein Leben weiterleben kann."

Josiah beugte sich vor. „Das steht alles in Verbindung mit diesem Verteidigungszauber, den Sie lernen wollen."

„Ja. Ich bin umgezogen, aber ich wollte vorbereitet sein, nur für den Fall." Sie sah ihn gleichmütig an. „Ich *werde* mir eine Schusswaffe zulegen, wenn ich muss, aber gibt es denn eine schützende Beschwörung oder einen Trank, die besser geeignet wären?"

Sein scharfer Blick sah vermutlich mehr, als ihr genehm war. „Ich habe nichts gegen Schusswaffen. Ich besitze selbst ein paar, aber Sie haben recht. Man braucht keine, um sich zu schützen. Es gibt raffiniertere Beschwörungen, Tränke und Zauber, die man im Lauf der Zeit lernen kann, aber Sie haben bereits gezeigt, dass Sie im Augenblick alles, was Sie brauchen, auch heraufbeschwören können.“

Sie schnaubte, war zugleich verärgert und eingeschüchtert. „Was soll das heißen?“

„Kommen Sie.“ Er griff nach dem Sixpack auf dem Tisch.

Sie nahm die leere Essenstüte und warf sie in einen Mülleimer in der Nähe, während sie ihm folgte.

Die Halogen-Straßenbeleuchtung war angegangen und tauchte ihre Autos in weißes Licht. Josiah marschierte zur Mitte des Parkplatzes. Er zog eine leere Bierflasche heraus und stellte sie auf den Asphalt. Dann ging er zurück zu der Stelle, an der sie stehengeblieben war, ein paar Schritte entfernt.

„Alles, was Sie brauchen, tragen Sie in sich.“ Er schaute herab in ihre Augen. „Sie brauchen dazu keinen Zauber.“

Sie glaubte zu wissen, worauf das hinauslief. „Sie wollen, dass ich das umwerfe, so wie ich bei mir zu Hause die Vase zerbrochen habe.“

„Genau.“ Er stellte das Sixpack neben seinen Füßen ab und verschränkte die Arme. „Los. Machen Sie's.“

Sie hob die Hände. „Kann ich nicht.“

Er hob eine breite Schulter. „Wenn Sie glauben, Sie können es nicht, dann können Sie es nicht. Aber die mächtige Frau, die ich auf der Party gesehen habe, sagte nicht, dass sie etwas nicht tun könne. Sie hat es einfach getan.“

„Das ist zu vereinfacht.“

„Ach ja?“, gab er zurück. „Sehen Sie her.“

Er drehte sich um und schaute zur Flasche. Eine unsichtbare Kraft schoss aus ihm hervor, zuckte die paar Meter weit, und die Flasche zersprang.

„Heilige Scheiße“, flüsterte sie. Sie wandte sich ab und rieb sich mit beiden Händen das Gesicht.

Wie Finsternis, die die Sonne verhüllte, trat er hinter sie und flüsterte ihr ins Ohr: „Ich hätte das niemals lernen können, wenn ich gesagt hätte, *ich kann nicht.*“

Sie wirbelte abermals herum. „Ok, ich verstehe. Aber als ich das zum letzten Mal gemacht habe, waren Lichtfunken am Rande meines Blickfelds. Eine gewaltige Emotion hatte sich in meinem Körper aufgebaut, und sie konnte nirgendwohin, zumindest nicht, bis sie aus mir hervorschoss. Ich weiß nicht, wie ich darauf zugreifen soll. Ich kann nicht …“ Als sie seinen Gesichtsausdruck sah, schluckte sie den Rest hinunter und gab einen frustrierten, kehligen Laut von sich.

Er nahm eine weitere Bierflasche, ging zur Mitte des Parkplatzes und stellte sie auf. Als er zurückkehrte, deutete er darauf: „Los.“

Molly warf der Flasche einen finsteren Blick zu und versuchte, sie mental anzuschieben. Sie blieb aufrecht. Sie versuchte es wieder. Und wieder.

Und wieder, bis es in ihrem Kopf dumpf zu hämmern begann. Josiah schaute ihr zu, die Arme verschränkt. Er wirkte unbeeindruckt, ungeduldig.

„Starren Sie mich nicht an“, fuhr sie ihn an.

Eine dunkle Braue hob sich hämisch. „Sicher. Das sollte die Sache regeln.“

„Ach, hören Sie auf. Ich kann nicht …“ Sein Gesicht verdüsterte sich, und die Worte blieben ihr im Halse stecken. Sie knurrte und fing neu an, diesmal suchte sie nach besseren Worten. „Ich weiß nicht, wie ich auf diesen Teil von mir zugreifen soll. Er ist … er ist …“

„An Ihre Emotionen gekoppelt, sagten Sie.“ Er klang gelangweilt, seine Stimme war schneidend. „Dann greifen Sie auf ihre Emotionen zu.“

„Arrgh!“ Sie drückte sich die Finger in die Oberschenkel und versuchte sich genau zu erinnern, wie es passiert war. Sie war dermaßen von Schmerz und Wut erfüllt gewesen, dass sie kaum geradeaus hatte blicken können, und schon gar nicht zusammenhängend sprechen.

Die *Erinnerung* ließ sich ganz leicht abrufen. Aber das Gefühl selbst wieder hochzuholen war etwas ganz anderes. Brutale, mächtige Emotionen lagen nicht einfach herum und warteten darauf, dass man über sie stolperte.

Vielleicht war etwas an ihr falsch. Vielleicht würde sie nicht so mächtig werden, wie er es sich vorstellte. Vielleicht hatte sie nicht die volle Bandbreite an Fähigkeiten, die andere erwachende Hexen besaßen …

Josiah zog sie in seine Arme. Ihre Lippen öffneten

sich, als sie entsetzt aufkeuchte. Mit einer harten Hand umfasste er ihren Nacken, und sein Kopf stieß auf sie herab.

Was. Zum. Teufel.

Weiter kam sie nicht. Ihre wirbelnden Gedanken wurden in Fetzen gerissen, als sein Mund sich auf ihren legte. Er küsste sie heftig, drückte sie fest an seinen großen, muskulösen Körper.

Es war Jahre her, dass jemand anders als Austin sie geküsst hatte. Jahre über Jahre. Der Schock bei diesem Kontakt durchfuhr sie vollständig, rasch gefolgt von überraschter Freude und Empörung.

Freude. Empörung?

Sie vergaß zu atmen, als ihre Lippen sich zögerlich unter seinen bewegten. Irgendwo in ihrem Kopf begann eine Sirene ihr hupendes Warngeheul.

Austin mochte ja fremdgegangen sein, aber sie nie. Obwohl sie sich scheiden ließ und ihm verdammt nochmal gar nichts mehr schuldig war, war sie im Grunde ihres Wesens sehr treu. Es fühlte sich an, als würde sie unerlaubt eine Grenze überschreiten. Es fühlte sich gut an, aber auch falsch.

Dann stieß Josiahs Zunge in ihren Mund vor. *Seine Zunge.*

In ihrem Mund.

Ein ersticktes, wortloses *Hnnnf* entwich ihr. Verspätet begriff ihr Körper, was geschehen war, und sie begann sich zu sträuben. Einen Augenblick lang hielten seine Arme sie weiterhin fest, so unzerbrechlich wie eiserne Bänder.

Dann ließ er sie los. Keuchend stolperte sie zurück und funkelte ihn an. Er funkelte zurück, sein Bernsteinblick leuchtete. Ihr war nicht klar, ob er eher lachte, wütend oder erregt war – oder alles zusammen.

Sie musste ihn ohrfeigen. Blitze glühten am Rande ihres Blickfelds.

Seine Augenbrauen gingen hoch. Er wandte sich um und deutete auf die Bierflasche mitten auf dem Parkplatz.

Sie fuhr herum und starrte dorthin, wohin er zeigte, und da war es. Macht wallte in ihr auf, und als sie ihre Aufmerksamkeit auf die Flasche richtete, schoss die Macht wie ein Blitz aus ihr heraus.

Fünf Meter entfernt wackelte die Flasche und fiel um.

Die Flasche fiel um.

„Das war ich?", flüsterte sie.

„Das waren Sie", sagte Josiah. Wilde Befriedigung lag in seiner Stimme.

Sie erinnerte sich an das, was gerade vorgefallen war, und fuhr zu ihm herum. *„Was zum Teufel!"*

Er warf ihr einen dreisten, reuelosen Blick zu. „Jetzt machen Sie das fünfhundert Mal. Denken Sie nicht zu viel nach, zweifeln Sie nicht an sich, und teilen Sie ihre Energie nicht auf, indem Sie sich Sorgen machen." Er trat dicht vor sie und fauchte: „Bringen Sie mich nicht dazu, Sie nochmal zu küssen, außer Sie meinen es wirklich ernst. Erreichen Sie diesen Teil

Ihrer selbst auf eigene Faust und holen Sie ihn hervor. Sorgen Sie dafür!"

Bringen Sie mich nicht dazu, Sie nochmal zu küssen, außer ...

Er hatte den Kuss nicht ernstgemeint. Sie hatte sich völlig verspannt und sich gefühlt, als hätte sie eine moralische Grenze überschritten, *obwohl sie das nicht getan hatte* – und er hatte es nicht mal ernst gemeint.

Sie wischte sich mit dem Handrücken über den Mund. „Sie manipulativer Hurensohn!"

Er deutete auf die umgefallene Bierflasche. Sie drehte sich um und funkelte sie an.

Dort war es, in ihr, genau wie Josiah es vorhergesagt hatte. Sie wusste nun, wie sie es fand. Ihre Magie flammte auf, leuchtend und tödlich wie eine Supernova. Sie konzentrierte sich auf das Ziel.

Als der Blitz diesmal aus ihr hervorschoss, zersprang die Flasche.

„Da haben Sie's", sagte Josiah. Er nickte ihr zu. „Gern geschehen."

Sie war so wütend, dass sie nicht wusste, was sie tun sollte. „Wenn Sie mich noch einmal so anfassen", stieß sie hervor, „werden Sie es bereuen."

Seine Augen glitzerten. „Ihre erste Drohung habe ich Ihnen durchgehen lassen. Seien Sie vorsichtig. Ich werde nicht mehr lange so tolerant sein."

Der Tiger war nicht mehr erheitert. Sie zwang sich dazu, tief und bebend Luft zu holen. „Sie sind so ein Arschloch."

„Und Sie sind wohl eine Blitzmerkerin." Er schüttelte schnaubend den Kopf. „Es war ein Kuss. Kommen Sie mal klar. Ich habe Sie *ein wenig* angefasst und Sie losgelassen, sobald Sie sich gesträubt haben. Noch wichtiger, ich habe Ihnen den Schock verpasst, der nötig war, um die Sache hinzukriegen. So, morgen treffe ich mich mit dem Bürgermeister zum Frühstück und muss dann eine größere neue Untersuchung starten. Haben Sie noch weitere Hinweise für mich?"

Sie atmete immer noch schwer und schüttelte den Kopf. Sprechen traute sie sich nicht zu. Sie wollte in sein arrogantes, reueloses Gesicht reinschlagen.

„In Ordnung", sagte er. „Denken Sie dran, machen Sie's mindestens fünfhundert Mal. Solange, bis Sie es im Schlaf können und keine Mühe mehr haben, auf diesen Teil von Ihnen zuzugreifen. Üben Sie mit verschiedenen Zielen – mit beweglichen Zielen, wenn Sie sowas finden. Üben Sie, wenn Sie müde sind, und gleich nach dem Aufstehen. Gute Nacht!"

Damit drehte er sich um und ging zu seinem Auto, ließ sie allein auf dem Parkplatz stehen, wo sie ihm hinterherstarrte. Ihre Lippen pochten noch vom harten Druck seines Mundes, und Adrenalin pumpte durch ihren Körper.

Nur ein Kuss, hatte er gesagt. *Kommen Sie mal klar.*

Aber es war mehr gewesen als nur ein Kuss. Es war ihre erste zärtliche Erkundungstour jenseits ihrer verendeten Ehe gewesen. Ihr erster Hauch von Vergnügen mit jemand anderem als ihrem Mann.

Aber er hatte es nicht ernstgemeint.

Und in dem kurzen Augenblick, als sie sich gegen seine Kraft zur Wehr gesetzt hatte, war ihr sehr klar gewesen, dass er sie mit wenig Mühe überwältigen könnte. Und dass sie sich nicht von ihm befreien könnte, wenn er nicht bereit war, sie loszulassen.

Als sich ihr Blut in der abendlichen Kälte abkühlte, wurde sie ruhig genug zum Nachdenken. Vielleicht hatte er es gar nicht darauf angelegt. Wie er gesagt hatte, hatte er sie losgelassen, sobald er ihre Gegenwehr wahrgenommen hatte.

Doch einen Moment lang hatte sie gespürt, wie es war, von jemand Größerem und Stärkerem überwältigt zu werden.

Sie nahm eine weitere Bierflasche, stellte sie auf den Asphalt und ging einige Meter weg.

Während sie ihr Ziel beäugte, flüsterte sie: „Ich komme nicht *mal klar*.“

Dann konzentrierte sie sich darauf, ihre Magie zu rufen und sie wie eine Waffe zu fokussieren.

Die Bierflasche zerbarst.

Noch vierhundertneunundneunzig übrig.

Kapitel 6

E R HÄTTE SIE nicht küssen sollen.

Das war sein dominierender Gedanke, als Josiah auf den Highway nach Birmingham fuhr. Er raste durch die fortschreitende Nacht, seine Laune wurde unbeherrscht.

Was zum Teufel hatte er sich nur dabei gedacht? Er hatte sie aufstacheln wollen, aber dafür gab es tausend andere Möglichkeiten, und das Verlangen, diese wunderschönen Lippen zu erkunden, hatte sich katastrophal mit dem Drang vermischt, sie aus den Fesseln ihrer Selbstzweifel zu reißen.

Wie schon so oft hatte er sich verschätzt. Heftig. Aber das war nicht das, was sich in sein Gehirn eingebrannt hatte.

Sie hatte auf seinen Kuss reagiert. Ihr spektakulärer Mund hatte sich sanft und zögerlich unter seinem bewegt, bis sich etwas längst Verendetes in seiner Brust fest zusammengezogen hatte.

Selbst wenn er jetzt daran dachte, erhitzte sich seine Haut, und seine Lenden verhärteten sich zur ersten unwillkürlichen Reaktion seit …

Bei den Göttern, er erinnerte sich nicht, wie lange das her war.

Abrupt machte er eine geistige Kehrtwende. Teufel auch, es war gut, dass er die Brücke niedergebrannt hatte, die sie allmählich zögerlich zwischen sich aufgebaut hatten. Nur gut, dass sie ihn letztlich betrachtet hatte, als wäre er der Teufel höchstpersönlich und der Inbegriff eines jeden männlichen Arschlochs auf dem Kontinent.

Er hatte bereits sehr viel mehr Gedanken, Zeit und Mühen auf sie verwandt, als er je beabsichtigt hatte. Er hatte für sich schon geklärt, *nur zu gut, gottverdammt,* dass es in seinem Leben keinen Platz für nette Leute gab. Und es gab absolut gar keinen Platz für schöne, verletzliche Frauen, ganz gleich, wie intelligent sie waren oder wie vielversprechend ihre Zukunft aussah.

Oder wie weich und einladend ihre Lippen wirkten. Sich anfühlten.

Als er fast am Ziel war, zog er sein Telefon heraus und wählte Marias Nummer. Sobald sie ranging, sagte er: „Ich will ein Zirkeltreffen."

Ihre tiefe Stimme mit dem leichten Akzent erklang in seinem Ohr. „Wann?"

„In einer Viertelstunde. Ich bin fast da." Persönliche Versammlungen waren selten, aber die anderen hatten sich bereits in Marias Unterschlupf zurückgezogen, und was erledigt war, war erledigt. „Informier die anderen. Wir holen Steven in New York übers Internet dazu."

Das schätzte er an Maria — sie verschwendete keine Zeit mit unnötigem Gerede. „Ok. Wir sind bereit, wenn du ankommst.“

Er legte auf. Dann, obwohl er aufpasste, seit er sein Büro verlassen hatte, fuhr er eine Reihe von Manövern, die darauf ausgelegt waren, Verfolger abzuhängen.

Während sein Audi durch die Straßen des Wohngebiets brauste, flüsterte er Zauber, um zu verhindern, dass Seher genaue Visionen seiner Handlungen erhielten. Es gehörte alles zum Standardprocedere, das er seinem Zirkel abverlangte, wann immer er sich versammelte. Nur weil er so darauf bestand, hatten sie bis jetzt überlebt. Er war sicher, dass er nichts als das übliche weltliche Interesse auf sich gezogen hatte, als er den neuen Job angetreten hatte, aber er überließ niemals irgendwas dem Zufall. Nachlässigkeit war tödlich.

Oder schlimmer. Es gab sehr viel Schlimmeres als den Tod.

Schließich kam er an der Zieladresse in den südlichen Vororten der Stadt an, einem weiteren Land-haus, genauso unscheinbar wie dasjenige außerhalb von Atlanta. Er folgte dem Schotterweg nach hinten und parkte neben zwei Pickups, einem Subaru Outback und einem Honda CRV.

Als er ausstieg, erschien Maria an der Autotür. Sie war eine kleine Latina mit langem, schwarzem Haar, das zu einem Zopf geflochten war, und großen, leuchtenden Augen. Sie wirkte wie ein menschliches

Bambi, und ihre Aura harmloser Verletzlichkeit war eine der tödlichsten Illusionen, die er je gesehen hatte.

Sie umarmte ihn. „Was ist los?“

„Falsche Frage“, erklärte er und erwiderte die Umarmung. „Wenn meine Intuition mich nicht trügt, bietet sich uns vielleicht eine unerwartete Gelegenheit.“

„Oh, gut!“ Sie entspannte sich sichtlich. „Wir haben uns Sorgen gemacht, besonders nach letzter Nacht.“

Er schaute sich um. Da vier Mitglieder seines Zirkels anwesend waren, hatte er keine Zweifel, dass die Umgebung frei von potentiellen Bedrohungen war, aber manche Angewohnheiten ließen niemals nach. „Gehen wir rein, bevor ich mehr sage.“

„Aber klar. Brauchst du was zu essen?“

„Ich habe schon gegessen, danke. Je schneller wir zur Tat schreiten, desto schneller kann ich zurück in die Stadt. Ich muss morgen um acht im Büro sein.“

Sie warf ihm einen raschen, reumütigen Blick zu. „Hast du vorher schon mal nach einem anderen Zeitplan als deinem ticken müssen?“

„Nein“, sagte er trocken.

„Es ist was ganz anderes, als für sich selbst zu arbeiten. Und zurzeit betreibst du Raubbau an deinen Kräften, oder?“

„So ist mein Leben, bis das hier vorbei ist.“

„Vielleicht, aber wir übrigen werden tun, was wir können, um dir was abzunehmen.“

Sie führte ihn durch die Hintertür direkt in den

Keller, wo Anson, Henry und Richard warteten. Ein Teil von Josiah, der immer auf höchster Alarmstufe blieb, entspannte sich, sobald er sich von den Schutzzaubern der Kellerdecke, des Bodens und der Wände umgeben fühlte.

Die Gruppe hielt die Begrüßung kurz. Während Anson ein Pentagramm auf den Boden zeichnete, richtete Maria die Videoverbindung mit Steven ein, stellte das Telefon dort auf, wo sonst er gestanden hätte, und alle traten in den Kreis.

Josiah nahm sich einen Augenblick, um sich umzuschauen. Richard war beim Militär gewesen und hielt seinen großen, geraden Körper immer noch wie ein Soldat. Henry war ein Zahlenguru und hatte einen Harvard-Abschluss, während Steven, ihr ausgewiesener Geek, am Massachusetts Institute of Technology studiert hatte und auf die Schnittstelle zwischen Technik und Magie spezialisiert war.

Maria, die stärkste Seherin der Gruppe, erschien wie eine attraktive Dreißigjährige, aber eigentlich ging sie eher auf die Sechzig zu, und mit zweihundert Jahren – sechsundzwanzig mehr als Josiah selbst – war Anson der Älteste. Er wirkte noch immer genauso, wie er gewesen war, als seine Macht erwacht war, ein freundlicher Großvater mit ergrauendem Haar.

Zirkel wurden aus einer Reihe gesellschaftlicher, politischer und finanzieller Gründe gebildet, und einige hielten sich über Generationen. Josiah hatte seinen nur zu einem einzigen Zweck gegründet. Er hatte jedes

Mitglied peinlichst durchleuchtet, bevor er es in einem sorgfältigen, manchmal Monate dauernden Prozess rekrutiert hatte. In Ansons Fall waren es zwei Jahre gewesen.

Die Mitglieder des Zirkels waren keine Freunde. Er und Richard konnten einander kaum ausstehen, aber in gewisser Weise standen sie sich näher als eine Familie. Während er Henrys peitschenschnellen, eisigen Blick betrachtete, fragte Josiah sich, was passieren würde, sobald der Zirkel endlich geschafft hatte, was er sich vorgenommen hatte.

Er konnte sich vorstellen, dass manche abhauten und man nie wieder von ihnen hörte, aber andere Verbindungen, wie etwa die Beziehung zu Maria oder Anson, mochten länger halten.

Nichts davon spielte eine Rolle. Jetzt waren sie vereint, waren es schon seit Jahrzehnten, nur zu dem Zweck, einen Mann zu vernichten.

Nachdem Richard die Kerzen entzündet hatte, die an jeder Spitze des Pentagramms standen, erhob Josiah seine Macht und dehnte sie auf Maria links von ihm und Richard rechts aus. Die anderen machten es genauso, bis ihre Mächte sich mit einem Knall vereinten und der Kreis geschlossen war.

Er war schwächer, als es der Fall gewesen wäre, wenn Steven persönlich anwesend gewesen wäre. Selbst so konnte er etwas Energie durch die Videoverbindung übertragen. Als Josiah ihr Werk kritisch betrachtete, bemerkte er zufrieden, dass die Verbindung stark und solide geworden war.

So unterschiedlich ihre Charaktere und Talente auch sein mochten, sein Zirkel hatte gelernt, gut zusammenzuarbeiten. Solange sie ihren Kreis hielten, würde kein Wesen von außen sehen können, was sie taten, noch konnte jemand hören, was sie sprachen, nicht einmal die seltenen, gefährlichen Dschinns.

Für den unwahrscheinlichen Fall, dass etwas an den elektronischen Sicherheitssystemen, den Fahrmanövern, den Abwehrzaubern und den Sprüchen an der Decke, auf dem Boden und an den Kellerwänden vorbeigeschlüpft war, war dieser Kreis ihre letzte, stärkste Schutzschicht.

Er zog die zusammengefaltete Kopie heraus, die Molly ihm gegeben hatte, und warf sie mitten in das Pentagramm. „Sag mir, was du siehst, wenn du dir das anschaust", trug er Maria auf. „Steht es mit unserer Mission in Verbindung?"

„Was ist es?", fragte Richard und beäugte das gefaltete Blatt neugierig.

Leise erwiderte Josiah: „Moment. Ich will erst wissen, ob Maria daraus irgendwelche Hinweise ziehen kann."

Marias Blick neigte zu reineren Ergebnissen, wenn sie keine voreingenommenen Gedanken hatte. Neben ihm legte sie den Kopf schief. Ihre großen, leuchtenden Augen glänzten noch mehr als sonst. Sie glitzernden wie schwarze Diamanten, warfen das Licht zurück.

„Was ist das für eine Geheimniskrämerei, die

darum herum liegt?", murmelte sie.

Sie war so verdammt gut. Lächelnd sagte er: „Es gibt einige Schichten von Geheimnissen. Diejenige, die es mir gegeben hat, hat das im Geheimen getan."

„Und es enthält ein Geheimnis."

„Ja."

„Ein gefährliches Geheimnis." In diesem Augenblick wirkte sie ganz fremd. Sie atmete schwer und nickte. „Das steht in Verbindung mit unserer Mission, aber es ist ein krummer Weg, der auf sich selbst zurückführt. Ich kann die Windungen nicht sehen, die er nimmt. Manches davon ist technologisch, einiges finanziell. Sicher kann ich nur sehen, dass jemand nicht will, dass das gefunden wird."

Josiah rieb sich übers Kinn. „Nein, ich glaube nicht, dass man das will."

„Sei vorsichtig, Josiah." Ihr niemals blinzelnder, glitzernder Blick richtete sich auf ihn. „Ich sehe Gewalt im Umkreis dieses Dings."

Er war immer vorsichtig. „Wir wussten, je näher wir kommen, desto gefährlicher würde es werden." Sie erwähnten nie den Namen ihres Gegners, für den Fall, dass er Aufmerksamkeit erregte. „Du sagtest, es gibt eine Verbindung. Führt es zu unserem Ziel?"

„Ich glaube, es könnte hinführen. Viel hängt von den Entscheidungen ab, die wir treffen, und ob wir den krummen Wegen dieser Spur folgen können." Ihre ausdruckslose Miene verzog sich frustriert. „Unser Kreis ist zwar schützend, aber er behindert auch die

Sicht. Ich muss hinaustreten, um mehr zu sehen."

„Halt", sagte er sofort. „Das ist das Risiko nicht wert. Du hast bestätigt, dass eine Verbindung zu unserer Beute besteht, und das reicht fürs erste."

Das Glitzern wich aus ihren Augen, und sie begann zu beben. „Ich höre auch eine Menge Geisterwispern entlang dieser krummen Spur. Seelen, die getötet oder verstümmelt wurden."

Das wurde mit einer schmerzhaften Stille quittiert.

Anson fragte leise: „Sind darunter welche von unseren?"

Sie alle hatten etwas an denjenigen verloren, den sie jagten. Familienmitglieder, frühere Leben. Josiah hatte Jahre seines Lebens verloren. Ihr Verlust war das, was sie zusammenschweißte. Dennoch dachte er, als er den unverhüllten Schmerz auf Marias Zügen aufblitzen sah, dass es nicht fair war, sie das zu fragen.

Trotzdem war ihre Antwort sanft. „Ich weiß nicht, Anson. Ich habe keinen Blick auf einzelne Gesichter erhascht oder Namen vernommen. Aber möglich ist es."

„Entschuldige." Anson rieb sich übers Gesicht. „Ich hätte nicht fragen sollen."

„Ist schon gut", erklärte sie. „Glaub mir, ich verstehe es."

Josiah trat in die Mitte, um das Blatt aufzuheben. Er faltete es auseinander und hielt es Richard hin, der es konzentriert betrachtete, bevor er es Anson reichte.

Das Blatt kam bei Henry an, der aufmerksam

wurde wie ein Jagdhund, der Blut gerochen hatte. „Das sieht interessant aus."

„Ja", sagte Josiah. „Es ist auch so bedeutend, dass wir uns nicht leisten können, falsch damit umzugehen. Ich will mit etwas Buchführungsforensik beginnen. Henry, sieh, was du mit weltlichen Techniken nachverfolgen kannst. Arbeite mit Steven zusammen, um sicherzugehen, dass du keine magischen Fallstricke auslöst, und denk daran — es ist wichtiger, dass wir genau und sicher sind, als dass wir uns beeilen. Wir sind nicht so weit gekommen, um jetzt nachlässig zu werden."

Steven meldete sich über Video. „Henry sollte sich aus Atlanta fernhalten, während er daran arbeitet. Wie ich schon bei unserer letzten Zusammenkunft sagte, liegen Zauber über den Internetknoten von Atlanta. Ich bin mir ziemlich sicher, dass es Alarme sind. Sie könnten durch die Verwendung gewisser Suchbegriffe und Datenbanken ausgelöst werden. Er muss eine andere IP-Adresse nutzen."

„Ist Birmingham weit genug weg?", fragte Henry.

Steven hielt inne. „Ich glaube schon."

Henry grinste Maria an. „Schätze, ich quartier mich dann mal auf deiner Couch ein."

Sie schnaubte. „Ich werde es sogar noch besser machen und dir eine Luftmatratze holen." Ihr dunkler Blick richtete sich auf Josiah. „Willst du, dass ich an meiner Sache dranbleibe?"

Marias Aufgabe war das Beobachten diverser

Wanzen, die er in den Räumen des Bezirksstaatsanwalts, in seiner Stadtwohnung und außen um den Unterschlupf in Atlanta platziert hatte.

„Ja", erwiderte er. „Es kann gut sein, dass Sullivans Seychellen-Dollars irgendwie mit Sherman & Associates verbunden sind. Richard, ich will, dass du Russell Shermans Hintergrund durchleuchtest. Wieder nur mit weltlichen Mitteln. Keine Magie."

„Was ist mit mir?", fragte Anson.

Anson war Josiahs Mann am Boden, während der Job des Bezirksstaatsanwalts seine Zeit fraß. „Wenn alles ruhig bleibt, kannst du am Mittwoch zurückkommen und wieder als Unterstützung fungieren."

Der ältere Mann nickte. „Klingt nach einem guten Plan."

Wenig später verabschiedete sich Josiah. Während er in die Stadt zurück fuhr, begann er zu lächeln. Die Jahre der sorgfältigen Vorbereitung zahlten sich allmählich aus. Er hatte keine Zweifel, dass sie ihre Beute bald im Blick haben würden.

Dann würde es zum Endspiel kommen.

IN DER RESTLICHEN Woche übte Molly fleißig, bis sie sowohl stillstehende als auch bewegliche Ziele traf und sich nicht mehr anstrengen musste, um die Macht zu erreichen, die tief in ihrem Inneren wie ein Quell aus goldenem Licht wartete.

Die Ergebnisse ihre Blutuntersuchung kamen

zurück. Sie war erleichtert, als sie hörte, dass alles negativ war, aber sie würde in sechs Monaten einen Folge-HIV-Test machen müssen, um sicher zu gehen. Sie fand auch einen Händler, um ihren Schmuck zu verkaufen, darunter ihren Diamant-Verlobungsring.

Er hatte in den letzten zwanzig Jahren drastisch an Wert gewonnen, und alles war innerhalb weniger Tage verkauft. Nachdem sie die Händlergebühren bezahlt hatte, fügte sie ihrem immer besser gefüllten Bankkonto eine weitere beträchtliche Summe hinzu.

Am Mittwoch hatte Nina einen Entwurf für die Scheidungsregelung zu Mollys Kenntnisnahme vorbereitet. Nach einem Gespräch und ein paar Änderungen ließ Nina die Papiere gleich am Freitagmorgen an Austin zustellen.

Austin konnte sich Tage oder sogar Wochen nehmen, um über die Papiere nachzudenken und zu antworten, aber Molly wusste, dass er sie an diesem Morgen lesen würde. Sie konnte beinahe spüren, wie er durch den Stapel blätterte und sein Zorn mit jeder Seite einen Gang höher schaltete.

Dieser Gedanke versetzte sie in eine solche Feierlaune, dass sie zum Autohändler ging und beschloss, sich einen neuen Jeep Cherokee zu kaufen. Da sie bar zahlte, dauerte das Ganze nicht so lange wie bei einer Finanzierung.

Am Nachmittag konnte sie schon mit ihrem neuen Auto losfahren. Als sie es startete, klingelte ihr Telefon. Nachdem sie sichergestellt hatte, dass das Auto im

Parkmodus war, schaute sie aufs Display. Ninas Name wurde angezeigt.

Mollys Herz hämmerte. Sie drückte auf Annehmen. „Nina, was ist los?"

„Hervorragende Neuigkeiten", sagte Nina. „Austin hat die Regelung akzeptiert und die Papiere unterzeichnet."

„Wow, das ging schnell." Triumph und Erleichterung, dass sie bekommen hatte, was ihr zustand, tobten durch ihre Adern, gemeinsam mit einer gesunden Dosis Entsetzen. „Er hat *all* unsere Bedingungen akzeptiert?"

„Alle. Er hat die notarielle Urkunde für das Haus überschrieben, die Rentenkonten, alles."

Molly stieß ein ungläubiges Lachen aus, dann wischte sie sich übers Gesicht. „Ich weiß nicht, warum ich weine."

Sanft erwiderte Nina: „Weil Sie wissen, dass kein Wunder geschieht, das Ihre zerrüttete Ehe wieder reparieren wird."

„Vermutlich. Ich wusste es bereits, aber so fühlt es sich echter an." Sie lehnte sich zurück in den Sitz und starrte durch die Scheibe, ohne etwas zu sehen. „Größtenteils fühle ich mich erleichtert, und ich bin immer noch sehr wütend."

„Sie brauchen vielleicht etwas Zeit, um es zu verarbeiten. Versuchen Sie doch erst mal zu feiern. Sie haben ihn an den Eiern, und das weiß er. Und wissen Sie, was noch schlimmer für ihn ist? Er weiß, dass *wir* das wissen. Er wird bis Ende nächster Woche aus dem Haus raus sein, und Sie können es nächsten Samstag in Besitz nehmen. Ich bin unterwegs zum Gericht, daher werde ich das heute Nachmittag einreichen. Sie sind auf einem guten Weg, Molly."

„Danke für alles."

Nachdem sie aufgelegt hatte, saß sie einige Minuten mit ihrem Telefon in der Hand da. Dann rief sie Josiah an.

Er hob beim dritten Klingeln ab. „Molly."

„Sie sind immer noch ein Arschloch."

„Und Sie immer noch eine Blitzmerkerin", erwiderte er. Er klang beschäftigt und genervt. „Immer noch wütend wegen des blöden Kusses?"

Sie ballte ihre freie Hand um das Steuer. Es schmerzte immer noch, dass es ihm gar nichts bedeutet hatte.

Verflucht nochmal, dachte sie. Ich habe heute schon einen Mann abserviert. Da kann ich mir auch gleich den nächsten vornehmen. Mit gleichmütiger, kalter Stimme fragte sie: „Also finden Sie es blöd, mich zu küssen?"

Die Veränderung in der Atmosphäre war beinahe elektrisierend. „So habe ich das nicht gemeint."

„Also nicht?" Sie stellte sich jede Silbe wie einen Eispickel vor, der ihm unter die Haut fuhr. „Sie haben am Montag vollkommen deutlich gemacht, dass Sie mich nur geküsst haben, um mich aufzustacheln."

Die Intensität am anderen Ende nahm zu, bis Molly

sich fühlte, als würde ihr Ohr gleich qualmen. Er stieß hervor: „Das habe ich nicht gesagt."

„Genau das haben Sie gesagt", fuhr sie ihn an. „Sie haben mich geküsst, um mich aufzustacheln. Sie wollten mich dazu bringen, das zu tun, was *Sie* von mir wollten. Sie haben mich manipuliert – schon wieder. Und Sie mögen mich ja nur *ein bisschen* angefasst haben, aber wieso glauben Sie, dass *ein bisschen* in Ordnung ist? Dann wurden Sie herablassend, als Sie sagten, sie würden mich *tolerieren*, weil ich es gewagt habe, empört zu reagieren. Also, ja, ich bin noch wütend, und ich weiß nicht, wann oder ob ich Ihnen vergebe. Und ich weiß ganz sicher, dass es schwer wird, Ihnen jemals wieder zu vertrauen."

Die Stille pulsierte. Als er wieder etwas sagte, waren die Genervtheit und Ungeduld aus seiner Stimme gewichen, und er klang ernst. „Ok. Sie haben mit alldem Recht. Ich habe mich schlecht benommen, und es tut mir leid. Sie haben das nicht verdient, und ich hätte es nicht tun sollen."

„Das hätten Sie am Montag sagen sollen", erklärte sie.

Sie konnte sein langsames, bebendes Atmen hören und fing an zu zählen. Vier. Sieben … Ihr Mundwinkel hob sich. Er nutzte die 4-7-8-Atmung.

Sie hatte ihn aufgerüttelt.

Gut. Das hatte er verdient.

Als er endlich etwas sagte, klang er kurz angebunden und ruhig. „Haben Sie deswegen angerufen?"

„Nein, aber ich bin froh, dass ich mir das von der Seele geredet habe." Sie ließ den Blick über den geschäftigen Parkplatz des Autohändlers schweifen. „Austin hat den Vergleich zur Scheidung angenommen, etwa neunzig Minuten, nachdem er die Papiere erhalten hatte. Meine Anwältin reicht die Dokumente heute Nachmittag ein. Ich werde Sie informieren, wenn die Scheidung abgeschlossen ist. Das war's schon."

„Warten Sie. Ich möchte …"

Eine jüngere, sanftere Molly hätte vielleicht zugehört. Sie wäre begierig darauf gewesen, zu gefallen, und hätte sich bemüht, alle Wogen zu glätten. Aber sie war nicht mehr diese jüngere, sanftere Molly. Sie verspürte kein Bedürfnis, sich zu verbiegen, nur um den Wünschen und Erwartungen anderer zu entsprechen.

Daher unterbrach sie ihn. „Es ist mir egal, was Sie möchten oder nicht möchten. Ich will nichts von Ihnen hören. Ich will nicht an Sie denken. Ich will nicht mehr von Ihnen manipuliert werden. Wenn ich Ihnen etwas zu sagen habe, melde ich mich. Ansonsten lassen Sie mich verdammt nochmal in Ruhe."

Sie legte auf, starrte auf das Telefon und hielt die Luft an.

Es blieb so still, wie es sollte.

Nach ein paar Augenblicken startete sie den Cherokee erneut. Sie fühlte sich seltsam und leer, als hätte man jegliche Zielstrebigkeit chirurgisch aus ihr entfernt. Zurück in ihrer Wohnung werkelte sie halbherzig an der Zubereitung einer Bolognese-Sauce herum, aber sie war nicht bei der Sache.

Sie fühlte sich, als würde sie darauf warten, dass etwas passierte. Alles fühlte sich unfertig an, wie ein Klumpen halb geformter Ton auf dem Tisch eines Bildhauers. Das wahre Gesicht ihrer neuen Wirklichkeit musste erst noch hervortreten. Es hatte zwischen ihr und Austin keine wirkliche Klärung gegeben, nur den Anruf von Nina, dass ihre Ehe vorbei war. Auch wenn es eine Art Sieg war, fühlte es sich merkwürdig an, nicht mit ihm zu sprechen.

Nicht, dass sie mit ihm sprechen *wollte* – eigentlich ganz im Gegenteil. Sie vermisste ihn nicht, nicht das geringste bisschen.

Je mehr Zeit verging, desto mehr fiel ihr auf, wie sehr das Leben mit ihm zur Gewohnheit geworden war. Austin war Teil der Liste voller „sollte dies und sollte das tun" geworden, die ihr Leben diktiert hatte. Sie sollte mit ihm verheiratet sein, das hatte sie zumindest gedacht, genauso wie sie eine pflichtbewusste Tochter sein sollte, obwohl ihre Mutter sie mit einem Mangel an liebevoller Wärme und einem Übermaß an Verurteilungen bedachte.

Trotzdem, vor ein paar Wochen hatten Austin und sie noch davon gesprochen, im Rasen vor dem Haus ein neues Bewässerungssystem zu installieren. Die schlingernden Jahre der Konversation, aus denen ihre Ehe bestand, waren mitten im Satz abgeschnitten worden.

Nun lag die Fessel ihres Hauses und all ihrer Besitztümer um ihren Hals, und sie fühlte sich zu ausgelaugt, um zu feiern. Sie hatte einen Weg in die Freiheit eingeschlagen, aber sie war noch nicht frei.

Nach einer Weile schaltete sie den Herd ab, suchte auf ihrem Telefon nach Maklern vor Ort und rief einen nach dem anderen an, bis sie an einen Menschen und nicht nur einen Anrufbeantworter geriet. Die Maklerin Tanya Martin war klug und charmant. Molly verabredete sich für den folgenden Samstag mit ihr am Haus, damit sie das Grundstück besichtigen und Tanyas Vertrag unterschreiben konnten.

Danach verbrachte sie das Wochenende in der Bibliothek, wo sie über Hexen und Hexerei recherchierte. Sie meditierte auch mit religiösem Eifer und fing wieder mit Yoga-Stunden an. Es fühlte sich gut an, die einfachen Disziplinen zu üben, und sie spürte den inneren goldenen Quell, der zu einem Teich der Ruhe wurde.

Am Montag rief Julia an. Molly fühlte sich von dem Gespräch richtiggehend gefühlsmäßig losgelöst, blieb aber um Julias Willen dran.

Trotzdem hatte sie nicht viel zu sagen. Was hätte sie erzählen sollen? „Hey, ich habe herausgefunden, dass ich mit Gedankenkraft Flaschen zerbrechen kann, und ich will unbedingt diesen Privatsphäre-Zauber lernen, den der neue Bezirksstaatsanwalt letzte Woche gewirkt hat.“

Ja, das klang bestimmt großartig. Also hörte sie vor allem zu. Als Julia sich über die langen Arbeitszeiten ihres Mannes beschwerte, wurde Molly klar, dass Julia sich ständig über ihren Mann beschwerte.

„Du weißt, dass du nicht so leben musst, wenn du nicht willst", sagte sie.

„Du hast leicht reden, jetzt, da du den Sprung gewagt und dein eigenes Arschloch von einem Mann verlassen hast. Du musst nicht an ein Kind denken, oder an die Kosten für die Betreuung, oder dich fragen, wie du als Alleinerziehende mit Unterhalt für das Kind klarkommen würdest."

Molly war verwundert über den tiefsitzenden Unmut ihrer Freundin. Hatte Julia schon immer so negativ geklungen, oder war das neu? Oder waren jetzt die Scheuklappen von Mollys Augen gefallen, und sie sah alles klarer?

„Das stimmt alles", gab sie trocken zurück. „Aber es war trotzdem nicht einfach. Und wenn du wirklich gehen willst, weißt du, dass der Unterhalt ausreichen würde. Du müsstest vielleicht etwas sparsamer leben und arbeiten gehen, aber du könntest es hinkriegen."

Das Gelächter, das Julia ausstieß, klang bitter. „Weißt du, es ist schon witzig. Ich habe dich und Austin um euren Lebensstil beneidet. Alles schien für euch so einfach, aber dann hast du ihn verlassen und fast dein ganzes Leben umgekrempelt, und weißt du was? Nichts hat sich geändert. Ich beneide dich immer noch."

Wenig später beendete Molly den Anruf, indem sie vorgab, zu einem Termin zu müssen. Als sie auflegte, wurde ihr klar, dass sie und Julia nichts mehr gemeinsam hatten.

Sie hätte diese Woche ihre Mutter besuchen sollen, aber als es Mittwoch wurde, entschied sie sich, stattdessen anzurufen. Als Gloria dranging, sagte sie: „Hi, Mom. Ich wollte dich nur wissen lassen, dass ich heute nicht bei dir vorbeikomme."

„Austin sagt, du hättest die Scheidung eingereicht." Glorias Stimme klang kalt und ausdruckslos, so wie immer, wenn sie von Molly enttäuscht war. „Trotz all meiner Bemühungen legst du es darauf an, das Beste zu zerstören, was dir je widerfahren ist."

Erst vor ein paar Monaten hätte Molly sich angesichts der Belastung, sich ihrer Mutter entgegenzustellen, verkrampft. Sie hatte gehört, dass Scheidungen Freunde und Familien auseinanderbrachten, und Gloria hatte Austin immer lieber gemocht.

Nun stellte sie die Füße auf den Beistelltisch und beobachtete einen Spatzen, der in einem Ahorn vor dem Fenster der Mietwohnung nistete. Die Sonne schien durch die Blätter, und sie fühlte sich, als wäre sie von einem goldgesprenkelten Meer aus Grün umgeben.

Es war ein verdammt schöner Tag.

„Du irrst dich, weißt du?", erklärte sie Gloria fröhlich. „Die Scheidung einzureichen war das Beste, was mir je widerfahren ist. Ich werde auch meinen Namen ändern, aber nicht zurück zu meinem

Mädchennamen. Ich werde mir einen ganz neuen aussuchen, nur für mich. Du wirst ihn natürlich hassen, und ich sehe nicht ein, warum ich fünfundvierzig Minuten fahren soll, damit wir uns persönlich über dieses Thema unterhalten können. Eigentlich sehe ich nicht ein, warum wir uns überhaupt noch unterhalten sollten."

„Du bist eine Schande", keifte ihre Mutter. „Ich habe keine Ahnung, was ich sagen soll, wenn meine Freunde von dir reden. Ich sage ihnen, dass du eine Midlife-Crisis durchmachst und verdammt nochmal den Verstand verloren hast. Wenn du wieder zu Sinnen kommst, wird Austin längst weg sein, und dir wird es dir leid tun, alternd und allein, wie du bist."

„Danke, Mom. Danke, dass du mir klar machst, dass ich die richtige Wahl treffe."

„Wovon redest du? Ich unterstütze nichts von dem, was du tust!"

„Ich weiß. Und das passt schon. Du darfst du selbst sein. Aber weißt du was? Ich darf mich entscheiden, dabei nicht zugegen zu sein – und ich darf ich selbst sein."

„Was sagst du da, dass meine einzige Tochter mich allein lassen wird?"

„Ich lasse dich nicht allein. Trotz allem liebe ich dich. Aber du hast mich mein Leben lang verbal misshandelt und kontrolliert. Eigentlich hattest du meine Erwartungen so heruntergeschraubt, dass es kein Wunder ist, dass ich mit jemandem wie Austin zusammenkam. Und ich gebe mich nicht mehr mit Leuten ab, die mich so behandeln."

„Wie kannst du es wagen." Glorias Stimme wurde tief und giftig. „Glaub ja nicht, dass ich dir irgendwas vererbe. Lieber spende ich mein Geld. Zumindest weiß ich dann, dass es jemand erhält, der dankbar dafür sein wird."

Ah, jetzt kam die Leier von der undankbaren Tochter.

„Nur zu. Spende alles." Sie seufzte. „Ich weiß nicht, warum du so bist, wie du bist. Ich weiß, dass deine Mutter nicht nett zu dir war, also gibst du vielleicht nur weiter, wie du selbst behandelt wurdest. Aber mir reicht es jetzt. Ich bedaure nur, dass ich nicht schon früher an diesem Punkt war."

„Dein Benehmen würde deinem Vater das Herz brechen."

Sie nickte vor sich hin. Ihrem Vater das Herz brechen, das war ein weiterer Lieblingsvorwurf ihrer Mutter. „Wenn du irgendwann auf eine liebevolle und unterstützende Art mit mir reden willst, ruf mich bitte an. Ich würde das sehr gerne von dir hören. Bis dahin will ich nicht mit dir reden."

„Ich meine es ernst, Molly Ann. Ich vermache dir keinen einzigen Cent."

Mit dem Gefühl, sie wäre zehn Kilo leichter, sagte Molly leise: „Tschüss, Mom."

Also bekam Austin die Freunde und die Mutter. Molly bekam das Haus und das Geld.

Sie lächelte. Das war für sie in Ordnung.

Kapitel 7

DER REST DER Woche verlief friedlich. Laut ihrer Abmachung sollte Austin bis Samstag aus dem Haus verschwunden sein. Sobald Molly grünes Licht von Nina erhielt, bestätigte sie das Treffen mit der Maklerin für Samstagabend sechs Uhr.

Der Zeitpunkt war etwas ungewöhnlich, aber Tanya war offen dafür, und wenn sie zur Abendessenszeit zurückkamen, hatten sie die besten Chancen, neugierigen, schnüffelnden Nachbarn aus dem Weg zu gehen.

Als es Samstagnachmittag wurde, beschloss Molly widerwillig, eine Stunde eher hinzufahren. Tanya kannte eine Firma, die den Hausrat in Kommission nehmen und auf dem Flohmarkt verkaufen würde, aber Molly wollte sich Fotos ihres Vaters holen und sicherstellen, dass es sonst nichts gab, was sie behalten wollte.

Als sie in die lange, vertraute Einfahrt abbog, stellte sich in ihrer Kehle ein saures Gefühl wie Sodbrennen ein. Sie parkte und musterte die Szenerie.

Es war ein wirklich schönes Haus, geräumig und

gut auf einem großen Eckgrundstück gelegen. Die Rückseite grenzte an einen weitläufigen Park mit vielen Bäumen, was ein schönes Gefühl von Privatsphäre vermittelte. Sie verabscheute den Anblick.

Als sie durch die Vordertür hineinging, stach ihr Fäulnisgeruch in die Nase.

Was zum Teufel war das? Rasch ging sie durch das stille Erdgeschoss.

Die Küche sah genauso aus, wie sie sie vor ein paar Wochen verlassen hatte. Ganz genauso.

Der nicht glasierte Kuchen stand immer noch auf der Platte. Bräunliche Zitronen- und Limettenscheiben füllten Servierschüsseln und schmutzige Trinkgläser. Unverzehrte Vorspeisen lagen auf Tabletts verstreut. Verschrumpeltes Gemüse und eingetrockneter Dip standen auf einem Partyteller, und neben der Spüle lag das verfaulende, marinierte Hähnchen, das nie gegart worden war, in einem großen Keramikbräter.

Er hatte nichts davon angerührt. Wenn überhaupt, hatte er den Saustall vergrößert, indem er schmutzige, mit Essensresten verkrustete Teller auf der anderen Seite der Spüle gestapelt hatte.

Er hätte nichts tun müssen, und am Mittwoch wäre die Reinigungsfirma gekommen und hätte sich um alles gekümmert. Stattdessen hatte er wohl der Firma gekündigt und den Saustall ihr überlassen.

„Du kleinlicher Hurensohn", murmelte sie.

Vor Wut verkrampfte sie sich. Sie bewegte sich rasch und ging durch die restlichen Räume. Sein Büro war leer, alle Möbel weg.

Es gab weitere Gemeinheiten. Das Schlafzimmer war ebenfalls ein Saustall. Er hatte Schubladen offen stehenlassen, auf dem Boden lagen Kleiderbügel verstreut. Ein säuerlicher Geruch stieg vom schmutzigen, ungemachten Bett auf. Im Bad waren ihre Flaschen mit Shampoo und Spülung geöffnet und verkehrt herum ins Waschbecken gestellt worden, wo die Flüssigkeiten angetrocknet waren.

Sie rannte wieder nach unten, um nach der Wand zu schauen, an die sie eine Collage aus Familienbildern gehängt hatte.

Die Wand war leer. Jedes gute Foto, das sie von ihrem Vater besessen hatte, war weg.

Wütend und verletzt rannte sie nach draußen. Der Müll wurde donnerstags abgeholt. Er hatte die Fotos vielleicht einfach weggeworfen. Sie konnten immer noch in den Mülltonnen in der Nische neben der Garage sein.

Als sie die großen, schwarzen Tonnen erreichte, warf sie die Scharnierdeckel der Recycling- und Restmülltonnen auf. Die Tonnen waren leer.

Ein Schluchzen stieg in ihrer Kehle auf. Sie wischte sich mit dem Handrücken übers Gesicht und verkniff es sich.

Sie hatte die besten Fotos aufgehängt, aber es gab immer noch eine letzte Chance, etwas von ihrem Vater zu finden. Ansonsten würde sie zu ihrer Mutter zurückkehren und weitere Anschuldigungen und emotionale Erpressungen hinnehmen müssen.

Sie bewahrte Erinnerungen in großen Plastikboxen im Keller auf. Falls Austins Zorn ihn nicht dazu getrieben hatte, dort unten Sachen zu zerstören, gab es einige Fotos, Dinge, die zu kaputt waren oder für zu schräg befunden worden waren, um an der Wand zu hängen. Sie knallte die Mülltonnendeckel zu, rannte zurück ins Haus und die Kellertreppe hinab.

Sie hatte die Boxen oben in ein Regal unter der Treppe geräumt, damit sie vor möglichen Wasserschäden sicher waren. Als sie in den schattigen Winkel schaute, waren sie noch da. Sie wagte kaum zu hoffen, zog sie heraus und öffnete sie.

Alles war noch ordentlich verpackt. Ihre Highschool- und Collegezeugnisse. Kinderzeichnungen, Urlaubspostkarten und Familienschnappschüsse, viele verblichen. Manche waren verknickt oder verbogen. Ein Foto zeigte ihren Vater, wie er neben einem weiteren Mann an einem Grill stand. Er trug ein kariertes, kurzärmliges Hemd und hielt ein Martini-Glas.

Molly konnte sich nicht erinnern, wer der andere war. Auf dem Foto lachten sie beide. Sie berührte es sanft. Das würde reichen.

Nachdem sie die Boxen in den Kofferraum ihres Jeeps geräumt hatte, begann sie zu arbeiten. Als es ein paar Minuten nach sechs an der Tür klingelte, hatte sie das faulige Essen weggebracht, alles im Kühlschrank weggeworfen, und die Spülmaschine lief voll beladen, während das am schlimmsten eingetrocknete Geschirr in der Spüle einweichte. Sie hatte die Hintertür weit offen gelassen, um zu lüften, und eine kühle Brise fegte durchs Haus.

Sie wischte sich die Hände ab und ging zur Tür.

Tanya Martin war eine junge, hübsche Frau, etwa dreißig Jahre alt, mit unnatürlich rotem Haar, perfektem Make-up und einem breiten Lächeln. Sie redeten eine Dreiviertelstunde und gingen Vergleichspreise durch, die Tanya für Häuser in der Nachbarschaft ermittelt hatte.

Dann unterschrieb Molly den Vertrag, und Tanya brach auf. Als Molly die Vordertür schloss, lächelte sie erleichtert. Das Haus war in gutem Zustand, stilvoll eingerichtet und stand in einer erstklassigen Gegend, die immer gefragt war. Nach dem ersten Wochenende mit Besichtigungen würden sie vermutlich etliche Angebote bekommen. Vielleich gab es sogar eine Bieterschlacht.

Wenn Molly bei ihrem Plan blieb, lediglich ein Bargeld-Angebot zu akzeptieren, könnte sie das Haus bereits in ein paar Wochen los sein. Das würde schnell gehen.

Sie widmete sich wieder dem Aufräumen. Als sie fast fertig war, war es dunkel geworden.

Als allerletztes bezog sie das Bett frisch. Rasch riss sie die Bezüge herunter und machte das Bett mit einer Decke in klassischem, hellem Paisley-Muster.

Nachdem sie die Kissen zurechtgeklopft hatte,

drehte sie sich um und stand vor dem Haufen schmutziger Bettwäsche, die sie in den Flur geworfen hatte. Das Letzte, was sie wollte, war hierbleiben und Wäsche waschen.

Blöd aber auch, dass sie keine Haushaltszauber kannte. (Noch nicht?)

„Scheiß drauf", murmelte sie. „Ich bin fertig damit, diesem Bastard hinterherzuräumen."

Sie hob den Stapel auf, trug ihn zurück nach unten und durch die Hintertür zu den Mülltonnen. Sie ließ das Bündel zu Boden fallen, warf die Mülltonne auf und ging auf ein Knie, um es wieder aufzusammeln.

Dabei kamen ein vertrautes Paar Schuhe und lange Beine in Jeans in Sicht.

Austin.

Sie sprang auf.

Sie war nicht schnell genug.

Etwas Hartes traf sie am Hinterkopf. Schmerz explodierte, und die Welt verschwand in einem grauen Nebel.

Sie wurde nicht bewusstlos, nicht ganz. Wie aus weiter Ferne spürte sie, wie ihr Körper zusammenbrach, wo der Schotter in Gras überging. Etwas Hartes traf sie immer wieder. Vielleicht ein Golfschläger oder Baseballschläger. Sie hatte nicht gewusst, dass sie so große Schmerzen spüren konnte.

Hustend versuchte sie sich in Embryonalstellung zusammenzurollen und ihren Kopf mit einem Arm zu schützen. Austin trat ihr in den Bauch. Dieser Schlag warf sie herum. Sie rollte sich ab und landete auf dem Bauch, rang krampfhaft nach Luft.

Qualen stachen durch ihre Brust. Sie konnte nicht atmen. Sie konnte nicht um Hilfe schreien.

Als sie sich hochkämpfen wollte, landete er mit seinem ganzen Gewicht auf beiden Knien in ihrem Kreuz, so dass ihr abermals die Luft wegblieb und er sie flach auf den Boden nagelte.

Schotter stach ihr in die Wange, und ihr Blick pulsierte rötlich. Etwas Nasses lief an der Seite ihres Kopfes herab. Flüchtig spürte sie, wie ihre Finger auf Steinen und Gras Halt suchten.

Irgendwo in sich trug sie eine neue, aufwallende Macht, die nur darauf wartete, eingesetzt zu werden, wenn sie sie zu nutzen gewusst hätte.

Witzig, dachte sie. Es ist mir nie in den Sinn gekommen, zu üben, wie ich die Macht hinter mich schleudere. Ich musste mein Ziel immer anschauen. Da ging der Witz wohl auf meine Kosten. Ha ha.

Harte Finger griffen ihr in die Haare. Neuerlicher Schmerz flammte auf, als Austin ihren Kopf zurückriss und ihr ins Ohr flüsterte: „Du musstest unbedingt *alles* nehmen, oder? Es war dir nicht genug, mir die Scheidungspapiere vorzulegen. Du musstest das ganze gottverdammte Ding haben. Alles, wofür ich all die Jahre gearbeitet habe. Alle Investitionen. Hast du geglaubt, ich würde das einfach sausen lassen und weggehen, du dumme Fotze?"

Er wusste, wie sehr sie das Wort hasste. Es war

bestimmt sehr befriedigend für ihn, sie endlich so zu nennen.

„Naja, irgendwie schon", stieß sie hervor.

Ihre Kopfhaut brannte. Alles brannte. Sie wollte sich zu ihm umdrehen. Wenn sie ihn ins Blickfeld bekam, konnte sie ihn treffen, aber seine Knie bohrten sich in ihren Rücken und drückten sie nieder.

„Vielleicht verzichte ich darauf und gehe", flüsterte er. „Aber erst will ich das Dokument zurück. Du weißt, welches."

O ja. Er hatte definitiv Dreck am Stecken.

Sie wollte lachen, aber ihr geprellter Brustkorb ließ das nicht zu. Während sie die Finger um eine Handvoll Schotter schloss, keuchte sie ein Lachen heraus. „Glaubst du wirklich, ich habe mir keine Kopie gemacht? Mehrere Kopien?"

„Wir werden deine Mail löschen", knurrte er und riss brutal an ihren Haaren. „Du gibst mir das Original und alle Kopien, die du gemacht hast, dann lasse ich dich gehen. So einfach ist das. Du musst nur kooperieren, und das alles ist vorbei."

Alles außer Josiah und seiner Untersuchung.

Ha ha.

„Und wenn nicht?" Genauso wenig, wie sie ihn mit ihrer Magie treffen konnte, konnte sie ihm den verdammten Schotter ins Gesicht werfen, während er sie auf dem Bauch festgenagelt hielt. Der Winkel passte nicht.

„Wenn nicht, tue ich dir noch sehr viel mehr weh,

als ich es bereits getan habe. Ob du's glaubst oder nicht, ich will das nicht." Er packte ihr Handgelenk und schüttelte es. „Lass verdammt nochmal fallen, was du da in der Hand hast, oder ich reiß dir deine Scheißhaare aus."

Sie öffnete die Hand und ließ die Steinchen fallen.

Als sie fertig war, drehte er ihr den Arm hinter den Rücken, und sein Gewicht hob sich vom Ansatz ihrer Wirbelsäule.

Sie hatte keine Zeit, sich erleichtert zu fühlen. Die Welt neigte sich, und Qualen kreischten auf, als er sie an ihrem verdrehten Arm hochzerrte. Taumelnd kämpfte sie um Balance und wollte sich zu ihm umdrehen, aber er hielt ihren Arm hinter dem Rücken verdreht und legte ihr einen Arm um den Hals, mit dem er sie rückwärts zog und aus dem Gleichgewicht hielt. Sie in Griff bekam.

„Wir gehen jetzt zu meinem Auto." Sein Atem berührte ihre Wange, und sie roch eine Fahne aus Alkohol und Knoblauch. Offenbar hatte er noch schön gegessen, bevor er zum Haus gekommen war, um sie zusammenzuschlagen. „Dann fahren wir dorthin, wo du gerade wohnst. Du übergibst mir alles, wir löschen dein Mailkonto und deine Festplatte, und ich gehe. Dann sind wir fertig und müssen uns nie wieder sehen. Verstanden?"

„Klar", krächzte sie.

Er ließ sie durch den Hinterhof zur Seitenstraße taumeln, die an das Grundstück grenzte. Mahlende, rotglühende Qual flammte bei jedem Schritt auf. Er hatte ein paar Rippen angeknackst. Im Gehen wollte sie sich umschauen, blinzelte durch die stechende Nässe in einem Auge.

Die Hälfte der Nachbarhäuser war dunkel. Es war Samstagabend, und viele Leute waren wohl ausgegangen. Er entführte sie, und es gab keine Zeugen.

Austin hatte seinen BMW unauffällig im Schatten eines großen Ahorns geparkt, um die Ecke vom Haus. Als sie das Auto im Schatten sah, geschah etwas mit ihrer verschwommenen Sicht.

Der Umriss des Autos verblasste. Sie sah deutlich rote Benzinkanister und ein aufgerolltes Seil im Kofferraum.

Benzin und ein Seil.

Was für ein Schock. Er hatte nicht die geringste Absicht, sie gehen zu lassen, nachdem er alle Kopien des Kontoauszugs zerstört und ihre Mails gelöscht hatte.

Na, dann glich es sich ja aus. Sie hatte nicht die geringste Absicht, brav in sein Auto zu steigen.

Es war nicht schwer, so zu tun, als würde sie stolpern. Sie fiel und verbiss sich ein Stöhnen, als ihre Kehle und ihr verdrehter Arm ihr volles Körpergewicht tragen mussten, da Austin sie festhielt.

Einen Augenblick würgte sie wegen des festen Griffs um ihre Luftröhre, während ihr Schultergelenk ploppte. Dann, mit einem gedämpften Fluch, ließ er sie los. Sie fiel zu Boden und rollte sich auf den Rücken.

Er setzte schon wieder dazu an, sie festzuhalten, fixierte mit dem Knie einen ihrer Arme, während er sich unterhalb ihrer Kehle auf den Ellbogen stützte.

Sie ignorierte es. Der Mond warf einen Schatten über seine Züge und seine massige Gestalt, aber sie sah ihn gut genug.

Diesmal flackerte der Blitz nicht nur am Rande ihres Blickfelds. Stattdessen erfüllte er ihren Blick vollkommen. Macht beleuchtete ihren Körper von innen. Sie zog das Kinn an, konzentrierte sich auf seine Brust und ließ sie los.

Macht fuhr aus jeder Pore ihrer Haut. Als sie ihn aus nächster Nähe traf, wurde er in die Luft gehoben und ein paar Meter zurückgeschleudert. Er landete schwer, mit einem dumpfen Geräusch.

Einen Augenblick lang bewegten sie sich beide nicht.

Steh auf, befahl sie ihrem Körper. *Bewegung.*

Leichter gesagt als getan. Sie schaukelte sich auf die Seite, zischte wegen des erneuten stechenden Schmerzes, während sie erst ein Knie anzog, dann das andere und ihr Gewicht auf einer Hand balancierte, da der Arm, den Austin verdreht hatte, nutzlos an ihrer Seite hing.

Austin stöhnte. Er regte sich ebenfalls.

Sie kam als erste auf die Beine, ganz knapp. Sie hatte Mühe, sich aufrecht zu halten, und wartete, bis er sich aufgerichtet hatte. Er starrte sie an, das Gesicht erfüllt von verständnislosem Entsetzen.

„Was verdammt nochmal war das …"

Es waren so viele Blitze, dass sie kaum hindurchsehen konnte. Ihr Körper konnte sie nicht alle zurückhalten. Es fuhr aus ihr heraus, und sie traf ihn erneut.

Diesmal wirbelte der Schlag ihn herum. Er drehte sich und fiel so hart und plump wie beim ersten Mal.

Das gab ihr die Gelegenheit, das Gleichgewicht zu finden. Sie keuchte, bekam zum ersten Mal richtig Luft, seit er sie geschlagen hatte. Etwas mahlte in ihrer Brust, als ihre Lunge sich weitete, aber der Sauerstoff half, ihren Kopf zu klären.

Sie wischte sich über das nasse linke Auge und beobachtete misstrauisch, wie Austin hustete und stöhnte. Ihr Telefon war im Haus, es lag auf dem Küchentresen. Sie konnte erst Hilfe rufen, wenn sie nach drinnen gelangte. Sie konnte nicht laufen, um es zu holen, und sie konnte auch nicht weglaufen.

Vielleicht konnte sie humpeln. Und es schien verdammt nochmal zu anstrengend, so tief Luft zu holen, dass sie um Hilfe rufen konnte – falls überhaupt ein Nachbar da war, der es hören würde. Ihre Rippen schmerzten höllisch.

Unterdessen kam Austin mühsam wieder auf die Beine.

Manchmal musste man nehmen, was man hatte.

„Vorhin hatte ich das Gefühl, dieser Scheidung würde irgendwas fehlen", krächzte sie, während sie auf ihn zu humpelte. „Ein abschließendes Gespräch, eine beiderseitige Bestätigung, dass das das Ende ist."

Als er den Kopf hob, warf er ihr einen Blick aus aufgerissenen Augen zu, voller Entsetzen. Sie traf ihn abermals mit der Magie, heftig.

„Ich bin nicht dein Besitz, den man *in Griff kriegt*", erklärte sie. „Ich bin nicht verpflichtet, die Beine breit zu machen, nur weil du zufällig Sex willst. Du musstest dir also jeden Fick verdienen, den du dir von mir holen wolltest. Mir kommen die Tränen, Arschloch."

Die Macht war so wunderbar und leicht. Sie zu wirken war, als würde man die Finger um die Sonne schließen. Sie ließ sie ihren Arm hinabströmen und hielt sie in einer Hand, genoss ihren warmen, strahlenden Glanz. Als Molly sie ihm ins Gesicht schleuderte, traf sie ihn mit einem hörbaren Knall, der seinen Kopf zurückwarf.

„Ich bin niemand, den du betrügen kannst, wann immer es dir passt, während du jedes Versprechen und jeden Schwur brichst, den du mir je geleistet hast."

Sie traf ihn noch einmal. Diesmal schleuderte sie ihn auf die Straße, und während er stolperte und zu Boden ging, schrie er auf, ein heller, schwacher Laut, der kaum die Luft zum Vibrieren brachte. Er brach zusammen und lag der Länge nach auf dem Bürgersteig, ohne sich zu regen.

Hatte sie ihn umgebracht? Das hatte sie nicht vorgehabt, aber sicher war sie nicht.

Sie sollten niemanden versehentlich verletzen. Alles, was Sie tun, sollten Sie mit Absicht tun.

Sie sollte wohl aufhören, auf ihn einzuprügeln, aber es war noch so viel Zorn übrig. Die Macht sagte ihr, dass Austin ein Feuerzeug in der Hosentasche hatte. Vorsichtig beugte sie sich vor, um es herauszufischen. Dann drehte sie sich um und betrachtete seinen geliebten BMW. Er hatte sich immer um das Auto gekümmert, als wäre es sein Baby.

Diesmal war der Blitz, der aus ihr strömte, wie eine Lenkrakete, und er nahm ihre letzte Kraft mit sich. Das Auto drehte sich in der Luft. Mit einem dröhnenden Krachen, das die friedliche Nacht zerschmetterte, landete es auf dem Dach und rollte dreimal herum, bevor es stehenblieb. Der Geruch von austretendem Benzin trieb zu ihr herüber.

Zu Austins regloser Gestalt sagte sie: „Ich bin kein Besitz, den du zerstören kannst, nur weil ich nicht mehr praktisch bin.“

In der Ferne hörte sie jemanden rufen. Dann noch jemanden. Sehr bald würden Leute hier eintreffen, aber eines musste sie noch tun.

Sie humpelte zu einem feuchten, größer werdenden Fleck auf dem Bürgersteig, kauerte sich hin, verwendete das Feuerzeug und hielt die kleine Flamme an die Flüssigkeit. Sie fing Feuer, und eine blaue Flamme raste entlang des Wegs, den die Flüssigkeit genommen hatte, zurück zum Auto. Im nächsten Moment stand der BMW in Flammen.

Sie richtete sich auf und ging davon. Sie schaffte es

halb über den Rasen, ehe das Auto explodierte. Die Druckwelle traf sie im Rücken, gefolgt von einer Wärme, als würde sie feurige Flügel ausbreiten. Brodelnde Hitze und Licht machten die Nacht zum Tag.

Sie warf einen Blick über die Schulter. Austin war nicht von der Explosion erfasst worden, nicht, dass sie innegehalten hätte, um es zu berechnen. Er lag ausgestreckt und reglos da, während einige Meter entfernt sein Auto im Feuerball des entzündeten Benzins verbrannte.

Sie nickte. Das war der Abschluss, den sie gesucht hatte.

✧ ✧ ✧

SIE SCHAFFTE ES zurück zum Haus, schloss die Hintertür ab und schaltete das Licht aus. Dann griff sie nach ihrem Handy. Sie stützte sich an den Küchentresen und tippte mit zitterndem Finger auf Josiahs Namen. Sie hörte, wie es klingelte. Und klingelte.

Scheiße aber auch. Ihre Knie wackelten, und sie ließ sich zu Boden sinken.

Als sie gerade abbrechen wollte, ging er ran. „Molly." Seine Stimme war kühl und zurückhaltend. „Es überrascht mich, von Ihnen zu hören. Was wollen Sie?"

„Ich habe womöglich Austin umgebracht", krächzte sie. „Ups?"

Seine Kühle verflog. „Was ist passiert?", wollte er

wissen. „Hat er Sie verletzt? Wo sind Sie?"

„Im Haus. Sein Auto brennt. Die Nachbarn sind beunruhigt." Sie lehnte sich an den Küchenschrank und sprach erschöpft weiter: „Ich kenne zwar nur einen magischen Trick, aber offenbar kann ich damit eine Menge anstellen. Ich kann nicht hierbleiben."

„Sie haben meine Frage nicht beantwortet. Hat er Sie verletzt?"

„Ja."

„Wie schlimm ist es?"

„Binden Ärzte gebrochene Rippen noch ab?"

Er fluchte, und ihre Gedanken stoben auseinander wie eine Ladung Schrot. Wenn sie ins Krankenhaus ging, würde man ihr Fragen stellen, die sie nicht beantworten wollte. In der Zwischenzeit würde irgendein kluger Experte Austins Auto inspizieren, sobald es nicht mehr brannte.

Es gab keine Bremsspuren auf der Straße, keine anderen Anzeichen eines Aufpralls. Was war mit dem zusätzlichen Benzin? Im Auto hatte sich sowieso eine Menge Benzin befunden, also würde es vielleicht keine Rolle spielen, aber der BMW war im Parkmodus, und das passte überhaupt nicht zu einem Unfall.

Es würde genau nach dem aussehen, was es war – Brandstiftung.

„Ich höre die Sirenen näherkommen." Josiahs Stimme brachte sie von ihren geistigen Irrwegen zurück.

Wie konnte er die Sirenen von seinem Standort aus

hören? Verspätet fiel ihr auf, dass auch sie die näherkommenden Sirenen hörte. Er hatte das Geräusch wohl durchs Telefon wahrgenommen. Der Schock machte sie dumm.

„Ich könnte Sie abholen, aber ich würde eine Weile brauchen, bis ich da bin. Es wäre besser, wenn Sie wegfahren würden, bevor der Rettungsdienst vor Ort organisiert ist. Können Sie fahren?"

Sie seufzte. „Das lässt sich nur mit einem Versuch herausfinden."

Seine Stimme wurde weich. „Sie müssen nur einen halben Kilometer weg, dann sind sie aus dem Chaos raus. Machen Sie das, und ich komme zu Ihnen, wo auch immer Sie sind."

„Verstanden."

„Bleiben Sie dran."

„Kann ich nicht", brummte sie. „Ich brauche beide Hände zum Aufstehen."

Er fluchte erneut, ein leiser Peitschenhieb aus Schimpfworten. „Rufen Sie mich wieder an, sobald Sie können."

„Ich werde Sie nicht gleich wieder anrufen. Ich werde versuchen, zurück zu meiner Wohnung zu kommen."

„Also gut, verdammt. Geben Sie mir die Adresse, und wir treffen uns da."

Sie sagte sie ihm, legte auf und konzentrierte sich darauf, hochzukommen, Handtasche und Schlüssel zu suchen und zur Hintertür hinaus zu schlüpfen.

Links von ihr war der Tatort gerade noch sichtbar. Sie sah das Auto selbst nicht, denn es stand um die Ecke, aber sie erkannte das Glühen des Feuers und ein paar Leute, die sich versammelt hatten. Deren Aufmerksamkeit galt dem Drama, das sich abspielte.

Sie glaubte nicht, dass jemand bemerkte, wie sie um die Garage herum zu der Stelle schlich, an der ihr Auto in der Einfahrt geparkt war.

Das Einsteigen ließ alle Verletzungen mit einem so intensiven Schmerz aufflammen, dass sie beinahe ohnmächtig wurde. Vornübergebeugt und flach atmend startete sie den Motor, wendete und fuhr leise die Straße entlang, vom Feuer weg.

Sobald sie saß und der Jeep angefahren war, wurde das Fahren einfacher. Ihr Körper beschloss, dass das ein guter Zeitpunkt wäre, um mit dem Zittern zu beginnen, daher ließ sie sich Zeit. Als sie endlich in die Einfahrt neben ihrem Wohnhaus fuhr, wartete ein dunkles, wuchtiges, tiefergelegtes Auto weiter hinten in der Straße, beleuchtet von einer nahen Straßenlaterne.

Sie parkte den Jeep. Ihre Tür wurde aufgerissen, und Josiahs große Gestalt füllte den Türrahmen aus. Als er sie sah, hielt er inne und verzog das Gesicht.

„Ok", sagte er vorsichtig, während in seiner hageren Wange ein Muskel zuckte. „Es wird alles wieder gut."

Sie reckte den Daumen. „Locker vom Hocker."

Etwas geschah mit seinen angespannten Zügen. Sie war zu sehr mit ihren eigenen Problemen beschäftigt, um es genau zu erkennen.

Sanft legte er seine langen Finger um ihre Hand mit dem erhobenen Daumen. „Können Sie die Beine rausschwingen?"

Sie dachte darüber nach. Es war ein überraschend kompliziertes Manöver, bei dem sie die Rippen verlagern und ihre Bauchmuskeln einsetzen musste. „Klar. Geben Sie mir ein paar Minuten."

„Sie müssen nicht", erklärte er. „Ich kann Sie bewegen, aber das wird auch wehtun. Sind Sie bereit?"

Sie nickte. Er ließ einen harten, muskulösen Arm unter ihre Knie gleiten. Als er ihre Beine herauszog, rieben die gebrochenen Rippen aneinander. Ein Schrei entfuhr ihr, und Sterne blitzten hinter ihren Lidern.

Dann verschluckte ein schwarzes Loch sie mitsamt dem Schmerz.

Kapitel 8

J OSIAH HATTE DAS Wochenende damit verbracht, die letzten offenen Fallakten zu begutachten, die sein Büro vom vorherigen Bezirksstaatsanwalt geerbt hatte. Überstunden machten ihm überhaupt nichts aus. Je schneller er die aufgelaufenen Dinge abarbeitete, desto eher konnte er sich auf seine eigenen Pläne konzentrieren.

Er hatte zwei tragbare Büroordner mit „nach Hause" genommen. Dank einer ausreichenden Anzahl an Lieferdiensten hatte er nicht vor, seine Stadtwohnung zu verlassen. So schlug er zwei Fliegen mit einer Klappe – er konnte alte Fallakten durchgehen, während er gleichzeitig an der Adresse seines offiziellen Lebens seine Aufwartung machte.

Das war zumindest der Plan gewesen, bis er Mollys Anruf erhielt.

Als sein Telefon klingelte und ihr Name erschien, hatte er mit einem widerspenstigen Anflug von Stolz zu kämpfen, während er überlegte, ob er rangehen sollte.

Sie hatte ihn bei ihrem letzten Gespräch ganz schön runtergeputzt, und er war aufrichtig genug, um zuzugeben, dass er es verdient hatte. Aber als er versucht hatte, ihr ein neues Friedensangebot zu unterbreiten, hatte sie ihm so heftig das Wort abgeschnitten, dass er immer noch die Kälte in ihrer Stimme hörte, als er ihren Namen auf dem Bildschirm betrachtete.

Er war nicht bereit, sich von irgendeiner Frau herumkommandieren zu lassen, egal wie faszinierend, begabt – oder im Recht – sie auch sein mochte. Aber dann übermannte ihn die Neugier. Es war vollkommen klar gewesen, dass Molly vorgehabt hatte, ihr letztes Gespräch auch das allerletzte sein zu lassen, also warum meldete sie sich noch einmal?

Er ging ran … und ihre ersten Worte veranlassten ihn zum sofortigen Handeln. Er rannte bereits ins Parkhaus und sprang in sein Auto, noch bevor sie auflegten. Er warf einen Verhüllungszauber über das Fahrzeug und überschritt Geschwindigkeitsbegrenzungen, um zu ihrer Wohnung zu gelangen, nur um dann zum Stillsitzen gezwungen zu sein, bis sie eintraf.

Während er wartete, rief er Anson an. „Austin Sullivan hat Molly bei ihrem Haus angegriffen, und sie hat ihn schwer in die Schranken gewiesen. Sie weiß nicht, ob sie ihn getötet hat. Du musst für mich den Polizeifunk überwachen und zu ihrem Haus fahren, um nachzusehen."

„Bin dabei. Worauf soll ich besonders achten?"

„Zum einen will ich wissen, ob er tot ist oder lebt, denn das wird ihre gesetzliche Situation betreffen." Er machte eine Pause, und seine Gedanken rasten, während er die stille Straße scharf im Blick behielt.

Maria hatte Gewalt im Umfeld der Seychellen-Akte wahrgenommen, aber sie waren davon ausgegangen, dass alle Gewalt mit ihrer Untersuchung zusammenhängen würde. Jeder in seinem Zirkel hatte bereits akzeptiert, dass sie auf gefährlichen Pfaden wandelten, wenn sie ihre Beute verfolgten.

Es war ihnen nie in den Sinn gekommen, dass Molly das Ziel der Gewalt sein könnte. Vielleicht hätten sie daran denken sollen, aber sie hatte sich klug und vernünftig verhalten, indem sie Vorkehrungen getroffen und sich eine neue Bleibe gemietet hatte.

Dann hatte sie alles in den Wind geschlagen, als sie zu ihrem alten Haus zurückgekehrt war.

„Josiah, bist du noch dran?"

Ansons Stimme holte ihn wieder ins Hier und Jetzt. „Ja. Tut mir leid. Zum anderen wissen wir nicht, ob das eine rein private Auseinandersetzung war, oder ob sie mit den Informationen zusammenhängt, die sie mir gegeben hat. Sei vorsichtig, Anson. Wir wissen nicht, wer beteiligt ist."

„Verstanden. Ich melde mich, sobald ich etwas herausgefunden habe." Der Mann legte auf.

Ein paar Minuten später fuhr ein unbekannter Jeep Cherokee in die Straße und näherte sich zu langsam. Josiah bereitete sich schon auf einen möglichen Kampf vor, als das SUV in die Einfahrt zur Wohnung einbog und das Licht einer nahen Laterne auf die Fahrerin fiel.

Es war Molly.

Er merkte nicht, wie er sein Auto verließ. Ehe er sich's versah, hatte er sich in ihre offene Autotür gedrängt und starrte auf sie hinab.

Er hatte schon Leichen und Gewaltopfer gesehen, sowohl auf Fotos von Verbrechen als auch in echt. Er war mit den bleichen Gesichtern, den Prellungen und Quetschungen, der grellen Farbe von Blut vertraut. Er hatte Zerstückelungen und die grausigen Reste gesehen, wenn sich Kojoten und andere Wildtiere an einem Leichnam gütlich getan hatten.

Aber es versetzte einem immer einen zusätzlichen Hieb, wenn die Gewalt jemanden traf, den man kannte. Seine Eingeweide zogen sich zusammen, als er sah, was Sullivan seiner schönen Frau angetan hatte.

Sie wirkte leichenblass, mit dunklen Ringen wie Prellungen rings um die Augen. Blut war ihr von einer Platzwunde am Kopf ins Auge geronnen, und die andere Wange war geschwollen und verfärbt. Sie hielt sich, als würden ihr jede Bewegung, jeder Atemzug Qualen bereiten. Er hatte sich schon Rippen gebrochen und wusste genau, wie schlimm sie sich fühlte. Nur Gott wusste, was sie sonst noch für Verletzungen hatte.

Aber er war erschüttert, als er sah, dass irgendwie keine dieser sichtbaren Verletzungen ihre Schönheit minderte. Sie hielt sich mit so wilder Sturheit, dass sie, wenn überhaupt, schöner denn je wirkte.

Sie wirkte wie eine Kriegerin. Wie eine Überlebende.

Etwas Mächtiges und Unbekanntes brach aus ihm hervor. Er verstand es nicht, und als seine Augen feucht wurden, war das der größte Schock von allen.

Es war eine Erleichterung, als sie ohnmächtig wurde. Sein Gehirn bekam einen Neustart hin, und er konnte wieder denken. Er hob sie hoch, trug sie zu seinem Auto und schnallte sie auf dem Beifahrersitz an. Dann holte er ihre Handtasche, ihr Telefon und ihre Autoschlüssel und rannte zurück zum Audi, stieg ein und fuhr zum Unterschlupf.

Diesmal führte er mehr Sicherheitsvorkehrungen als üblich durch und fuhr einen großen Umweg. Damit dauerte die Fahrt doppelt so lange, und die ganze Zeit flüsterte er Ablenkungszauber, bis er sie so stark abgesichert hatte, wie er nur konnte. Erst dann fuhr er hinter das Landhaus. Er hob Mollys schlaffe Gestalt wieder in seine Arme, legte ihr ihre Besitztümer auf den Bauch und trug sie in den Keller.

Sobald er sie aufs Bett gelegt hatte, wirkte er einen Wahrsagezauber. Die verletzten Bereiche glühten vor seinem inneren Auge auf wie Leuchtfeuer. Sie hatte eine Gehirnerschütterung, zwei gebrochene Rippen und ein paar heftige Quetschungen. Ihre linke Schulter war übel gezerrt, aber das Gelenk an sich war nicht verletzt.

Sie hatte auch innere Blutungen, aber die waren nicht lebensbedrohlich und hatten beinahe aufgehört. Und die Platzwunde sollte sie vermutlich nähen lassen.

Sullivan hatte eine Art Prügel benutzt, denn die

Prellungen und Blutergüsse überzogen ihren Körper in leuchtenden Balken. Die Prügel deuteten auf Zorn und Grausamkeit hin. Wenn Sullivan nur vorgehabt hätte, sie bewusstlos zu schlagen, hätte ein einfacher Schlag auf den Kopf genügt. Er hatte ihr maximalen Schmerz und Schaden zufügen wollen.

Josiah ballte die Fäuste. Er verabscheute Männer, die körperlich Unterlegene schlugen. „Wenn sie dich nicht schon getötet hat, tue ich das", flüsterte er dem abwesenden Mann zu. „Und ich bringe dich nicht nur um – ich kreuzige dich."

Er würde geduldig sein. Wenn es eines gab, worin er gut war, war es das Warten auf die richtige Gelegenheit.

Aber im Augenblick musste er sich auf Dringlicheres konzentrieren. Heilen gehörte nicht zu seinen magischen Talenten, aber er kannte grundlegende Zauber, um Verletzungen zu beseitigen, und das war im Prinzip alles, was sie brauchte. Es wäre außerdem human, sie zu wirken, während sie bewusstlos war.

Er machte rasch ein paar Fotos, falls sie damit vor Gericht ziehen wollte, und dann fing er mit der Kopfverletzung an, da diese ihn am meisten besorgte. Es sickerte noch immer Blut heraus, daher drückte er die geplatzte Haut vorsichtig zusammen und hielt sie mit den Fingern, während er die Zauber wirkte, wobei er nur lange genug innehielt, um sicherzustellen, dass ihr Körper einen aufgenommen hatte, bevor er mit dem nächsten weitermachte.

Sie begann sich zu regen, und er murmelte innerlich einen Fluch. Es war schmerzhaft, von Verletzungen geheilt zu werden, da die Magie den Körper zwang, sich zusammenzufügen. Sie hatten heute Nacht kein Glück. Es war so unangenehm, dass es sie weckte.

Vorsichtig nahm er die Hand von der Kopfwunde und inspizierte die Stelle. Die Ränder hielten, zumindest vorerst, aber sie brauchte noch mehr Heilung, bis sie außer Gefahr war.

Sie schob seine Hand weg und rollte sich zur Seite. „Was machen Sie?"

„Ich heile Sie, zumindest habe ich das getan." Er kauerte sich an die Bettkante, damit er mit ihr auf Augenhöhe war.

„Mir platzt der Kopf." Sie leckte sich über die Lippen. „Und ich habe Durst."

„Sie haben eine Gehirnerschütterung. Ich hole Ihnen gleich ein Glas Wasser." Er betrachtete sie. Dann, obwohl es keine Rolle spielte, ertappte er sich bei der Frage: „Womit hat er Sie geschlagen?"

„Ich weiß es nicht. Er hat mich von hinten angegriffen, als ich gerade den Müll rausbrachte." Ihr heiles Auge war glasig und trüb. „Ich habe alles gemacht, was Sie mir aufgetragen haben, aber es kam mir nie in den Sinn, dass ich üben könnte, auf etwas zu zielen, was hinter mir ist. Darum konnte er so oft zuschlagen."

„Sie haben es gut gemacht." Er berührte sie leicht

an der Schulter.

Ihr Blick löste sich von seinem Gesicht, und sie runzelte die Stirn. „Das sieht nicht nach meiner Mietwohnung aus. Wo sind wir?"

„Ich habe Sie in ein sicheres Versteck außerhalb der Stadt gebracht." Er wollte sie erneut berühren. Dieser Drang verwirrte ihn, also unterließ er es. Stattdessen drückte er die Faust in die kühle Bettdecke. „Wir sind im Keller."

Sie runzelte die Stirn. „Warum?"

„Warum Sie in einem Versteck sind?" Er war bereit, geduldig zu sein. Manchmal hatten Opfer einer Gehirnerschütterung mit Verwirrung zu kämpfen.

„Nein." Sie runzelte die Stirn noch mehr und konzentrierte sich wieder auf ihn. „Warum sind wir im Keller?"

Sie starrte ihn an, als wäre *er* der Verwirrte, und er verkniff sich ein Lächeln. „Vor allem, weil es im Haus keine Möbel gibt, aber es liegen auch Schutzzauber auf dem unteren Bereich hier. Spüren Sie sie nicht?"

Plötzliche Panik und Kummer traten auf ihr übel zugerichtetes Gesicht. Sie umfasste sein Handgelenk. „Ich spüre gar nichts. Meine Macht war wie ein tiefer, goldener Quell in meinem Innersten, aber jetzt ist sie weg. Was stimmt nicht?"

Ihre Panik rüttelte ihn auf. Er war so sehr damit beschäftigt gewesen, sie auf körperliche Schäden zu untersuchen, dass er nicht nach magischen gesucht hatte.

„Beruhigen Sie sich. Ich untersuche Sie."

Sie schluckte schwer und rollte sich noch fester zusammen, während er sie abermals scannte. Ihr fester Griff schnitt die Blutzufuhr in seine Hand ab, aber er löste ihre Finger nicht.

Beinahe sofort verstand er, wovon sie sprach. Wo er zuvor ihre Macht gespürt hatte, fühlte sich jetzt alles wund und dunkel an. Vorsichtig sah er nach, doch er spürte keine bleibenden Schäden.

Sobald er sicher war, sagte er: „Es ist alles in Ordnung mit Ihnen. Sie haben sich nur überanstrengt und den Quell ausgetrocknet."

„Den Quell", wiederholte sie leise und ohne ihre Umklammerung zu lösen.

Er legte seine freie Hand auf ihre. „Stellen Sie sich vor, Sie versuchten, eine zweistündige Oper zu singen, ohne Ihre Stimmbänder zu trainieren. Ihre Kehle würde belastet, und sie könnten sogar drei oder vier Tage lang die Stimme verlieren, bis Sie sich erholt haben. Das haben Sie mir Ihrer Magie gemacht. Es kann bis zu einer Woche dauern, aber sie wird zurückkommen."

Mitten in seiner Erklärung schloss sie die Augen und seufzte. Erst da ließ ihr Griff locker.

Die meisten Opfer einer Gewalttat benahmen sich wie Opfer. Sie waren verletzt und traumatisiert, zumindest, bis sie ihr emotionales Gleichgewicht wiederfanden. Aber ihr emotionales Gleichgewicht hatte sich kein Quäntchen bewegt, bis sie glaubte, sie hätte vielleicht ihre Magie verloren.

Er hatte sich gefragt, wie sie damit umgehen würde, magische Fähigkeiten zu haben. Es schien, als käme sie inzwischen sehr gut damit zurecht.

Das Blut, das ihr übers Gesicht gelaufen war, störte ihn. Abrupt sagte er: „Warten Sie kurz. Ich bin gleich wieder da.“

Er richtete sich auf und ging in das mit dem Notwendigsten ausgestattete Bad, wo er auf sein Telefon schaute. Noch kein Wort von Anson. Er hatte ein Glas auf dem Waschbecken stehen. Das füllte er mit Wasser, dann befeuchtete er einen sauberen Waschlappen und trug beides zu ihr.

Mit seiner Hilfe trank sie ein paar Schlucke Wasser und wischte sich das gröbste Blut ab. Als sie sich wieder aufs Kissen legte, war sie blasser denn je. Er ließ den schmutzigen Waschlappen an der Tür auf den nackten Boden fallen und setzte sich neben ihren Knien auf die Bettkante.

„Ich mache mir Sorgen wegen dieser Kopfverletzung. Ich würde gern weitere Heilzauber auf Sie sprechen, aber ich warne Sie lieber vor — meine Heilkräfte sind nicht das Gelbe vom Ei. Es wird wehtun, aber es ist auch der schnellste Weg, diese Gehirnerschütterung einzudämmen und Ihre Rippen zu stärken. Sind Sie dabei?“

Sie schloss wieder die Augen. „Muss das sein?“

Zum ersten Mal klang sie so elend, wie sie aussah, aber er verhärtete sein Herz dagegen. Ausdruckslos erwiderte er: „Entweder das, oder ich fahre Sie ins nächste Krankenhaus. Ich habe keine Zeit, auf jemanden mit einer Gehirnerschütterung aufzupassen."

„Ok." Ihre Lippen spannten sich an. „Machen Sie's."

Er legte ihr eine Hand auf die Schulter. Trotz seiner harten Worte zögerte er, aber er hatte die Wahrheit gesagt. Er hatte keine Zeit, jemanden mit Gehirnerschütterung zu hüten, und im Augenblick konnte sie es sich nicht leisten, die Fragen zu beantworten, die man ihr in der Notaufnahme stellen würde.

Also wirkte er Zauber um Zauber und beobachtete, wie sie alle in ihren Körper hämmerten. Beim ersten zuckte sie zusammen und barg ihr Gesicht in der Armbeuge. Dann regte sie sich nicht mehr und gab keinen Laut von sich, bis er aufhörte.

Atmete sie oder hielt sie die Luft an? Er strich ihr das blutige, strähnige Haar aus der Stirn, während er ihren Kopf scannte. Leise murmelte er: „Sie brauchen mehr Heilung, aber wir sind an ihrem Limit angelangt. Ihr Körper wird jetzt nichts mehr aufnehmen."

Sie verlagerte vorsichtig ihr Gewicht. „Danke. Ernsthaft, Josiah. Danke für alles."

Es wäre nett gewesen, ihren Dank anzunehmen, aber er war noch nie nett gewesen. Er spannte sein Kinn an. „Sie sind eine wandelnde Katastrophe."

Zu seiner Überraschung zuckte einer ihrer Mundwinkel hoch. „Ich dachte, ich wäre vielversprechend. Ich dachte, wenn ich auf Ihren Zug aufspringe, können wir hoch hinaus und noch weiter. Was ist aus der gemeinsamen Herrschaft über die Ostküste geworden?"

Er stieß ein wütendes Lachen aus. „Das war, bevor ich herausfand, dass Sie nicht gerade pflegeleicht sind. Sie hatten Mumm, mich nach unserem letzten Gespräch anzurufen. Wie kommen Sie drauf, dass Sie einem Mann einfach auflegen und ihn trotzdem um Hilfe bitten können? Warum war es meine Nummer, die Sie gewählt haben?"

„Ich hatte sonst niemanden", flüsterte sie. „Sie waren der Einzige, den ich anrufen konnte."

Stille senkte sich in ihm herab, tief wie ein Schneetreiben, während er das verdaute. Dann dachte er daran, wie voll ihr Haus am Abend der Höllenparty gewesen war.

„Schwachsinn", fuhr er sie an. „Sie müssen eine Freundesliste länger als mein Arm haben."

„Ich habe vielleicht eine Liste von Leuten, mit denen ich auf ein Martini-Lunch gehen könnte." Ihr glasiger Blick hatte sich geklärt, und sie schaute ihn freimütig an. „Aber Sie waren der Einzige, den ich heute Nacht anrufen konnte. Sie sind der Einzige, der versteht, was ich durchmache. Ich wusste nicht mal, ob Sie rangehen würden, aber dann taten Sie es, und da wusste ich, dass Sie mir helfen würden."

„Ich hätte es beinahe nicht getan, und das hätten Sie verdient." Er funkelte sie an, dann stand er auf, um auf und ab zu gehen.

„Vielleicht", gab sie zu. „Aber ich werde mich nicht dafür entschuldigen, dass ich launisch reagiert habe. Auf gewisse Weise haben Sie mir geholfen, aber auf andere … Josiah, Sie haben mich nicht sonderlich gut behandelt."

Der Raum fühlte sich zu klein und beengt an. Er stand im Türrahmen und schaute hinaus auf den Rest des nicht ausgebauten Kellers, während er die Hände in die Hüften stemmte, den Kopf zurücklegte und ihn wieder nach vorne neigte, um die Muskeln in Nacken und Schultern zu entlasten.

Sie hatte recht. Er hatte sie nicht sonderlich gut behandelt. Wenn er Molly traf, wenn er mit ihr interagierte, war es, als sähe er sich selbst in einem Scheißspiegel, nachdem er jahrzehntelang sein Spiegelbild gemieden hatte.

Und der Mann, den er sah, gefiel ihm nicht besonders. Er hatte sich angewöhnt, Leute und Dinge als mögliche Werkzeuge zu sehen, die er nutzen konnte, um seine Ziele zu erreichen. Die langen Jahre, in denen er sich einzig auf seine Mission konzentriert hatte, hatten ihn verändert, und zwar nicht zum Guten.

„Schuldig im Sinne der Anklage", murmelte er. Noch leiser fügte er hinzu: „Ich werde mich bessern."

„Gut", sagte sie nach einem Augenblick. „Dass Sie mir heute Abend geholfen haben, hat schon viel dazu beigetragen, den Rest auszulöschen, und ich werde es nicht vergessen." Die Bettfedern quietschten. „Ich würde töten für eine heiße Dusche."

Als er sich umdrehte, sah er, dass sie sich aufgesetzt hatte und den verletzten Arm an den Oberkörper drückte. „Es gibt hier unten ein Bad. Denken Sie, Sie sind stabil genug, dass Sie in der Dusche nicht stürzen?"

„Das lässt sich nur auf eine Art herausfinden." Sie schob sich hoch und wurde noch blasser, aber sie wankte oder stolperte nicht. Frustration verzerrte ihre Züge. „Ich kann den Arm nicht über den Kopf heben."

„Moment." Er zog sein Taschenmesser heraus, bedeutete ihr, ihm den Rücken zuzuwenden. Als sie es tat, schnitt er den weichen Stoff ihres T-Shirts vom Nacken bis zur Taille durch und säbelte sich durch den Ärmel ihres verletzten Arms. Nachdem er das zerstörte Oberteil weggezogen hatte, warf er es auf den schmutzigen Waschlappen. „Können Sie die Hose allein ausziehen?"

„Ich glaube schon." Sie beugte den Kopf, um ihre Jeans aufzuknöpfen.

Während sie sich aus der Hose schälte, ging er zu einer angeschlagenen Kommode und holte eines seiner alten T-Shirts heraus. Die Baumwolle war so oft gewaschen worden, dass der Stoff sich in seinen schwieligen Fingern butterweich anfühlte. Das Shirt war so groß, dass der untere Saum ihr bis zu den Oberschenkeln reichen würde. Dazu zog er eine graue Jogginghose und Sportsocken heraus.

„Ich habe hier ein paar Klamotten, aber nichts davon ist schick."

„Glauben Sie mir." Sie warf ihm einen ironischen Blick zu. „Schick wird überbewertet."

„Sie werden ohne Unterwäsche klarkommen müssen, bis wir das gewaschen haben, was Sie tragen, oder Sie sich etwas Neues kaufen." Als er sich ihr wieder zuwandte, ließ ihn der Anblick ihres fast nackten Körpers abrupt innehalten. Sie trug noch einen grauen Spitzen-BH und ein Höschen und war damit genauso bedeckt wie jede moderne Frau am Strand.

Aber sie waren nicht am Strand. Sie standen in einem privaten Raum, in dem er schon oft geschlafen hatte, und sie war überall schön, mit einem rassig wirkenden Körper, langen, zart muskulösen Beinen und hoch angesetzten Brüsten, die er sofort in die Hände nehmen wollte.

Aber wenn er schon gedacht hatte, ihr Gesicht sähe schlimm aus, dann waren die Male auf ihrem Körper noch schlimmer. Er hatte sich mit den meisten Heilzaubern auf ihre Gehirnerschütterung konzentriert, doch ein Teil der Magie war zu den anderen Verletzungen durchgesickert. Das reichte aus, dass sich die Blutergüsse und Quetschungen so entwickelt hatten, wie sie sonst am zweiten oder dritten Tag der Heilung ausgesehen hätten – wenn sie am schlimmsten wirkten und sich am schlimmsten anfühlten.

„Halten Sie sich fest, Schätzchen", sagte er offen. „Es gibt hier unten im Bad keinen richtigen Spiegel, aber Sie sehen scheiße aus."

Ihre vollen Lippen bogen sich nach unten, während

sie über die dunklen Flecken auf ihrem schmalen Brustkorb strich. Ihre Stimme war leise. „Ist nichts, das nicht wieder heilen wird."

„Sie hatten Glück." Er reichte ihr die Kleidung. Er wollte sie immer noch berühren, nur war diesmal das Verlangen beinahe überwältigend. „Es gibt Seife und Shampoo in der Duschkabine, und Handtücher im Schrank. Rufen Sie mich, wenn Ihnen schwindlig wird oder Sie Hilfe brauchen."

„Mache ich." Sie warf ihm einen unergründlichen Blick zu, bevor sie sich abwandte.

Es gab nur drei Zimmer in dem weitläufigen Keller. Sie grenzten an einen großen, offenen Raum, in dem eine Waschmaschine und ein Trockner, ein Heizofen und ein Boiler standen. Das Bad befand sich gleich neben dem Schlafzimmer. Sie ging um die Ecke und schloss die Tür.

Er wartete, bis die Dusche lief. Dann zog er sein Telefon heraus, um Anson zu schreiben. `Bericht.`

Anson antwortete schnell. `Ich beobachte das Haus. Sie haben das Feuer gelöscht. Polizei und Feuerwehr stehen Wache, während das Auto abkühlt. Es sind ein Rettungswagen und ein Abschleppwagen da. Ich habe über den Polizeifunk niemanden sagen hören, dass eine Leiche gefunden oder jemand ins Krankenhaus gebracht worden wäre. Ich denke, Sullivan ist verschwunden, bevor sie ankamen.`

Entweder war Sullivan nicht so schwer verletzt gewesen, wie Molly geglaubt hatte, und auf eigene Faust verschwunden, oder er hatte Hilfe erhalten.

Josiahs Finger bewegten sich rasch über den Bildschirm, während er antwortete. Niemand würde sich die Mühe machen, einen Leichnam herumzuschleifen. Sullivan ist nicht tot – oder war zumindest nicht tot, als er den Tatort verließ. Die Frage ist, hatte er Hilfe?

Sehe ich auch so. Weitere Anweisungen?

Er tippte sich mit der Ecke des Handys gegen den Schneidezahn, während er nachdachte. Es ist sinnlos, dort herumzuhängen und eine Entdeckung zu riskieren. Achte weiterhin auf die Polizeikommunikation und lass es mich wissen, wenn du noch etwas herausfindest.

Mache ich. Was ist mit Molly Sullivan?

Ich kümmere mich um Molly, erwiderte er.

Die Pause zwischen Ansons Nachrichten dehnte sich. Während Josiah wartete, lauschte er der Dusche und stellte sich Mollys langsame, schmerzerfüllte Bewegungen vor, während sie sich abmühte, sich zu säubern.

Dann leuchtete der Bildschirm auf. Wird sie zur Ablenkung?

Seine innerliche Reaktion kam sofort und einschneidend, aber diesmal war er derjenige, der zögerte, bevor er antwortete. Ich schütze unsere einzige Zeugin, sollten wir uns entscheiden, den Rechtsfall über den offiziellen Weg zu verfolgen.

Ich habe das nicht als Option gesehen, schickte Anson zurück. Das wäre eine Provokation, und riskant für dich.

Es mag sich lohnen, Feuer auf mich zu ziehen, während der Rest des Zirkels weiter frei agieren kann. Wir müssen uns alle Optionen offenhalten. Er hob den Kopf, als die Dusche stoppte. Ich muss los. Ich melde mich nach Mitternacht.

Alles klar. Sei vorsichtig, Josiah.

Du auch.

Anschließend blieb sein Telefon still. Während er auf Molly wartete, las er sich den Austausch noch einmal durch.

Ich schütze unsere einzige Zeugin, hatte er geschrieben. Aber das war nicht seine erste Reaktion auf Ansons Frage gewesen.

Und er hatte es absichtlich vermieden, Anson zu sagen, dass er Molly zum Unterschlupf gebracht hatte, denn in all den Jahrzehnten, die der Zirkel nun zusammenarbeitete, hatte niemals einer von ihnen einen Außenseiter in eines ihrer Verstecke gebracht. Damit erhöhte man für alle das Risiko, entdeckt zu werden.

Die Tür zum Bad öffnete sich, und sie stand bebend da und hielt sich am Knauf fest. Sie hatte es geschafft, sich in sein T-Shirt zu winden, aber ihre langen Beine blieben nackt, und das nasse Haar hing ihr in Strähnen über den Rücken.

Er stopfte sein Telefon in die Tasche und sprang vor, um sie am Ellbogen zu fassen. Als sie gegen ihn taumelte, stieg ihm der Geruch seiner Seife in die Nase.

„Setzen wir Sie mal aufs Bett, und ich hole den Fön“, sagte er und legte ihr einen Arm um die Schulter, um sie ins andere Zimmer zu führen.

„Das müssen Sie nicht tun. Es macht mir nichts aus, mit nassen Haaren ins Bett zu gehen.“ Sie klang völlig erledigt.

„Das habe ich schon mal gemacht. Hier im Keller ist es kalt, und meine Haare sind sehr viel kürzer als Ihre. Wir können sie zumindest ein wenig trocknen. Im Augenblick tropfen Sie.“

„Ok, wenn es Ihnen nichts ausmacht.“

Er versteifte seinen Arm. „Es macht mir nichts aus.“

Wird Molly Sullivan zur Ablenkung?, hatte Anson gefragt.

Und seine erste, aufrichtigste Erwiderung war gewesen, ja, Teufel auch. Ja, wurde sie. Es war ungeplant, unerwünscht, aber zu machtvoll, als dass er sich zu wehren gewusst hätte.

DUSCHEN WAR HEFTIG.

Josiah hatte sie gewarnt, daher hatte sie sich auf

etwas gefasst gemacht, als sie sich in dem kleinen Spiegel betrachtet hatte. Und es war nicht so schlimm, wie sie befürchtet hatte.

Es war sehr viel schlimmer. Ihr halber Kopf war mit Blut besudelt. Ihre Wange war geschwollen und sah aus, als wäre jemand mit dem Käsehobel drübergegangen.

Sie flüsterte ihrem Spiegelbild zu: „Keine Jury der Welt hätte dich verurteilt. Du hättest dir das, womit er dich verprügelt hat, holen und neben seinen Körper werfen sollen."

Dann hätte es vielleicht so ausgesehen, als hätte sie Austins eigene Waffe benutzt, um sich gegen ihn zu wehren, vor allem, da aus ihrem alten Leben niemand von ihrer erwachenden Macht wusste. Nur dass es keine gute Erklärung für das gab, was mit dem BMW passiert war.

Immerhin konnte sie nun behaupten, dass sie keine Ahnung hatte, was passiert war, falls jemand sie befragte, solange niemand sie zu Gesicht bekam, bis ihre Wunden verheilt waren.

Sie drehte das Wasser an. Der Schmerz flammte wieder auf, als sie unter den warmen Strahl trat. Verletzungen pochten, und ihre aufgescheuerte Haut brannte höllisch. Aber es war keine Option, dem Unangenehmen aus dem Weg zu gehen, und so wusch sie sich, so gut sie konnte.

Bis sie fertig war, war sie so erschöpft, dass sie froh war, sich auf Josiah stützen zu können, der ihr ins

Schlafzimmer half. Dann setzte sie sich vornübergebeugt hin, die Ellbogen auf den Knien, den Kopf gesenkt, während er den Fön einsteckte und auf sie richtete, wobei er mit langen Fingern sanft durch die nassen Strähnen fuhr.

Er musste die Hand nehmen, weil er keine Bürste besaß, zumindest hatte sie im Bad keine gefunden. Die stetige Bewegung war unfassbar beruhigend. Bald fielen ihr die Augen zu. Hinter der Schwärze ihrer Augenlider dachte sie daran, wie er ausgesehen hatte, als er die Heilzauber gewirkt hatte.

Er hatte wieder in dieser fremd klingenden Sprache gesprochen. Mit seiner dunklen, tiefen Stimme klang sie elegant, erfüllt von Macht und vibrierend vor Bedeutung, die sie nicht erfassen konnte. War es Russisch?

Ganz egal, wie sehr sie sich zu konzentrieren versuchte, die Wörter flogen weg wie Funken, die unter dem Schlag eines Schmiedehammers aufstoben, und die Zauber nahmen in der Schmiede seiner Magie Gestalt an.

Sie hatte noch nie etwas so Fesselndes gesehen oder gehört. Dann hatte der Schmerz der Heilzauber alles andere vertrieben.

Er strich ihr ein letztes Mal mit der Hand durchs Haar, ehe er den Fön ausschaltete. „Das sollte genügen."

„Danke." Sie prüfte das Haar am Hinterkopf. Es war vollkommen trocken, und sie fühlte sich rundum warm.

„Gern geschehen." Er brachte den Fön weg und kam mit einem weiteren Glas Wasser und einer Packung Ibuprofen zurück. Er schüttete ein paar Tabletten heraus und bot sie ihr an.

Wortlos schluckte sie sie und leerte das Glas. Als sie fertig war, sagte sie: „Er wollte, dass ich ihm alle Kopien gebe, die ich von der Seychellen-Akte gemacht habe. Er wollte mich töten. Ich weiß nicht, wie ich das sehen konnte, aber ich konnte erkennen, dass er Benzinkanister im Kofferraum seines Autos hatte, und ein Seil, mit dem er mich, glaube ich, fesseln wollte."

„Manchmal kommen Visionen, wenn die Hexe eine Krise durchmacht, selbst wenn sie normalerweise keine Seherin ist." Er setzte sich neben sie.

„Ich gehe immer wieder im Kopf alles durch." Sie rieb sich übers Gesicht. „Ich habe eine einstweilige Verfügung gegen ihn, und er hat mir das Haus überschrieben. Eine Jury würde sich die Verletzungen anschauen, die er mir zugefügt hat, und ob ich ihn nun umgebracht habe oder nicht, ich würde mit Notwehr davonkommen. Aber dann fällt mir ein, dass sein verdammtes Auto im Parkmodus war, wodurch alles auf Brandstiftung hinausläuft."

Er legte ihr eine Hand auf den Arm. Sie gab dem leichten Druck seiner Finger nach und wandte ihm das Gesicht zu.

Sein Bernsteinblick war intensiv. „Ich habe einen meiner Leute alles prüfen lassen. Molly, Austin war nicht am Tatort, als die Ersthelfer kamen.“

Sie hatte geglaubt, die Adrenalinvorräte ihres Körpers verbraucht zu haben, aber es war noch genug da, um ihren müden Puls hochzutreiben. „Sagen Sie, er lebt noch?“

„So sieht es aus. Zumindest scheint er am Leben gewesen zu sein, als er den Tatort verließ.“

„Verdammt.“ Sie begann zu zittern. „Ich weiß nicht, ob ich enttäuscht oder erleichtert sein soll. Er hat alles verdient, was er bekommen hat, und es tut mir nicht leid, aber …“

Er hob einen Zipfel der Bettdecke hoch und legte sie ihr um die Schultern. „Aber es ist ein ziemliches Ding, jemanden zu töten“, sagte er leise. „Besonders, wenn man noch nie zuvor getötet hat.“

Hatte er da Erfahrung? Sie warf einen raschen Blick auf seine verschlossene Miene und entschied sich, das zu ignorieren. „Das heißt, Austin muss alles erklären, nicht ich. Was er in der Gegend gemacht hat. Wie er verletzt wurde. Warum sein Auto so nahe am Haus parkte. Wie es in Brand geriet. Ich kann vorgeben, nichts darüber zu wissen. Ich habe mich mit der Immobilienmaklerin am Haus getroffen, bin kurz danach gefahren und habe nichts gesehen.“

„Wenn er die Nacht überlebt, ja.“

Sie kniff die Augen zusammen. „Wie meinen Sie das?“

„So, wie ich das sehe, gibt es zwei Möglichkeiten. Entweder ist er aus eigener Kraft aufgestanden und gegangen, oder jemand hat ihn mitgenommen. Falls das passiert ist, wissen wir immer noch nicht, ob er lebt oder tot ist." Er legte ein angewinkeltes Bein aufs Bett, damit er sich drehen und sie direkt anschauen konnte. „Erinnern Sie sich. Ist Ihnen irgendwas aufgefallen, was anders war, oder haben Sie etwas gesehen, das darauf hingewiesen hätte, dass noch jemand da war?"

Josiah war ohnehin eine starke Persönlichkeit, und jetzt, da er so nahe bei ihr saß, während sie sich so niedergeschmettert und verletzlich fühlte, war er fast überwältigend.

Sie unterdrückte den Drang, zurückzuweichen, und sagte trocken: „Ich war da grade ziemlich beschäftigt. Sie wissen schon, mit Verprügeltwerden, Kampf ums Überleben und so."

Ihr Sarkasmus bewirkte, dass er einen Mundwinkel hochzog, aber er war todernst, als er antwortete: „Wir bekommen sehr viel mehr mit, als uns klar ist. Denken Sie an das, was links und rechts von Ihnen war."

Sie schnaubte und versuchte es. „Die Baumgruppe, die an den Rasen hinter dem Haus anschließt, war links. Ich habe dort keine Anwesenheit oder Bewegung gespürt. Rechts war die Rückseite des Hauses, bis wir zur Seitenstraße gingen, in der er sein Auto geparkt hatte. Dann war dort die Kreuzung vor dem Grundstück. Dort war auch niemand. Das Haus auf der anderen Straßenseite war dunkel. Ich erinnere mich, dass ich in diese Richtung geschaut habe, als das Auto explodiert ist."

„Was war direkt vor Ihnen?", drängte er. „Haben Sie hinter sich etwas gehört?"

„Ich habe es Ihnen schon gesagt", erwiderte sie ungeduldig. „Vorne lag die Seitenstraße, in der Austin sein Auto geparkt hatte. Er hatte es in den Schatten eines Ahorns gestellt, vermutlich, damit es nicht so auffiel. Und nein, ich habe hinter mir nichts gehört bis auf Austin, bevor ich freikam."

Austins Stimme in ihrem Ohr. Sein Körper, der sich an ihre Schultern drückte, während sein Arm auf ihrer Luftröhre lag und sie zwang, sich nach hinten zu lehnen. Sie erschauerte, und Josiahs scharfem Blick entging es nicht.

„Woran erinnern Sie sich?"

Sie hielt sich die zitternden Finger vor den Mund. Als sie die Worte herauspresste, klang ihre Stimme dünn. „Er hatte einen Arm um meinen Hals gelegt, als er mich zum Auto bugsierte. Müssen wir das jetzt machen? Warum glauben Sie, dass noch jemand dort gewesen sein könnte?"

„Ja, wir müssen das jetzt machen. Ich brauche jede Einzelheit, die ich kriegen kann, solange das Erlebte noch frisch ist. Und warum ich glaube, dass noch jemand dort gewesen sein könnte …" Er zuckte mit einer breiten Schulter. „Sie dachten, Sie hätten ihn womöglich getötet, aber er war nicht dort, als die Polizei auftauchte. Ich gehe jeder Möglichkeit nach."

Sie machte ein finsteres Gesicht. Er klang wie ein Polizist, einer, der die ganze Geschichte kannte und wusste, wonach er fragen musste. „Sie glauben, dass noch jemand drinhängt, oder?"

„Es ist möglich, wahrscheinlich sogar. Das Geld auf dem Seychellen-Konto kam irgendwoher. Das hat er nicht alleine hergezaubert." Er musterte sie. „Gab es vorher schon mal irgendwelche Anzeichen, dass Austin zu einem Mord fähig sein könnte?"

Sie verlagerte das Gewicht, um den Schmerz in ihren Rippen zu lindern, und stieß hervor: „Wenn ich das je ernsthaft für möglich gehalten hätte, hätte ich ihn schon längst verlassen. Im allerschlimmsten Fall habe ich etwas Unangenehmes erwartet. Eine unangemessene Konfrontation. Vielleicht eine Ohrfeige, oder dass er mich wieder packt und mir noch ein paar blaue Flecken beschert."

„Sie kennen ihn schon lange. Sie haben auch gute Instinkte, vielleicht sogar einen Hauch Vorahnung. Nun, da er Sie angegriffen hat, was glauben Sie? Ist das ein Teil seiner Persönlichkeit, den er versteckt hat, oder ist das für ihn außerhalb der Norm?"

Die Art, wie er die Frage gestellt hatte, ließ sie die Dinge aus einem neuen Blickwinkel betrachten. „Obwohl man es aufgrund der Ereignisse auf der Party nie vermuten würde, ist Austin charmant. Er mag es, wenn alles so mühelos wie möglich nach seinem Willen läuft. Erst wenn man ihn verärgert, kommt seine hässlichere Seite zum Vorschein, aber selbst dann liegt das weit außerhalb des Verhaltensspektrums, das ich bei ihm vorhergesagt hätte." Sie schüttelte den Kopf.

„Ich habe mich heute Abend so dumm gefühlt, als hätte ich das kommen sehen sollen, habe es aber nicht.“

„Also ist es außerhalb der Norm.“

„Ja. Ich bin überrascht, dass er dazu fähig war.“ Ihr Mund verzog sich ironisch. „Aber Sie trauen mir zu viel zu. Ich habe sehr lange mit ihm zusammengelebt, doch ich kannte ihn nie richtig. Wir haben beide die Rollen gespielt, die von uns erwartet wurden.“

„Wie lange waren Sie verheiratet?“

Sie schnaubte. „Zwanzig verdammte Jahre.“

Er kniff die Augen zusammen. „Er gefiel sich in der Rolle des Verheirateten.“

„Ich glaube, wir gefielen uns beide. Er mag alles, was zu einem erfolgreichen Leben gehört, und den Ruf, der damit einhergeht. Er ist gern Partner in einer erfolgreichen Anwaltskanzlei …“ Ihre Stimme verstummte, während sie sich an den Abend der Party erinnerte.

Und an Russell, der sich abgewandt und zu Austin gesagt hatte: *Krieg sie in Griff.*

Daraufhin war Austin zur Tat geschritten. Austin gehorchte Russell immer. Gab Partys, wenn Russell es ihm auftrug, ging zu den richtigen Abendessen, nahm die richtigen Kunden an.

Austin war klug und gerissen, aber er hatte keine so starke Persönlichkeit wie Russell, und auch nicht dieselbe Art politischer oder finanzieller Macht. Russell war das unangefochtene Alphatier bei Sherman &

Associates. Wohin er führte, würde Austin folgen.

Und Russell Sherman war nicht bloß der Geschäftsführer. Er war der Gründer, und er hatte seine Firma aus dem Nichts aufgebaut. Inzwischen war Sherman & Associates die größte, mächtigste Kanzlei für Körperschaftsrecht im ganzen Bundesstaat.

Josiah beobachtete sie mit der Geduld eines Raubtiers. Er wirkte, als könne er die ganze Nacht warten, wenn es sein musste.

Leise sagte sie: „Austin befolgt Befehle. Er ist kein Einzelgänger. Er ist ein Teamplayer.“

„So hätte ich ihn auch eingeschätzt“, erwiderte Josiah. „Aber ich kenne ihn nicht so gut wie Sie.“

Da spürte sie es, das Klicken der Gewissheit, so wie sie gewusst hatte, dass Austin wie ein Anwalt denken würde, als sie ihn verlassen hatte. Nur anstatt Austin zu sagen, er solle sie in Griff kriegen, hatte Russell diesmal gesagt: *Bring sie verdammt nochmal zum Schweigen.*

Und Austin hatte es versucht.

Sie war so *sicher*, dass es so gewesen war. Sie sah es so deutlich, wie sie auch sah, was am Abend der Party passiert war. So klar, wie sie die Benzinkanister und das Seil im Kofferraum des BMW gesehen hatte. War es das, was Josiah als Vorahnung bezeichnet hatte?

Wut flammte auf, heiß und feurig wie die Explosion des Autos. Wie konnten sie es wagen — *wie konnten sie es wagen* zu denken, dass sie einfach so ihr Leben beenden könnten, als wäre sie eine Wegwerfware? Sie wollte ihnen wehtun. Sie musste sie dringend dafür bezahlen lassen, so dringend, dass sie zitterte. Sie hatte nicht die körperlichen Reserven, um eine so heftige Emotion auszuhalten.

Sie begegnete Josiahs wartendem, berechnendem Blick. „Auch wenn es Austin war, der versucht hat, mich zu entführen und zu töten, war Russell derjenige, der ihm den Befehl dazu gab."

Seine Miene wurde grimmig. „Sind Sie sicher?"

„Ich würde die Vergleichszahlung meiner Scheidung drauf verwetten", sagte sie düster. „Und ich kriege da jede Menge Geld."

Kapitel 9

NACHDEM SIE DAS gesagt hatte, brach die Erschöpfung über sie herein. Ihre Gedanken kamen mahlend zum Stillstand, und ganz nahe lauerte die Schwärze. Obwohl sie darum kämpfte, aufrecht zu bleiben, schaffte sie es nicht und sank aufs Bett.

Josiah bemerkte es. Er stand auf, schob einen Arm unter ihre Beine und hob sie an, während er die Decke hochzog. Dann legte er sie wieder hin und deckte ihren kraftlosen Körper zu. Er setzte sich erneut neben sie, stützte eine Hand neben ihrem Kopf auf, während er sich vorbeugte und ihr in die Augen schaute.

„Ich kann nicht hierbleiben", erklärte er. „Ich habe zu viel zu tun. In dem offenen Bereich steht eine Mikrowelle auf einem Schrank. Wenn Sie Hunger bekommen, gibt es Dosensuppen und Popcorn im Schrank, dazu noch Instantkaffee, Schüsseln und Tassen. Es ist alles recht einfach, aber es wird genügen müssen, bis ich zurückkomme."

„Ist mir egal." Bei der Vorstellung, auch nur zu versuchen, etwas zu essen, wurde ihr übel.

Die Matratze bog sich unter seinem Gewicht, so

dass Molly an seine Hüfte rutschte. Das Licht der Nachttischlampe glänzte auf seinem dunklen Haar und der gebräunten Haut seiner hageren Wange und ließ seine Bernsteinaugen funkeln.

Er hatte einen wissenden Blick, wie jemand, der zu viel von der Welt gesehen hatte und nicht sonderlich angetan von ihr war. Etwas Grobes hatte ihn abgehärtet. Sie fragte sich, ob sie je erfahren würde, was es war. Trotzdem hatte er ihr heute Abend vermutlich das Leben gerettet.

Zum zweiten Mal berührte sie ihn freiwillig, legte die Finger auf seinen harten, muskulösen Unterarm. Seine Haut war warm und dunkel behaart. Er blickte auf ihre Hand hinab und holte leise Luft, als ob er etwas sagen wollte.

Während sie darauf wartete, schlossen sich ihre Lider.

Die Bettfedern quietschten, als er sich erhob. Sie hatte zu große Schmerzen, um flach auf dem Rücken zu liegen, daher rollte sie sich auf die Seite.

Er glaubte wohl, sie sei eingeschlafen, was ja auch fast stimmte. Sie beobachtete durch die Wimpern, wie er sich auf den Weg nach draußen machte, dann jedoch stehenblieb und den Kopf schieflegte. Sie folgte seinem Blick. Zum ersten Mal fiel ihr auf, dass ihre Handtasche auf dem Boden stand, darauf ihr Handy und ihre Schlüssel.

Er bückte sich, nahm ihr Handy und steckte es ein. Dann ging er weiter zur Tür.

Er nahm ihr Handy.

Ein kalter Klumpen bildete sich in ihrer Magengrube, aber das war ein Problem, das sich hinten anstellen musste, denn zuerst einmal musste sie sich um die dringenden Bedürfnisse ihres misshandelten Körpers kümmern. Sie schloss nun wirklich die Augen und ließ sich von der Dunkelheit davontragen.

ER HATTE ES versaut. Molly war eine Ablenkung, und nun würde er dafür bezahlen.

Grimmig betrat er den Technikraum, um seine E-Mails zu lesen und die Überwachungsbildschirme durchzugehen. Alles wirkte still und wie immer. Die Schutzzauber, die den Keller umgaben, fühlten sich fest und unberührt an. Vielleicht hielten sie jeden ab, der versuchen könnte, ihren Aufenthaltsort mit dem GPS auf ihrem Handy ausfindig zu machen.

Aber *Vielleicht* war nichts, auf das er sich verließ, niemals. Er schaute auf Mollys Telefon und stellte fest, dass sie sich nicht die Mühe gemacht hatte, es mit einem Passwort zu sperren. Er war nicht überrascht. Das taten die wenigsten.

Das bedeutete, dass ihre Nachrichten, Anrufe, Kontakte und Einstellungen mühelos erreichbar waren. Sie hatte die Ortungsfunktion abgeschaltet, aber damit wurde das GPS des Handys nicht unbrauchbar.

Rasch exportierte er ihre Kontakte an seine E-Mail-Adresse. Nachdem der Transfer abgeschlossen war, nahm er die SIM-Karte heraus, warf sie auf den Boden und zertrat sie unter seinem Absatz.

Dann setzte er sich hin, um eine Mail an seinen Zirkel zu verfassen.

„Die Sicherheit des Unterschlupfs wurde kompromittiert. Kommt nicht her. Sucht andere Möglichkeiten, falls es nötig wird."

Wenn jemand Mollys Telefon durchging, würde derjenige auf etliche Anrufe auf seine Nummer stoßen, aber das bereitete ihm keine Sorgen. Die Nummer war bei einer örtlichen Reinigung registriert, und er hatte ein anderes Telefon speziell für den Einsatz als Bezirksstaatsanwalt.

Hauptsächlich beschäftigte ihn die Frage, wie wahrscheinlich es war, dass jemand versucht haben könnte, Molly während der letzten paar Stunden aufzuspüren. Jahrzehntelang hatte er das Gefühl gehabt, Schach mit dem Unbekannten zu spielen. Das hier war ein weiterer Zug auf dem Brett.

Wenn Sullivan den Tatort aus eigener Kraft verlassen hatte, hatte er vielleicht nicht die Gelegenheit gehabt, Russell Sherman oder sonst wem zu beichten, dass er es nicht geschafft hatte, sich um das Molly-Problem zu kümmern. Aber wenn er Hilfe gehabt hatte – wenn er tot war –, dann wäre das Interesse an Molly ungeahnt in die Höhe geschnellt.

Also war es möglich.

Sein Computer pingte. Es war eine Antwort von Steven, einer echten Nachteule. Er klickte auf die E-

Mail, die lautete: „Was ist los? Brauchst du Hilfe?“

Er antwortete schnell: „Nicht sicher. Ich habe eine Person in den Unterschlupf mitgenommen. Ich habe nicht bedacht, dass ihr Telefon GPS hat, bis es zu spät war. Würden die Schutzzauber die Spuren blockieren?“ Als er fertig geschrieben hatte, drückte er auf „Senden“.

Seine E-Mail pingte wieder. Steven hatte geschrieben: „Lass mich überlegen. Ich melde mich gleich wieder.“

Josiah lehnte sich zurück, die Arme verschränkt, und wartete, wobei er die Bildschirme beobachtete. In einer abgelegenen Ecke des Grundstücks trampelte ein Opossum an der Sicherheitskamera vorbei.

Eine weitere E-Mail traf ein. Steven hatte geschrieben: „Du solltest in Sicherheit sein, während du im Keller bist. Aber vorher und anschließend bist du verwundbar. Mein bester Ratschlag – vernichte die SIM-Karte sofort.“

„Schon passiert“, tippte er. Und er hatte keine Zeit verloren, als er Molly hergebracht hatte. Er dachte daran, wie rasch er sie in Deckung gebracht hatte, und entspannte sich etwas. „Danke, und schlaf gut.“

Das Risiko war klein genug, dass es sich nicht lohnte, erneut umzuziehen. Molly war so sicher, wie er heute Nacht gewährleisten konnte.

Er schob sich hoch und schloss die Tür ab, als er das Zimmer verließ. Als er im Schlafzimmer nachsah, lag Molly ruhig und reglos da. Es war Zeit, in die Stadt zurückzukehren.

Er hielt inne, kurz bevor er ins Auto stieg, und schaute sich in der stillen, ländlichen Umgebung um. Mondlicht beleuchtete die Rückseite des dunklen Hauses. Es war ein unheimlicher, isolierter Ort, und es gefiel ihm nicht, sie hier alleinzulassen, aber es gab keinen Grund zu bleiben. Sie war versteckt und mit dem Nötigsten versorgt. Sie würde nicht sterben.

Sie stellte zu viel Unfug mit seinem Verstand an.

Er fluchte tonlos und fuhr weg. Als erstes stand auf der Liste, zu ihrer Wohnung zu fahren. Das tat er mit disziplinierter Geduld, all seine Sinne auf Empfang. Es war gegen drei Uhr nachts, und in ein paar Häusern brannte noch Licht, aber der Großteil war dunkel und friedlich. Als letztes stellte er das Auto ab und ging ein paar Blocks zu Fuß zur Mietwohnung.

Alles wirkte so, wie er es zuletzt gesehen hatte. Der Jeep stand noch da, wo Molly ihn geparkt hatte. Er scannte das Fahrzeug auf Magie, fand aber nichts. Er schlich die Treppe zur Wohnung hinauf, um die Tür zu prüfen. Sie war versperrt, das Innere dunkel und still. Dieser Ort schien sicher zu sein.

Vielleicht war Sullivans Angriff auf Molly alles, zumindest vorerst. Endlich zufrieden fuhr er zu seiner Wohnung. Als er auf den Parkplatz fuhr, klingelte sein Telefon. Es war Anson.

Sofort erfasste ihn wieder Anspannung. Rasch parkte er den Audi und ging ran. „Anson."

„Du hast sie zum Unterschlupf gebracht, oder?

Deshalb ist er kompromittiert.“

„Ja.“

Ansons Seufzen war durch die Verbindung hörbar. Nüchtern sagte er: „Ist wohl sowieso egal.“

Er hatte erwartet, dass Anson verärgert sein würde, vor allem nach ihrem letzten Chat, aber das überraschte ihn. Er kniff die Augen zusammen. „Gibt es was Neues?“

„Es gibt ein weiteres Feuer. Diesmal ist es ein Haus in der Nähe der Uni. Eine Leiche wurde gefunden, eine Frau. Man hat sie noch nicht offiziell identifiziert, aber die Steueraufzeichnungen listen eine Nina Rodriguez als Besitzerin des Grundstücks. Ich habe etwas nachgeforscht. Offenbar ist sie Scheidungsanwältin.“

Josiahs Gedanken rasten zurück zu der Unterhaltung, die er mit Molly im Park geführt hatte. Sie hatte gesagt: *Nina Rodriguez ist meine Anwältin. Schon mal von ihr gehört?* Er fluchte.

Anson fragte: „Weißt du, wer sie ist?“

„Wenn es in der Gegend nicht noch eine Scheidungsanwältin namens Nina Rodriguez gibt, ist sie Mollys Anwältin.“

„Also stehen die beiden Vorfälle in Verbindung“, sagte Anson bedrückt.

„Sieht so aus.“ Er tippte mit den Fingern aufs Steuer. „Schick mir die Adresse, ok?“

„Klar. Wirst du den Tatort überprüfen?“

„Darauf kannst du deinen Hintern verwetten.“ Er startete das Auto erneut.

Das Büro des Bezirksstaatsanwalts in Fulton County hatte hundert assistierende Staatsanwälte im ganzen Bundesstaat, und etwa hundertfünfzig weitere Mitarbeiter, darunter Verwaltungspersonal und Ermittler.

Es mochte komisch sein, wenn der Bezirksstaatsanwalt höchstpersönlich in den frühen Morgenstunden an einem Wochenende bei einem Häuserbrand aufkreuzte, aber es lag nicht außerhalb des Möglichen. Außerdem konnte es ihm nützlich sein, den Ruf zu erwerben, ein seltsamer, praktisch veranlagter Typ zu sein, und zwei verdächtige Feuer in einer Nacht sollte man sich genauer anschauen.

Sobald er die Adresse hatte, tippte er sie ins GPS, und zwanzig Minuten später parkte er einen halben Block entfernt von einem Häuserbrand, der den Nachthimmel rot färbte. Trotz der späten Stunde hatte die Szenerie etliche Zuschauer angezogen, die sich auf der anderen Straßenseite versammelt hatten, in Schlafanzügen, Bademänteln und anderen wahllos gegriffenen Klamotten.

Streifenwagen, Feuerwehrautos und ein Rettungswagen standen in der Nähe, dazu noch ein schwarzer Van mit weißer Beschriftung, die ihn als Fahrzeug des ärztlichen Leichenbeschauers auswies. Alles ein Standardvorgehen. Er scannte den Bereich auf aktive oder Restmagie, spürte aber nichts.

Sein Telefon vibrierte, aber er beachtete es nicht, während er durch die einfache Polizeiabsperrung ging, die mit Klebeband zwischen den beiden geparkten Streifenwagen angebracht worden war. Als ein uniformierter Polizist herüberkam, um ihn wegzuschicken, stellte er sich vor und zeigte seinen Ausweis.

Innerhalb kurzer Zeit hatte er den anwesenden Feuerwehreinsatzleiter gefunden und stellte sich wieder vor. Zusammen standen sie da und schauten den Feuerwehrleuten bei der Arbeit zu. „Es macht mich immer traurig, wenn ein Haus abbrennt, und das war ein ziemlich schönes." Der Einsatzleiter warf ihm einen Seitenblick zu. „Ziemlich spät für die meisten, um noch unterwegs zu sein."

„Ich konnte nicht schlafen", sagte Josiah. „Als ich hörte, dass es in einer Nacht zweimal gebrannt hat, dachte ich mir, ich fahr mal rüber und schaue nach."

„Sie wissen es nicht? Es sind inzwischen drei Brände." Der Einsatzleiter war ein trainierter Mann in den Fünfzigern mit grauem Haar, scharfen Augen und einer zerknirschten Miene. „Sie waren wohl gerade hierher unterwegs. Ich habe vor knapp zehn Minuten die Nachricht erhalten, dass es einen Brandanschlag auf ein Anwaltsbüro in einer Einkaufsmeile gab."

Josiah hielt sich reglos. „Wo?"

„Drüben in Piedmont Heights. Immer noch keine Nachricht, ob es Verletzte gibt, aber es ist verdammt nochmal halb vier am Sonntagmorgen, da können wir hoffen." Der Einsatzleiter warf ihm einen mitleidigen Blick zu. „Sie sind erst ein paar Monate in ihrem neuen

Amt, und da geht die Stadt heute Nacht in Flammen auf.“

„Ja, das wird eine volle Woche.“ Sein Telefon vibrierte wieder. Er zog es heraus, warf einen Blick auf etliche Nachrichten von Anson und verarbeitete folgenden Satz: `Brandbombe auf das Büro von Rechtsanwältin Nina Rodriguez.`

Sacht schob er sein Telefon zurück in die Tasche. „Ist bekannt, was diesen Brand ausgelöst hat?“

Der Einsatzleiter schüttelte den Kopf. „Wir werden uns da drin erst richtig umschauen können, wenn alles ein wenig abkühlen konnte.“

„Geben Sie mir Ihre beste Schätzung.“

„Inoffiziell?“ Der Mann schnaubte. „Ein normales Hausfeuer brennt nicht in einem so gründlichen, gleichmäßigen Muster wie das da. Als wir ankamen, stand das Haus komplett in Flammen. Ich würde sagen, jemand wollte unbedingt, dass dieses Haus zerstört wird.“

„Das hätte ich auch vermutet, aber ich wollte Ihre Gedanken dazu hören. Wie bald können wir einen Ermittler für Brandstiftung hier haben?“

„Morgen ist Montag. Das Haus sollte kühl genug sein, um gleich morgens jemanden herzubekommen.“

Josiah reichte dem Einsatzleiter seine Visitenkarte. „Halten Sie mich auf dem Laufenden.“

„Aber sicher.“ Der Mann steckte die Karte ein. „Und Glückwunsch zum Wahlsieg.“

„Danke.“

Josiah verbrachte noch zehn Minuten am Tatort, stellte sich den anderen Helfern vor Ort vor und sah kurz nach dem Opfer im Leichensack, der im Van des Leichenbeschauers auf den Transport wartete. Die Frau war schwer verbrannt, aber ihre Züge waren noch erkennbar. Wegen des Geruchs biss er die Zähne zusammen, schoss ein paar Fotos und ging dann weg, um draußen ein paarmal tief einzuatmen.

Sein Telefon vibrierte erneut.

Anson: `Die Helfer haben gerade einen Leichnam aus dem Anwaltsbüro geholt. Ein nicht identifizierter Mann, weiß, groß, dunkle Haare, Mittdreißiger bis fünfzig. Ich bin jetzt am Tatort.`

Ach was. Josiah fragte: `Ist Magie im Spiel?`

`Ich glaube nicht, aber ich komme nicht nah genug ran, um es sicher zu sagen. Wenn du beim Haus bist, bist du knappe zehn Minuten entfernt.` Anson schickte ihm die Adresse.

Josiah erwiderte: `Komme.`

Der Himmel begann sich allmählich im ersten Dämmerlicht zu erhellen, als er an der Einkaufsmeile ankam. Diesmal gab es weniger Zuschauer, nur ein paar Autos, die auf der anderen Straßenseite hielten. Er erhaschte in einem der Fahrzeuge einen Blick auf Ansons schroffes Profil, doch er grüßte ihn nicht und nahm seine Anwesenheit auch nicht zur Kenntnis.

Es gab auch hier keine Anzeichen für Magie, und das Feuer war kleiner gewesen. Es war bereits erloschen, glomm aber noch. Josiah machte dieselbe Vorstellungsrunde wie beim vorigen Tatort, verbrachte ein paar Minuten im Gespräch mit allen Helfern, ehe er seine Karte hinterließ.

An diesem Tatort gab es keinen Leichenbeschauer, daher stieg er in den Rettungswagen, um sich den nicht identifizierten Mann anzusehen. Er deckte den Kopf auf und schaute auf Austin Sullivans attraktive, reglose Züge hinab.

Inzwischen war er nicht mehr überrascht, aber um der anwesenden Sanitäter und eines uniformierten Polizisten willen sagte er: „Verdammt. Ich kenne diesen Mann."

„Echt?" Der Polizist zog einen Block heraus. „Wer ist er?"

„Ein weiterer Anwalt. Austin Sullivan. Er war Partner bei Sherman & Associates. Ich war letzten Monat auf einer Dinnerparty in seinem Haus." Er ließ das Tuch wieder über Sullivans lebloses Gesicht fallen und fragte den Sanitäter: „Weiß man etwas über die Todesursache?"

„Man braucht eine Autopsie, um sicherzugehen, aber sein Rachen sieht aus, als hätte er Verbrennungen der Atmungsorgane erlitten", erklärte der Sanitäter. „Er ist ziemlich übel zugerichtet, aber man fand ihn unter dem Schutt eines zusammengestürzten Türrahmens, das könnte es also erklären. Es ist möglich, dass er bewusstlos wurde und der eingeatmete Rauch ihn getötet hat. Was er am Samstag mitten in der Nacht da drin trieb, kann man nur rätseln."

Josiah glaubte, dass er eine ziemlich gute Vorstellung davon hatte, was mit Sullivan passiert war, aber er hielt sich an seine Rolle. „Schlimme Sache. Ich werde mir die Berichte darüber persönlich durchlesen."

Damit brach er auf. Die Parklücke, in der Anson gehalten hatte, war leer, daher schrieb er ihm die Neuigkeiten und fügte hinzu: Ich glaube, wir haben heute Nacht alles erfahren, was es zu erfahren gibt. Sieht so aus, als hätten wir eine lange Woche vor uns. Du solltest dich etwas ausruhen.

Du auch, wenn du kannst.

Aber Josiah hatte nicht vor, sich auszuruhen. Stattdessen hielt er an einem 24-Stunden-Supermarkt und kaufte ein – Sandwiches, Obst, Käse, Milch, Erdnussbutter, Brot, mehr Kaffee. Einen Viertelliter Milch. Er brauchte nur zwanzig Minuten.

Trotzdem war schon lange der Tag angebrochen, als er sich schließlich zurück zum Unterschlupf aufmachte.

Mit etwas Glück war Mollys restliche Nacht sehr viel weniger ereignisreich als seine gewesen, und hoffentlich würde sie noch einige Stunden weiterschlafen. Ihr Körper musste sich ausruhen, um sich zu erholen, und er spürte die Folgen einer angespannten, schlaflosen Nacht.

Und er freute sich ganz und gar nicht darauf, ihr mitzuteilen, dass sie nun Witwe war.

✧ ✧ ✧

GESTALTLOSES SCHWARZ.

Dann stand die Frau mit den dunklen, mächtigen Augen vor ihr, eine Augenbraue hochgezogen. „Du lässt dir ganz schön Zeit, wie ich sehe."

„Ich hatte viel zu tun", erklärte Molly. „Es ist kompliziert."

Die Frau schnaubte. „Es ist immer kompliziert. Na, ich bin zu beschäftigt, um nach dir zu suchen. Entweder kreuzt du auf oder nicht. Aber du solltest wissen, dass die Zeit davonläuft."

Warum lief die Zeit davon? Sie wollte fragen, aber das gestaltlose Schwarz fegte sie wieder weg, bis Austins vertraute Schuhe und seine langen, schlanken Beine in Jeans in Sicht kamen.

Und sie bewegte sich, so schnell sie konnte, aber sie war nicht schnell genug. Etwas Hartes traf sie am Kopf …

Sie erwachte plötzlich in völliger Schwärze und schoss in eine sitzende Position hoch. Als Reaktion darauf brüllten Prellungen und Quetschungen, und ein stechender Kopfschmerz wallte hinter einem Auge auf. Desorientiert und panisch stieß sie mit einer Hand vor, um etwas zu packen, mit dem sie sich erden konnte. Ihr Handrücken traf auf eine kühle, harte Fläche, und ein schwerer Gegenstand krachte zu Boden.

Die Luft war kalt und merkwürdig. Erinnerungen drangen auf sie ein. Sie war im Keller eines Verstecks. Das hatte Josiah ihr zumindest gesagt. Und sie hatte gerade die Nachttischlampe auf den Boden geworfen.

Nach dem ersten gigantischen Protestimpuls stimmte ihr Körper sich auf eine Symphonie der Schmerzen ein. Vielleicht war ausreichend Zeit vergangen, dass sie weitere Schmerzmittel nehmen konnte. Sie schlüpfte aus dem Bett und knurrte bei der Anstrengung, sich zu bücken und nach der Lampe zu tasten. Ihre Finger stießen an den runden, breiten Sockel. Sie hob die Lampe auf und tastete sich zum Schalter vor.

Licht flammte auf und bescherte ihr ein weiteres Stechen hinter dem Auge. Ihr Körper brüllte danach, sich wieder hinzulegen, aber sie zwang sich dazu, sich zu bewegen. Scheiß drauf, dachte sie, ich nehme mehr Ibuprofen, ob es jetzt Zeit ist oder nicht.

Nachdem sie sich die Jogginghose und die dicken Sportsocken angezogen hatte, humpelte sie ins Bad, schüttete weitere Tabletten aus der Packung und schluckte sie. Dann trank sie noch drei Glas Wasser, bis der brennende Durst nachließ. Erst dann schob sie sich aus dem Bad, um eine Bestandsaufnahme zu machen.

Graues Licht sickerte die Kellertreppe herab. Bis zur Dämmerung konnte es nicht mehr lang hin sein. Wie das T-Shirt waren auch die Jogginghose und die Socken zu groß. Sie zog sich die Hose über die Taille und ging vorsichtig, um in den Socken nicht zu stolpern.

Es war enorm unheimlich, dass er sie mitten in der Pampa in einen Keller gesteckt hatte. Sie holte langsam tief Luft und zählte, bis die rasende Panik so weit nachgelassen hatte, dass sie denken konnte.

Der wunde, leere Ort in ihrem Innersten war weg, und was zurückgekehrt war … Nun, es war nicht der goldene Quell der Kraft von zuvor, aber es war auch nicht nichts. Darüber hinaus hatten sich ihre Sinne geklärt, und sie fühlte sich vom stetigen Glühen von Magie umgeben.

Es war überall. Zu ihren Füßen, über ihr, auf allen Seiten. Josiah hatte gesagt, der Keller habe Schutzzauber. Warum der Keller? Warum nicht auch oben?

Die Heizung sprang an, und sie fuhr fast aus der Haut. Sie stieß ein wenig erheitertes Lachen aus, suchte nach weiteren Lichtschaltern, bis sie mitten in einem nicht ausgebauten Raum stand, der hell erleuchtet war. Es gab eine offene Tür, die ins Schlafzimmer führte, das Bad, die Mikrowelle, die auf einem alten Schrank stand, einen Minikühlschrank, eine Waschmaschine und einen Trockner, einen Heizofen, einen Boiler – und eine verschlossene Tür mit einem erstklassigen elektronischen Schloss.

Sie warf der verschlossenen Tür einen finsteren Blick zu. Dann stieg sie, während sie sich schwer aufs Geländer lehnte, die Treppe zu einem schmalen Absatz empor und schaute durch die verglaste Hintertür des Hauses. Ein großer, ungepflegter Rasen führte zu einem Dickicht aus Bäumen. Drei weitere Stufen brachten Molly in eine große Küche, die dringend einer

Modernisierung bedurfte.

Sie starrte um sich. Es war eine *wirklich* leere Küche. Es gab weder Herd, Kühlschrank noch Mikrowelle. Sie öffnete aufs Geratewohl ein paar Schränke. Alle waren leer.

Sie bewegte ihren steifen, widerstrebenden Körper, so schnell sie konnte, und sah sich oben um. Bis auf zwei Sessel und einen Fernseher auf einem einfachen Ständer im Wohnzimmer und ein paar Lampen mit Zeitschaltuhren war der Rest des großen Hauses so leer wie die Küche. Der Fernseher war noch nicht mal angeschlossen.

Als sie fertig war, setzte sie sich nachdenklich in einen der Sessel und schaute aus dem großen Panoramafenster. Das Haus stand allein, und es befand sich am Ende eines Feldwegs. Es war leicht zu verteidigen. Isoliert. Niemand würde ihre Schreie hören, wenn sie von hier kamen. Der Gedanke ließ sie erschauern.

Trotzdem gab es nichts, was sie am Gehen gehindert hätte. Sie hätte ihre Schuhe anziehen und diesem Feldweg folgen können, wenn sie gewollt hätte. Obwohl es sie erschreckt hatte zu sehen, dass Josiah ihr Telefon eingesteckt hatte, hatte er nicht versucht, sie auf irgendeine Weise einzusperren.

Sie tippte sich mit dem Daumennagel an die Zähne. Eigentlich gab es nur zwei Dinge, an denen er sie gehindert hatte. Sie konnte keine Anrufe tätigen. Es gab eine Reihe von Gründen, weshalb er gewollt haben könnte, dass sie niemanden anrufen konnte, und einige waren düsterer als andere.

Und sie konnte diese abgeschlossene Kellertür nicht öffnen.

Oder doch?

Sie schob sich vom Sessel hoch, ging wieder in den Keller, und das warme, stetige Leuchten der Zauber umgab sie erneut. Ok, sie war immer noch angeschlagen, aber sie musste zugeben, dass die Magie sich gut anfühlte.

Sie war inzwischen ziemlich zittrig, und die Leere in ihrem Magen rief ihr in Erinnerung, dass sie seit Samstag früh nichts mehr gegessen hatte. Ungeduldig kümmerte sie sich um die Bedürfnisse ihres Körpers und erhitzte Wasser in der Mikrowelle, um sich einen doppelten Instant-Kaffee zu machen, während sie Suppe direkt aus der Dose löffelte.

Die kalte Suppe fühlte sich in ihrem Mund schleimig an, aber sie sorgte dafür, dass ihr Magen sich nicht weiter beschwerte. Sie warf einen finsteren Blick auf die Tür, während sie ihren Kaffee trank. Die Medikamente hatten gewirkt, und ihr Schmerz war auf ein erträgliches Ziehen zurückgegangen. Obwohl der Kaffee ihr nicht gerade einen Energieschub versetzte, fühlte sie sich zumindest nicht mehr, als würde sie gleich umfallen.

Am wichtigsten aber war, dass sie ein kleines Tröpfeln zurückkehrender Macht spürte. Würde es reichen?

Sie stellte die halb geleerte Kaffeetasse ab, ging zu der Tür und legte eine Hand auf das elektronische Schloss. Selbst wenn sie genug Saft hatte, *sollte* sie es tun?

Ob sie Erfolg hatte oder nicht, es würde Josiah zornig machen. Und obwohl er sie manipuliert und verletzt hatte, hatte er ihr auch sehr geholfen. Sie dachte an den Kuss vom Montag zurück und merkte, dass die Erinnerung sich verändert hatte.

Diesmal erinnerte sie sich, wie er ganz still gehalten hatte, während sie sanft und zögerlich ihre Lippen unter seinen bewegt hatte, wie er sich dann bewegt hatte, um den Kuss zu vertiefen. Sie war diejenige gewesen, die ihn weggeschoben hatte.

Er hatte die Arme angespannt, nicht, um sie zu überwältigen, sondern weil er sie nicht hatte gehen lassen wollen. Und von allen Arten, auf die er hätte versuchen können, sie aufzustacheln …

Auf ihrem Gesicht breitete sich ein Lächeln aus. So taktlos und manipulativ es gewesen war, er *hatte* diesen Kuss ernst gemeint.

Aber er hatte trotzdem ihr Telefon genommen, und ob es ihn wütend machte oder nicht, sie wollte es wiederhaben. Es würde nicht einfach sein, durch diese Tür zu brechen. Sie grub tief, zerrte so viel Macht hervor, wie sie nur konnte, und sprengte damit die Tür auf.

Kapitel 10

D AS WAR UNKLUG gewesen.

Das kleine Rinnsal wiederkehrender Macht herauszureißen tat weh. In ihr Inneres war diese wunde Dunkelheit zurückgekehrt, und sie fühlte sich wieder zittrig. Keuchend lehnte sie sich an den Türrahmen, bis die schwarzen Flecken verschwanden, die vor ihren Augen tanzten.

Sie konnte es sich nicht leisten, das noch einmal zu tun, bis sie richtig genesen war. Zum einen könnte sie ohnmächtig werden, zum anderen könnte sie einer Fähigkeit, die sie rasch schätzen lernte, dauerhaften Schaden zufügen.

Aber die Tür war aufgesprungen. Als Molly sie inspizierte, stellte sie fest, dass sie das elektronische Schloss nicht beschädigt hatte. Es war der Türrahmen, der dort, wo der Riegel hineinglitt, zersplittert war.

Nachdem sie das mit einem raschen Blick überprüft hatte, widmete sie sich dem Inneren des Raums.

Sie hatte erwartet, dass er dunkel war. Stattdessen wurde er von etlichen Überwachungsbildschirmen beleuchtet, die über einem l-förmigen Computertisch an der Wand hingen. Sie starrte um sich und tastete sich an der Wand mit der Tür entlang, bis ihre Finger auf einen Schalter stießen. Sie drückte ihn, und helles Licht fiel von oben in den Raum.

Ein großer Bodentresor befand sich in einer Ecke gegenüber dem Schreibtisch. Auf dem Tisch stand eine Kaffeetasse neben einem Haufen Papieren und Akten, und ein Computer war an zwei Monitore angeschlossen. Geistesabwesend holte sie sich ihren Kaffee und nippte an dem dunklen, bitteren Gebräu, während sie sich dem Schreibtisch näherte.

Ihr Telefon! Sie schnappte es sich und wollte es einschalten, aber es war tot. Als sie es näher betrachtete, stellte sie fest, dass die SIM-Karte fehlte. Ärger nagte an ihr, und sie warf es wieder auf den Schreibtisch. Auf den Papieren und Akten fiel ihr ihr Name ins Auge.

Langsam sank sie auf den Schreibtischstuhl, stellte ihre Tasse ab, griff nach dem Umschlag mit ihrem Namen darauf und begann den Inhalt durchzublättern. Ihre Kindheit. Der Name ihrer Highschool und eine Liste ihrer Freunde. Informationen über ihre Eltern. Das Todesdatum ihres Vaters. Die Adresse ihrer Mutter. Mollys Studienbuch. Die Adresse ihres Hauses. Eine Liste von Institutionen, bei denen sie entweder ehrenamtlich oder angestellt gearbeitet hatte.

Der Umschlag glitt ihr aus den Fingern, und sie schaute sich hastig die anderen Unterlagen an. Es gab eine Akte über Austin, eine weitere über Sherman &

Associates. Und eine weitere Akte, die aussah wie eine Liste mit Mitarbeiterberichten für das Büro des Bezirksstaatsanwalts. Eine weitere über örtliche Richter. Auf dieser klebte ein Zettel, auf dem stand: TIEFER FORSCHEN?

Es gab weitere Akten, aber die Informationen darin hatten für Molly keine Bedeutung, und auch kein übergreifendes Muster, das sie verstanden hätte. Schließlich lehnte sie sich zurück und trank ihren Kaffee aus, während sie auf die Überwachungsmonitore starrte. Nach einem Augenblick wurde ihr klar, dass sie in den Szenen das Grundstück rund ums Haus erkannte.

Sie saß immer noch da, als ein dunkler Audi auftauchte. Er sprang von einem Monitor auf den nächsten, während er hinten ums Haus fuhr. Als er anhielt, schälte sich Josiahs langer, muskulöser Körper aus dem Fahrersitz. Er trug etliche Supermarkttüten zur Hintertür.

Sie hörte das Geräusch, mit dem sich die Tür öffnete und schloss, dann Schritte auf der Treppe. Sie hielten inne, ertönten dann langsamer.

Die feurige, düstere Essenz seiner Anwesenheit füllte den Türrahmen hinter ihr aus.

„Sie waren gut beschäftigt“, sagte er ausdruckslos. „Das hätten Sie nicht tun sollen.“

„Ich wollte mein Telefon zurück. Nicht dass es mir etwas bringt.“ Sie drehte den Stuhl, um sich ihm zu stellen. „Warum haben Sie meine SIM-Karte zerstört?“

Erschöpfung und Wut zeichneten seine harten

Züge. Sein Blick war scharf wie Messer, die aus Bernstein geschnitzt waren. „Selbst wenn Sie das GPS abgeschaltet haben, lässt sich der Standort Ihres Telefons verfolgen."

Sie holte rasch Luft. In allen irren Gedanken, die ihr durch den Kopf geschossen waren, war ihr die Gefahr, über das GPS ihres Handys verfolgt zu werden, nie in den Sinn gekommen. Dann konzentrierte sie sich schlagartig wieder auf das, worauf es wirklich ankam. „Das ist kein normales Versteck. Eigentlich ist das alles andere als normal. Wer sind Sie? Was machen Sie wirklich?"

Er warf ihr einen wütenden, bösen Blick zu und ging weg.

„O nein, das tun Sie nicht." Sie stieß sich so schnell aus dem Stuhl, wie sie konnte, was zugegebenermaßen nicht sonderlich schnell war. Als sie an der Tür ankam, kauerte er vor dem Minikühlschrank und stopfte Essen aus den Einkaufstüten hinein. „Sie haben eine Akte über mich. Über meine Eltern. Sie haben eine Liste meiner Schulfreunde. *Warum?*"

„Sie wissen, warum." Er funkelte sie abermals an. „Sie sind auffällig geworden."

„Sie hatten kein Recht, so in meiner Vergangenheit herumzuwühlen!", fuhr sie ihn an.

Er nahm sich ein eingepacktes Sandwich und ging ins Schlafzimmer.

„Laufen Sie nicht immer vor mir weg!" Sie folgte ihm und stellte fest, dass er sich auf eine Seite des

Bettes gesetzt hatte.

Er beugte sich vor, die Ellbogen auf den Knien, während er die Verpackung aufriss. Den Blick auf das Essen in seinen Händen geheftet, presste er hervor: „Sie sind aufgebracht und lechzen nach einem Streit. Das verstehe ich. Aber ich war die ganze Nacht wach und habe Zauber gewirkt, ich hatte kein Abendessen, und ich werde jetzt ein verfluchtes Sandwich essen. Also gehen Sie mir ein paar verdammte Minuten lang aus den Augen.“

Gah! Sie wollte ihn erwürgen. Ihre Hände ballten sich zu Fäusten, aber nach einem Augenblick fragte sie, mehr oder weniger ruhig: „Haben Sie mir auch eins mitgebracht?“

„Was glauben Sie?“ Er biss mit starken, weißen Zähnen ein Stück von seinem Sandwich ab.

Ihr kam der Gedanke, dass sie vielleicht auch ein paar verdammte Minuten zum Abregen brauchte. Sie marschierte hinüber zum Kühlschrank, riss die Tür auf und starrte das Essen an, das er mitgebracht hatte. Es gab drei weitere Sandwichs, zwei mit Pute und Käse, eins mit Rind und Tomate. Sie schnappte sich eins.

Die einzigen beiden Sitzgelegenheiten im Keller waren das Bett und der Schreibtischstuhl. Sie wollte sich nicht zu ihm gesellen, und ihr war nicht danach, wieder in den Raum mit den unheimlichen Monitoren zu gehen, daher aß sie ihr Sandwich mechanisch, während sie vor der Mikrowelle stand, zwang jeden Bissen ihre Kehle hinunter. Es schmeckte wie

Sägemehl, und sie schaffte nur die Hälfte, also packte sie den Rest ein und steckte es in den Kühlschrank. Dann ging sie zurück ins Schlafzimmer.

Er war mit seinem Sandwich fertig und hatte sich aufs Bett gelegt, den gebräunten Unterarm über den Augen. Sie bemerkte Einzelheiten, für die sie vorher zu aufgebracht gewesen war. Er trug ausgebleichte Jeans, abgelatschte Tennisschuhe und ein graues T-Shirt, das sich eng an seine breite Brust und die muskulösen Arme schmiegte.

Und obwohl das Schlafzimmer nur rudimentär möbliert war, gab es einen alten, verblichenen Teppich, der dem Raum einen Hauch von Luxus verlieh. Die alte Kommode, der Nachttisch und die Lampe – sie mochten gebraucht sein, aber es waren alles erstklassige Stücke.

Sie ging zum Bett und setzte sich neben ihn. „Wer sind Sie wirklich?"

Sein Arm verdeckte halb sein Gesicht und betonte seinen sinnlichen, starken Mund. „In den letzten vierzig Jahren war ich Josiah Mason. Ich habe mir die Stelle des Bezirksstaatsanwalts sorgsam ausgesucht und eine erfolgreiche Kampagne aufgezogen und durchgeführt, um die Wahl zu gewinnen."

Beantwortete das wirklich ihre Frage? Ein Frösteln lief ihr über den Nacken, als sie darüber nachdachte, wie er seine Antwort formuliert und was er nicht gesagt hatte.

Sehr mächtige Hexen konnten sehr viel länger

leben als normale Menschen. Er hatte ihr das selbst gesagt.

Leise fragte sie: „Wie lautet Ihr ursprünglicher Name?"

„Das war vor langer Zeit, und er gehörte zu einem anderen Menschen."

„War er russisch?"

Keine Antwort. Er hob den Unterarm, um sie finster anzuschauen. „Warum sind Sie überhaupt wach? Sie sollten noch schlafen."

„Ich habe davon geträumt, wie Austin mich angriff. Davon wurde ich wach." Sie legte die verschränkten Hände in den Schoß. „Ich bin ja keine Expertin darin, wie eine sichere Zuflucht aussehen sollte, aber selbst ich erkenne, dass das kein normaler Ort ist."

„Nein, Molly. Ist es nicht." Er legte sich den Unterarm wieder über die Augen.

Das Essen lag ihr schwer im Magen, und sie kämpfte den Drang nieder, sich hinzulegen. Sie hatte zu viele Fragen, die beantwortet werden mussten. „Warum liegen Schutzzauber über dem ganzen Keller? Warum nicht über dem restlichen Haus?"

„Der Keller hilft, die Magie aufzunehmen und zu verstecken. Überirdische Schutzzauber könnte man vielleicht spüren."

„Und aus irgendeinem Grund brauchen Sie den Schutz, weil … weil Atlanta für eine gewisse gefährliche Macht von Interesse ist, oder?" Sie dachte an all die Überwachungsmonitore im Nebenraum, und zum ersten Mal hatte sie das Gefühl, als würde sie Teile dessen, was er ihr im Lauf der letzten Wochen erzählt hatte, zusammenfügen. Sie fragte: „Vermutlich etwas oder jemand, der am liebsten die Zähne in einen versenken und einem alle Magie aus den Knochen saugen würde wie den Saft aus einem reifen Pfirsich?"

„Ich wünschte wirklich, Sie würden schlafen. Sie sind schlauer, als Ihnen guttut." Er seufzte. „Ich habe Neuigkeiten."

Entsetzen legte sich schwer auf ihren überforderten Körper. „Was ist passiert?"

Er setzte sich mit einer fließenden Bewegung auf und wandte sich ihr zu. „Austin ist tot."

Es traf sie wie ein Schlag. Wenn sie so schlau war, warum hatte sie das dann nicht kommen sehen? Mit tauben Lippen fragte sie: „Habe ich ihn getötet?"

„Das weiß ich noch nicht. Vorläufig sprechen die Hinweise eher dagegen, aber es wird ein paar Tage dauern, bis mein Büro einen offiziellen Autopsiebericht erhält." Er betrachtete ihre Hände, die in ihrem Schoß lagen. Sie hatte sie so fest ineinander verschränkt, dass die Knöchel weiß hervorstachen. Er bedeckte sie mit einer Hand. „Das ist nicht alles. Sie müssten eine weitere Leiche identifizieren. Können Sie das im Augenblick?"

Sie schaffte es, mit einem ruckartigen Nicken zu bejahen.

„Das Foto wird kein schöner Anblick", sagte er leise. „Sind Sie sicher?"

„Ja?“

Er zog sein Telefon heraus, und als er sich diesmal zu ihr umdrehte, packte er ihre Schulter mit festem, stützendem Griff, während er den Bildschirm zu ihr neigte. „Ist das Ihre Scheidungsanwältin Nina Rodriguez?“

Es dauerte ein paar Augenblicke, bis ihr betäubtes Gehirn verarbeitete, was es sah. Übelkeit stieg in ihr auf, und sie rannte ins Bad. Sie knallte die Tür zu und schloss sie ab, dann wirbelte sie herum, um über der Toilette zu würgen.

Es war eine Tortur, da ihre misshandelten Rippen protestierten. Sie stand es durch, und danach spülte sie sich den Mund aus, spritzte sich kaltes Wasser ins Gesicht und putzte sich die Zähne.

Erst als sie bereit war, sich ihm erneut zu stellen, sperrte sie die Tür wieder auf und öffnete sie.

Er wartete direkt davor. „Ich verstehe das als Ja.“

SIE NICKTE.

Sie sah zutiefst erschüttert aus. Alle Farbe war aus ihrem Gesicht gewichen, so dass die verfärbten Prellungen hervorstachen, und in ihrem Blick lag eine Zerbrechlichkeit, die Josiah noch nie gesehen hatte.

„Es geht um die Seychellen-Akte.“ Sie wirkte, als wäre ihr übel. „Ich habe ihr den Tod gebracht, oder?“

„Sie haben ihr nicht den Tod gebracht“, sagte er vorsichtig. „Das war Austin. Aber ja, es geht um die

Seychellen-Akte. Zumindest puzzle ich mir die Informationen im Augenblick so zusammen. Austin wollte unbedingt alle Kopien von Ihnen zurückerhalten – er war verzweifelt genug, Sie zu töten, um sicherzustellen, dass Sie nicht reden können. Und Nina Rodriguez war die einzige andere Person, die davon wusste, denn sie hat es in Ihre Scheidungsunterlagen geschrieben." Er hielt inne. „Wie eindeutig war sie beim Formulieren des Vergleichs?"

„Sie war sehr vorsichtig. Wir wollten vermeiden, dass die Dokumente das Gericht dazu bewogen, besonders gründlich vorzugehen. Wir wollten, dass die Scheidung durchgeht, daher hat sie es einfach ausländische Investitionen genannt." Sie wischte sich über die Augen. „Austin und ich hatten keine Investitionen im Ausland. Er wusste, was wir gemeint haben."

Sie wirkte, als könne eine Feder sie umwerfen. Er packte sie am Arm und lotste sie zurück ins Schlafzimmer, wo sie auf die Matratze sank, sich hinlegte und sich auf der Seite zusammenrollte.

Er war verdammt nochmal zu müde, um sich dem darauffolgenden Impuls zu widersetzen. Er sank aufs Bett, legte seinen längeren, größeren Körper an ihren schlanken, gekrümmten Rücken und zog die Decke über sie beide. „Ich brauche ein paar Stunden Schlaf. Danach sollte ich weitere Heilzauber auf Sie wirken können."

„Gut, wie Sie meinen." Ihre geflüsterte Antwort

war teilnahmslos, aber sie widersprach nicht, als er einen Arm um sie legte.

Teufel auch, er wusste nicht, warum er es tat. Vielleicht, um sie zu trösten. Vielleicht, um sich selbst Trost zu holen. Er ließ seine Nase im weichen Vorhang ihrer Haare ruhen, schloss die Augen, und trotz der brennenden Nachttischlampe und dem Berg von Dingen, die er zu erledigen hatte, fiel alles von ihm ab und er schlief ein.

Als er die Augen wieder öffnete, wusste er, dass er genug Schlaf zum Überleben bekommen hatte, aber keine wahre, echte Ruhe.

Von dort, wo er lag, sah er durch die offene Schlafzimmertür das untere Ende der Treppe. Das gedämpfte Licht, das die Stufen herabfiel, war stärker, gelber. Der Tag war fortgeschritten. Er bewegte sich vorsichtig, um Molly nicht zu stören, und zog sein Telefon aus der Tasche, um auf die Uhr zu schauen. Es war fast Mittag. Er hatte gute fünf Stunden geschlafen.

Dieses Weiterpeitschen mit wenig Rast war zu seinem Lebensstil geworden, daher waren fünf Stunden für ihn eigentlich gar nicht schlecht. Er löste sich von Molly, stand auf und hielt inne, um mit gerunzelter Stirn auf ihre schlummernde Gestalt hinabzuschauen.

Er schlief nicht bei Frauen. Das hatte er nicht einmal dann getan, als er mit seiner Frau zusammengelebt hatte, die nun schon lange tot war. Aber es hatte sich gut angefühlt, sich um Molly zu legen und sie im Arm zu halten. Zu gut. Schlimmer noch, er wollte sie nicht verlassen. Er wollte mit den Fingern über ihre blasse Wange streichen, die Striemen, die Sullivan auf ihrem Körper hinterlassen hatte, für immer ausradieren und diese Erinnerungen mit Genuss überschreiben.

Er war gefährlich vom Weg abgekommen.

Er bewegte sich leise, holte sich saubere Kleider aus der Kommode, schaltete die Nachttischlampe aus und schloss beim Hinausgehen die Tür. Sobald er draußen war, duschte er, rasierte sich und machte sich eine Tasse starken Kaffee. Er nahm sie mit in den Nebenraum, zusammen mit einem weiteren Sandwich, setzte sich an den Schreibtisch und aß, während er das derzeitige Debakel durchging.

Molly hätte niemals sehen dürfen, was in diesem Raum war, aber sie hatte ihre Macht sehr viel schneller zurückerlangt, als er vorhergesehen hatte. Durch die Fragen, die sie gestellt hatte, war ihm klar geworden, dass er in ihren früheren Gesprächen sehr viel mehr preisgegeben hatte, als er je vorgehabt hatte. Wie zum Teufel war sie darauf gekommen zu fragen, ob er Russe war?

Sobald er darüber nachdachte, kam ihm die Antwort. Er hatte vor ihr Zauber gewirkt. Natürlich hatte sie genau auf alles geachtet, was er gesagt hatte, ob sie es nun verstand oder nicht. Er war ihre einzige richtige Informationsquelle über etwas gewesen, das ihr sehr wichtig war.

Er konnte auf Englisch Zauber wirken, aber manchmal verfiel er darauf, Sprüche so zu wirken, wie er sie in seiner Muttersprache gelernt hatte. Das war ein nachlässiger Fehler gewesen. Sie sprach vielleicht kein Russisch, aber sie war verdammt gut darin, eine wohlbegründete Vermutung zu äußern.

Dutzende Mails waren in sein Postfach geflattert, während er geschlafen hatte. Er überflog die verschiedenen Reaktionen auf die Nachricht, dass die Zuflucht kompromittiert war. Fragen, Spekulationen, Streitigkeiten. Richard war sauer, Henry auch. Sie wollten wissen, was passiert war. Anson hatte sich später eingeschaltet, um sie über die Todesfälle von Samstagnacht in Kenntnis zu setzen.

„Falls Sie mich nicht festnehmen und zur Rechenschaft ziehen wollen, bin ich zu dem Entschluss gekommen, dass ich Atlanta verlassen muss", sagte Molly hinter ihm mit heiserer Stimme. „Ich habe ohnehin darüber nachgedacht, und das, was Austin und Nina zugestoßen ist, hat mich nur darin bestärkt. Und worin auch immer Sie da verstrickt sind, das all diese Vorsichtsmaßnahmen nötig macht … das übersteigt alles, womit ich fertig werde, bei weitem."

Er versetzte seinen Computer in den Ruhezustand und lehnte sich zurück. „Sie haben recht. Ich wollte genau das vorschlagen, sobald sie aufstehen."

„Sie reden so viel Mist." Sie stieß ein Lachen aus. „Was ist denn nun mit der ‚gemeinsamen Herrschaft über die Ostküste'?"

Sie besaß eben mehr ungezähmte Macht als der Rest seines Zirkels zusammen. Anstatt ihr das zu sagen, hob er die Augenbrauen und fuhr herum, um sie anzusehen. „Sobald sie sich mal in etwas verbissen haben, lassen Sie nicht mehr locker, was?"

„Normalerweise nicht, was einer der Gründe ist, warum ich so lange in dieser Sackgasse von einer Ehe steckengeblieben bin." Sie verzog das Gesicht. „Es ist eine meiner schlimmsten Eigenschaften."

„Oder eine Ihrer besten." Eine kurze Stille senkte sich herab. Dann zuckte er mit den Schultern und sagte: „Wie auch immer, das Angebot, Sie zu unterrichten, war ein unguter Impuls, und ich habe es mir seither anders überlegt. Sie sind hier in Gefahr, und ich habe keine Zeit, den Babysitter für eine neue Hexe zu spielen." Oder Zeit, sich mit der gefährlichen Ablenkung … Besessenheit zu beschäftigen, zu der sie geworden war. „Sobald Sie wieder auf die Beine gekommen sind, müssen Sie umziehen."

Sie leckte sich die Lippen, betrat das Zimmer und lehnte sich an seinen Schreibtisch. Seine Kleidung wirkte lächerlich an ihr. Das T-Shirt klaffte an ihrem schlanken Hals und den Armen auf, und die Jogginghose hing tief auf ihren Hüften. Sogar die dicken weißen Socken waren irgendwie liebenswert überdimensioniert an ihren schmalen Füßen. Und durch den alten, dünnen Stoff des Shirts zeichneten sich die Nippel ihrer kleinen, festen Brüste ab.

Er musste einen Quell des Zorns niederkämpfen. Selbst verprügelt und schlecht gekleidet war sie wunderschön, und sie wurde mit jeder Minute anziehender. Sullivan war ein erstaunlich gemeiner, dummer Mann gewesen.

„Jemand hat Nina getötet", sagte sie mit leiser Stimme. Sie schaute in seine Kaffeetasse, dann nahm sie sie und trank einen großen Schluck. „Und falls ich Austin nicht getötet habe, hat es jemand anders getan. Dieser jemand wird auch wollen, dass ich sterbe. Ich weiß nicht, wie man im Verborgenen lebt. Wie verschwinde ich, ohne erwischt zu werden?"

Sie trug seine Kleider. Trank seinen Kaffee. Lehnte an seinem Schreibtisch, während sie sich unterhielten.

Einen knisternden Augenblick lang stellte er sich vor, dass sich das in einem anderen Leben abspielte, in dem sie beide frei von Geheimnissen waren und sich frei entschieden, solche häuslichen, intimen Momente miteinander zu verbringen.

Entweder vor dem Sex oder danach. Sein ganzer Körper versteifte sich. Wer war jetzt der Dumme?

Er rieb sich übers Gesicht und kämpfte darum, seinen widerspenstigen Körper unter Kontrolle zu bekommen. „Ich kann Ihnen einen neuen Ausweis, eine neue Geburtsurkunde, Pass, Führerschein und Sozialversicherungsnummer besorgen — alles, was dazugehört —, bis Mittwoch oder Donnerstag. Alles, was Sie brauchen, um irgendwo neu anzufangen."

„Das können Sie?" Sie starrte ihn an, dann schüttelte sie den Kopf. „Selbst damit wird es nicht leicht. Ich brauche Geld von meinem Bankkonto … Und ich habe mir gerade erst ein Auto gekauft, aber ich hatte noch keine Zeit, es anzumelden. Dann ist da noch mein Haus. Meine Maklerin glaubt, dass sie einen hohen sechsstelligen oder niedrigen siebenstelligen Betrag herausholen kann. Und die Rentenkonten. Ich werde ohne die fertigen Scheidungspapiere oder Austins Totenschein nicht darauf zugreifen können."

Er nahm ihre Hand und verschränkte seine Finger in ihren. „Molly, Sie werden bei einer Morduntersuchung ins Visier der Polizei geraten. Sie können diese Dinge nicht erledigen, ohne das Risiko einzugehen, gefunden zu werden, entweder von den Behörden oder dem Mörder. Sie müssen alldem den Rücken kehren. Ich kann Ihren Besitz verwahren lassen, während eine Untersuchung läuft, und ich werde eine genaue Prüfung veranlassen. Das verschafft Ihnen etwas Zeit, aber Sie müssen sich darüber im Klaren sein – Sie werden aus alldem nicht ohne finanzielle Verluste hervorgehen."

Sie beruhigte sich, während sie zuhörte. „Was, wenn ich einen Kassenscheck für das hole, was auf dem Bankkonto ist?"

Er runzelte die Stirn. „Wie viel ist drauf?"

„Über vierzigtausend. Ich habe alles von unseren Spar- und Girokonten genommen, dann habe ich meinen Schmuck verkauft, und nachdem ich das Auto gewechselt hatte, war immer noch etwas Geld vom Verkauf des Escalade übrig. Das sollte ausreichen, damit ich neu anfangen kann."

Er dachte darüber nach. „Das Risiko ist zu hoch."

Sie riss ihre Hand los. „Vielleicht ist es ein Risiko, das ich eingehen will. Die Polizei wird nicht schnell genug sein, wenn ich gleich morgen früh zur Bank gehe.“

Er fuhr sie an: „Es geht nicht um die Polizei. Ich habe eine Ahnung, wer hinter Ihnen her sein könnte, und glauben Sie mir – *das* ist kein Risiko, das Sie eingehen wollen sollten.“

Sie machte große Augen. „Sie *wissen*, wer dahinter steckt?“

„Es gibt Hinweise darauf, dass mein Grund, in Atlanta zu sein, mit Austin und dem, was Ihnen widerfahren ist, zu tun hat. Dass Sie eine erwachende Hexe sind, macht die Dinge nur komplizierter.“ Er konnte nicht mehr still sitzen und schob sich hoch.

Sie hatte seine Tasse ausgetrunken. Er nahm sie und ging mehr Wasser kochen. Diesmal stellte er zwei Tassen in die Mikrowelle.

Sie folgte ihm. „Woher wissen Sie, dass alles zusammenhängt?“

Er hatte zwar sein Versteck für sie gefährdet, aber über Maria würde er ohne deren ausdrückliche Erlaubnis nichts preisgeben. „Ich habe Quellen.“ Als sie den Mund öffnete, funkelte er sie an. „Das ist alles, was ich sagen werde. Wenn man Sie erwischt, können Sie keine Einzelheiten verraten, die Sie nicht kennen.“

Sie richtete sich auf. „Ich würde nichts erzählen, was Sie mir im Vertrauen gesagt haben.“

Er warf ihr einen grimmigen Blick zu. „Ich mag ja

Ihrer Integrität und Ihren guten Absichten vertrauen, aber jeder redet früher oder später, wenn man ihn lange genug foltert. Sie werden mir vertrauen müssen."

„Wow." Sie wurde noch blasser. „Aber Sie bitten mich, mit nichts wegzugehen. Wie verschwinde ich ohne finanzielle Mittel? Ich hätte nicht mal ein Auto. Heutzutage sind sogar Bushaltestellen videoüberwacht."

Er löffelte Kaffeepulver in eine der dampfenden Tassen und schob sie in ihre Richtung. „Ich arbeite dran."

Sie legte die Hände um die Tasse, nippte und sagte verbittert: „Und warum zum Teufel Sie diesen schrecklichen Instantkaffee haben, kann ich nicht nachvollziehen. Sie haben tausende Dollar für die Ausstattung dieses Überwachungsraums ausgegeben, und Sie konnten sich keine vernünftige Kaffeemaschine leisten?"

Er fuhr zu ihr herum. „Es ist Koffein. Es ist ein Aufputschmittel. Halten Sie mal ein paar gottverdammte Minuten lang den Mund und lassen Sie mich nachdenken."

Sie glitt zur Seite und bewegte lautlos die Lippen: *Gut. Nur zu.*

Er funkelte sie an, bis sie mit ihrer Tasse in der Hand die Treppe hinaufhumpelte. Als die Dielen über ihm quietschten, öffnete er den Kühlschrank. Sie hatte das Essen nicht angerührt, seit sie sich übergeben hatte, und das war Stunden her.

Er marschierte zur Treppe und brüllte: „Und essen Sie was zu diesem Kaffee! Wie können Sie erwarten, sich zu erholen, wenn Sie verdammt nochmal nichts essen?"

Knisternde Stille brüllte zurück. Toll gemacht, Arschloch, sagte er sich. Sie hat gerade erfahren, dass sie ihren Mann und ihre Anwältin verloren hat. Sie verliert ihr ganzes Leben, und du musstest sie runtermachen.

Sie war ein Zeitfresser. Eine Katastrophe. Und jetzt würde sie vermutlich auch noch sein Geld verbraten. Frauen wie Molly Sullivan waren echte Luxusweibchen. Ihr Unterhalt kostete ein gottverdammtes Vermögen. Er hatte zufällig ein gottverdammtes Vermögen, aber viele seiner flüssigen Mittel wurden gebraucht, um den Zirkel voranzubringen.

Er knallte einen Löffel Pulverkaffee in seine Tasse. Frisch aufgebrühter Kaffee hätte durchaus besser geschmeckt. Gottverdammt. Im Geiste knirschte er mit den Zähnen, verscheuchte den Gedanken aus seinem Kopf, dann sah er sich um. Er hatte es so richtig satt, in Kellern zu hausen.

Er packte seine Tasse und ging nach oben. Molly kauerte in einem Sessel vor dem Wohnzimmerfenster und schaute hinaus, wobei sie sich die Tasse unters Kinn hielt. Ihre Augen waren gerötet, aber er sah keine weiteren Flecken auf ihrem lädierten Gesicht. Vermutlich hatte sie nicht geweint. Wahrscheinlich nicht.

Er setzte sich in den Sessel ihr gegenüber. „Ich leihe Ihnen vierzigtausend Dollar, ohne Zinsen. Und ich besorge Ihnen ein Auto."

Sie holte rasch Luft. „Das ist sehr großzügig. Danke, aber das ist sehr viel Geld. Was, wenn ich es nicht zurückzahlen kann?"

Falls er sich nicht sehr irrte – und er irrte sich nur noch selten in Menschen –, war sie jemand, der alles in seiner Macht Stehende tun würde, um es ihm zurückzuzahlen. „Sie werden finanziell ein paar Rückschläge hinnehmen müssen, wie Vermögenssteuern und andere Ausgaben, aber früher oder später werden Sie Ihren Besitz wiederbekommen. Sie können es mir dann zurückzahlen." Er hob trocken einen Mundwinkel. „Entweder das, oder ich bin tot, und dann ist es egal."

Sie machte große Augen. „Warum jagen Sie jemand so gefährliches? Was hat diese Person Ihnen angetan?"

Er erwog, die Frage abzuschmettern, aber dann wollte er es plötzlich gar nicht erst versuchen. Sie hatte bereits so viele seiner anderen Geheimnisse erraten oder aufgedeckt. Was machte es schon, wenn sie die ganze Wahrheit erfuhr?

„Ich wurde mit Reichtum und Privilegien geboren, als es auf der Welt noch Imperien und Monarchen gab", sagte er. „Und im angemessenen Alter heiratete ich eine angemessene Frau und zeugte zwei Söhne. Ich entwickelte ein Interesse daran, die Dampfantriebstechnik weiterzuentwickeln. Der Herrscher jener Zeit erachtete es als recht wichtig, die Eisenbahn zu fördern, und als mein Vater starb, erbte ich eine Menge Geld, und dann verdiente ich noch mehr."

Faszination zeigte sich auf ihrem Gesicht. Sie wandte sich zu ihm um. „Sie waren verheiratet und hatten Familie. Ihre Frau … haben Sie sie geliebt?"

Er schnaubte. „Nein. In den Kreisen, in denen wir uns bewegten, hatte die Ehe eine andere Bedeutung. Aber sie schenkte mir zwei Söhne, die ich liebte, und einige Jahre lang hatte ich sie gewissermaßen liebgewonnen. Dann wurde ich bei einem Kutschenunfall schwer verletzt und lag zwei Wochen im Koma."

Sie zuckte zusammen. „Da erwachte Ihre Macht, richtig?"

„Ja. Ich spürte sie in mir, während sie sich aufbaute wie die Hitze eines Brennofens." Sein Blick verhärtete sich. „Ich konnte mich weder bewegen noch sprechen, aber ich hörte alles, was um mich herum gesprochen wurde. Was die Ärzte sagten. Was meine Frau sagte. Was meine beiden Söhne sagten. Wie die drei planten, den Familienbesitz zu versilbern, und wie satt sie es hatten, darauf zu warten, dass ich starb."

„Aber es waren doch nur zwei Wochen?" Ihr Blick verdüsterte sich vor Mitleid.

Er wollte ihr Mitleid nicht, nahm aber den Grund dafür zur Kenntnis. Sie waren beide von ihren Familien verraten worden. „Nach ein paar Tagen kamen meine Söhne auf den Gedanken nachzuhelfen und mir meine ewige Ruhe zu verschaffen. Wir hatten viele Diener, und mein jüngster Sohn hatte Angst, erwischt zu werden. Das war das Einzige, was sie zögern ließ. Zum Glück war es genug, um mich aus dem Koma zu holen. Ich enterbte sie, verließ meine Frau und suchte nach jemandem, der mir erklären konnte, was mit mir geschah.“

„Wie schrecklich“, murmelte sie. „Ich dachte, Austin wäre schlimm, aber Sie müssen sich furchtbar verletzt gefühlt haben, als Ihre Familie sich gegen Sie wandte.“

„Ich schätze schon, aber das ist so lange her, dass selbst die Kinder meiner Kinder mittlerweile tot sind.“ Sanft fügte er hinzu. „Und das war nichts verglichen mit dem, was danach passierte. Der Krieg brach aus. Ich kehrte meinem alten Geschäft den Rücken und überführte den Großteil meines Kapitals nach Amerika. In der Zwischenzeit versuchte ich verzweifelt zu verstehen, wie ich mit meiner erwachenden Macht umgehen sollte, daher ging ich auf Reisen, um den einzigen Mann zu treffen, von dem ich wusste, dass er mir vielleicht helfen konnte. Das war die schlechteste Entscheidung, die ich je gefällt habe.“

Kapitel 11

S O SEHR, WIE es Molly beschäftigt hatte, dass ihr vertrautes Leben zerstört war, hätte sie behauptet, nichts könne sie von ihrem Elend ablenken.

Doch Josiah schaffte genau das. Faszination und Neugier brachen sich Bahn, während sie seiner Geschichte lauschte. Er ließ Ortsnamen und andere Identifikationsmöglichkeiten weg, aber es gab ein paar Hinweise, wie etwa seine Verbindungen zur Eisenbahnindustrie, die ihr genug Stoff für Spekulationen lieferten.

Wenn sie mit seiner Muttersprache recht hatte, dann hatte er im späten neunzehnten oder frühen zwanzigsten Jahrhundert in Russland gelebt. Sie ging ihr Geschichtswissen durch. Der Krieg, der ausgebrochen war … konnte das der Erste Weltkrieg gewesen sein?

Ihr Kaffee war kalt geworden, aber sie nippte trotzdem daran, während sie ihn beobachtete. Die Frühlingssonne tauchte seine Züge in Schatten. Es lag eine grobe Eleganz in den starken Knochen seines Gesichts und seiner Gestalt, ein Eindruck zäher

Ausdauer, der eine enorme Anziehungskraft ausübte. Je mehr Kontakt sie hatten, desto größer wurde diese Anziehungskraft.

Trotzdem war sie sich nicht sicher, ob sie ihn mochte. Aber sie verstand allmählich die schwierigen Ereignisse, die sein Wesen geformt hatten, und als es hart auf hart gekommen war, war er mehrfach für sie da gewesen. Auf erstaunliche Weise.

„Wenn wir uns nur mit unserem jüngeren Ich unterhalten könnten", murmelte sie trocken. „Stellen Sie sich vor, wie viele Fallstricke wir hätten meiden können."

„Ich würde keinen einzigen auslassen." Seine Stimme wurde hart. „Jeder hat mich etwas gelehrt. Ich habe überlebt, und in diese Fallen tappe ich nie wieder."

Respekt kam in ihr auf. Sie neigte ihre Kaffeetasse in seine Richtung. „Gute Einstellung."

Er lächelte sie zynisch an. „Allerdings waren die nächsten paar Jahre meines Lebens ein Alptraum. Der Mann, den ich treffen wollte, war ein Favorit bei Hofe und hatte großen Einfluss auf die königliche Familie. Er war ein sehr alter Hexer – und es gibt etwas, das Sie über sehr alte Hexen wissen sollten. Wenn man sich entscheidet, sein Leben zu verlängern, so wie einige von uns, ist die Macht irgendwann aufgebraucht, und der menschliche Körper rebelliert, wenn die Langlebigkeitszauber nachlassen. Dann kommt es trotzdem zu dem, was man in einer normalen

Lebensspanne durchgemacht hätte, und oft trifft es einen schwerer. Krebs, Herzinfarkt, Schlaganfall, Demenz, Nierenversagen. Der Langlebigkeitszauber zögert das Unvermeidliche nur hinaus. Meiner Meinung nach lohnt es sich, möglicherweise jahrhundertelang zu leben, aber früher oder später steht jede Hexe vor einer Wahl. Entweder tritt man unbescholten aus dem Leben, oder man stiehlt, was verboten ist – die Macht eines anderen."

„O nein", murmelte sie. Schmerzen in ihren Fingern machten ihr klar, dass sie ihre Tasse zu fest gepackt hatte. Bewusst entspannte sie sich.

„O ja. Ich hatte sehr viel Macht, und ich wusste nicht, was ich damit anfangen sollte. So weltgewandt ich in allen anderen Belangen auch geworden war, in dieser einen Sache war ich hilflos wie ein Baby. Und dieser alte Hexer hatte schon lange vor mir die Wahl getroffen, sich von der Macht anderer zu nähren. Auf sein Geheiß hin warf mich die Königsfamilie unter fingierten Vorwürfen ins Gefängnis, wo ich dauerhaft festgehalten wurde. Er durfte mich besuchen, wann immer er wollte. Jedes Mal, wenn meine Macht allmählich zurückkam, saugte er mich aus, bis ich vergessen hatte, wie es war, ohne eine leere, offene Wunde in meinem Innersten zu leben. Das ging jahrelang so."

Sie schluckte. „Das kann ich mir nicht vorstellen. Es war schon schlimm genug, meine Magie ein paar Stunden lang zu verlieren. Wie haben Sie es geschafft, nicht verrückt zu werden?“

Er hob eine Augenbraue. „Sie denken also, das wurde ich nicht.“

„Sie sind hart und stur, und sie können gedankenlos sein, aber verrückt sind Sie nicht“, sagte sie überzeugt. „Wie kamen Sie frei?“

„Er verschwand eine Weile. Ich fand später heraus, dass jemand versucht hatte, ein Attentat auf ihn zu verüben. Alle hielten ihn für tot. Ich glaube, er nutzte die Gelegenheit, um sich neu zu erfinden. Es ist eine alte Taktik, die viele von uns einsetzen. In der Geschichte waren langlebige Hexen in vielen Gemeinschaften nicht willkommen. Manchmal jagte und verbrannte man sie – und der Königshof hatte nicht gemerkt, dass er ein Hexer war.“

„Niemandem fiel etwas Seltsames an ihm auf?“

Er zuckte zynisch mit den Schultern. „Er war als heiliger Mann bekannt gewesen, der Wunder vollbrachte, indem er ihren Prinzen heilte, aber Magie nannten sie es nicht. Sie nannten es Religion.“ Nach einer Pause fuhr er fort. „Dann gab es eine Revolution – naja, eigentlich zwei –, und die Königsfamilie wurde ermordet. Die Welt ging unter. Ich entkam in dem Chaos und siedelte schließlich hierher über. Ich saugte jeden Fetzen magischen Wissens auf, den ich finden konnte, und studierte Jura. Ich übte, um so gut wie möglich kämpfen zu lernen und ein Meisterschütze zu werden, und als ich genug Erfahrung hatte, nahm ich vorsichtig und geduldig die

Suche nach ihm auf."

„Sind Sie sicher, dass er noch lebt?"

„Ganz sicher." Seine Miene wurde nachdenklich. „Ich war nicht sein erstes Opfer und bei weitem nicht das letzte. Ich konnte ein Hilfsnetzwerk mit einigen anderen Überlebenden aufbauen. Wir jagen ihn schon sehr lange, und das hat uns hergeführt."

„Das klingt irre", sagte sie. „Verstehen Sie mich nicht falsch. Ich glaube Ihnen, aber solche Sachen passieren hier nicht. Wie würden Sie ihn nennen, einen Vampirhexer?"

„Wie ich schon einmal sagte, ich stehe nicht auf Etiketten." Er zuckte mit den Schultern. „Aber das passt eigentlich ganz gut."

Sie winkte ab. „Sie verstehen, was ich meine? So esoterisches Zeug passiert irgendwo anders. Es ist erstaunlich, dass etwas, das vor so langer Zeit in einem anderen Teil der Welt begonnen hat, sich ausgerechnet hier zuspitzen könnte."

„Das mag genau der Grund sein, warum es sich hier zuspitzt. Denken Sie an diese große, schöne Stadt voller Menschen, die sich zusammendrängen wie eine Herde Schafe. Es ist kein Sitz einer Domäne der Alten Völker, und es gibt keine bedeutende rivalisierende Macht. Charleston ist in der Nähe, aber es ist bekannt, dass der Hohe Lord der Elfen sich nicht für Angelegenheiten jenseits seines Waldes interessiert. Und hier herrscht eine Ablehnung gegenüber Magie, die der Öffentlichkeit Scheuklappen aufsetzt. Sie haben es selbst gesagt – Magie findet anderswo statt, nicht im guten alten Atlanta. Eine solche Leugnung macht es zu hervorragenden Jagdgründen für einen alten, gierigen Wolf."

Molly erschauerte. Sie fühlte sich allmählich wieder zittrig, darum schob sie sich hoch. „Ich glaube, ich mache lieber, was Sie sagen, und esse etwas."

Er stand aus seinem Sessel auf. „Sobald Sie fertig sind, wirke ich weitere Heilzauber, aber ich fange jetzt gleich damit an, Ihnen Papiere, Geld und ein neues Fahrzeug zu beschaffen."

„Und ein neues Telefon", fügte sie rasch hinzu. „Oder zumindest eine neue SIM-Karte. Das ist nur gerecht, da Sie meine alte vernichtet haben."

Er seufzte. „Und ein neues Telefon."

Sie blieb stehen und schaute zu ihm auf. „Sie haben bereits sehr viel getan, und Sie machen immer noch so viel mehr. Das werde ich Ihnen nicht vergessen, Josiah."

Seine Miene wurde undurchschaubar. „Meine Hilfe ist nicht bedingungslos. Wenn es aussieht, als wäre ein Rechtsstreit die richtige Vorgehensweise, rufe ich Sie vielleicht als Zeugin auf. Würden Sie aussagen?"

Sie zögerte. „Solange Sie alles in Ihrer Macht Stehende tun, um dafür zu sorgen, dass ich dabei in Sicherheit bin, ja."

Zufriedenheit glomm in seinem verhüllten Blick. „Abgemacht."

Sie folgte ihm zurück in den Keller, der nicht mehr

ganz so gruselig wirkte. Während er in den Überwachungsraum ging, durchsuchte sie den Kühlschrank, aber nichts sagte ihr zu.

„Wäre es so schlimm gewesen, einer bekümmerten Frau ein paar Schokoriegel mitzubringen?", murmelte sie.

Sein Seufzen war aus dem Nebenraum hörbar. „Ich versuche, morgen nach der Arbeit dran zu denken, ein paar Schokoriegel zu holen."

Sie hielt inne. „Sie gehen zur Arbeit?"

„Es ist wichtiger denn je, einen normalen Ablauf aufrechtzuhalten."

„Das bedeutet, dass ich hier den ganzen Tag allein festsitze, und Sie haben nicht mal Kabelanschluss." Sie verzog das Gesicht. „Ich weiß, das sollte egal sein."

Er tauchte im Türrahmen auf und kam um die Ecke. Sie glaubte, ihn murmeln zu hören: „Was für ein zeit- und dollarschluckendes Geschöpf."

„Ich bin nicht undankbar", sagte sie behutsam, während sie sich aufrichtete.

Er umfing ihre Schultern mit beiden Händen und schaute ihr in die Augen. Nach einem Augenblick sagte er mit gravitätischer Geduld: „Es gibt etwa zwei Meilen entfernt einen Dorfladen. Ich sehe nach, ob sie Zeitschriften oder Bücher haben."

Die Schwere, die seit dem Aufwachen auf ihr gelastet hatte, verflog ein kleines bisschen. „Wären Sie so nett? Das wüsste ich sehr zu schätzen."

„Ich bin nicht nett", sagte er durch zusammengebissene Zähne.

Sie ruderte rasch zurück. „Nein, natürlich nicht. Eigentlich sind sie ziemlich unausstehlich, wenn man so drüber nachdenkt.“

Er machte ein Geräusch, das sie noch nie von ihm gehört hatte.

„Was?“, fragte sie. „Zu weit gegangen?“

Dann zog er sie sanft an sich und küsste sie.

Sanft.

Sanftheit tat ihr gerade nicht gut. Ihr Mund bebte unter seinem. Er machte wieder dieses Geräusch und zog sie in die Arme. Sie war zu müde, um sich zu wehren, und ihr Herz war zu schwer, um den Trost seiner Berührung wegzuschieben. Eine Träne tropfte unter ihrem Augenlid hervor, und dann noch eine. Sie griff nach oben, um ihren heilen Arm um seinen Nacken zu legen, und lehnte sich an seine Stärke.

Er riss seinen Mund los und sagte mit erstickter Stimme: „Ich fahre jetzt zum Laden.“

Die magnetische Anziehungskraft, die er ausübte, war stärker geworden als je zuvor. Es war schwer, sich zurückzuziehen, aber sie zwang sich dazu. Sie wandte sich ab und wischte sich über die Augen. „Machen Sie das.“

Er nahm zwei Stufen auf einmal nach oben. Offenbar konnte er der Situation gar nicht schnell genug entkommen. Na und? Sie hatte es auch eilig, wegzukommen. Sie holte sich ein Sandwich und einen Apfel und ging hinauf, um zu essen.

Er war länger fort, als sie erwartet hatte. Sie aß auf und dann, als die Müdigkeit an ihren zerschlagenen Gliedern zerrte, ging sie zurück nach unten, um mehr Ibuprofen zu nehmen und sich hinzulegen. Sie schaltete das Licht im Schlafzimmer aus, ließ aber die Tür offen. Das Bild von Ninas Leichnam suchte sie heim, und das Atmen tat weh, aber schließlich driftete sie in einen leichten Schlummer.

Das Geräusch der sich öffnenden Hintertür holte sie zurück in den Wachzustand. Sie lauschte, wie er die Treppe herabkam. Dann bewegte er sich durch den nicht ausgebauten Teil, und Tüten knisterten. Als seine Schritte zur Schlafzimmertür kamen, sagte sie: „Ich bin wach.“

Er trat neben das Bett und warf etwas Leichtes vor ihr auf die Decke. Sie hob den Kopf. Sechs Schokoriegel lagen auf dem Bett.

„O mein Gott, Sie haben Schokolade gefunden.“

Er stellte einen Stapel anderer Dinge vor ihr ab – drei Bücher und etliche Zeitschriften. Verwundert nahm sie das erste Buch. Es war ein gebrauchtes Taschenbuch, ein Liebesroman. Das zweite war ein Western, das dritte ein Thriller.

„Ich wusste nicht, was Sie mögen“, sagte er ausdruckslos.

„Das ist perfekt. Die sind toll.“ Sie war dankbar, dass der Raum im Dunkeln lag, denn rasch laufende Tränen ließen ihre Sicht wieder verschwimmen.

„Die sind nicht toll. Die kosten fünfundsiebzig

Cent pro Stück." Er ließ einen letzten Gegenstand auf die Decke fallen. Es war ein neues Prepaid-Handy, noch in der Verpackung. „Ich dachte mir, Sie sollten nicht allein hier draußen sein, ohne die Möglichkeit zu haben, sich bei mir zu melden, nur für den Fall. Aber wenn Sie damit jemand anderen anrufen, den Sie kennen, erwürge ich Sie persönlich."

„Mache ich nicht."

Er ging hinaus, während sie sich aufrichtete. Sie starrte die Sachen an. Es waren so einfache Dinge, nur ein paar gebrauchte Bücher und Zeitschriften, etwas Schokolade und ein Telefon. Unfassbar, wie viel besser es ihr damit ging.

Sie stieg aus dem Bett, um nach ihm zu suchen. Er kniete auf einem Bein vor dem Minikühlschrank und packte eine billige Kaffeemaschine aus. Eine Dose Kaffeepulver und die Filter standen bereits auf dem Kühlschrank.

Er zog ein finsteres Gesicht, seine Miene war verstimmt. „Ich habe noch was zu essen gekauft. Nichts Besonderes, aber für einen Tag reicht es. Sie können das Telefon mitnehmen, wenn Sie gehen, aber diese Kaffeemaschine gehört mir."

Wer war dieser seltsame Mann, und was hatte er mit dem Mistkerl Josiah angestellt? Sie nickte, dann wurde ihr klar, dass er es nicht sah, da er nicht zu ihr schaute. „Klingt sinnvoll."

Er stellte die Kaffeemaschine auf den Minikühlschrank, dann richtete er sich auf. „Der

Computer ist ein No-Go. Er ist mit einem Passwort geschützt und nicht auf Englisch."

Sie hob beide Hände. „Ich werde nicht mal versuchen, ihn zu knacken."

Sie wollte nicht, dass er ging, und ballte die Hände zu Fäusten. Wen interessierte es, wohin der Mistkerl Josiah verschwunden war – wer war diese fremde Frau, die ihren Körper bewohnte? „Ich würde mich über ein paar weitere Heilzauber freuen, aber verausgaben Sie sich nicht. Sie haben diese Woche viel vor."

„Ich werde nichts geben, was ich nicht entbehren kann", sagte er grimmig. „Wir machen uns lieber an die Arbeit."

Verdammt, warum hatte er hier unten keine anständigen Möbel? Sie schaute sich um, ohne etwas zu finden, und machte sich erst auf den Weg ins Schlafzimmer, als er ihr eine Hand ins Kreuz legte und sie in diese Richtung schob.

Er schaltete beim Eintreten das Licht an. Als sie sich auf der Bettkante niederließ, setzte er sich neben sie. „Ich werde mich diesmal auf Ihre gebrochenen Rippen konzentrieren."

Großartig. Das würde richtig ätzend werden, aber es würde sich lohnen, wenn sie danach ohne den ständigen stechenden Schmerz atmen konnte. „Fangen wir an."

Er drehte sich, legte eine Hand auf die Matratze hinter ihr und die andere auf die gebrochenen Rippen, bis sie sich eingeschlossen, von seiner Präsenz umgeben fühlte. Dann redete er in dieser fremden Sprache, und Funken aus Magie flogen durch die Luft.

Sie hatte genug Zeit, um die Schönheit und Macht zu bemerken, bevor der Schmerz in ihren Brustkorb hämmerte und wie ein Schraubstock zudrückte. Sie wandte das Gesicht ab.

Nach gefühlten hundert Jahren hielt er inne, dann sagte er rau: „Atmen Sie."

„Klar", keuchte sie.

Er zog sie an sich, stützte ihren Körper, bis der Schraubstock um ihre Lunge locker ließ. Ihr war schwindlig, und sie machte sich nicht die Mühe, sich aufzurichten. Wenn er sie stützen wollte, sollte er doch.

Er betastete sanft ihre Rippen. „Verkraften Sie noch mehr?"

„Natürlich. Ich würde so einen Spaß um nichts in der Welt aufgeben."

Er schnaubte. „Wer redet jetzt nur Mist? Sagen Sie mir Bescheid, wenn Sie bereit sind."

Sie wandte sich ihm zu, krallte sich in sein Hemd und barg ihr Gesicht an seinem Hals. „Bereit."

„Sie bringen mich um", murmelte er.

Sein Kinn ruhte auf ihrem Kopf, und er legte die Arme um sie. Dann begann die Tortur erneut. Sie hielt durch, bis er still wurde.

„Das war's, ich bin fertig." Er klang heiser. „Herrgott nochmal."

Lange bewegte sich keiner von ihnen. Sie lehnte an ihm. Seine Arme blieben um sie geschlossen.

Schließlich presste sie gegen seine Brust, seine Arme lösten sich, und sie richtete sich auf. Als sie seinem Blick begegnete, empfand sie Verwunderung. Er sah beinahe aus, als würde er sie hassen.

„Wie lautet meine Telefonnummer?"

Nach ihren Gesprächen war die Nummer unauslöschlich in ihr Gedächtnis eingebrannt. Sie wiederholte sie.

„Gut. Ich bin morgen irgendwann nach der Arbeit wieder da. Das merken Sie dann schon." Er stand auf. „Rufen Sie mich nicht an, außer es ist ein Notfall."

Wut regte sich in ihr. Es hatte etwas gedauert, aber der Mistkerl Josiah erschien schließlich doch noch. „Sie glauben, ich würde anrufen, um den Aktienmarkt oder das Wetter zu besprechen?", fuhr sie ihn an. „Danke für die Heilzauber, aber behandeln Sie mich verdammt nochmal nicht so von oben herab."

„In Ordnung." Ein Muskel an seinem Kiefer trat hervor. Er ging hinaus.

Sie blieb, wo sie war. Einen Augenblick später öffnete und schloss sich die Hintertür, und das große Haus richtete sich um die Lücke, die er hinterlassen hatte, neu aus.

Die Luft fühlte sich seltsam und kühl an, und der Keller war wieder unheimlich, aber sie konnte tief Luft holen, ohne Schmerzen zu spüren. Sie erhob sich und ging ins Bad, um sich ihr Spiegelbild und ihren Oberkörper anzuschauen.

Sie berührte ihren Wangenknochen. Austins

Angriff lag noch keine vierundzwanzig Stunden zurück, aber die Schwellung war komplett verschwunden, und was von den blauen Flecken blieb, wirkte, als sei es schon gute zwei Wochen her. Der Rest ließ sich nun unter Make-up verstecken, und sie würde ganz normal aussehen.

Verdammt. Sie wollte Josiah anrufen.

Nur um ihn zu nerven, sagte sie sich. Sie wäre lieber gestorben als zuzugeben, dass sie sich wünschte, er würde umdrehen und zurückkommen. Ihre Haut erinnerte sich noch an den Druck, mit dem er sie gehalten hatte.

Sie packte das Telefon aus und steckte es ans Ladekabel, nur falls es zu einem Notfall kam. Dann putzte sie sich die Zähne, kroch ins Bett und schlief achtzehn Stunden lang tief und fest.

NACH DER ENERGIE in ihrem letzten Streit wusste Josiah, dass schon die Zuflucht brennen müsste, bevor Molly seine Nummer wählte. Dann dachte er an den feurigen Zorn, der in ihrem Blick loderte.

Korrektur. Sie würde das Haus vermutlich abbrennen lassen.

Auch gut. Er brauchte ernsthaft eine Pause von dieser Frau. Ein Monat, in dem er nicht an sie dachte, hätte ihm sicher gut getan. Dann konnte er sich vielleicht wieder auf Spur bringen und auch dort bleiben.

Wenn er nur diesen verräterischen Teil seines Bewusstseins herausreißen könnte, der nicht aufhören wollte, daran zu denken, wie schön sie aussah, ganz egal, wie zerschlagen oder wie schlecht gekleidet sie war.

An ihren klugen Blick, ihr lebhaftes Mienenspiel, wie Wellen auf einem tiefen, himmelblauen See. An die Art, wie sie die Tortur seiner Heilzauber hinnahm, ohne auch nur einen gottverdammten Piep von sich zu geben — und er hatte starke Männer gekannt, die bei einem solchen Schmerz aufbrüllten —, oder daran, wie fiebrig das Bedürfnis, sie richtig zu küssen, durch sein Blut pulsiert war.

Er fühlte sich infiziert von ihr. Das löschte die reine Zielstrebigkeit aus, die ihn viele Jahrzehnte lang angetrieben hatte. Andere Gedanken drängten sich vor, etwa die Frage, wie es wäre, auszuschlafen, mit ihr in die Laken gewickelt, sein langer Körper an ihrem ruhend. Oder wie sie strahlen würde, wenn sie wahrhaft glücklich war.

Vielleicht hatte ihm der Mann nicht gefallen, den er erblickt hatte, als er sich selbst kritisch unter die Lupe genommen hatte. Er war stur geworden wie ein Hai, der sich die wichtigste Mahlzeit seines Lebens schnappen wollte. Na und? Wen verdammt nochmal kümmerte es?

Wenn er und sein Zirkel endlich ihre Beute vernichteten, würden sie der Welt einen gottverdammten Gefallen tun. Dann konnte er sich ein Jahr lang an einem Strand auf den Malediven hinlegen und entscheiden, ob er sich etwas daraus machte, den Rest seines Lebens zu leben.

Aber noch war er nicht bereit. Sich im letzten Abschnitt ihrer Jagd auszuklinken, war: Einfach. Keine. Option.

Er konnte sich nicht einmal einen gottverdammten Abend freinehmen. Auf halbem Weg zurück zur Wohnung wählte er Stevens Nummer. Als Steven ranging, informierte Josiah ihn, welche Dokumente er für Mollys neue Identität brauchte.

„Schick mir Fotos für den neuen Pass und Führerschein“, sagte Steven. „Digital geht. Ich kann sie hier ausdrucken, und innerhalb von achtundvierzig Stunden sende ich dir alles zu.“

„Das ist gut. Ich mache die Fotos morgen nach der Arbeit. Außerdem müssten Maria und Henry ein zuverlässiges Auto zum Unterschlupf bringen. Ich will nicht, dass Molly ihre Gesichter sieht. Sie können es am Ende des Feldwegs parken und die Zulassung im Handschuhfach lassen. Sie sollen mir eine Nachricht schreiben, sobald sie es abgestellt haben.“

„Verstanden“, sagte Steven. „Ich gebe ihnen Bescheid. Was noch?“

„Das war's.“ Den Rest würde er selbst erledigen müssen. Irgendwann in den nächsten beiden Tagen würde er bei der Bank halten und Geld abheben.

Sie unterhielten sich noch ein paar Minuten, dann beendete er den Anruf. Bis dahin war er bei der

Wohnung angekommen, wo er den Rest des Abends damit verbrachte, die Fallakten zu sortieren, die er mit nach Hause genommen hatte, und sich für das Mitarbeitertreffen vorzubereiten.

Als er endlich fertig war, war es Mitternacht, und er hatte eine weitere Nacht mit wenig Schlaf vor sich. Er nahm sich eine halbe Stunde, wie er es immer machte, um alles Revue passieren zu lassen, was sich zugetragen hatte, und zu überlegen, was kommen mochte.

Bis Montagnacht, spätestens Dienstag, würde die Polizei herausfinden, dass Molly vermisst wurde. Bis dahin sollten sie auch die Verbindung zwischen Molly und Nina Rodriguez hergestellt haben.

Er sollte diese Woche auch zwei Berichte zur Brandstiftung zur Einsicht bekommen. Die Autopsien von Austin und Nina könnten bis Mittwoch abgeschlossen sein. Er bezweifelte, dass das Urteil in diesen Autopsien für irgendwen außer Molly eine Rolle spielen würde. Um ihretwillen hoffte er, der Leichenbeschauer könnte bestätigen, dass nicht sie Austins Tod herbeigeführt hatte.

Dann gab es jene, die nach Molly suchen würden, um sie zum Schweigen zu bringen. Molly war überzeugt gewesen, dass Russell Austins Aktionen diktiert hatte, und Maria hatte eine Verbindung zwischen der Seychellen-Akte und der Beute des Zirkels gesehen. Also war es logisch, auch von einer möglichen Verbindung zwischen Russell Sherman, der Seychellen-Akte und ihrer Beute auszugehen.

Sherman hatte am Abend der Höllenparty unbedingt Freundschaft schließen und seinen Einfluss auf Josiah ausbauen wollen. Nun war Josiah geneigt, Sherman seine Beute fassen zu lassen.

Am nächsten Morgen stand er um fünf auf. Nachdem er meditiert und eine intensive Tai-Chi-Sitzung absolviert hatte, bei der ihm der Schweiß den Rücken hinablief, duschte er, frühstückte und sah nach E-Mails vom Zirkel, die er beantwortete.

Dann, obwohl es zu Ansons Pflichten gehörte, die Stadt auf magische Funken zu prüfen, setzte auch er eine Suche an. Jeden Tag hielt er nach Risiken oder Anomalien Ausschau. Molly war ein solcher statistischer Ausrutscher gewesen, und erwartete nicht, noch einmal eine Störung von ihrem Kaliber zu finden.

Nein, wenn seine Beute sich einen Ausrutscher erlaubte, würde dieser subtil und vermutlich sehr schwer zu entdecken sein, daher beruhigte er seine Gedanken und lauschte genau. Jenseits des soliden Gebrülls der Stadt, die zu einer neuen Arbeitswoche erwachte, spürte er nichts. Einen ganz unbedeutenden magischen Funken hier und da, aber das war alles.

Eigentlich war das das Erstaunlichste an Atlanta der Mangel an größeren magischen Präsenzen. Als er aus dem Fenster auf die sonnenbeschienene Stadt schaute, lächelte Josiah. Er kaufte ihr diese Unschuld um keinen Preis ab.

Er stellte sich das Gesicht vor, das seine Beute vor über hundert Jahren getragen hatte, an einem anderen

Ort, in einem anderen Leben. Aber Gesichter konnte man mit plastischer Chirurgie verändern. Josiah hatte seine Züge verändert, ebenso wie Maria.

Du bist da, dachte er. Du bist entweder in der Stadt, oder du wohnst irgendwo in der Nähe, und du hast jede andere größere Macht vernichtet, die es hier gegeben haben mag, oder du hast sie gefangen und saugst sie aus, um dein eigenes Leben zu verlängern, genau wie du es bei mir getan hast.

Vielleicht bist du ein Speichellecker, vielleicht bist du auch der Gouverneur. Du könntest Gefängniswärter sein. Das hätte auch seinen Nutzen. Vielleicht gibst du dich als Senator aus. Der Geschmack politischer Macht in Washington würde dir munden.

Aber ganz gleich, wie du aussiehst oder wie du dich nennst, ich werde dich finden und vollenden, was schon vor langer Zeit hätte getan werden sollen.

Ich werde endlich Grigori Rasputin töten.

Kapitel 12

DER MONTAG WAR scheußlich. Zwei Fälle, die der frühere Bezirksstaatsanwalt Josiah hinterlassen hatte, kamen zum Abschluss, während die Informationen über die Morde vom Wochenende schneller eintrafen, als er erwartet hatte.

Josiah meisterte alles sorgfältig. Vor Mitarbeitern wahrte er eine ruhige, entspannte Fassade. Er bat um Kopien aller Berichte, die mit den Ereignissen am Wochenende zusammenhingen, und gab etliche Interview-Anfragen von der Presse an einen der leitenden stellvertretenden Staatsanwälte weiter.

Aber als ein Anruf von Sherman & Associates kam, entschied er sich, ihn persönlich entgegenzunehmen.

Russells tiefe Stimme dröhnte durch die Leitung. „Josiah, wie nett von Ihnen, meinen Anruf anzunehmen."

„Russell." Er schloss die Bürotür. „Was kann ich für Sie tun?"

„Es widerstrebt mir, Sie an einem Montag zu stören, aber wir hatten gerade zwei Polizisten hier, die eine Menge Fragen über Austin und seine Frau gestellt haben. Sie wollten seine Sachen durchsuchen, aber natürlich musste ich sie abweisen. Wie jeder andere Anwalt hatte Austin in seinem Büro vertrauliche Informationen." Russells leises Lachen klang für Josiah nach einer gackernden Kröte. „Sie werden mit einem Durchsuchungsbefehl wiederkommen müssen, fürchte ich. Aber ich wollte Sie wissen lassen, von Mann zu Mann, dass es nicht persönlich gemeint ist. Wir wollen bei dem, was immer Sie da untersuchen, kooperieren. Wir müssen uns nur an die Regeln halten."

Josiah schwang seinen Schreibtischstuhl herum und schaute aus dem Fenster. Wie jeder Anwalt mit magischem Talent hatte er einen hochentwickelten Wahrheitssinn. Es war interessant, festzustellen, dass Russell bisher nur eine Lüge erzählt hatte.

Russell hatte nicht die Absicht, bei der Untersuchung zu kooperieren. Das bedeutete, dass er anrief, um Josiah um Informationen anzuzapfen.

„Ich nehme es nicht persönlich, Russell", gab er locker zurück. „Ich bin sicher, die Beamten kommen bald mit dem entsprechenden Papierkram zurück."

„Wissen Sie, was da los ist? Oder vielleicht wissen Sie's, aber können es nicht sagen?"

Da war sie: die Frage.

„Sie wissen, dass ich über laufende Ermittlungen nichts rauslassen kann ..." Er ließ seine Stimme bedauernd ausklingen. „Aber ich bin überrascht, dass die Beamten es Ihnen nicht gesagt haben."

„Mir was gesagt haben? Austin geht nicht ans

Telefon, und er ist heute nicht zur Arbeit erschienen." Russell hielt inne, dann lachte er wieder leise. „Also habe ich versucht, seine Frau anzurufen, aber ich bin mir nicht sicher, ob sie nach dieser Party noch mit mir spricht. Austin war in den letzten Wochen elend drauf. Unter uns gesagt, ich glaube, sie hat ihn vielleicht tatsächlich verlassen."

Auch davon war nichts eine Lüge. Josiah nahm seinen Stift zur Hand und wirbelte ihn zwischen den Fingern, während er seiner Stimme einen besorgten Unterton verlieh. „Ich sollte eigentlich nichts sagen, aber heute Vormittag sind ein paar Berichte über meinen Schreibtisch gegangen. Machen Sie sich auf was gefasst. Es ist schlimm."

„Um Himmels Willen, Mann. Ich weiß, es ist erst kurz nach Mittag, aber soll ich mir einen Whisky einschenken?"

Josiah erwiderte sanft: „Das ist kein Gespräch, das man am Telefon führen sollte. Lassen Sie die Beamten ihre Arbeit machen. Wenn sie mit einem Durchsuchungsbefehl zurück sind und alles offiziell ist, können Sie und ich uns vielleicht zum Essen treffen."

„In Ordnung." Verhaltene Freude mischte sich in die Stimme des Mannes. „Lassen Sie sich von mir zum besten Steak einladen, das Sie in diesem Bundesstaat finden werden. Wie wäre es mit Mittagessen am Freitag? Ich maile Ihnen die Einzelheiten."

„Alles klar." Als Josiah auflegte, war er sich nur einer Sache sicher – die Beamten mochten es ihm noch nicht gesagt haben, doch Russell wusste bereits, dass Austin tot war. Eigentlich wollte der Mann in Erfahrung bringen, was man im Büro des Bezirksstaatsanwalts wusste.

Und er wollte herausfinden, was mit Molly passiert war.

Schon Stunden, bevor er es um halb sieben wirklich tat, war Josiah bereit, das Büro zu verlassen. Der Drang, aus der Stadt zu fahren, dröhnte wie Trommelwirbel unter seiner Haut. Er musste sich vergewissern, dass mit Molly alles in Ordnung war.

Es war später Frühling, ein warmer Abend. Er suchte sein Auto geistig nach fremden Apparaturen ab. Er fand keine, aber alles hatte sich zu einem neuen Spannungsniveau aufgeschwungen, also führte er die nächste Stufe Vorsichtsmaßnahmen durch und fuhr das Auto zu einer Jugendherberge in der Nähe, wo er es parkte und die Umgebung scharf im Auge behielt, während er zu einem Camry spazierte, der in einer ruhigen Straße abgestellt war.

Wenige Minuten später raste er in einem neuen Auto über den Highway. Nachdem er beim Dorfladen angehalten und weitere Vorräte gekauft hatte, war es fast acht, als er beim Unterschlupf vorfuhr.

Er parkte hinter dem Haus, dann nahm er die Einkaufstüten und marschierte zur Hintertür, wobei er schneller wurde, je näher er kam.

Ein Teil von ihm hatte den ganzen Tag auf diesen Augenblick gewartet. Bevor er den Schlüssel ins

Schloss stecken konnte, öffnete sich die Hintertür, und Molly stand auf der Schwelle. Sie lächelte verhalten. „Ich habe mir Sorgen gemacht, als ich das fremde Auto gesehen habe."

Er war nicht auf das Auflodern wilder Freude vorbereitet, das ihn bei ihrem Anblick erfasste. Als er nach drinnen ging, kamen sie sich auf der schmalen Schwelle sehr nahe. Er schaute auf die leere Kaffeekanne, die sie in einer Hand hielt. „Wollten Sie mir damit den Schädel einschlagen? Das ist keine allzu gute Waffe."

„Hier liegt nicht viel Brauchbares rum. Ich habe mir gegriffen, was verfügbar war."

Im Tresor bewahrte er Waffen auf, aber das musste sie nicht wissen. Er betrachtete sie. Sie hatte ihre Kleider gewaschen und trug ihre Jeans und Schuhe vom Samstag zusammen mit einem weiteren T-Shirt von ihm.

Ihr blondes Haar war glatt und sauber, und die Ringe um ihre Augen waren schwächer. Sie brauchte immer noch ein paar Wochen Ruhe und gute Nährstoffe, aber sie sah um Welten besser aus als gestern.

Sie stand so nahe bei ihm, dass er ihre Körperwärme spüren konnte. Er beugte sich zu ihr, kniff die Augen zusammen. „Sind Sie geschminkt?"

„Wie es der Zufall so will, ja, bin ich." Sie lehnte sich mit gerunzelter Stirn zurück und drehte sich mit einer anmutigen, fließenden Bewegung, um die Treppe hinab in den Keller zu gehen. „Ich wollte sehen, ob ich die letzten Blutergüsse verschwinden lassen kann."

„Gut. Ich muss ein paar Fotos machen."

„Warum?" Sie stellte die Kanne wieder in die Kaffeemaschine und ging aus dem Weg, als er den Kühlschrank ansteuerte.

Er kniete sich hin, um die neuen Lebensmittel wegzuräumen – zwei gemischte Salate, Brötchen mit Knoblauchbutter, Joghurts, weitere Sandwiches und eine Flasche Wein mit einem Korkenzieher. Als er sich aufrichtete, bemerkte er ein paar Schokoriegelverpackungen in dem kleinen Abfalleimer in der Nähe, und er lächelte vor sich hin. „Für Ihren neuen Pass und den Führerschein. Haben Sie eine Vorliebe, was Ihren neuen Namen angeht?"

„Lassen Sie mich drüber nachdenken." Sie musterte die Weinflasche mit offensichtlicher Sehnsucht. „Aus dem Dorfladen?"

„Ja." Er betrachtete die Flasche ebenfalls und fügte trocken hinzu: „Sie hatten nicht gerade die beste Auswahl."

„Ist mir egal." Sie seufzte.

„Lassen Sie uns erst das Geschäftliche erledigen. Danach können wir den Wein öffnen und zu Abend essen." Er warf einen finsteren Blick auf den Halsausschnitt seines T-Shirts, der bei ihr aufklaffte, und schaute an sich selbst hinab. Er trug immer noch seine Arbeitskleidung, einen dunklen Anzug mit blauem Hemd. „Aber zunächst einmal denke ich, dass wir Oberteile tauschen sollten. Was ich trage, wird immer noch zu groß für Sie sein, aber ich glaube, wir können den Kragen so drapieren, dass man's nicht merkt.“

Sie zögerte. „Ok.“

Er zog sein Jackett und sein Hemd aus. Die kühle Luft strich über seine bloße Brust und die Arme, als er sie ihr hinhielt. Sie schaute ihm fest in die Augen, und ihre Finger streiften seine, als sie die Kleider nahm.

Zwischen ihnen schwebte etwas Rohes, Elektrifizierendes.

Beinahe wäre er vorgetreten, hätte sich beinahe ausgestreckt, um sie in seine Arme zu ziehen, aber dann wirbelte sie herum, um rasch im Schlafzimmer zu verschwinden, und knallte die Tür zu.

Er rieb sich mit der Hand übers Gesicht. Sein Körper fühlte sich, als sei er entflammt.

Sie war frisch verwitwet. Er musste bei der Sache bleiben.

Dazu durfte es nicht kommen.

Ein paar Minuten später kam sie wieder heraus, trug sein Hemd und sein dunkles Jackett und wartete ausdruckslos, während er sie anstarrte.

Seine Anzüge und Hemden waren für ihn maßgeschneidert, aber sie hatte die Ärmel aufgekrempelt, und ihr hochgewachsener, langbeiniger Körper sah darin sehr viel besser aus, als er erwartet hatte. Er war nicht darauf vorbereitet, wie ihn ihr Anblick in seinen Kleidern traf. Die elektrisierende, rohe Anspannung vibrierte noch stärker.

Schließlich fragte sie: „Und? Geht das so?"

Blind wandte er sich der Treppe zu: „Wie ich schon sagte, ich glaube, wir können das hinkriegen. Wir sollten die leere Wand des Wohnzimmers als Hintergrund nehmen."

Sie folgte ihm. Er lauschte dem leisen Rascheln des Stoffs, dem Klang ihrer Schritte, leicht und anmutig.

Du darfst diesem Gefühl nicht folgen. Auf keinen Fall.

Im Wohnzimmer waren die Zeitschaltuhren für die Lampen angesprungen. Molly stellte sich vor die Wand, während er sein Telefon herauszog und die Kamera für eine Portraitaufnahme ausrichtete. Heranzoomte. Sich steif auf den Bildschirm konzentrierte, während sie sich über die Unterlippe leckte. Ihr Blick war von Gedanken verdüstert, die er nur erahnen konnte.

Er hatte bereits ein paar Fotos gemacht, als ihm auffiel, dass der Hemdkragen so weit aufklaffte, dass ein Stück ihres Spitzen-BHs zu sehen war. „Moment", sagte er angespannt.

Sie hielt still, während er vortrat, um den Kragen zu richten. Seine Fingerknöchel streiften die zarte Haut ihres Halses. Die Berührung schoss ihm direkt in die Lenden. Sie schnappten beide nach Luft.

„Machen Sie das verdammte Bild." Ihre Stimme klang tief und gepresst.

Er entfernte sich, richtete die Kamera erneut aus. Als er diesmal auf den Bildschirm schaute, sah er die

Anspannung in ihrer Miene, die steife Art, wie sie dastand.

Was auch immer sie sonst von ihm hielt, sie spürte es ebenfalls. Dieses unangemessene, alles verschlingende Etwas. Wie viel quälender konnte das noch werden?

„Versuchen Sie, nicht wie eine Verbrecherin auszusehen", riet er ihr.

Überraschtes Gelächter erhellte ihre Züge, und da war es, ein funkelnder, kurzer Einblick, wie schön sie sein würde, wenn sie das Glück fand. Während er sie anstarrte, drückte sein Daumen zu. Er schoss etliche Bilder.

Ihr Lachen verflog. „Haben wir's?"

Er kam wieder zu sich und scrollte rückwärts durch die Fotos. „Ja. Die passen."

Die Anspannung trat wieder in ihre Züge. „Gut." Sie verließ das Zimmer.

Er schaute aus dem Fenster. Vor einiger Zeit war es dunkel geworden. Es gab nichts, das mit einer dunklen Nacht auf dem Land vergleichbar war. Es fühlte sich an, als wäre das Haus in Samt gehüllt.

Sie hatten sich kaum berührt, und trotzdem hatte er um Selbstbeherrschung kämpfen müssen.

Ich kann nicht bleiben, dachte er. Als er diese Entscheidung getroffen hatte, ging er nach unten. Sie hatte sich erneut ins Schlafzimmer eingeschlossen. Einen Augenblick später erschien sie wieder, trug sein T-Shirt und hielt seinen Anzug und sein Hemd.

Sie reichte ihm die Kleidung. Diesmal achtete er sorgsam darauf, jeglichen Kontakt mit ihren Fingern zu vermeiden.

Ihre Blicke trafen sich.

Er stürzte im selben Moment vor, in dem sie einen Schritt auf ihn zu machte, und sie küssten sich weniger, als dass sie zusammenprallten. Er riss sie an seine Brust, während sie ihm beide Arme um den Hals legte, ihr Mund schräg unter seinem.

Ihre Lippen öffneten sich. Mit einem tiefen Gefühl der Erleichterung und Aufregung versenkte er sich in sie. Ihr Mund war wie weiche, nasse Seide. Die kurvige Hitze ihres Körpers, der sich an seiner bloßen Haut bewegte, ließ seinen Hunger unbeherrscht hochschießen.

Er bekam nicht genug von ihr und verzehrte sie, während er nach ihrer Brust griff. Die weiche Erhebung lag in seiner Hand, und er strich durch den Stoff ihres BHs und des T-Shirts über ihren Nippel, was sie aufkeuchen ließ. Während er sie liebkoste, ließ sie die Hände seine Brust hinabwandern, entflammte ihn überall. Die härteste Erektion, an die er sich erinnern konnte, stemmte sich gegen den Reißverschluss seiner Anzughose.

Das war Irrsinn. Die Katastrophe war vorprogrammiert.

Verdammt sollte er sein, wenn er jetzt aufhörte.

✧ ✧ ✧

AN DIESEM TAG hatte Molly ausgeschlafen, zum Frühstück Schokolade gegessen und ein wenig in dem Thriller geschmökert. Dann hatte sie noch etwas geschlafen. Obwohl der Großteil des Tages an ihr vorbeigerauscht war, war sie froh, als Josiah kam, und noch froher, als er eine Flasche Wein aus der Einkaufstüte holte.

O ja, bitte, Wein. Dass er ihn gekauft hatte, zeigte, dass er langsam an andere Dinge dachte als an das, was nützlich oder seinen Zielen dienlich war. Wenn sie in den letzten zwanzig Jahren etwas gelernt hatte, dann, dass es im Leben um mehr gehen sollte, als nur dem eigenen Ehrgeiz gerecht zu werden. Oder, in seinem Fall, von Rache getrieben zu werden.

Dann zog er sich halb aus. Als er aus seinem Jackett schlüpfte, sah sie schon, worauf das hinauslief, und hatte einen Augenblick, um sich vorzubereiten. Aber dann knöpfte er sein Hemd auf, und alles in ihr kam mahlend zum Stillstand.

Es lag eine peitschenartige Kraft in den schweren Muskeln seines großen Körpers. Seine Schultern und Arme beugten sich entlang der Reliefschatten seiner schlanken Rippen, als er das Hemd auszog. Er war überall stark gebräunt, nicht nur im Gesicht und am Hals, und dunkles Haar, das im Kellerlicht glänzte, überzog seine breite Brust und seinen flachen Bauch.

Ihre Kehle wurde trocken. Gott, sie wollte ihn. Er warf ihr einen Blick zu, mit glitzernden Augen, die Gesichtszüge angespannt. Er schaute sie an, als wäre sie meilenweit die einzige Mahlzeit, und sie wollte erwidern: *Komm und hol sie dir.*

Sie dachte, es würde helfen, wenn sie ins Schlafzimmer floh, um sich dort umzuziehen, aber dann schlüpfte sie in seine Kleider, noch warm von seinem Körper. Sofort umfing sie sein Geruch, und das machte alles noch schlimmer. Machte es unerträglich. Ihr Verlangen nach ihm wurde zu einem Jucken unter der Haut, an das sie nicht herankam.

Sein Anblick, während er sie ansah, als er Fotos von ihr machte, wobei er nichts als seine dunkle Anzughose trug. Nahm er durch die Linse seines Telefons wahr, wie sehr sie sich bemühte, ihren abgehackten Atem zu verbergen?

Sie floh bei der ersten Gelegenheit, die sich bot, riss sich seine Kleider vom Leib, nur um wieder sein T-Shirt anzuziehen, und wollte ihm Hemd und Jackett zurückgeben. Die ganze Zeit lief das Verlangen nach ihm rasch und schwungvoll durch die hintersten Winkel ihrer Gedanken wie eine hektische Melodie, die sich nicht abdrehen ließ.

Bis sie den Versuch aufgab und eine Macht sie vorwärtstrieb, die sehr viel stärker als sie war.

Als sie vollen Kontakt mit seinem Körper bekam, brach eine Explosion der Empfindungen über sie herein – der Geschmack seines Mundes, die harten Muskeln, die über ihre rutschten, seine Hitze, sein Geruch, Gott, diese großen Hände, die mit so bebender Gier über sie wanderten.

Sie riss ihren Mund los, rieb das Gesicht am spröden Haar seiner Brust und keuchte: „Ich gehe trotzdem.“

Aggressiv schob er sie rückwärts, bis ihre Schultern auf die Wand trafen. „Du gehst trotzdem“, stimmte er rau zu. „Ich nicht. Wir wissen beide, was das ist.“

Wissen wir das? Was ist es?

Sie war froh, dass zumindest einem von ihnen klar war, wie die Dinge standen. Sie wusste nur eines sicher: dass sie es nicht aushielt, auch nur ein Kleidungsstück zwischen ihnen zu haben, und sie riss sich das T-Shirt wieder vom Leib. Während sie sich aus dem weichen Baumwollstoff kämpfte, legte er die Arme um sie und suchte nach dem Verschluss ihres BHs.

Er fand ihn, ihr BH fiel zu Boden, und mit bebender Brust hielt er inne, während er auf sie hinabstarrte. Als sein Blick sich wieder hob, war seine Miene wie geschmolzener Fels.

Dieser Blick, er durchbohrte sie, irgendwo tief drinnen, wo sie geschlagen und verletzt worden war. Sie hatte es gebraucht, dass jemand sie ansah, als wäre sie das Einzige, was er je gewollt hatte – selbst wenn das nur für diesen Augenblick galt.

„Du kannst es dir nochmal überlegen und weggehen“, flüsterte sie und prüfte die Stärke des Verlangens, das sie aneinander band.

„Den Teufel werde ich tun“, knurrte er und drückte sie mit seinem größeren, härteren Körper an die Wand. Aber dann hielt er inne, während er eine Faust in die

Haare in ihrem Nacken versenkte. Unter Schwierigkeiten murmelte er: „Ich verstehe es, wenn du dafür nicht bereit bist, aber dann sagst du besser jetzt was."

Das war … rücksichtsvoll. Sie schlang ihm die Arme um den Hals und flüsterte an seinen Lippen: „Ich bin dafür bereit."

Er packte sie an den Hüften, rieb sich an ihr und zischte: „Verhütung."

„Ich nehme die Pille." Sie schob seine Hände weg und riss ihre Jeans auf.

Er zog seinen Geldbeutel heraus und griff nach einer Folienverpackung. „Kondom."

„Safer Sex *und* Verhütung. Alles klar." Mit Sex an der Wand und einem Kondom klarzukommen, überforderte sie. Sie entschlüpfte ihm seitlich und ging ins Schlafzimmer, dort schälte sie sich aus ihrer Jeans.

Als sie sich umdrehte, trug sie nur noch ihr Spitzenhöschen. Er hatte seine Anzughose geöffnet. Darunter stemmte sich seine große Erektion gegen die Enge seiner glatten, schwarzen Shorts. Die widerspenstige, dunkle Haarlocke war ihm in die Stirn gefallen, und seine Macht strahlte wie ein Schmelzofen.

Sie fühlte sich, als würde sie wahnsinnig werden. Ihre Haut *brauchte* seine, so wie ihre Lunge Luft brauchte. Sie schnappte sich das Kondom und riss das Päckchen auf. Er legte die Handfläche auf ihr Schlüsselbein und schob sie zurück, damit sie aufs Bett fiel.

Dann stürzte er sich wie ein Falke auf sie. Ein

Geräusch brach aus ihr hervor, als ihre Leiber zusammenstießen. Sie schlang ein Bein um seine Taille, während er seinen Schwanz an die Mulde ihrer Hüfte drückte.

Er legte den dunklen Kopf schief, um an ihren Nippeln zu knabbern und zu saugen, die sich rasch zu geröteten Spitzen aufrichteten. Stiche der Lust wogten durch ihren Körper. Sie wollte ihn so sehr, dass es wehtat.

Sie drückte sich gegen seine Schulter und murmelte: „Lass mich das draufziehen."

Knurrend hob er den Kopf. Röte verdunkelte seine Wangenknochen. Er stützte sich auf beide Hände und hielt still, während sie seine Hose weiter öffnete und in die schwarzen Shorts griff, um seine Erektion herauszuholen.

Sie schauten beide auf ihre Hand um seinen Schwanz. Er murmelte: „Ich bin kurz davor, auf dich abzuspritzen."

„Auf keinen Fall", forderte sie atemlos. „Ich will dich in mir haben, wenn du kommst."

Ein kleines, sinnliches Lächeln zerrte an seinen wohlgeformten Lippen, während er sie anerkennend und erhitzt betrachtete. „Du weißt, was du willst. Das gefällt mir."

Ihr gefiel es auch. Austin hatte im Schlafzimmer immer Kontrolle ausüben wollen, und es machte ihr zwar nichts, ab und zu die Kontrolle abzugeben, aber sie wollte sie auch mal übernehmen. Mit bebenden

Fingern schob sie das Kondom über die breite Spitze seiner Erektion. Er war überall schön, und so groß, dass das Kondom nicht bis zur Wurzel reichte. Während sie es abrollte, zuckte er in ihren Händen und fluchte tonlos. Sie hielt inne, um ihm ein paar Augenblicke zu geben.

Mit schelmischer Sanftheit schob er dann die Finger unter den Rand ihres Höschens und streichelte sie. Mit einem erstickten, überraschten Laut kam sie zum Höhepunkt.

Seine angespannte Miene wurde weicher. Sanft streichelte er sie in einem Rhythmus, der sie noch länger kommen ließ, und beobachtete jede Veränderung ihrer Miene. Sie ritt die Wogen des Orgasmus, bis er nachließ, dann lächelte sie ihn schief an.

„Na, das war ein Bonus", erklärte sie wacklig. „Normalerweise komme ich nicht so leicht, und nicht mal immer."

„Diese Erwartung kannst du gleich mal ändern", sagte er, wobei er einen Finger in sie schob. „Denn mit mir wirst du jedes Mal kommen. Jedes Mal, Molly, und nicht nur einmal."

„Das ist ja mal eine Ansage." Sie keuchte, wiegte sich in den Hüften. „Bist du sicher, dass du das auch halten kannst?"

Er lachte, ein weicher, listiger Klang, der wie eine Liebkosung über sie strich. „Ich stelle keine unhaltbaren Behauptungen auf. Hoch mit dir, *Milaja*.

Ich will nicht dein einziges Höschen kaputtmachen."

Milaja. Was hieß das denn? Während sie die Hüften hob, zog er ihr das Höschen aus und ließ es neben dem Bett auf den Boden fallen. Dann hielt er ihren Blick, ließ sich zwischen ihren Beinen nieder und rieb mit der Spitze seines Schwanzes über ihre intimste Stelle.

Als sie bereit war, schob er sich hinein, dehnte sie mit seinem Eindringen weit. Es fühlte sich so unglaublich an, dass sie den Kopf zurücklegte und die Augen schloss, um jeden Moment zu genießen.

„Schau mich an", befahl er.

Überrascht öffnete sie die Augen.

Er beobachtete sie genau und drängte fester vor, bis er ganz in ihr war. „Du hast dir das ausgesucht. Keine Reue, kein Abwenden."

Er wirkte wild, besitzergreifend, seine Miene angespannt. Überrascht von seinem Beharren packte sie ihn am Bizeps. „Keine Reue, das schwöre ich. Das macht mir zu viel Spaß. Ich habe nur die Augen geschlossen, weil du dich so verdammt gut anfühlst."

„Dann ist es ja gut." Die Anspannung in seinem Kiefer löste sich. Dann, während er sich zurückzog und wieder in sie hineinglitt, schlossen sich ihre Lider erneut.

„Bin noch da", murmelte sie, während sie sich nach oben krümmte. „Bin noch ganz bei dir."

„Das solltest du auch", knurrte er. „Gott, ich hasse Kondome, aber ich liebe es, wie du dich anfühlst."

„Ich liebe es auch, wie du dich anfühlst", keuchte

sie.

Die Anspannung schwang sich höher auf, als sie einen gemeinsamen Rhythmus fanden. Er strich ihr das Haar aus dem Gesicht, während er sich in ihr bewegte, und irgendwie vermittelte diese wortlose Geste etwas, das sie brauchte. Sie ließ beide Hände die lange, starke Krümmung seines Rückens hinabgleiten, stemmte sich hoch und drückte ihm den Mund auf die Schultern, und als Reaktion darauf packte er ihre Hüfte und stieß heftiger in sie.

Als er sich herauszog, grummelte sie protestierend. Ein rasches, weißes Grinsen blitzte über sein Gesicht.

„Dreh dich um", sagte er.

Begierig gehorchte sie, und er führte sie in eine Stellung auf Händen und Knien und kam von hinten über sie. Als er in sie eindrang, fühlte er sich durch den Winkel noch größer an. Völlig gelöst beugte sie die Ellbogen, so dass ihre Hüfte noch höher aufragte, bis er schließlich ganz in ihr war.

Er stützte sich auf eine Hand, während er den anderen Arm um ihren Körper legte, um ihren Eingang zu streicheln. Als er ihre Klitoris fand, ließ die stechende Explosion der Lust sie überall erbeben.

Er knurrte an ihrem Nacken: „Da ist sie ja."

„Gott!" Sie griff blind nach einem Kissen, vergrub das Gesicht darin. „Es fühlt sich herrlich an, aber ich weiß nicht, ob ich nochmal kommen kann."

„O ja, das kannst du", erklärte er. Er biss sie in den Nacken, während er sie wild nahm, und die unnachgiebig kreisende Bewegung seiner Finger vertrieb alles andere aus ihrem Kopf.

Es war unbeschreiblich. Sie fühlte sich leer, und er füllte sie. Sie wollte sich auf alles an ihm konzentrieren – seinen großen Körper, den Geschmack seiner Haut, die Anmut und Macht seiner Bewegungen –, aber er fesselte ihre Aufmerksamkeit mit diesen schlimmen, klugen Fingern. Die Lust wogte höher und höher, bis ein weiterer Höhepunkt sie erfasste. Er war tiefer, stärker, und bei seiner Intensität schrie sie auf.

Er knurrte wieder und ließ los. Er packte sie bei den Haaren, einen Arm um ihre Hüften, und hämmerte in sie hinein. „Ich bekomme nicht genug von dir."

„Ich auch nicht." Sie war wie von Sinnen, vollkommen außer sich. Was zum Teufel taten sie da? Nichts existierte außer diesem überwältigenden Paarungsdrang. Sie griff nach oben und hinter sich, umfasste seinen Nacken.

Mit einem erstickten Stöhnen drehte und versteifte er sich. Sie spürte, wie er in ihr pulsierte, und es war herrlich, atemberaubend. Seine rauen Atemzüge drangen an ihr Ohr. Sanft ließ sie seinen Nacken los und strich ihm über die Wange.

Wir wissen beide, was das ist.

Nur … sie wusste es nicht.

Sie wusste nur eines sicher. Ganz gleich, was das zwischen ihnen war und wie tief es sie erschütterte, sie würde gehen.

Kapitel 13

N ACHDEM ER EINEN langen Augenblick an sie gepresst geblieben war, zog er sich langsam zurück. Bebend brach sie auf dem Bett zusammen. Er strich mit schwieligen Fingern über ihre Wirbelsäule.

„Alles gut?" Seine Stimme klang heiser, als wäre er meilenweit gelaufen

„Ja", keuchte sie. Was hätte sie auch sonst sagen können? Nein? Was für ein Spaß wäre das, nachdem er sie mit so viel Aufmerksamkeit bedacht hatte?

Sie konnte nicht zugeben, dass er sie bis ins Innerste erschüttert und ihre Gefühle auf den Kopf gestellt hatte. *Wir wissen beide, was das ist.*

Er wälzte sich weg, um sich auf die Bettkante zu setzen, und sie zog die Decke hoch und rollte sich auf der Seite zusammen, um ihn anzuschauen. Gott, war er schön. Sie hatten ihm nicht mal die Hose ausgezogen. Sie rieb ihm über den Rücken, während er das Kondom abzog. Sein dunkler Kopf legte sich schief, als er nach unten schaute, und er erstarrte.

Sie hob den Kopf. „Was ist los?"

„Das Kondom ist gerissen." Seine Stimme war

ausdruckslos.

Sie holte tief Luft und verdaute das. Dann seufzte sie. „Keine Sorge. Ich habe mich testen lassen, nachdem ich Austin verlassen habe. Ich brauche noch einen weiteren Test, aber ich glaube, es ist alles gut.“

Er wandte den Kopf, während er zuhörte. „Ich habe nichts wahrgenommen, als ich dich nach dem Angriff auf Verletzungen gescannt habe. Ich bin auch gesund. Und du nimmst die Pille.“

„Ja.“

Er griff hinter sich, fing ihre Hand ein und zog sie nach vorne, um ihr die Lippen auf die Finger zu drücken. Dann stand er auf, sammelte seine Kleider ein und marschierte hinaus. Ein paar Augenblicke später hörte sie das Wasser im Bad laufen.

Seine Abwesenheit war ernüchternd, und sie rollte sich fester zusammen. Sie fühlte sich unangemessen aufgelöst. Was für ein unpassender Zeitpunkt, um herauszufinden, dass sie für zwanglosen Sex vielleicht nicht geeignet war.

Aber an dem, was passiert war, war nichts Zwangloses. Sie mochte sich ja in fast allem anderen in ihrem Leben unsicher sein, aber dessen war sie sich sicher. Sie hatten sich zu nichts verpflichtet, und sie hatten sehr deutlich gemacht, dass sie getrennte Wege gehen würden, doch wie sie sich geliebt hatten, war nicht zwanglos gewesen.

Er war voll bekleidet, als er wieder hereinkam. Abermals brannte Verlangen in ihr, und diesmal war es stärker denn je. Nun wusste sie, was unter diesen eleganten Kleidern steckte.

Sein Blick stand in Flammen, als er sie ansah, und an seinem Kinn zuckte ein Muskel. Tonlos sagte er: „Ich werde morgen nicht kommen. Ich habe zu viel zu tun, und ich kann keine vorhersehbaren Angewohnheiten entwickeln."

Etwas Dunkles wogte als Reaktion darauf hoch. Enttäuschung? Sie richtete sich auf, hielt sich die Decke vor die Brust. „Ich verstehe."

„Zwei meiner Kollegen liefern morgen dein neues Auto ab. Sie parken es am Ende des Feldwegs. Sie lassen eine Kühltasche mit Abendessen drin."

„Es ist mehr als genug zu essen da", erwiderte sie trocken. „Du hast zwei gemischte Salate mitgebracht, und es sieht aus, als würdest du fahren – und wie viele Sandwiches hast du geholt? Ich glaube, im Kühlschrank sind jetzt sechs."

„Das war nicht geplant." Der Muskel zuckte wieder. „Jetzt ist es spät geworden, und ich kann nicht bleiben."

„Josiah, ich habe mich nicht beschwert", sagte sie sanft. *Denn wir wissen beide, was das ist.* „Ich habe einfach nur erklärt, dass schon mehr Essen hier ist, als ich brauche."

Seine Miene verspannte sich. Er kam nach vorne, griff ihr mit einer Hand in den Nacken, und sein Mund prallte auf ihren. Nach einem langen, knisternden Kuss riss er sich los.

„Übermorgen bekommen wir auch deine Papiere", sagte er und ging nach draußen.

Gott. Sie fühlte sich, als würde sich etwas in ihr losreißen, um ihm zu folgen, als er ging. Einen Augenblick später knallte die Tür zu. Sie berührte mit zittrigen Fingern ihren Mund. Ihre Lippen bebten ebenfalls.

Dem leeren Haus flüsterte sie zu: „Ich gehe am Mittwoch."

Einige Zeit später konnte sie sich dazu aufraffen, die Weinflasche zu öffnen und einen der Salate herauszuholen. Sie saß im Schneidersitz auf dem Bett und stocherte mechanisch in ihrem Essen herum, während Szenen des Abends vor ihrem inneren Auge abliefen.

Sein Gesicht, seine Hände. Das Gefühl, wie sich sein Körper auf ihrem bewegte, in ihr. Ihre inneren Muskeln waren bereits wund. Wie reglos er geworden war, als er gesagt hatte: *Das Kondom ist gerissen.*

Gottseidank nahm sie die Pille. Wegen des ganzen Aufruhrs hatte sie die Schachtel in ihrer Handtasche. Sie nahm sie ohne Ausnahme immer gleich nach dem Aufstehen, außer …

Der Salat flog in hohem Bogen weg, als sie aus dem Bett schnellte und zu ihrer Handtasche sprang. Nachdem sie panisch nach der Schachtel gesucht hatte, öffnete sie sie und prüfte dreimal den Beweis für das, was sie im Innersten bereits geahnt hatte.

Sie nahm die Pille immer als erstes, nur gestern Morgen nach dem Angriff hatte sie sie nicht genommen. Wie groß war die Chance, dass das eine Rolle spielte?

Sie nahm nicht die normale Pille. Wegen Nebenwirkungen nahm sie die Minipille – und die Minipille war die, bei der man aufpassen musste. Trotzdem war die Chance bestimmt winzig. Und sie war schon fast vierzig und noch nie schwanger gewesen.

„Es wird schon alles in Ordnung sein", flüsterte sie. „Denn wir wissen, was das ist."

Nach einer Weile stand sie auf und nahm ihr Glas Wein. Obwohl sie wusste, wie unwahrscheinlich es war, dass sie schwanger werden würde – und selbst wenn es so kam, wie unbedenklich es war, Wein zu trinken, bevor die befruchtete Eizelle sich einnistete –, trug sie ihn ins Bad und goss ihn im Waschbecken aus.

JOSIAHS LAUNE WAR grimmig, als er nach Atlanta zurückfuhr. Weg von Molly. Weg von dem, was sie zusammen getan hatten.

Es hätte nie dazu kommen sollen, doch er wollte es wieder und wieder tun, denn offenbar warf er jedes Mal, wenn er in ihre Nähe kam, jede feste Entscheidung, die er für sein Leben getroffen hatte, über Bord.

Sobald er bei der Jugendherberge ankam, ließ er den Camry in einer anderen Straße stehen, ging zum Audi zurück und fuhr zur Wohnung. Dann scrollte er durch die Fotos, die er von Molly gemacht hatte, wählte ein paar aus und leitete sie an Steven weiter, mit der Nachricht: `Schick die Papiere am Mittwoch mir zu Händen an mein Büro.`

`So gut wie erledigt,` gab Steven zurück.

Danach schenkte er sich einen Whisky ein und sah nach Mails vom Zirkel. Henry und Maria würden bis Dienstagmittag einen Subaru Outback liefern. Henrys und Stevens Recherche bezüglich der Seychellen-Akte hatte sie zu einer russischen Bank geführt. Anson suchte die Stadt weiter nach aufglimmender Magie ab, während er eine Akte über den Gouverneur von Georgia anlegte. Sie würde, da war sich Josiah sicher, genauso sorgsam recherchiert sein wie jede andere, die Anson je angelegt hatte.

Alles verlief reibungslos. Nichts brannte, außer ihm.

Nachdem Josiahs Sextrieb jahrelang geschlummert hatte, war es zu einem brüllenden Erwachen gekommen. Er tigerte mit einer halben Erektion durch die stille Wohnung. Der Drang, sie zu nehmen, hämmerte in seinen Schläfen. Selbst nachts um halb drei war er nicht sicher, ob er nicht zurück zum Unterschlupf fahren und sie noch einmal lieben würde, bevor der Morgen kam.

Sie war so sexy gewesen, so erregt, und, ja, so fürsorglich, als sie sich geliebt hatten. Um Welten anders als jede andere Frau, die er je gehabt hatte. Ein ganzes Universum anders als seine pflichtbewusste, verräterische Ehefrau.

Und Molly war so gottverdammt ruhig gewesen, als er gegangen war. Sie hatte seine Konzentration zerschmettert und ihm vollkommen gefasst hinterhergesehen. Sie war die gefährlichste Frau, der er je begegnet war, und sie ahnte noch nicht einmal ansatzweise, wozu sie wahrhaft fähig war.

Er warf sich aufs Bett und starrte mit trockenen Augen an die dunkle Decke, bis sein Wecker klingelte. Dann quälte er sich durch seine Morgenroutine und ging zur Arbeit. Ab dem späten Vormittag machten die Leute allmählich einen Bogen um ihn, und ihm wurde klar, dass er seinen Grimm etwas zurückfahren musste.

Der Job war ihm scheißegal. Er war nur ein Mittel zum Zweck, aber er sollte die Leute, die für ihn arbeiteten, nicht schlecht behandeln. Eine solche Behandlung hatten sie nicht verdient, außerdem würde man ihn so auch nicht wiederwählen. Also riss er sich am Riemen.

Maria und Henry schrieben ihm, als sie den Subaru abstellen wollten, daher schickte er eine Nachricht an Molly. `Dein neues Auto wird gleich am Ende des Feldwegs abgeliefert.`

Sie antwortete beinahe sofort. `Großartig. Danke!`

`Sie stecken die Schlüssel in die Sonnenblende. Geh nicht hin, bis sie weg sind. So kannst du sie nicht identifizieren.`

Ich halte mich von ihnen fern.

Er hielt inne. Er sollte das verdammte Telefon ablegen und zurück an die verdammte Arbeit gehen. Stattdessen bewegten sich seine Finger nahezu widerstrebend über die Buchstaben. Alles gut?

Alles ist wunderbar, Josiah.

Er biss die Zähne zusammen. Auf seinem Schreibtisch stapelten sich Fälle, die enorm drängend geworden waren. Er könnte das Päckchen mit Bargeld und Papieren von Anson zustellen lassen. Eigentlich hatte er keinen Grund, sie wiederzutreffen.

Aber eine Woge rebellischen Zorns stieg auf, um den Gedanken zu unterdrücken. Wenn er ihr auswich, wäre das ein feiger Ausweg, und sie hatte Besseres verdient.

Außerdem würde er sich die Gelegenheit, sie wiederzusehen, nicht nehmen lassen. Das Fieber, das in seinem Blut wütete, gestattete das nicht. Während er dasaß und einen inneren Kampf mit sich ausfocht, kamen etliche E-Mails gleichzeitig an.

Eine war der Autopsiebericht über Sullivan. Eine weitere der Bericht über Rodriguez.

Er klickte auf den Bericht über Sullivan und überflog ihn, ehe er sich im Stuhl zurücklehnte. Dann schrieb er erneut an Molly. Du hast Austin nicht getötet. Todesursache: Rauchvergiftung. Die Prellungen an seinem Körper wurden mit dem Zusammenbruch der Decke über ihm erklärt.

Lange Augenblicke vergingen, ohne dass eine Antwort kam. Er stellte sich vor, wie sie in der Einsamkeit des stillen Landhauses auf die Nachricht reagierte. Als er sie gerade anrufen wollte, erschien eine Nachricht. `Was ist mit Nina?`

`Moment.` Er öffnete diesen Bericht und überflog ihn ebenfalls. `Die gleiche Todesursache. Es gibt keine Anzeichen für Gewalt. Der Leichenbeschauer stellte fest, dass sie wahrscheinlich im Schlaf gestorben ist.` Er dachte daran, wie die Nachricht von Rodriguez' Tod Molly erschüttert hatte, beinahe mehr noch als der Tod von Austin. Das Gefühl, dafür verantwortlich zu sein, belastete sie sehr, daher fügte er an: `Sie hat keine Angst oder Schmerzen erlitten.`

Eine lange Pause, und dann: `Heftige Neuigkeiten, aber ich bin froh, dass du es mir erzählt hast. Danke.`

`Gern geschehen.` Er wartete, aber sie schrieb nichts mehr, und ihm wollte nichts einfallen, um in Verbindung zu bleiben, also legte er sein Telefon beiseite und ging zurück an die Arbeit.

Maria und Henry lieferten das Auto kurz vor Mittag. Er setzte Molly darüber in Kenntnis, und fünfzehn Minuten später bestätigte sie, dass sie das Auto zurück zum Haus gefahren hatte.

Kurz nach zwei Uhr nachmittags erhielt er ein Memo, in dem stand, dass die Polizei einen Fahndungsaufruf nach Molly ausgegeben hatte, als jemandem, der im Rahmen einer Mordermittlung gesucht wurde. Fotos von ihr waren an alle örtlichen Fernsehsender weitergeleitet worden. Sie würde in den Abendnachrichten auftauchen.

Also hatte man Nina Rodriguez mit Molly und Austin Sullivan in Verbindung gebracht. Das war nur eine Frage der Zeit gewesen. Er rief den leitenden Ermittler in dem Fall an, um ein Update zu erhalten. Danach schrieb er wieder an Molly. `Was ist deine Kleidergröße?`

Diesmal brauchte sie ein paar Minuten für eine Antwort. `Größe 36, Langgröße bei Hosen, 75B ist die BH-Größe. Ich habe etwa 60 Dollar Bargeld, und ich habe noch etwas Geld auf einigen Prepaid-Visa-Cards. Ich dachte, ich gehe mal in den Dorfladen und sehe nach, ob ich dort neue Klamotten bekomme. Wo ist er?`

Sein Adrenalin schoss hoch. Gottverdammt, sie hatte jetzt Schlüssel und ein Auto zur Verfügung. Sie könnte alles tun. Überallhin fahren. Sie musste nicht auf ihn hören.

Schnell schickte er zurück: `GEH NICHT`.

Die Stille dehnte sich lange genug, dass er aufsprang und seine Tür zuwarf, dann wählte er ihre Nummer. Als sie drangging, klang sie misstrauisch. „Hallo?"

„Du weißt, dass ich es bin", fuhr er sie an.

„Natürlich", erwiderte sie ärgerlich. „Aber Gott

verhüte, dass wir uns tatsächlich am Telefon unterhalten. Du hast sehr deutlich gemacht, dass du beschäftigt bist."

„Ich bin beschäftigt", knurrte er. Er marschierte zum Fenster, zerrte an der beengenden Krawatte um seinen Hals. „Aber du hast auf meine letzte Nachricht nicht reagiert."

„Nein, habe ich nicht." Ihre Stimme wurde kühl. „Ich denke noch drüber nach. Es gefällt mir nicht, wenn mir jemand meine Handlungen diktiert. Es war was anderes, als ich noch zu viele Schmerzen hatte, um irgendwohin zu gehen. Allein die blauen Flecken in meinem Gesicht hätten schon Aufmerksamkeit erregt, aber darüber bin ich jetzt hinaus."

„Oder als du noch kein Auto hattest und es nicht konntest?", stieß er hervor.

„Um Himmels willen, es ist nur ein Dorfladen. Es ist keine Bankfiliale mit Sicherheitskameras. Was ist denn los, haben sie keine Kleidung?"

„Sie haben Fernseher", zischte er. „Und Internet, und sie können Nachrichten übertragen. Die Polizei hat dich gerade zur Fahndung freigegeben. Dein Foto wird heute Abend in den Nachrichten zu sehen sein."

Er hörte, wie sie angehaltene Luft ausstieß. Mit erstickter Stimme sagte sie: „Na, das macht alles komplizierter."

„Ja", fuhr er sie an. Dann bemühte er sich, sein Temperament zu zügeln, und sagte ruhiger: „Sieh mal, du bist keine Verdächtige. Die derzeitige Theorie ist, dass Austin deine Anwältin getötet und dann versucht hat, ihr Büro anzuzünden."

„Das ist lächerlich. Warum sollte er das tun? Es war nicht so, als hätte er verhindern können, dass sie die Scheidungsdokumente einreicht. Das hatte sie ja schon am Freitag davor getan."

„Ich weiß, aber ich habe mich gerade mit dem leitenden Ermittler unterhalten. Da die Akten in ihrem Büro vernichtet sind, glaube ich nicht, dass sie das schon herausgefunden haben. Trotzdem sieht es zu rund aus. Sie sind nicht überzeugt, aber im Augenblick haben sie nichts anderes, das sie verfolgen können. Sie wollen sehen, ob du irgendwie Licht in die Sache bringen kannst, aber man fürchtet, dass Austin auch dir etwas angetan hat und du tot bist. Es sollte alles ok sein, wenn du weit genug aus der Gegend wegfährst, aber noch bist du hier. Also vergiss deine Pläne und bleib verdammt nochmal, wo du bist. Ich bringe dir ein paar neue Outfits mit, wenn ich morgen die Dokumente abliefere."

„Gut. Musst du jetzt zurück an die Arbeit?", fragte sie abrupt.

Er legte den Kopf von einer Seite auf die andere, um die Anspannung in seinen Schultern zu lösen und sich etwas zu entspannen. „Nein, ich kann mir ein paar Minuten nehmen", sagte er. Zumindest klang er nicht mehr wie ein Irrer. „Was brauchst du? Ist alles in Ordnung?"

„Ich bin frustriert und werde noch verrückt, und

ich komme mir etwas doof vor, weil ich darauf beharrt habe, in den Laden zu gehen, aber mir geht's gut."

Er kniff sich in den Nasenrücken. „Du hast nicht gewusst, dass nach dir gefahndet wird", gab er zurück. „Es ging gerade erst raus, also weiß ich, dass es aus deiner Sicht vernünftig klang. Aber ich erteile keine willkürlichen Befehle, Molly. Du musst mir vertrauen, wenn ich dir sage, dass du etwas tun sollst. Oder in diesem Fall etwas nicht tun."

„Ok." Sie klang auch ruhiger. „Du hast recht."

Er wollte die Arme um sie legen. Gottverdammt. „Tut mir leid, dass ich dich so angefahren habe. Ich bin heute auf 180. Es liegt nicht an dir."

„Was ist los?"

Abgesehen davon, dass du mich verdammt nochmal völlig verrückt machst?

Er biss die Zähne aufeinander und sagte es nicht. „Ich habe nicht geschlafen. Mir gingen zu viele Dinge durch den Kopf."

„Ah. Mir auch."

Er wurde neugierig. „Gibt es etwas, das du mir sagen wolltest?"

„Ja", begann sie behutsam. „Aber darüber müssen wir nicht jetzt reden." Ihr gemessener Ton besagte, dass es kein leichtes Thema war.

„Was ist denn?" Jemand klopfte an seine Tür. „Moment." Er hielt das Telefon zur Seite und erhob die Stimme. „Ich telefoniere! Ich bin in ein paar Minuten da." Dann widmete er sich wieder Molly.

„Was hast du gesagt?“

„Nichts“, erklärte sie.

Er runzelte die Stirn. „Das stimmt nicht. Wenn es nichts wäre, hättest du es nicht erwähnt.“

„War nur ein blöder Impuls“, gab sie kühl zurück. „Es ist nicht dringend, was ich dir sagen muss, und man wartet auf dich. Geh zurück an die Arbeit.“

„Gut, wir sehen uns morgen.“ Er zögerte, wollte die Verbindung nur ungern abbrechen. „Hab keine Bedenken, mich anzurufen, wenn etwas dringend ist.“

„Ist es nicht, Josiah“, sagte sie sanft. „Hier ist alles gut. Bis dann.“

Er runzelte die Stirn, als sie auflegte. Sie war das krasse Gegenteil einer Klette. Er hätte sich freuen sollen. Sogar erleichtert sein. Stattdessen fühlte er sich, als würde sie ihm dauernd die Tür vor der Nase zuknallen – eine Tür, durch die er nie hätte gehen sollen, aber auch eine, von der er sich offenbar nicht fernhalten konnte.

Das Klopfen an seiner Tür erklang erneut, und widerstrebend steckte er sein Handy ein und ging zurück an die Arbeit.

Etwa um viertel nach drei erhielt er Shermans Mail wegen des Mittagessens am Freitag und antwortete mit einer Zusage. Er hatte das Gefühl, dass einige von Shermans Fragen in den Abendnachrichten beantwortet werden würden. Trotzdem sollte das mittägliche Treffen interessant werden. Manchmal verrieten Leute mit dem, was sie nicht sagten, genauso viel wie mit dem, was sie sagten.

Am Abend blieb er sogar noch länger als sonst und verließ das Büro nach sieben.

Als er sich seinem Auto näherte, scannte er es. Er war schon so lange vorsichtig, dass es zum Automatismus geworden war.

Diesmal fand er etwas.

Er hielt inne. Für den Fall, dass er von einer Überwachungskamera aufgezeichnet wurde, bückte er sich, um sich den Schuh zu binden, und in dieser Deckung prüfte er es erneut. Ein Glimmen von Magie schwebte rund um das Nummernschild. Es war zu klein und zu subtil, um eine Bombe zu sein, aber er entsperrte das Auto, während er dort kauerte. Nichts flog in die Luft.

Erst dann ging er näher ran. Er öffnete den Kofferraum, stellte seine Aktentasche hinein, während er das magische Glimmen aus der Nähe untersuchte. Es war ein Tracker.

Jemand hatte beschlossen, seine Bewegungen im Auge zu behalten.

Auf dem Heimweg fuhr er bei einem Geldautomaten vorbei. Dann besuchte er ein großes Kaufhaus, um etliche Sachen zu besorgen – Putzmittel, Lebensmittel, Schreibwaren, Reisekosmetik und eine Reisetasche.

Er marschierte auch durch die Abteilung mit Damenbekleidung, um einige Outfits in Mollys Größe sowie etwas Unterwäsche zu kaufen, ein kurzes Nachthemd, ein hübsches kurzes Kleid und passende

Schuhe, eine Jeansjacke und eine Baseballkappe. Er wählte eine weniger frequentierte Kasse, und während die Kassiererin seine Käufe einscannte, prüfte er wachsam seine Umgebung. Niemand beachtete ihn.

Als die Kassiererin die Frauenkleider scannte, lächelte er. „Würden Sie mir die schon mal in die Reisetasche packen? Ich überrasche meine Frau mit einem Kurzurlaub am Wochenende."

„Die Glückliche." Sie erwiderte das Lächeln. „Aber gerne."

Als seine Käufe abgerechnet waren, zahlte er bar und pfiff vor sich hin, während er seinen Einkaufswagen zum Auto schob und alles in den Kofferraum packte. Dabei führte er einen weiteren detaillierten Scan durch, fand aber nichts Neues.

Zurück in seiner Wohnung trug er alles, auch die neue Reisetasche, nach drinnen. Danach scannte er die Zimmer, erst magisch, dann suchte er nach mechanischen Wanzen. Nichts. Er schlüpfte aus seinem Jackett und schenkte sich einen Whisky ein.

Das änderte alles. *Gottverdammt.*

Es war schon fast zehn, als er Molly anrief. Er lauschte dem Tuten des Telefons. Als sie drangging, wirkte sie verschlafen. Sie klang so verflucht sexy, dass er sofort hart wurde.

Heiser fragte er: „Habe ich dich geweckt?"

„Nein", seufzte sie. Er hörte etwas rascheln, vielleicht die Decke. „Naja, fast. Ich habe noch nicht richtig geschlafen. Was ist los?"

Plötzlich strömte so viel Zorn durch seinen Körper, dass er ein Loch in die Wand schlagen wollte. „Es gab eine weitere Entwicklung."

„Welche?", fragte sie scharf. „Was stimmt nicht?"

„Jemand hat einen Tracker auf mein Auto gesetzt." Während er redete, ließ er die Jalousien an der Fensterfront im Wohnzimmer hoch. Der Ausblick auf die Stadt war der Grund, warum er diese Wohnung genommen hatte. „Ich kann morgen nicht zu dir kommen."

„Was ist mit dem anderen Auto, das du gefahren bist? Dem Camry?"

„Es geht um Folgendes, *Milaja*." Er hielt inne.

Erst in diesem Augenblick wurde ihm klar, dass er vorgehabt hatte, am Mittwoch die Nacht mit ihr zu verbringen, wenn sie ihn ein weiteres Mal akzeptiert hätte. Wider aller Vernunft hatte er darauf gesetzt, noch einmal mit ihr zusammen zu sein, bevor er sie ziehen ließ. Diese wertvolle, seltene Gelegenheit aufzugeben führte zu einem geistigen Aufschrei, der sich wie körperlicher Schmerz anfühlte.

„Josiah?"

Seine Aufmerksamkeit schnellte zurück. „Der Tracker könnte auch Gutes verheißen. Er bedeutet, dass ich jemandes Aufmerksamkeit auf mich gezogen habe, und derjenige will sehen, was ich vorhabe. Aber ich weiß nicht, was der Auslöser war. Vielleicht hat es etwas mit meinen Bewegungen zu tun. Vielleicht ist jemandem aufgefallen, dass ich beim Fahren mögliche

Verfolger abhänge. Vielleicht wurde mein Auto gefunden, dort, wo ich es an der Jugendherberge geparkt habe. Vielleicht wissen sie vom Camry."

„Und wenn du den Tracker entfernst?"

„Das will ich nicht. Wir müssen sehen, ob wir herausfinden können, wer ihn auf mein Auto gesetzt hat. Das ist eine Gelegenheit, die wir nicht ignorieren können. Aber das heißt, dass es nicht zur Debatte steht, zu dir zu kommen. Wir müssen einen Treffpunkt in der Stadt vereinbaren. Ich habe eine Reisetasche für dich, und ich habe heute Abend tausend Dollar am Geldautomaten abgehoben. Morgen Vormittag nehme auf dem Weg zur Arbeit weitere tausend mit."

„Zweitausend in bar?"

„Ja. Das wird nicht reichen, und das ist nicht, was wir vereinbart haben, aber es bringt dich aus der Stadt und weit genug weg, dass dein Foto nicht in den Nachrichten auftaucht. Ich überlege mir, wie wir den Rest zu dir schaffen. Irgendwann morgen bekomme ich auch deinen neuen Ausweis geliefert." Er hielt inne. „Wir müssen einen Treffpunkt vereinbaren, zu dem du direkt hinfahren und das Päckchen abholen kannst, um dann sofort wieder abzufahren. Irgendwo in der Öffentlichkeit, wo wir beide mühelos hinkommen, weitläufig genug für etwas Privatsphäre."

„Grant Park", sagte sie.

„Beim Zoo? Dort war ich noch nicht."

„Ja, und der Oakland-Friedhof ist ganz in der Nähe. Der Park ist über hundert Morgen groß, mit etlichen Treffpunkten, und bei gutem Wetter ist es dort voll – es gibt genug Gelegenheiten, anonym zu bleiben. Er ist auch von der Innenstadt aus erreichbar." Beinahe sehnsüchtig fügte sie hinzu: „Im Sommer ist es ziemlich schön."

Er dachte darüber nach. Er konnte sein Auto irgendwo stehen lassen, schnell mehrere Taxen hintereinander nehmen, sie treffen, um das Päckchen abzugeben, und dann zu seinem Auto zurückkehren. „Das funktioniert. Wo im Park willst du dich treffen?"

„Ich schätze, einer der Pavillons geht." Sie beschrieb die Gegend, während er sich im Geiste Notizen machte.

„Ich schreibe dir, wann wir uns treffen", erklärte er. „Mach irgendwas mit deinen Haaren, steck sie hoch oder binde sie zusammen. Auf dem Foto, das heute Abend in den Nachrichten verwendet wurde, hattest du die Haare offen. Ich hab dir eine Baseballkappe gekauft. Sie ist in der Reisetasche."

Auf dem Foto war sie schön gewesen, hatte jemanden abseits der Kamera angelacht, aber sie sah auf allen Fotos schön aus, die er gemacht hatte. Er glaubte nicht, dass man von ihr ein schlechtes Bild machen konnte.

Er sollte die Bilder von seinem Telefon löschen, aber das hatte er nicht getan. Und er wusste, dass er es auch nicht tun würde.

„Danke." Ihr Tonfall war jetzt schwer zu deuten. „Es fühlt sich an, als wäre ich ewig auf der Stelle getreten, aber ich breche wirklich morgen auf.“

„Ja, du brichst wirklich auf“, erwiderte er leise. „Ich muss jetzt schlafen. Wir reden morgen.“

Sie zögerte, aber dann sagte sie nur: „Gute Nacht. Und nochmal danke für alles.“

„Gern geschehen, Molly.“

Ehe sie noch etwas sagen konnte, legte er auf.

Sie war rasch zu einer so großen Präsenz in seinem Leben geworden. Sie musste verschwinden, damit er in seinem gefährlichen Spiel einen kühlen Kopf bewahren konnte. Noch mehr als das *wollte* er, dass sie weg war, um ihretwillen. Aber insgeheim musste er zugeben, dass sie eine große Lücke hinterlassen würde, wenn sie ging.

Er stand einige Zeit da, schaute hinaus auf die Lichter der Stadt und trank. Er spürte einen Reigen unwillkommener Dinge … Reue, Ärger, Verlust … aber er spürte keine Spur des Hochgefühls, wie er es vor sechs Monaten beim Erreichen eines weiteren Meilensteins auf dem Weg zu seinem Endziel empfunden hätte.

Als er seinen Whisky ausgetrunken hatte, ging er seinem Zirkel die neuesten Entwicklungen mailen.

Kapitel 14

S IE GING WEG.

Sie ging. Es wiederholte sich in ihren Gedanken wie der Rhythmus von Eisenbahnrädern auf Schienen.

Falls sie unbeschadet davonkam, hatte sie es jenem Mann zu verdanken, der vierzig Jahre lang sorgsam eine Identität aufgebaut hatte, alles nur, um geduldig Rache zu üben für eine Freveltat, die sich ereignet hatte, bevor ihre Eltern zur Welt gekommen waren. Vielleicht sogar vor ihren Großeltern.

Er hatte ihr mehr als einmal das Leben gerettet. Er war in ihr gekommen, und sie würde vielleicht niemals seinen echten Namen erfahren.

Sie ging weg von dem Ort, an dem sie ihr ganzes Erwachsenenleben verbracht hatte, ging weg von ihrer einzigen noch lebenden Angehörigen, ihren Bekannten, Freunden. Ihren Lieblingsrestaurants und Buchhandlungen. Manche Stellen ihres Körpers schmerzten noch von Austins Angriff, und sie hatte kaum die Gelegenheit gehabt, die Nachricht von seinem Tod zu verarbeiten.

Sie hatte auf gar keinen Fall die Gelegenheit gehabt, den Tod von Nina zu verarbeiten. Sie musste einen Schwangerschaftstest kaufen, und unbekannte Kräfte mit böser Absicht wollten ihr an den Kragen.

Aber Josiah dominierte jede weitere Überlegung. Sie wollte dringend weit weg von allem sein, außer von ihm. Der Gedanke, ihn zurückzulassen, verursachte ihr … Schmerzen.

Sich unangemessen an einen Mann zu binden, der niemals darum gebeten hatte – das konnte sie. Der ihr sogar eingebläut hatte, genau das Gegenteil zu tun.

Immer noch wurde sie zu schnell müde und konnte die Situation geistig gar nicht richtig erfassen. Hoffentlich überlebte sie lange genug, um alles zu verarbeiten. Sie schloss die Augen und schlief ein.

Das große, alte viktorianische Haus legte sich um sie wie ein gern getragener Mantel. Sie ging hindurch, nahm den Frieden und die luftige Ruhe in sich auf. Sie brauchte dringend etwas Ruhe und Frieden.

Diesmal saß die Frau an einem sonnenbeschienenen Flecken und schaute aus einem großen Panoramafenster. Als Molly hinausblickte, fiel ihr ein weißes Steinlabyrinth mitten in einem schönen Garten auf.

„Es wurde etwas dramatisch, aber morgen breche ich endlich auf", sagte Molly.

„Wirklich?" Die Frau drehte sich um und lächelte. „Das freut mich. Das bedeutet, dass wir ein wenig Zeit miteinander bekommen."

Warum nur ein wenig Zeit? Molly runzelte die Stirn. „Wie finde ich Sie?"

„Der Spruch ist noch aktiv, also halte nach Zeichen Ausschau. Du siehst sie schon." Die Frau seufzte. „Ich bin zu müde, um diesen Traum noch lange zusammenzuhalten. Ich wünsche dir eine gute Reise."

„Warten Sie – was für Zeichen?" Noch während Molly fragte, verblasste der Traum, und sie glitt zurück in die Dunkelheit.

Sie wachte um kurz nach fünf auf. Nachdem sie vergebens versucht hatte, wieder einzuschlafen, zog sie das Bett ab, um die Wäsche zusammen mit ihren einzigen Kleidern zu waschen. Es war nicht zu ändern, dass sie eins von Josiahs T-Shirts brauchte, also zuckte sie mit den Schultern und nahm das, das sie am liebsten mochte, ein schwarzes, so alt, dass sich die abgetragene Baumwolle auf ihrer Haut anfühlte wie Seide.

Dann duschte sie und wusch die Handtücher und Waschlappen, machte das Bett, putzte im Bad, reinigte die Kaffeemaschine und schob die letzten ungegessenen Schokoriegel in ihre Handtasche, bis schließlich nichts weiter zu tun war, als oben in einem der Sessel zu lesen, in ruhiges Morgenlicht getaucht.

Gleich nach dem Mittagessen klingelte ihr Telefon und trieb ihren Puls hoch.

`Wir treffen uns Punkt halb zwei.` Er fügte eine Wegbeschreibung vom Unterschlupf in die Stadt an.

`Ich bin dort.`

Falls ich bis 13:40 Uhr nicht auftauche, geh, aber keine Panik. Das heißt, es ist irgendwas dazwischengekommen. Dann kontaktiere ich dich mit einer anderen Zeit für das Treffen.

Gott, sie hoffte, dass es dazu nicht kam. Sie war so schon nervös genug. Ich werde nicht länger bleiben.

Sie war sachlich geblieben und hatte sich nicht beklagt, aber trotzdem schrieb er: Das geht schon gut, Molly.

Verstanden. Wird alles funktionieren. Bis bald.

Nachdem die Zeit den ganzen Vormittag über quälend langsam verlaufen war, beschleunigte sie sich plötzlich. Molly griff nach ihrer Handtasche und schaute sich um. Das alte, leere Haus würde sie nicht vermissen, aber Josiahs Magie gegenüber war sie feinfühlig genug geworden, um seine Handschrift in den Schutzzaubern im Keller zu erkennen. Die würde sie vermissen, womöglich sogar sehr.

Obwohl der Nachmittag sonnig war, lag in der Luft eine Kühle, bei der sie froh war, beim Fahren die Heizung angeschaltet zu haben. Um 13:29 Uhr fuhr sie auf den Parkplatz neben dem Pavillon und wartete mit laufendem Motor, während ihr Blick ruhelos über die Umgebung schweifte.

Die nächsten paar Minuten verstrichen. Ihr Telefon blieb still.

Dann marschierte ein hochgewachsener, muskulöser Mann auf einem der Wege in ihr Blickfeld. Er trug einen dunklen Anzug und eine Sonnenbrille und hielt eine Tasche in der Hand. Josiah hatte es geschafft.

Sie schaltete den Motor ab, stieg aus und ging auf ihn zu. Er sah sie und wurde schneller. Nach ein paar Schritten begann sie zu laufen.

Während sie näherkam, griff er in die Tasche und holte die Baseballkappe heraus. Sie war blau und ohne Schriftzug, der eine Identifizierung erlaubt hätte.

Er schob sie ihr in die Hand, während er sich umsah. „Behalt die Sonnenbrille auf."

„Du bist so eine Glucke."

Als er ihr über den Rand seiner dunklen Brille einen erstaunten Blick zuwarf, brach sie in Gelächter aus und schlang die Arme um ihn.

Er ließ die Tasche fallen und drückte Molly fest an seinen harten Körper. Diese Heftigkeit katapultierte sie in eine so mächtige Empfindung, dass sie Tränen wegblinzeln musste.

Sie zog sich zurück und sagte: „Du hast so viel für mich getan, ich weiß gar nicht, wie ich dir …"

„Halt verdammt nochmal den Mund." Er küsste sie.

Sie gingen beide in Flammen auf. Sie fuhr ihm mit den Fingern durch die Haare, erwiderte den Kuss mit allem, was sie hatte. Als er schließlich wieder den Kopf hob, bebten sie beide.

Sie starrte in seinen glitzernden Blick. „In Wahrheit wäre ich nicht so versessen aufs Weggehen, wenn ich nicht müsste."

„Und ich nicht so versessen darauf, dich gehen zu sehen", murmelte er. Er nahm sie an den Hüften und schob sie von sich. „Das hilft uns beiden nicht weiter. Das ist kein Abschied. Ich muss dir den Rest des Geldes bringen, damit du umziehen kannst."

Mit noch immer bebenden Händen glättete sie sein T-Shirt. „An welchen Ort hattest du gedacht?"

Er schaute sich wieder um, das Gesicht misstrauisch. „Triff dich übernächstes Wochenende in New Orleans mit mir. Dann gebe ich dir das Geld."

Ihr dummes Herz, das schon fast vor die Hunde gegangen war, erhob sich erneut und tanzte wie Gene Kelly. „Bist du sicher, dass du weg kannst?"

Das brachte seine Aufmerksamkeit zurück. In seinen Zügen lag eine beherrschte Hitze, die Molly ein Gefühl von Schwerelosigkeit verlieh, als wäre sie nicht ganz mit ihrer Umwelt verbunden. In diesem Augenblick waren sie beide das einzige, was es auf der Welt gab. „Ich komme dort gefahrlos hin. Sorg nur dafür, dass du das auch schaffst."

Er rieb ihr mit dem Daumen über die Unterlippe. „Halt dich ans Tempolimit. Auf deinem neuen Führerschein steht zwar ein anderer Name, aber die Polizei hat dein Foto. Wenn du in einen Unfall verwickelt oder angehalten wirst, hast du eine Anzeige am Hals."

Sie seufzte schwer. „Das ist eines der Dinge, die ich an dir liebe. Du bist so ein Ausbund an Sonnenschein und Freude. In einem früheren Leben bist du bestimmt ein Shih Tzu gewesen."

Seine Mundwinkel gingen in einem unwillkürlichen Lächeln nach oben. Einen Augenblick später verschwand es. Er schob die Säume seines Jacketts zurück und stemmte die Hände in die Hüften. „Denk daran, ohne richtiges Training bleibt deine Macht undiszipliniert. Sei nicht überrascht, wenn sie dir auf neue, ungewöhnliche Weisen entweicht. Selbstbeherrschung und Meditation helfen dir, sie zu beruhigen, aber du brauchst vor allem einen Lehrer. Du musst dir jemanden suchen."

„Ich arbeite schon dran", sagte sie ruhig.

Was blitzte da auf seinem Gesicht auf? Eifersucht? Besitzergreifende Züge? Was immer es war, sie wusste sehr sicher, dass sie dabei kein so gutes Gefühl hätte haben sollen.

„Du wirst nie jemanden finden, der dir die Dinge beibringt, die ich dich lehren kann", sagte er. Seine Stimme war tiefer und leiser geworden. Sexy.

Es war gut, dass hier in der Nähe kein Bett stand, sonst wäre sie vielleicht hineingefallen. Sie schluckte schwer. Flüsterte: „Ich werde dir fehlen, und zwar verdammt schmerzhaft."

Viele verräterische Zeichen gab es bei ihm nicht, aber eines war eindeutig — wenn dieser Muskel in der harten Linie seines Kinns zuckte. „Schreib mir heute

Abend, wenn du einen Zwischenstopp einlegst", knurrte er. „Ich will wissen, wo du unterkommst und wie es dir geht."

Sie nickte. „Du schreibst mir, wenn du es zurück ins Büro geschafft hast."

„Mache ich." Er murmelte etwas Tonloses und stieß auf sie herab, um sie noch einmal wild zu küssen. Dann bückte er sich, um die Tasche aufzuheben, und schob ihr den Griff in die Hand. „Geh, verdammt."

Sie drehte sich um und ging zurück zum Subaru. Diesmal war sie diejenige, die wegging, aber sie fühlte sich trotzdem verletzt und leer, als würde sie ein lebenswichtiges Organ zurücklassen. Sie stellte die Tasche auf den Beifahrersitz, stieg auf der Fahrerseite ein und schnallte sich an, während sie zurück auf den Weg blickte.

Er stand noch da, schaute zu. Irgendwie wusste sie, dass er nicht gehen würde, bevor sie es tat. Sie hob eine Hand, startete den Motor, rollte vom Parkplatz und fuhr ohne einen Blick zurück davon.

Das ist kein Abschied, hatte er gemurmelt. *Obwohl es einer sein sollte.*

Das Gefühl von Josiahs Mund blieb, während sie durch die Straßen der Stadt fuhr. Es ließ erst nach, als sie die Interstate 20 erreichte.

Sie hatte eineinhalb Wochen, um nach New Orleans zu gelangen, was bedeutete, dass ihr etwas Zeit blieb. Und sie musste einen Lehrer finden. Sollte sie die Zentren der Domänen der Alten Völker abklappern?

Dazu würde sie sehr viel fahren müssen, da sie über die ganzen Vereinigten Staaten verteilt waren.

Sie ging alle sieben Domänen im Geiste durch. Der Sitz der Wyr-Domäne war in New York City, die Elfen-Domäne in Charleston, und die Domäne der Dunklen Fae lag rund um Chicago.

Es gab auch noch die Domäne der Hellen Fae in Los Angeles. Wie bei den Wyr und den Nachtwesen gab es auch unter den Dämonen etliche verschiedene Arten, darunter Goblins und Dschinn. Ihr Sitz befand sich in Houston. Die Nachtwesen, darunter Vampyre, beherrschten San Francisco, die Bay Area und den Pazifischen Nordwesten, während die menschliche Hexendomäne in Louisville ihren Mittelpunkt hatte.

Aus ihren Recherchen wusste sie, dass Hexen wegen ihrer Herrschaft über magische Kräfte zu den alten Völkern gezählt wurden. Es wäre am sinnvollsten gewesen, zu dieser Domäne aufzubrechen, aber die Frau aus dem Traum hatte ihr aufgetragen, den Zeichen zu folgen.

Als sie zur Autobahnauffahrt kam, traf Sonnenlicht aus dem Westen genau richtig auf eine Wolkenbank und beleuchtete eine fedrige Linie aus feurigem Licht. Na, verdammt, wenn das nicht erstaunlich einem Pfeil ähnelte. Er deutete genau auf die untergehende Sonne.

„Ok", murmelte sie. „Das nehme ich als mein erstes Zeichen. Nach Westen also."

Josiah schrieb ihr wie versprochen, als er zurück im Büro war. `Hier ist alles gut. Bei dir?`

Sie schickte ihm einen lächelnden Smiley.

Halt dich ans Tempolimit, hatte er gesagt. Das war schwieriger, als sie zunächst gedacht hatte. Sie stellte den Tempomat ein und ließ den Subaru übernehmen, schaute auf den Kilometerstand und merkte sich jeden Trassenpfahl, der an ihr vorbeizog.

Fünfzig Kilometer entfernt.

Fünfundsiebzig Kilometer entfernt.

Hundert.

Als sie die Grenze nach Alabama überquerte, dachte sie, ich weiß zwar nicht, wohin ich fahre, aber eines weiß ich. Ich lebe nicht mehr in Georgia. Dieser Gedanke beflügelte ihre Stimmung.

Ursprünglich hatte sie vorgehabt, nur bis zum nächsten Bundesstaat zu fahren und sich dann ein Motel zu suchen, aber als sie drüben war, überlegte sie es sich anders.

Es hatte sie so viel Kraft und Mühen gekostet, an diesen Punkt zu gelangen. Jetzt konnte sie nicht anhalten. Sie machte nur einmal Rast, um zu tanken und durch einen Drive-Through-Imbiss zu fahren. Als sie zu müde wurde, um weiterhin sicher zu fahren, lange nach Einbruch der Dämmerung, hielt sie an einem Motel.

Während sie den Motor abschaltete, stellte sich die Erschöpfung ein. Mit einer ihrer Prepaid-Visa-Karten und ihrem neuen Führerschein checkte sie ein. Es gab nur einen peinlichen Moment, als sie unterschreiben musste und erst auf ihrem Führerschein nachsah.

(Felicia Johnston? Ernsthaft?) Aber der verschlafene Mitarbeiter an der Rezeption hatte sich abgewandt, um ihre Karte durchzuziehen, daher fiel es ihm nicht auf.

Zehn Minuten später trug sie die Tasche, die Josiah für sie gepackt hatte, in einen kühlen, dunklen Raum. Nachdem sie die Türkette eingehängt hatte, schüttete sie den Inhalt auf dem Bett aus. Kleidung, ein Beutel mit Toilettenartikeln und der Umschlag mit ihren übrigen persönlichen Dokumenten fielen heraus.

Sie legte den Umschlag zur Seite, um ihn sich später anzuschauen, und ging zuerst die Kleider durch. Nichts davon war teuer, aber er besaß einen guten Blick und hatte Sachen ausgesucht, die nett an ihr aussehen würden.

Er hatte auch an Kleinigkeiten wie ein Fläschchen Mundwasser, einen Bio-Lippenbalsam, ein Deo für Frauen und einen Rasierer gedacht. Ihr wurde warm ums Herz, und sie berührte das kurze schwarze Nachthemd und den dazu passenden Mantel. Sie waren geschmackvoll schlicht mit Spitzensaum.

Ihr Telefon pingte. Sie schaute auf den Bildschirm.

Josiah: `Melde dich, verdammt.`

`Alles ist gut,` erwiderte sie. `Ich habe gerade in ein Motel eingecheckt und gehe den Inhalt der Tasche durch.`

`Du bist bestimmt müde. Hast es ganz schön spät werden lassen.`

`Als ich erstmal losgefahren war, konnte ich nicht mehr aufhören.` Sie wollte seine Stimme hören, und ihr Daumen schwebte über dem Anruf-Button.

Bevor sie es sich überlegen konnte, schrieb er: `Ruh dich etwas aus und melde dich morgen Abend wieder.`

Natürlich, für ihn war es auch schon spät, und er hatte Doppelschichten geschoben, seit sie ihn nach Austins Angriff angerufen hatte. Widerstrebend erwiderte sie: `Mache ich. Dir eine gute Nacht.`

`Dir auch.`

Schwere senkte sich auf sie herab. Sie war zu müde zum Duschen oder um die Preisschilder von den Kleidern zu schneiden, daher putzte sie sich die Zähne und stieg in das merkwürdige Bett. Obwohl sie dringend Ruhe brauchte, fühlte sie sich ohne die Schutzzauber im Keller nackt und ausgeliefert. Sie brauchte eine Weile, bis sie einschlafen konnte.

Am nächsten Tag brach sie kurz nach dem Morgengrauen auf und hielt nur an, um zu essen und zu tanken und rasch bei einer Apotheke einen Schwangerschaftstest zu kaufen.

Es war äußerst unwahrscheinlich. Die Vorstellung, schwanger zu sein, weil sie einmal die Pille vergessen hatte, war lächerlich. Noch lächerlicher war es, darauf zu hoffen.

Aber als sie an ihre Wut und ihren Schmerz zurückdachte, während sie die kinderfreien Zimmer in diesem großen, seelenlosen Haus betrachtet hatte, wurde ihr klar, dass sie eine Schwangerschaft begrüßt hätte, falls ihr dieses Geschenk zuteilwerden würde. Der Zeitpunkt könnte nicht schrecklicher sein. Trotzdem wollte sie es von ganzem Herzen.

Sie sah keinerlei kosmische Zeichen, die sie drängten, eine andere Richtung einzuschlagen, daher fuhr sie weiter nach New Orleans und kam am späten Vormittag an.

Das Wetter war wärmer geworden, und diese vernarbte, wunderschöne Stadt hatte einfach etwas, das sie ansprach. Die krummen Straßen des französischen Viertels waren von einer sehr alten Macht durchtränkt, anmutig und tödlich. Sie flüsterte am Rande ihres Bewusstseins: *Du darfst hier Besucher sein, aber lass mich in Ruhe.*

Molly respektierte die Warnung, sogar mehr als ein wenig panisch, und unternahm nichts, um danach zu suchen. Nachdem sie durch das französische Viertel gestreift war, checkte sie in ein weiteres Motel ein.

An diesem Abend war sie froh, den Kontakt mit Josiah bei einer Nachricht belassen zu können. Ihm ging es offenbar genauso. Nach ihrem kurzen Austausch las sie die Anleitung des Schwangerschaftstests und erfuhr, dass sie noch ein paar Tage warten musste, bevor sie ihn anwandte.

Niemand wusste, wo sie war. Es gab nichts, was sie tun musste. Sie musste nirgends hin. Keine Krise abwenden. Alles holte sie ein. Alles alles alles.

Sie ging ins Bett. Abgesehen von einem kurzen Nachrichtenaustausch mit Josiah und Exkursionen aus dem Motelzimmer, wenn der Hunger sie zur Nahrungssuche trieb, schlief sie drei Tage lang.

Am Morgen des vierten Tages legten ihr Gehirn und ihre Seele einen Neustart hin. Sie war hungrig, gut ausgeruht, und ihr Körper hatte die letzten verbleibenden Schmerzen des Angriffs überwunden.

Es lag über eine Woche zurück, dass sie und Josiah sich geliebt hatten. Es wäre besser gewesen, zehn Tage zu warten – oder sogar abzuwarten, ob ihre Periode ausblieb, aber sie brachte es nicht über sich, noch länger zu warten.

Sie ging ins Bad des Motelzimmers, packte den Schwangerschaftstest aus und las noch einmal die Anleitung.

Es war ganz einfach. Sie musste auf ein Stäbchen pinkeln und auf das Ergebnis warten.

Sie tat es, setzte sich auf den Boden, stellte einen Alarmton auf ihrem Telefon ein und schloss die Augen.

Konzentrier dich aufs Atmen.

Vier-sieben-acht. Bleib ruhig.

Die Wahrscheinlichkeit beträgt weniger als zehn Prozent. Du weißt, dass du nicht schwanger bist. Es war einfach nur furchtbar schlechtes Timing, und wie alles zusammenfiel …

Du bist nur verantwortungsbewusst, indem du sichergehst.

Der Alarmton schrillte durch das stille Bad, ließ ihren Puls hochschnellen. Sie hielt das Stäbchen hoch.

Der Anblick des +-Zeichens traf sie wie ein Tritt in

die Magengrube. Während sie es anstarrte, bebte die Welt um sie herum.

Nach einer Weile spülte sie ihre übrigen Anti-Baby-Pillen die Toilette hinunter, duschte und zog sich an, um nach draußen zu gehen. Natürlich war das Ergebnis des Tests ein Schock, aber ... sie fühlte sich gut damit. Wirklich gut.

Mehr als das, sie fühlte sich willig. Jede Minute, jeder Kilometer, jede neue Erfahrung brachte sie weiter weg vom Unglück ihrer Vergangenheit, und sie wollte das alles. Sie ging auf Erkundungstour, hörte Jazzmusik, aß ein Gumbo mit Meeresfrüchten.

Dann machte sie einen Spaziergang durch das Garden District und kaufte sich neue Kleider, die Austin und ihre Mutter scheußlich gefunden hätten, und die den gebildeten, reichen Anwohnern ihres Wohngebiets bemitleidenswert grell vorgekommen wären, die sie aber liebte.

Batik-Kleider, Biobaumwolle, bauchfreie Shirts, weiche, bunte Kleider, die atmeten und mit ihrem Körper flossen. Früher war ihr schicker Schmuck zehntausende Dollar wert gewesen. Nun kaufte sie sich Armreife aus Sterlingsilber und große Ohrringe mit Monden und Sternen.

Sie lackierte sich die Finger- und Zehennägel dunkelblau, flocht sich kleine Zöpfe ins Haar und probierte zum ersten Mal in ihrem Leben Eyeliner. Nach etwas Übung konnte sie damit Bögen malen, die den vertrauten Linien ihres Gesichts einen exotischen

Zug verliehen.

Und als sie in den Spiegel schaute, flüsterte sie ihrem winzigen Fötus zu: „Du bist schön."

Am nächsten Tag traf sie einen hübschen Musiker, der alles daran setzte, sie ins Bett zu kriegen. Obwohl ihr seine Begeisterung gefiel – und man musste zugeben, einen Mann, der hart für das arbeiten wollte, was er sich wünschte, musste man doch mögen –, lehnte sie lachend ab.

Aber einen Abend lang tanzte sie mit ihm und spürte die Hitze ihres gesunden Körpers, der sich anmutig durch die schwüle Nacht bewegte. Sie sprachen über Politik und Religion, während sie beobachtete, wie ihm das zu lange blonde Haar in die Stirn wippte, und seine sehnige Schönheit bewunderte, ohne das kleinste Verlangen zu verspüren, ihn zu nehmen.

Nachdem sie die ganze Nacht aufgeblieben waren und zusammen Beignets gegessen hatten, bevor sie sich verabschiedeten, spazierte sie zur St. Louis Cathedral am Jackson Square und dachte für sich: So fühlt sich Glück an.

Ich bin glücklich.

Sie hatte diese Worte noch nie zuvor mit so simpler Reinheit ausgesprochen. Vorher hatte sie sich immer beengt, unvollkommen und nervös gefühlt, als existiere ihr Glück am Rande einer Klippe, und als könne sie es jeden Augenblick verlieren.

Nun entfaltete sie sich zum ersten Mal. Und als sie

das tat, spürte sie, wie ihre Macht wuchs. Sie lag eingerollt da wie eine träumende Bestie, als würde sie ihr diese Pause gestatten, um zu genesen und auf die Beine zu kommen, bevor sie erwachte, um den Rest ihres Lebens einzufordern.

Aber erst musste sie sich mit Josiah treffen.

Was würde sie ihm sagen? Was, wenn der Test ein falsches Ergebnis geliefert hatte? War das möglich? Die meisten Schwangerschaftstests hatten zwei Anwendungen, daher testete sie sich noch einmal. Diesmal *wusste* sie, während sie auf das + starrte, dass es stimmte. Sie spürte, wie das Wissen aus ihrer Macht aufstieg.

Ich werde es ihm nicht sagen, dachte sie mit vollkommener und leidenschaftlicher Sicherheit, während sie das Stäbchen wegwarf. Er hat auch nicht darum gebeten – und er würde die Nachricht sicher nicht begrüßen, wenn ich sie mit ihm teilen würde.

Fünfundvierzig Minuten später entschied sie sich um, mit genauso großer Sicherheit und Leidenschaft wie bei der ersten Entscheidung. Er verdiente es, die Wahrheit zu erfahren, ob er sie nun begrüßte oder nicht. Er hatte das Recht zu wissen, dass er wieder Vater werden würde.

Fünf Stunden später wusste sie, dass sie es ihm nicht sagen konnte. Er führte ein hartes, gefährliches Leben, und er traf harte, gefährliche Entscheidungen. Ihm diese Nachricht zu überbringen könnte ihn ablenken und dazu verleiten, einen tödlichen Fehler zu begehen.

Kehrtwende: Es war nicht an ihr, auf ihn aufzupassen. Das würde er nicht gutheißen, und sie wollte es auch nicht. Sie würde es ihm sagen. Da war sie sich sicher.

Als es Freitag wurde und er ihr eine Nachricht mit seinen Plänen schickte, erinnerte ihr wiedererwachter Körper sich daran, wie sehr sie ihn wollte, und ihre Gedanken trieben mal in diese, mal in jene Richtung wie eine Wetterfahne in einem Wirbelsturm.

Sie hatte keine Ahnung, was sie tun würde. Sie wusste nur sicher, dass Josiah an diesem Abend nach New Orleans fliegen würde.

Und im Lauf des Wochenendes würde sie ihm entweder eine kräftige Dosis Wahrheit servieren oder ihm eine schreckliche Lüge auftischen.

JOSIAH HATTE VERDAMMT nochmal nichts in einem Flugzeug nach New Orleans verloren.

Er konnte ihr einen Kassenscheck schicken, wo auch immer sie wohnte — beziehungsweise mehrere Schecks, jeweils unter zehntausend Dollar, um nicht den Alarm ihrer Bank und einen Bericht an die Steuerbehörde auszulösen.

Schlimmer noch, er hatte nicht vor, es seinem Zirkel zu sagen. Er und Richard gerieten so schon oft genug aneinander, und er wollte sich nicht mit den Einwänden befassen, von denen er wusste, dass sie auf ihn einprasseln würden.

Also sagte er ihnen, dass er sich nach dem Drama und dem Kraftaufwand der letzten Wochen ein paar Tage freinehmen musste. Das akzeptierten sie anstandslos. Sie alle konnten ein Wochenende mit etwas Ruhe und Erholung gebrauchen.

Dann buchte Josiah Mason einen Flug auf die Bahamas für ein langes Wochenende. Mit ganz ähnlichen Flugzeiten und unter anderem Namen buchte er einen Wochenendtrip nach New Orleans.

Während er seine Pläne mit schändlicher Absicht vorantrieb, ging die Arbeitswoche träge zu Ende. Anson setzte seine intensive Suche nach jedem fort, der den Anschein erweckte, er könne mit ihrem Opfer zu tun haben. Richard schloss sich ihnen in Atlanta an, um zu sehen, ob er jemanden fassen konnte, der Josiah verfolgte. Bisher hatte er nichts gefunden.

Die Polizei fand heraus, dass Rodriguez Mollys Scheidung eingereicht hatte, bevor sie gestorben war. Nachdem sie mit dem richtigen Durchsuchungsbefehl zu Sherman & Associates zurückgekehrt waren, konfiszierten sie alles aus Austins Büro.

Am Freitag, nachdem Molly aufgebrochen war, brachte Frank Williams, der leitende Ermittler, Josiah auf den neuesten Stand. In den konfiszierten Akten hatten sie Notizen gefunden, wie man ein Feuer mit derselben Technik legte, die bei Rodriguez' Haus und Büro zum Einsatz gekommen war. In der Zwischenzeit waren Mollys Gesicht und Name beinahe jeden Abend in den Nachrichten, aber diese Zurschaustellung förderte keine glaubhaften Hinweise zu ihrem gegenwärtigen Aufenthaltsort zutage.

„Es wirkt immer wahrscheinlicher, dass Sullivan seiner Frau etwas angetan hat", erzählte Frank ihm unter vier Augen. „Außer, respektive bis, wir neue Hinweise finden, die etwas anderes nahelegen, sieht dieses ganze Verbrechen nach einem schiefgegangenen Rachemord aus."

Josiah tippte sich beim Zuhören an die Unterlippe. Jemand hatte es den Ermittlern sehr einfach gemacht. „Notizen darüber, wie man einen Brand stiftet, in seinem Büro? Schon verdammt offensichtlich, meinen Sie nicht?"

„Ich berichte nur, was wir gefunden haben. Ohne es zu kommentieren." Der Polizist lächelte ihn zynisch an.

Es passte Josiah nicht, das Ganze in aller Stille im Ordner mit den ungeklärten Fällen verschwinden zu sehen. „Diese Theorie erklärt nicht, was mit Sullivans BMW passiert ist. Warum sollte er die Scheidungspapiere unterzeichnen, nur um danach Rodriguez zu töten und einen Anschlag auf ihr Büro zu verüben?"

„Er hat sich von seiner Frau bis aufs Hemd ausziehen lassen." Frank zuckte mit den Schultern. „Vielleicht hat er es sich anders überlegt?"

„Sie haben recht, da ist ein Motiv", murmelte Josiah und beobachtete ihn genau. „Bei dem Vergleich ging's um eine Menge Geld."

Der Mann kratzte sich am Kinn. „Aber ja, mit dem Auto haben Sie mich. Wir finden dafür keinen Grund, und dem zeitlichen Ablauf nach ging das Auto als erstes hoch. War er wirklich so ein Vollidiot, dass er versehentlich sein Auto hochgehen lässt und sich dann später in derselben Nacht umbringt? Mir gefällt auch nicht, dass wir die Ehefrau nicht gefunden haben, also müssen wir weitersuchen."

„Sehen Sie sie als Verdächtige?"

„Zum jetzigen Zeitpunkt gibt es dafür keine Anhaltspunkte", sagte Frank. „Sie könnte dafür belangt werden, sein Auto angezündet zu haben – denn allen Berichten zufolge war er ein Arschloch, das sie betrogen hat –, aber sie hatte ihn bereits in der Tasche. Und sie hatte überhaupt kein Motiv, ihre Anwältin umzubringen. Sie hat sich am Samstagabend mit ihrer Maklerin am Haus getroffen, und seitdem wurde sie nicht mehr gesehen. Sie wohnte in einem Airbnb und ist einfach verschwunden. Die Besitzerin hat uns angerufen, als sie sie in den Nachrichten erkannt hat. Molly Sullivans Besitztümer waren noch in der Wohnung – ihre persönlichen Unterlagen, Kleidung, ein Laptop, und ihr neues Auto war draußen mit einer Kiste voller Erinnerungsstücke geparkt. Und am Haus waren die Mülltonnen umgeworfen, und ein Haufen Bettzeug lag draußen. Wenn man das zusammensetzt, sieht es so aus, als hätte jemand sie gegen ihren Willen mitgenommen."

„Die Mülltonnen könnten Waschbären gewesen sein", murmelte Josiah, „aber der Rest sieht nicht vielversprechend aus." Und die fortgesetzten Bemühungen der Polizei, Molly zu finden, waren der Preis, den sie dafür zu zahlen hatten, dass in diesem Fall gründlich vorgegangen wurde. „Danke für das Update."

„Gern geschehen." Der Polizist erhob sich. „Ich schicke Ihnen eine Mail, falls es weitere Entwicklungen gibt."

„Machen Sie das. Wenn Sie mal Zeit haben, will ich auch eine Liste der Klientenakten, die Sullivan im Büro hatte." Er erwartete zwar nicht, dass er darin etwas fand. Wer auch immer die Anleitung zur Brandstiftung dort platziert hatte, hatte auch genug Zeit gehabt, kompromittierende Akten zu entfernen, bevor die Polizei sie durchsuchte. Trotzdem könnte derjenige aber etwas Nützliches übersehen haben.

„Aber klar", sagte Frank.

Josiah schüttelte dem Mann die Hand und begleitete ihn aus seinem Büro.

An diesem Nachmittag traf er sich mit Russell Sherman zum Steak-Essen in einem der besten Restaurants der Stadt. Einige Minuten lang betrieben sie neutrale Konversation, während der Kellner ihre Bestellung aufnahm und ihnen Getränke brachte.

Sobald sie wieder allein waren, trank Russell einen kräftigen Schluck seines Whiskys. „Jetzt weiß ich, warum Sie bei meinem letzten Anruf nichts sagen konnten.“

Josiah nickte. „Ich musste warten, bis die Nachricht raus war oder die Polizei es Ihnen sagte.“

„Das ganze Büro ist entsetzt von der Tatsache, dass Austin die Anwältin seiner Frau getötet hat.“ Russell schüttelte seinen gerundeten, starken Kopf, der wie eine Gewehrkugel auf einem kräftigen Hals saß.

Josiahs Wahrheitssinn meldete sich. *Lüge.*

Die gesamten verdammten vierundachtzig Arbeitsstunden dieser Woche hatten sich für diesen einen Moment gelohnt. Russell hatte genau gewusst, was in jener Nacht passiert war, und er bemühte sich sehr, es zu vertuschen.

„Das muss ganz schön schwer zu verdauen sein“, sagte Josiah.

„Niemand von uns hat das kommen sehen. Wird Molly noch vermisst?“

Ihre Steaks kamen. Russell stürzte sich darauf und zerteilte sein Fleisch mit dem geschulten Geschick eines Schlachters.

„Die Polizei kennt ihren Aufenthaltsort nicht“, erwiderte Josiah völlig wahrheitsgemäß.

„Ich hoffe, sie finden sie bald.“ *Wahrheit.* Russell schaute ihn an. „Das ist eine üble Sache, Josiah.“

„So ist es, Russell.“ Josiah hielt den stählernen Blick des Mannes mit einem kalten, unbewegten Lächeln fest. „Und es wird wahrscheinlich noch übler.“

Kapitel 15

D IE NÄCHSTE WOCHE verging wie im Flug, randvoll mit Ermittlungen an allen Fronten.

Aber immer, wenn er an das vor ihm liegende Wochenende dachte, zogen die Stunden sich wie Kaugummi. Schließlich machte er sich direkt aus dem Büro auf den Weg zum Flughafen.

Er ging als Josiah Mason durch die Sicherheitskontrolle, stieg aber dann unter einer anderen Identität in ein anderes Flugzeug. Er hatte nur Handgepäck für ein Wochenende dabei. Als das Flugzeug abhob, fühlte er sich wie ein Pfeil, der durch die Luft flog.

Als er landete, erhielt er eine Nachricht von Molly mit ihrer Adresse. Willst du herkommen, oder soll ich dich irgendwo treffen?

Bleib, wo du bist, erwiderte er. Ich komme zu dir. Wir sind gelandet. Bis bald.

Ok. Hast du schon zu Abend gegessen?

Er hielt inne, schnaufte leise. Wieder einmal dachte sie für ihn mit. Es war, als würde sie über die Entfernung nach ihm greifen und seine Wange berühren. `Nein`.

`Magst du Pasta?`

`Ich mag alles`, erklärte er wahrheitsgemäß. Er hatte zu viele harte Zeiten erlebt, um beim Essen mäkelig zu sein.

`Ich richte was her`.

Das Flugzeug fuhr zum Gate, und er stieg aus, schlängelte sich durch die Massen der Wochenendausflügler am Flughafen, während er automatisch sein Umfeld prüfte. Es war unwahrscheinlich, dass jemand seine Wochenendaktivitäten überwachte, und noch unwahrscheinlicher, dass man ihm gefolgt war.

Trotzdem.

Trotzdem nahm er drei Taxis schnell hintereinander an beliebige belebte Orte der Stadt, bevor er sich schließlich gestattete, zu der Adresse zu fahren, die Molly ihm genannt hatte. In seinem letzten Taxi prüfte er den Verkehr, während die Lichter der Stadt an seinem Fenster vorbeirauschten.

Das Taxi hielt in einer ruhigen Wohngegend vor einem Häuschen im kreolischen Stil. Es war in leuchtenden Farben gestrichen, der kleine Garten von Buschwerk gesäumt. Durch das üppige Grün sah er hinter einer offenen Verandatür Mollys schlanke Gestalt, die sich drinnen bewegte.

Er hatte das Gefühl, er stünde in Flammen, als er durch das offene Gartentor und den Weg entlang ging.

Vielleicht war ihr gar nicht recht, was er mit sich

brachte. Halt dich zurück, sagte er sich. Warte ab.

Er klopfte an der Tür, und einen Augenblick später öffnete sie. Sie war … Ihm blieb die Luft weg. Sie leuchtete. Sie trug neue, bunte Kleider, war geschminkt und mit Armreifen geschmückt und strahlte Gesundheit und feminine Kraft aus. Ein Duft nach leckerem Essen lag in der Luft. Hinter ihr sah er einen Bistrotisch, der fürs Abendessen gedeckt war.

Sie lächelte ihn ein wenig an. „Habe ich dir so richtig verdammt schmerzhaft gefehlt?"

Er ließ die Tasche fallen und griff mit beiden Händen nach ihr. Er nahm ihr Gesicht und küsste sie heftig. Mit einem erstickten Geräusch erwiderte sie den Kuss genauso wild.

Ein Wahn ergriff ihn. Er schob sie an die Wand und stieß so tief in ihren Mund, wie er nur konnte, während sie ihm die Arme um den Hals schlang und sich an ihn schmiegte. Er konnte nicht genug von ihrem Mund bekommen, ihrem Körper. Mit gierigen Händen strich er über ihre kurvige Gestalt. War die Tür zu?

Er sah nach. War sie nicht, und er gab ihr einen Tritt.

„Die Nudeln kochen über", keuchte sie.

„Mir egal", knurrte er. Moment. Sollte es vielleicht nicht sein.

Sie löste sich und wirbelte um die Ecke. Er folgte ihr in eine winzige Küche, sah, wie sie einen kleinen Einbauherd abschaltete, dann riss er sie wieder an sich.

Sie hatten sich einmal geliebt. Einmal. Und es gab so Vieles, was er mit ihr anstellen musste. Er ging in die Hocke und strich mit den Händen ihre wunderbaren Beine hinauf, unter den hauchdünnen Rock. Ihr Atem erklang abgehackt im friedlichen Haus. Sie stolperte rückwärts, um sich gegen den Schrank zu lehnen, während sie mit den Fingern durch seine Haare strich.

Sie trug eines der Höschen, die er für sie gekauft hatte, schlicht und weiß. Er grub beide Fäuste in den Stoff und riss es nach unten.

„Sag Nein, wenn du musst", sagte er. „Sag es jetzt."

„Mein Gott, nein!", rief sie. Dann, als er den Kopf zurücklegte, lachte sie sinnlich. „Ich wollte Nein zu Nein sagen … Verdammt, *ja.*"

Das war alles, was er brauchte. Ihr Rockbund war elastisch. Er riss auch den nach unten. Ihr Körper war überall wunderschön geformt, ihr Knochenbau anmutig und fließend. Er rieb sein Gesicht an dem Flaum aus dunkelblondem Haar dort, wo ihre Oberschenkel zusammenkamen, atmete ihren einzigartigen, femininen Duft ein, bevor er mit sanften, gierigen Fingern auf Erkundung ging.

Sie atmete heftig aus, und die seidige Feuchte ihrer Erregung legte sich über seine Finger. Wortlos drängte er sie, ein Bein über seine Schulter zu legen. Als sie es tat, öffnete sie sich für ihn, und es war alles, wonach es ihn in den letzten zehn Tagen verlangt hatte, alles, woran er gedacht hatte.

Sie schrie auf, als er den Mund auf sie legte und mit

vorsichtigem Drängen an den zarten, weichen Blütenblättern ihrer intimsten Stelle entlangleckte. Er fand ihre Klitoris und saugte, spielte und klopfte an ihr, während er einen Finger in ihre enge Scheide steckte. Es verlangte ihn nach jedem Zentimeter Haut, nach jeder Reaktion.

„Josiah!"

<Erster Grund, warum du deine Angst vor Telepathie überwinden solltest>, sagte er in ihrem Kopf. <Ich kann das hier mit dir anstellen, während ich dir gleichzeitig sage, wie köstlich du schmeckst. Du bist himmlisch, unfassbar sexy, und du fühlst dich an wie Seide. Ich kann es kaum erwarten, in dich einzudringen.>

„Dann tu es", knurrte sie und zog an seinen Haaren. „Hoch mit dir!"

<Erst musst du kommen>, schnurrte er.

Sie fluchte, und er lachte, während er sie stärker leckte, bis sie über ihn sank und die schlanken Muskeln an der Innenseite ihrer Oberschenkel zitterten.

„Es ist zu intensiv", stöhnte sie. „Ich pack das nicht."

<Du packst das, *Milaja*>, erwiderte er. <Ich gehe nirgendwohin. Ich kann damit die ganze Nacht weitermachen. Im gleichen Rhythmus, mit dem gleichen Druck. Die ganze Nacht. Öffne dich, komm mir entgegen. Nimm das – und das – und das – bis du kommst.>

Während er sprach, schob er einen weiteren Finger

in sie, dehnte sie sanft und nahm sie dann mit einer Hand im Rhythmus seiner Worte.

„Ich kann das nicht", flüsterte sie wacklig. „I…ich muss mich hinlegen."

Während sie sprach, kippte sie auf eine Seite, dann fing sie sich mit einem Ruck wieder.

Bett. Was für eine hervorragende Idee. Er stand auf und hob sie in seine Arme. „Wo?"

Sie deutete auf eine offene Tür. Als er das verdunkelte, einfache Schlafzimmer mit einem Doppelbett und zwei Nachtkästchen betrat, trieb eine Brise frischer Luft von der offenen Verandatür im Wohnzimmer herein.

Lebenslange Angewohnheiten ließen sich unmöglich ablegen. Er kniete sich auf die Matratze, ließ sie darauf hinab. „Bin gleich wieder da."

Sie nickte. Das dunkle Glitzern ihres Blickes folgte ihm, während er hinausging. Im Wohnzimmer schaltete er die Klimaanlage ein und ging die Fenster schließen und die Jalousien zuziehen. Dann, da er es dabei nicht belassen konnte, wirkte er rasch Zauber über die Fenster und die Tür, die ausreichten, um einen Alarm auszulösen, falls man sie störte.

Als er ins Schlafzimmer zurückkkam, fand er sie auf dem Bett sitzend, die Arme um die Knie geschlungen. Nach einer kurzen Pause nahm er seine Krawatte ab, zog sein Jackett aus und setzte sich neben sie.

„Ich habe deine Schutzzauber vermisst."

Er nahm diese Aussage zur Kenntnis. „Den Keller

aber nicht, oder?"

„Nein, den Keller nicht." Sie legte eine Wange auf ihr Knie, das Gesicht ihm zugewandt.

In der Zeit, die er gebraucht hatte, um das Häuschen zu sichern, hatte sich etwas Entscheidendes verändert. Er erwog, sie zu fragen, was los war, aber es schien ihm in dieser zerbrechlichen Stimmung zu plump. Stattdessen streichelte er ihr den Rücken und wartete.

„Ich musste dich treffen", sagte er mit leiser Stimme. „Das war mir nicht recht, doch ich musste."

„Ich auch", flüsterte sie.

Sie hatte nicht Nein gesagt, oder dass sie es sich anders überlegte hatte, daher zog er sein Hemd, Schuhe und Socken aus und streckte sich der Länge nach neben sie aufs Bett. Es fühlte sich an, als würde er etwas ablegen, das er sehr lange mit sich herumgetragen hatte, und er stieß einen tiefen Seufzer aus.

Während er die Fingerspitzen ihre Wirbelsäule hinabwandern ließ, sagte er: „Oder, wenn du möchtest, kann ich auch gehen."

Sie schüttelte den Kopf, und eine Haarsträhne fiel ihr in die Augen. „Nein, ich will, dass du bleibst. Ich muss dir etwas sagen, aber ich will nicht darüber reden."

Er hob den Kopf vom Kissen und schielte zu ihr hinüber. „Das klingt kompliziert."

Sie biss sich auf die Lippen. „Ich hätte den Mund halten sollen. Aber ich wollte einfach ein Wochenende.

Ein Wochenende mit dir, ohne Drama oder Stress. Können wir das haben? Können wir vereinbaren zu reden, bevor du am Montag heimfliegst?"

Er dachte darüber nach. Sein Körper fühlte sich unbändig wie der eines jungen Hengstes an. Er sehnte sich danach, sich mit ihr zu entspannen, aber …

Sie müsste ihm nicht so dringend etwas erzählen, wenn es nicht von entscheidender Bedeutung gewesen wäre.

Und sie würde dieses Gespräch nicht aufschieben wollen, wenn sie nicht Angst vor dem hatte, was daraus folgen könnte.

„Nein", sagte er.

✧   ✧   ✧

SEINE STIMME WAR weich, aber unerbittlich.

Sie vergrub das Gesicht in den Knien, wünschte sich, zu der einfachen, drängenden Leidenschaft zurückzukehren, die sie vor ein paar Augenblicken noch geteilt hatten. Sie hatte warten wollen, sich Zeit mit ihm stehlen, ihre Wetterfahne das ganze Wochenende lang im Wind wirbeln lassen. Und dann würde sie die Richtung einschlagen, in die die Fahne deutete, kurz bevor er ging.

Aber offenbar war sie nicht der Typ für geheime Babys.

Er schob ihr den Vorhang aus Haaren aus dem Gesicht. Noch sanfter fragte er: „Ist es so schrecklich, was du sagen musst?"

„Das hängt von dir ab."

Sie zog sich vor seiner Berührung zurück, kroch aus dem Bett und ging hinaus in die Küche, um sich ihren Rock wieder anzuziehen. Dann hob sie ihr Höschen auf. Ach, warum zum Teufel sich damit abmühen? Sie ließ es in einen Sessel fallen.

Er war ihr schweigend gefolgt, bewegte sich wie ein Panther. Als sie sich umdrehte, stand sie vor seinem Anblick mit bloßer Brust, ohne Hemd und ohne Schuhe. Die Schönheit seines Körpers ließ ihren Mund trocken werden. Sie schluckte schwer.

Er verschränkte die Arme, lehnte sich in den Türrahmen des Schlafzimmers. „Ich kann die ganze Nacht warten, wenn ich muss, *Milaja*."

Ihre Hände bebten. Das war so viel schwerer, als sie es sich vorgestellt hatte — und sie hatte eine lebhafte Vorstellungskraft. „Erinnerst du dich an das, was passiert ist, nachdem Austin mich angegriffen hat?"

Er kniff seine bernsteinfarbenen Augen zusammen. „Natürlich. An jede verdammte Minute."

„Der Sonntag war heftig. Krasser Morgen. Krasser Tag." Sie hielt seinen Gesichtsausdruck nicht aus und ließ ihren Blick in eine andere Richtung schweifen.

Sein großer Körper wurde unscharf. Sie verfolgte aus den Augenwinkeln, wie er durchs Zimmer kam und ihr die Hände auf die Schultern legte. Leise sagte er: „Ich habe das mit dir zusammen durchgemacht. Niemand weiß das besser als ich."

Das eröffnete ihr genug Spielraum, um ihn direkt

anzuschauen. „Ich habe an diesem Morgen meine Pille nicht genommen.“

Seine Augen verengten sich, eine schnelle, unwillkürliche Reaktion. „Und am nächsten Tag ist das Kondom gerissen.“

Sie nickte.

„*Milaja.*“ Sein Blick, seine Augen, seine Macht flammten auf.

Ehe etwas Unerträgliches geschah, schlug sie ihm beide Hände vor den Mund. „Hör mir zu. Nur zuhören. Ich bin hier im Vorteil – ich hatte etwas Zeit, um die Nachricht zu verdauen.“ Ihre Augen wurden feucht. „Und ich will das, vielleicht mehr als alles, was ich je im Leben wollte. *Und es ist für mich in Ordnung.* Und ich wünschte … Oh, es hat keinen Sinn, darüber zu reden, was ich mir wünsche. Aber ich werde alles in meiner Macht stehende tun, um das Kleine außer Gefahr zu halten. Sie – oder er – wird mit all der Liebe und dem Glück und der Sicherheit aufwachsen, die ich bieten kann. Also denke ich, dass es am besten ist, wenn du und ich uns nach diesem Wochenende nicht mehr treffen, denn wir wissen beide, worum es in deinem Leben geht.“

Er zog ihre Hände von seinem Mund und stieß hervor: „Du kannst das nicht allein tun!“

„*Wart's nur ab.*“ Es war schwerer denn je, dem dunklen Feuer gegenüberzustehen, das so wild in ihm brannte, aber sie tat es. „Ich bin auf der Suche nach einem Lehrer. Ich werde mir ein gutes Leben aufbauen, und ich werde so verdammt glücklich sein, dass Unzufriedenen übel wird, wenn sie mich anschauen. Ich bin *gespannt* auf meine Zukunft. Und … und du wärst so willkommen, im Leben dieses Babys eine Rolle zu spielen, wenn du dich je für einen anderen Weg als den entscheidest, auf dem du dich gerade befindest. Aber so, wie du lebst – du wirst von Rache verzehrt. Ich weiß nicht, vielleicht ist das der Grund, warum du Macht willst, und warum du Georgias nächster Gouverneur werden willst. Diese schreckliche, mysteriöse Person, die dir vor all den Jahren so wehgetan hat, hat dich innerlich zerfressen, und ich verurteile dich nicht, Josiah. Wirklich nicht. Du darfst sein, wer immer du sein musst. Aber du kannst dieses Leben, für das du dich entschieden hast, nicht leben und es hier zu mir bringen. Nicht nach diesem Wochenende."

„Gottverdammt", stieß er hervor. „Glaubst du nicht, dass mir das verflucht nochmal klar ist?"

„Gut", flüsterte sie. Ihr tat der Bauch weh, und sie erkannte, dass sie in Erwartung eines emotionalen Schlags alles angespannt hielt, daher versuchte sie, locker zu lassen und Luft zu holen.

Er marschierte ins Schlafzimmer. Als er wieder erschien, hatte er sein Hemd und seine Schuhe angezogen und die Faust um sein Jackett geballt. Sein Gesicht war ernst, sein Mund fest angespannt.

Auf dem Weg zur Tür schnappte er sich sein Handgepäck. Knapp sagte er über eine Schulter: „Ich brauche etwas Luft."

Sie drückte sich die Finger einer Hand an den Mund und sah ihm nach. Das war genauso schlecht gelaufen, wie sie befürchtet hatte.

Aber dann, kurz bevor er hinaustrat, hielt er inne, den Kopf auf eine Seite gewandt, als könne er ihre stillen Qualen hören. Teufel, vermutlich konnte er das. Ihre Energie war durchgedreht, sie tobte überall.

In einem gemesseneren Tonfall fragte er: „Ich sehe dich dann morgen früh?"

„Klar, wenn du kannst", erwiderte sie fahrig. „Das würde mich sehr freuen."

Er nickte. Dann marschierte er hinaus.

Stille senkte sich über das kleine Haus. Der Wirbelsturm war durchgezogen und hatte Verwüstungen hinterlassen.

Vier-sieben-acht.

Vier-sieben-acht.

Schließlich ließ ihr inneres Beben nach. Als sie sich ruhiger fühlte, ging sie, um nachzuschauen, was sie aus dem halbgekochten Abendessen machen konnte. Die Nudeln waren verklebt, daher schüttete sie das Wasser ab und warf den Klumpen in den Müll. Und die Sauce wirkte abgestanden und braun an den Rändern.

„Ich weiß, wie du dich fühlst", sagte Molly zu ihr. Sie warf sie ebenfalls weg. Es gab keine Spülmaschine in dem Ferienhaus, daher wusch sie alles mit der Hand. Sie hatte Josiah eine Flasche Wein gekauft und stellte sie auf dem Tresen zur Seite.

Als der kleine Raum blitzsauber war, ging sie sich duschen und abschminken und zog das schwarze Nachthemd an. Nach dem Warten, der Vorfreude und der rohen Intensität danach fühlte sich die Welt flach und farblos an.

Es war zu früh, um ins Bett zu gehen, und sie war zu müde, um rauszugehen. Außerdem sollte sie etwas essen.

Sie hatte einen schönen grünen Salat mit zart gebratenen Zucchiniblüten gemacht. Etwas davon schüttete sie in eine Schale und ging ins Wohnzimmer, um sich auf die Couch fallen zu lassen und durch die Kanäle zu zappen, während sie ein wenig Salat mit den Fingern aß, als wäre es Popcorn.

Ein leises Klopfen erklang an der Tür. Ihr Herz hämmerte. Sie stellte die Schüssel und die Fernbedienung beiseite und ging, um durch die geschlossenen Verandatüren hinauszuschauen.

Josiah stand auf der Schwelle, sein weißes Hemd leuchtete im gelben Licht draußen. Er hatte die Ärmel hochgekrempelt. Seine Tasche stand zu seinen Füßen, sein Jackett war darüber drapiert. Er drehte sich und sah, wie sie ihn anschaute. Sagte nichts. Wartete nur und beobachtete sie.

Sie ging die Tür öffnen. Sein brütender Blick huschte rasch über ihre Figur in dem kurzen schwarzen Nachthemd und dem Mantel. „Ich hätte nicht rausgehen sollen."

„Sei nicht dumm." Sie machte ihm Platz.

„Gemessen an den Umständen warst du erstaunlich zurückhaltend. Aber ich hoffe, du bist nicht zum Streiten zurückgekommen, denn ich bin heute Abend zu müde, um darauf einzugehen."

„Ich bin nicht zum Streiten gekommen." Er begegnete ihrem Blick gleichmütig, dann kam er herein.

Sie beobachtete, wie er die Salatschüssel auf dem Sofa, den stumm geschalteten Fernseher und die Fernbedienung betrachtete. „Im Kühlschrank ist noch Salat. Und der Wein auf dem Tresen ist für dich. Und es gibt Käse und Brot, und in der Konditoreischachtel sind ein paar Beignets aus dem Café Du Monde. Nimm dir, was du willst."

„Danke." Er schaute hinab auf ihre bloßen Zehen mit den dunkelblau lackierten Nägeln. Sie trug einen kleinen Ring aus Sterlingsilber am mittleren Zeh ihres rechten Fußes. „Stört's dich, wenn ich dusche?"

„Lass es krachen." Die eingebaute Klimaanlage war zu stark für den kleinen Raum, aber Molly wollte sie nicht abschalten und die schwüle Wärme wieder hereinlassen, daher ging sie ins Schlafzimmer, um sich eine Decke zu holen und sich damit aufs Sofa zu kuscheln.

Naturdoku-Sender. Reality-TV. Eine Sitcom. Nachrichten. Sie naschte Salat und klickte sich durch die Sender, ohne richtig aufzupassen. Der Großteil ihrer Aufmerksamkeit galt dem, was Josiah tat. Die Dusche lief eine Weile, wurde dann abgedreht. Kurz danach kam er heraus und trug schwarze Shorts, die die sehnige Kraft seiner muskulösen Beine zeigten, und ein T-Shirt, das sich an seine breite Brust und den Bizeps schmiegte.

Verdammt, gab es an ihm irgendwas, das nicht *sexy* war? Was er mit diesem starken, streng wirkenden Mund mit ihr getan hatte ... Sie schloss die Augen, als ihr Körper pulsierte.

Hätte er ein anderes Leben gewählt als das, das er führte – *jedes* andere Leben –, wäre sie völlig verloren gewesen, was ihn betraf, daher sollte sie gewissermaßen dankbar sein, dass er für sie alles so sonnenklar machte.

Nach kurzer Stille fragte er: „Isst du sonst nichts?"

Sie hob eine Hand zu einem teilnahmslosen Schulterzucken.

Er kam näher, um sich zu bücken und sein Gesicht zwischen ihres und den Fernsehbildschirm zu schieben. Ihre Blicke trafen sich. Seine weiche, ruhige Stimme stand im Gegensatz zur eruptiven Kraft in seinen Augen. „Hättest du gern ein gebratenes Käsesandwich, wenn ich dir eins mache?"

Schweigend nickte sie. Sie sah ihm nach, als er in die Küche ging und sich alles suchte, was er brauchte. Er kannte sich in Küchen aus, seine Bewegungen waren zielgerichtet und zeitsparend. Sein Gesicht gab nichts über das preis, was er dachte.

Als er zurückkehrte, trug er einen Teller mit gebratenes Käsesandwiches, eine weitere Schüssel Salat und ein Glas Wein. Sie rutschte zur Seite, um Platz zu machen, und dann saßen sie da und schauten die

Nachrichten, während sie aßen.

Sobald sie einen ersten Bissen vom Sandwich genommen hatte, meldete sich brüllend ihr Appetit, und sie aß heißhungrig den Rest. Er brachte die Teller und Schüsseln weg, goss sich nochmal Wein ein, und als er zurück zum Sofa kam, legte er einen Arm um sie und stellte die Füße auf den Beistelltisch.

Sie hielt sich ganz still, aber seine Körperwärme war zu stark, um ihr zu widerstehen. Sie schmiegte sich an seinen harten Körper, ließ den Kopf zögerlich an seiner Schulter ruhen. Er legte ihr eine Hand auf den Kopf und trank Wein.

War das in Ordnung? Die Empfindung strömte an Stellen, von denen sie nicht sicher war, dass sie sie dort spüren wollte. Es fühlte sich zu warm an, zu gut. Es fühlte sich zu richtig an, als dass sie dem ganz hätte nachgeben können. Sie schmiegte die Wange in sein Hemd und schloss die Augen. „Warum bist zurückgekommen?"

„Weil ich dieses Wochenende mit dir mehr will, als mich abzureagieren oder zu streiten." Seine Brust bewegte sich, als er seufzte. Er trank noch mehr Wein und strich ihr übers Haar. „Denk nicht zu sehr darüber nach, ok?"

Sie nickte. Irgendwann später sagte sie telepathisch: <Ich kenne deinen echten Namen immer noch nicht.>

Als sie gerade dachte, er würde nicht antworten, sagte er: <Alexei.>

Ah. Das passte zu ihm. Sie strich über das T-Shirt

auf seiner Brust. <Ich bin froh, dass du zurückgekommen bist.>

Er küsste sie auf die Stirn. <Ich auch, *Milaja*.>

Zähnestrotzende Leviathane schwammen unter der ruhigen, friedlichen Oberfläche, die sie schufen, aber wenn er es vermeiden konnte, nach ihnen zu stochern, konnte sie das auch. Nach und nach ließ die Anspannung in ihrem Körper nach, und sie nickte ein. Sie wachte erst auf, als er den Fernseher abschaltete und sie hochhob, um sie ins Schlafzimmer zu tragen.

„Ich habe zwei vollkommen gesunde Beine und Füße, die super zusammenarbeiten", merkte sie nuschelnd an.

„Ja, hast du, aber ich habe festgestellt, dass es mir Spaß macht, dich herumzutragen. Nimm mir dieses Vergnügen nicht."

Sie hörte deutlich, was er nicht ausgesprochen hatte. *Nimm mir dieses Vergnügen nicht, solange ich es noch haben kann.*

Als er sie aufs Bett legte, berührte sie ihn mit einer Hand an der Wange und küsste ihn. Tief in der Kehle machte er ein Geräusch, ließ das Gewicht seines Körpers auf ihren hinab und küsste sie mit so viel Leidenschaft und Hunger, dass es beinahe genug war, um ihre Zukunft neu zu formen.

Beinahe genug war, um alles neu zu formen.

Hitze und Licht explodierten zwischen ihnen. Es war Sex, vermischt mit einem Strom aus Macht. Seiner, ihrer. Er fluchte, ein kehliges, fremd klingendes Wort, packte sie mit beiden Händen an der Hüfte und schob ihre Beine mit seinen auseinander.

Ein leichter Schweißfilm legte sich auf ihre Haut. Sie fühlte sich fiebrig. In diesem Augenblick brauchte sie ihn mehr als alles andere. Mehr als Luft, als Licht. Als Nahrung. Wie quälend, wie dramatisch. Es war nicht nachhaltig. Sie würden einander völlig verzehren.

Aber sie hatten sich noch nicht verzehrt. Sie stützte sich auf die Ellbogen, um an seinen kleinen Nippeln zu lecken und zu knabbern, während er sie mit den Fingern bearbeitete, für sein Eindringen bereit machte. Er packte sie am Haar und zog ihren Kopf zurück, um sich mit einem brennenden Kuss auf sie zu stürzen, seine harten Lippen schräg auf ihren, während er mit der Zunge in ihren Mund eindrang.

Sein brüllender, sinnlicher Trieb erschütterte sie. Sie hatte ihn ursprünglich für so kalt, so berechnend gehalten. Wie hatte sie sich dermaßen in ihm irren können?

Als er seinen Schwanz an ihrem Eingang platzierte und sich hineinschob, hob sie sich ihm entgegen, und das hohle Ziehen tief in ihr verwandelte sich in eine scharfe Spitze der Lust. So wie er sie nahm, nahm sie ihn. Er eroberte ihre Sinne, und sie gab die Kontrolle ab, gestattete es sich, ganz locker und unterwürfig zu werden, als er sie herumdrehte, ihr einen Arm um die Kehle legte und sie von hinten nahm.

Sie hatte noch nie so empfunden, so völlig von Sinnen vor Verlangen. Der Rhythmus, den er aufbaute, machte sie wahnsinnig, wahnsinnig – sie musste etwas tun, um ihn so zu berühren, wie er sie berührte. Sie griff nach hinten nach irgendeinem Körperteil, dass sie erwischen konnte, fuhr mit den Nägeln über seine Schultern, versenkte als wilde Reaktion die Zähne in den angespannten Muskel seines Unterarms. Er fühlte sich riesig in ihr an, überall hart, sein Körper in einem unentrinnbaren Griff um ihren gespannt.

Dann griff er hinab zwischen ihre Beine, und sie explodierte so heftig, dass sie vor den geschlossenen Lidern weiße Sterne sah. Sie schrie kurz, bäumte sich unter ihm auf, während er über ihr blieb, in ihr, sie rieb und rieb … Himmel, sie dachte, der Höhepunkt würde niemals enden.

Noch während die Wogen durch ihren Körper liefen, versteifte er sich und fluchte wieder, den Mund an die weiche Haut in ihrem Nacken gelegt. Sie spürte, wie sein dicker, langer Schwanz in ihr pulsierte, und o Gott, sie war noch nie *mit jemandem* gekommen. Sie packte seine Hand und drückte seine Finger an sich.

Er verstand sofort und rieb sie fester, während sein rauer Atem in ihrem Ohr ertönte. Die zweite Woge brach über sie herein, klar und durchdringend. Sie bog sich rückwärts an ihn, strebte nach diesem letzten, verlockenden Gipfel, und er vergrub das Gesicht in ihren Haaren, während er seine eigene Lust bis aufs letzte vergoss.

Danach kam der geistige und körperliche Zusammenbruch. Sie hätte nichts sagen können, selbst wenn sie es gewollt hätte. Offenbar ging es ihm genauso. Während er sich wieder zurückzog, um sie in die Arme zu nehmen, bebten die schweren Muskeln seines Bizeps. Sie überließ sich dem einfachen, tierischen Drang und schmiegte sich an seine größere, schwerere Gestalt, ihr Kopf lag auf seiner Schulter, ein Bein war hochgezogen, um es über seine Hüfte zu legen. Er vergrub die Finger in ihrem Haar, und sie schlief ein.

Nur um irgendwann später wieder aufzuwachen, als er sie auf den Rücken drehte und in sie eindrang. Sie gab einen Laut von sich, eine Mischung aus Überraschung und zusammenhangloser Freude, und schlang Arme und Beine um ihn, wiegte ihn mit ihrem gesamten Körper, während er sie nahm.

Auch diesmal brachte er sie zum Höhepunkt, nicht ganz so heftig und hoch wie bei den ersten, aber ein vollständigeres, tieferes Gefühl, das ihre Schaltkreise neu verdrahtete, während sie alles an ihm betrachtete und herausfand, wie viel er ihr wirklich geben konnte. Wie viel tiefer, höher und weiter sie gehen konnten.

Niemand hatte *je* – ihr Ex-Mann hatte *nie* … Sie verspürte eine solche Abneigung gegen ihn, dass sie es in diesem Moment nicht aushielt, seinen Namen in ihren Gedanken zu haben, und ihn wegwirbeln ließ.

Das Wochenende verglomm wie ein Stück brennendes Seidenpapier, verschwand in einem hellen Glühen aus Sex, Hitze und Verlangen. Sie schliefen und liebten sich in der Dusche, auf dem Sofa, auf dem Wohnzimmerboden.

Wenn sie etwas zu essen brauchten, bewegten sie sich vorsichtig umeinander herum, wie Tiere, denen man ihre Schutzschichten geraubt hatte. Sie vermieden es, über kontroverse oder schwierige Themen zu reden – die Zukunft, die Vergangenheit – und konzentrierten sich auf kleine, häusliche Dinge.

Alles war rau und verstärkt. Als sie das Kühlwasser von harten Eiern abschüttete, die sie gekocht und vergessen hatte, ließ er seine Fingerspitzen über ihren Nacken gleiten. Sie ließ den Topf in die Spüle fallen und erschauerte. Mehr war nicht nötig, um ihn erneut anzustacheln.

Er hob sie hoch, damit sie oben auf der Spüle sitzen konnte. Sie schlang die Knöchel begierig um seine kräftigen, muskulösen Oberschenkel, nahm seinen Schwanz eifrig in beide Hände und bearbeitete die breite Spitze mit den Fingern, strich entlang der steifen Länge, bis er durch zusammengebissene Zähne zischte und in einem langsamen, feuchten Rutsch in sie eindrang.

Zu diesem Zeitpunkt war sie schon so wund und empfindlich, dass ihr sofort, als ihre angeschwollene, kleine Knospe mit der Wurzel seiner Erektion in Berührung kam, ein ersticktes Geräusch entwich und sie sich in quälender Lust wand. Diesmal wiegte er sich sanft an ihr und bekam sein Vergnügen ein paar Augenblicke später in einem lautlosen, flüssigen Erguss.

Komm nicht, sagte sie zum Montag.

Aber die Zeit war die gemessenste, unausweichlichste Kraft im Universum, daher dämmerte der Montag trotzdem herauf. Während sie schlaflos neben *Alexei* lag, erlebte sie den Tagesanbruch allein.

Sogar wenn er schlief, waren die Winkel seines Gesichts hart, aber er war so entspannt, wie sie ihn nie zuvor erlebt hatte. Er hatte seine Finger mit ihren verschlungen, bevor er eingenickt war, und sie hielten sich noch bei den Händen.

Ich will nicht, dass du gehst, dachte sie, während sie sein Profil im Schlaf betrachtete. Aber wir wollten das ja nie zu etwas Längerem werden lassen. Und du kannst nicht bleiben.

Das hatte sie die ganze Zeit gewusst. Sie war diejenige, die die Grundregeln festgelegt hatte. Aber – oh, wie dumm das doch war – sie hatte sich trotzdem in ihn verlieben müssen.

ALS ES ZEIT war, packte er seine Sachen in die Tasche. Er brauchte nicht mal zehn Minuten. Das reine Gold eines heißen Nachmittags fiel durch die offenen Glastüren, während Molly draußen am Verandatisch saß und gekühlten Kräutertee trank.

Leugnen hatte nicht geholfen, also hatte er sich an ihr gesättigt. Er hätte schon längst über sie hinweg sein sollen. Als er aus den Schatten im Inneren des Häuschens ihr Profil betrachtete, dachte er an alles, was sie ihm beigebracht hatte.

Sie war das glatte Gegenteil seiner pflichtbewussten, verräterischen Ehefrau aus einem längst vergangenen alten Leben.

Mollys freudige Aufregung über ihre Schwangerschaft.

Wie sie sich ihm zuwandte, wie sie körperliche Zuneigung und sexuelle Lust austeilte und annahm. Seine Frau war eine derjenigen gewesen, die das Gesicht abwandten, noch während sie die Wange zu einem Kuss darbot.

Molly hatte seine Herrschaft der Einsamkeit zerstört. Seine kalte Zweckmäßigkeit vernichtet.

Er hatte seine Söhne geliebt, und sie und ihre Mutter hatten ihn verraten, aber er hatte vor langer Zeit akzeptiert, dass sicher auch er eine Mitschuld daran trug. Wäre er nur ein besserer Vater gewesen. Hätte er sich nur mehr um ihre Erziehung gekümmert. Hätte er nur gewusst, was er jetzt wusste.

Aber dieser unschuldige Funken des Lebens, der in Mollys Körper ruhte … Er würde mit ihr als Vorbild und Mutter aufwachsen. Er würde ihren tiefen, beständigen Sinn für Treue und Anstand kennen, ihre liebevolle Zuwendung, und daran wollte Josiah sehr viel mehr teilhaben, als er seit sehr langer Zeit irgendetwas gewollt hatte.

Das Einzige, was er noch mehr wollte, war Molly selbst.

Er rief ein Taxi. Er stellte seine Tasche an die offene Tür und zog einen Umschlag heraus, während er auf die Veranda hinausschlenderte. Sie drehte sich um und lächelte ihn an.

Während er die winzigen, verräterischen Male betrachtete, die er mit Zähnen und Händen auf ihrem Körper hinterlassen hatte, durchströmte ihn erneut Verlangen. Vielleicht konnte er sich krankmelden und noch einen Tag herausschlagen. Aber Mollys Sonnenbrille konnte ihre Erschöpfung nicht verbergen, und er musste jetzt mehr denn je vermeiden, von seinem normalen Verhalten abzuweichen.

Er reichte ihr den Umschlag. „Da drin sind fünf Schecks, alle unter zehntausend. Wenn man über Zehntausend umbucht, geht ein automatischer Bericht ans Finanzamt, also achte darauf, dass du sie einzeln einlöst.“

„Vielen Dank“, sagte sie, als sie ihn entgegennahm. „Ich werde es dir zurückzahlen, sobald ich kann.“

„Das ist keine Leihgabe mehr, Molly.“ Als ihre Miene Protest verriet, ging er vor ihr in die Hocke und sagte rau: „Ich werde die Mutter meines Kindes unterstützen, und ich will nichts dagegen hören.“

Ihr Gesicht verschloss sich. „Geld wird noch etwas, das uns aneinander bindet.“

Er umfing ihre Hände. „Du hast mir bis hierher vertraut. Vertrau mir noch etwas weiter. Ich werde dafür sorgen, dass ihr beide in Sicherheit seid.“ Sicher vor mir und dem Leben, das ich führe. Aus dem Augenwinkel sah er ein gelbes Taxi kommen. Heiser erklärte er: „Das ist kein Abschied.“

Ihr angespannter Mund wurde weich. „Oh, Josiah, doch, das ist es." Sie strich ihm das Haar aus der Stirn, ihre Finger sanft auf seiner Haut. „Ich will dich nicht wiedersehen."

Ihre Lüge brüllte ihn an. Er drückte sich ihre Hände an den Mund. „Doch, willst du."

Sie packte seine Finger so fest, dass der Blutkreislauf abgeschnitten wurde. „Ja, will ich. Aber solange du dieses Leben führst, *wird daraus nichts*. Du und ich sind kein Paar. Wir hatten eine Affäre – wir hatten noch nicht mal ein richtiges Date. Wir sind nicht zusammen, und ich warte nicht auf dich. Dieses Baby und ich verdienen jemanden, für den wir immer an erster Stelle stehen."

Die Heftigkeit dieser Worte ließ ihn auf den Fersen zurückwippen.

Genauso heftig knurrte er: „*Das ist kein Abschied.* Es sind nur etliche Leute beteiligt, einschließlich derer, die bereits getötet wurden, und vergiss nicht, gründliche Untersuchungen brauchen Zeit. Ich werde beenden, was ich begonnen habe, um aller Willen – darunter auch für dieses junge Leben, das du trägst –, und dann suche ich dich."

„Soll ich etwa glauben, dass du dich von deinen Plänen zum Machtaufbau abwenden würdest, einfach so? Na, das tue ich nicht. Du hattest verdammt lange Zeit, um derjenige zu werden, der du bist, und Leute ändern sich nicht mir nichts, dir nichts, selbst wenn sie es wollen." Sie riss ihre Hände aus seinen. „Dein Taxi ist da. Geh einfach, ok?"

Teufel aber auch. Er schnellte vor und küsste sie mit all dem wilden Hunger, der in ihm tobte. Damit warf er sie an die Lehne ihres Stuhls. Als er sich zurückzog, sagte er durch zusammengebissene Zähne: „Geh zum Arzt, *Milaja*. Lass mich wissen, wie es dir geht."

Sie wirkte am Boden zerstört und flüsterte telepathisch: <Mach's gut, Alexei.>

Sie hätte ihn nicht gezielter verletzen können, hätte sie ihm einen Dolch ins Herz gestoßen. In blindem Zorn packte er sein Handgepäck und marschierte los.

Dieses Baby und ich verdienen jemanden, für den wir immer an erster Stelle stehen. Taten sie. Ja, gottverdammt nochmal.

Und er konnte sich nicht von seinem Zirkel abwenden, nicht nach all den Jahrzehnten, die sie in ihre Mission gesteckt hatten. Er konnte nicht einfach zurücklassen, was er angefangen hatte.

Während er auf das Boarding seines Fluges wartete, schrieb er an seinen Zirkel: Wir müssen tun, was auch immer nötig ist, um das zu beenden.

Kapitel 16

AM NÄCHSTEN TAG verließ Molly New Orleans. Sie hatte eigentlich eine weitere Nacht in dem Ferienhaus gebucht, aber Josiah … *Alexei* … hatte allem seinen Stempel aufgedrückt. Er war überall, wohin sie blickte. Sie konnte nicht auf dem Bett liegen, ohne sich an seinen ruhenden Körper schmiegen zu können.

Und ihre Macht regte sich endlich, sorgte für ein Gefühl der Rastlosigkeit. Es war Zeit, wieder die Suche nach ihrer Lehrerin aufzunehmen. Als sie losfuhr, sprang ein weiteres Zeichen sie an, diesmal in Form eines Schlüssels, der nach Westen deutete.

Während der nächsten drei Tage fuhr sie Richtung Los Angeles, und sie begann es zu spüren, wenn der Mond aufging. Er nahm zu und war fast voll. Jeden Abend wurde die leuchtende, elfenbeinfarbene Kugel größer, wie eine riesige nachtdunkle Göttin, die langsam ein Auge öffnete, um die Welt, die unter ihr ausgebreitet lag, zu betrachten.

Als der Vollmond kam, fühlte sie sich so empfänglich für das blasse Licht, das wie Sahne über die im Schatten liegende Landschaft träufelte, dass sie nicht schlafen konnte. Sie verließ ihr Motel-Zimmer und ging nach draußen, während Macht unter ihrer Haut floss und sprudelte und dem Mond zustrebte. Am nächsten Morgen, verstört und erschöpft, brach sie zu einer weiteren hypnotisch langen Fahrt auf.

Sie griff beinahe zum Telefon, um Josiah anzurufen, schaffte es aber, sich davon abzuhalten. Sie hatten alles zu wund und offen beendet, aber selbst da hatte er aus einer Haltung realistischer, strenger Selbstdisziplin gesprochen.

Wenn die Möglichkeit bestand, dass sie in Gefahr war, dann galt das auch für das Baby, und wie er gesagt hatte, brauchten gründliche Untersuchungen Zeit. Sollte es entscheidende Entwicklungen geben, würde er sich melden. Dass sie nichts von ihm hörte, hieß, dass es nichts zu sagen gab.

Am Abend leuchtete auf ihrem Telefon eine Nachricht auf. Sie warf alle Selbstbeherrschung über Bord, als sie hinhechtete.

Leute ändern sich vielleicht nicht mir nichts, dir nichts, aber sie ändern sich, wenn sie bereit sind.

Sie setzte sich aufs Bett, die Ellbogen auf den Knien, während sie das Telefon anstarrte, das sie fest umklammert hielt. Antworte nicht. Du verhältst dich nicht vernünftig.

Ihr Telefon leuchtete erneut auf. Molly.

Diesmal spürte sie, wie er wartete. Er mochte in

Atlanta sein, während sie in Südkalifornien war, aber er fühlte sich nah genug an, um ihn zu berühren. Vorsichtig tippte sie eine Nachricht und las sie durch.

`Ich habe das, was ich gesagt habe, ernst gemeint. Wenn du dich je für einen anderen Weg entscheiden solltest, wärst du absolut willkommen, am Leben dieses Babys teilzuhaben.`

Absolut willkommen, ein Teil meines Lebens zu sein. Das schrieb sie nicht.

Sie las sich den Text noch einmal durch. Klang das ausreichend vernünftig? Als wäre sie ausgeglichener, als sie in Wahrheit war? Ach, um Himmels willen, jetzt zweifle nicht ständig.

Sie drückte auf Senden.

Sie und er waren durch einen unsichtbaren Draht verbunden. Er wurde straff, vibrierte vor Spannung.

`Ich habe das, was ich gesagt habe, auch ernst gemeint. Das ist kein Abschied. Hab Geduld.`

Geduld wofür? So viel stand unaufgelöst zwischen ihnen.

Er hatte überhaupt nur gesagt, dass er sie suchen würde. Und dass er die Mutter seines Kindes unterstützen wollte. Er besaß den Anstand, kein unsichtbarer Vater sein zu wollen – und sie hatte diese Tür geöffnet, indem sie ihm von der Schwangerschaft erzählt hatte.

Er wusste nicht, dass sie sich in ihn verliebt hatte,

und sie musste ihm das verdammt nochmal nicht auf die Nase binden.

Sie tippte noch eine Nachricht, las sie durch. Schickte sie ab. Ich war heute bei einer Ärztin in LA. Ich habe ihr erzählt, dass ich im Urlaub bin und gerade herausgefunden habe, dass ich schwanger bin. Sie hat einen Bluttest gemacht und ruft mich an, aber sie sagte, dass das nur noch pro forma sei, da Schwangerschaftstests heutzutage sehr genau wären. Alles sieht gut aus. Ich habe Schwangerschaftsvitamine bekommen.

Das sind wirklich gute Neuigkeiten. Danke, dass du es mir gesagt hast. Sie konnte die Worte beinahe mit jenem leisen, rauen Unterton gesprochen hören, mit dem er seine Stimme sanft werden ließ. Und du bist für heute Abend sicher untergekommen?

Hatte ihn das etwas anzugehen? Sie machte sich fertig, indem sie alles hinterfragte. Ja.

Großartig. Ruh dich gut aus. Wohin bist du morgen unterwegs?

Da war die Grenze, nach der sie suchte. Sie erkannte sie, sobald sie sie sah. Sie mochte ihm ja vertrauen, dass er alles tat, was er konnte, damit sie und das Baby in Sicherheit waren, aber wie er ihr bereits einmal dargelegt hatte, konnte man nicht verraten, was man nicht wusste.

Ich genieße die Küste. Gute Nacht, Josiah.

Alexei.

Ihr Telefon blieb einen langen Augenblick dunkel und leer. Er machte genau dasselbe wie sie, durchdachte alles, entschied, ob die Dinge in Ordnung waren oder nicht. Das war für sie beide eine seltsame neue Wirklichkeit.

`Gute Nacht, Molly.`

IM LAUF DER nächsten paar Tage verfielen sie wieder in ihre Angewohnheit, sich abends Nachrichten zu schreiben. Anfangs hatte sie Angst, dass er reden wollte, und dafür war sie noch nicht bereit. Aber er schlug es nicht vor. Nach und nach freute sie sich auf ihren abendlichen Austausch.

Er teilte keine Details über seinen Job mit, und sie fragte nicht danach.

Sie teilte keine Details darüber mit, wohin sie unterwegs war. Und er fragte nicht noch einmal.

Die Klinik rief mit den Ergebnissen des Bluttests an, aber zu diesem Zeitpunkt war es nur noch eine Formalität. Sie war tatsächlich schwanger.

In der Zwischenzeit riefen die Zeichen sie nach Norden. Nun, da ihre Macht erwacht war, schob sie Molly mit kaum verstandenen Impulsen und Trieben weiter.

Ihre Ohren juckten. Der Mond störte ihren Schlaf, und ein Ozean der Magie erfüllte ihren Körper. Sie hörte die Flut unter ihrer Haut branden. Sie strömte aus ihren Augen, der Nase, dem Mund und tropfte als unsichtbares Ektoplasma von ihren Handflächen.

Sie bemühte sich außerordentlich, niemanden zu streifen. Sie konnte sich nicht beruhigen, um zu meditieren. Sie fühlte sich unberechenbar, ungezähmt wie eine Wildkatze, und sie wusste nicht, wozu sie fähig war oder was sie tun könnte. Wenn sie nicht bald ihre Traumlehrerin fand, würde sie den Subaru verkaufen und den nächstbesten Flug nach Louisville nehmen, zum Sitz der Hexendomäne.

Acht Tage später stand die Sonne schon dicht über dem Horizont, als sie in eine Stadt namens Everwood in Nordkalifornien fuhr. Ihre Augen waren trocken und juckten, und sie hatte Schulterschmerzen vom vielen Fahren.

Sie war es leid, zufällige Zeichen zu deuten, und sie fühlte sich allmählich entmutigt. Sie wollte nur ein Zimmer, das sie länger als ein paar Nächte mieten konnte. Sie brauchte eine Dusche, und ihre Kleider waren schmutzig, daher musste sie auch einen Waschsalon suchen.

Sie wollte Lieferpizza bestellen. Teufel auch, sie wollte eine Massage.

Gerade als sie über die Stadtgrenze gefahren war, stieß sie auf eine Tankstelle und tankte dort. Dann zahlte sie mit einer weiteren Prepaid-Visa-Karte und ging nach drinnen.

„Kann ich Ihnen helfen?", fragte das Mädchen an der Kasse.

„Ich suche für heute eine Übernachtungsmöglich-
keit. Irgendwelche Tipps?"

„Nichts in Everwood ist allzu weit weg." Das
Mädchen grinste. „Es ist eine echt kleine Stadt."

„Wie schön." Es war nicht schön. Es bedeutete,
dass sie in einem weiteren Motel am Straßenrand über-
nachten musste. Sie hatte bisher noch keinerlei
morgendliche Übelkeit verspürt, aber wenn sie noch
eine billige Polyester-Bettdecke sehen musste, kotzte
sie womöglich darauf.

„Das nächste ist ein Motel am Highway. Biegen Sie
an der nächsten Ampel rechts ab, und Sie können es
nicht verfehlen."

Aha. „Was gibt es noch für Möglichkeiten?"

Ein älterer Mann kam von hinten herein. „Guten
Tag, wie geht's?"

Ihr müder Verstand stand still. Es wurde immer
schwerer, sich normal zu verhalten. Sie zögerte zu
lange, während sie nach der richtigen höflichen
Antwort wühlte.

Sowohl der Mann als auch das Mädchen
beobachteten sie, ihre Aufmerksamkeit war gebannt.
Das Mädchen hörte auf, Kaugummi zu kauen.

Fröhlich sagte Molly: „Es ist bald
Sommersonnenwende."

Sobald die Worte aus ihrem Mund kamen, zuckte
sie zusammen. Das klang kein bisschen irre, oder?

Seltsamerweise schien der Mann sich zu
entspannen. Lächelnd sagte er: „Habe ich richtig

gehört, dass Sie nach einer Unterkunft suchen?"

„Ja." Sie beäugte ihn misstrauisch, nicht sicher, ob sie jemandem trauen wollte, der sich bei ihrer Seltsamkeit entspannte. „Können Sie was empfehlen?"

Er nickte. „Folgen Sie dieser Straße etwa eineinhalb Meilen nach Norden. Sie wird nach rechts biegen. Biegen Sie nach links in die Muir Road ab. Da kommen Sie dann den Hügel rauf. Oben ist ein altes Bed-and-Breakfast. Sie können es nicht verfehlen. Es ist ein großes Haus, das auf die Bucht hinausblickt. Auf dem Dach ist ein Witwensteg."

Ein Witwensteg. Das hieß, das Haus war irgendwann im neunzehnten Jahrhundert erbaut worden, es war wohl groß und bot Blick aufs Meer. Und der Gedanke an ein echtes Frühstück klang wie Sirenengesang. Vielleicht konnte sie dort sogar Wäsche waschen.

„Klingt interessant, danke." Sie erwiderte das Lächeln des Mannes.

„Aber gerne." Er erklärte: „Sarah Randall betreibt das Haus. Wenn Sie sich entschließen, da raufzufahren, richten Sie ihr Grüße von Colin und Tallulah aus."

„Mache ich. Guten Abend."

„Ihnen auch."

Zurück im Subaru fuhr sie langsam durch die Stadt. Sie sah gepflegt aus, die Hauptstraße war voller charmanter Läden, die in verschiedenen Farben gestrichen waren, und es gab etliche Seitenstraßen, in denen zweckmäßigere Gebäude wie ein Postamt und ein Gerichtsgebäude standen.

Die Straße schlängelte sich einen Hügel hinauf, der sie über die Dächer der Stadt brachte, durch die sie gerade gefahren war. Sie konnte den Pazifik sehen. Sonnenlicht glitzerte auf der ruhigen Wasseroberfläche. Der nahende Sonnenuntergang würde ein Kaleidoskop feuriger Farben werden.

Häusergruppen in Sackgassen verliefen wie Fraktale auf beiden Seiten der Straße, im Wechsel mit Baumbeständen aus Redwoods. Als sie die Muir Road erreichte, bog sie links ab. Die Straße führte oben am Hügel entlang, wo ein großes viktorianisches Haus mit einem Witwensteg stand, gerahmt vom Gold der untergehenden Sonne.

Selbst für ihren mürrischen, müden Blick war es schön. Sie blinkte, bog in die kurze Auffahrt und fuhr bis zum Haus. Das Grundstück war schön gestaltet, mit Abschnitten hellgrünen Rasens, an den Fliederbüsche und Blumenbeete und große Kübel mit Zitronenbäumen grenzten.

Ein Mann kam um die Ecke des Hauses. Sie schätzte ihn mit einem Blick ab. Er war entweder ein Gärtner oder ein Hausmeister, etwa dreißig, mit breiten Schultern, zottligem blondem Haar, sonnengebräunter Haut und starken Zügen. Er trug ausgeblichene, schmutzige Jeans und ein genauso schmutziges weißes Hemd. Während er zum Subaru marschierte, zog er sich schwere Arbeitshandschuhe von den großknochigen Händen.

„Abend", sagte er, als sie aus dem Auto stieg. Er hatte ein einnehmendes Gesicht, intelligent und freundlich. Erdkrumen bestäubten die gebräunte Haut an seinem Hals. „Kann ich helfen?"

„Ein Mann hat mir vorgeschlagen, hier rauf zu fahren", erklärte sie, beschattete die Augen gegen die glühende Sonne im Westen. „Ist das Sarah Randalls Haus? Er sagte mir, ich solle nach einem Haus mit Witwensteg Ausschau halten. Einem Bed-and-Breakfast."

„Das ist Sarahs Haus." Der Mann streckte eine große, schwielige Hand aus. „Ich bin Sam, ihr Großneffe. Ich halte für sie das Unkraut in Schach."

Molly vergaß ihre kürzlich erworbene Aversion dagegen, jemanden zu berühren, und nahm seine Hand. Seine langen Finger schlossen sich sanft um ihre, dann ließ er sie los.

„Ich liebe die Zitronenbäume."

Seine haselnussbraunen Augen lächelten, als er sich auf dem Grundstück umschaute. „Danke. Ich weiß nicht, ob Sarah noch Gäste aufnimmt, aber man kann immer fragen."

Er meinte nicht, dass das Bed-and-Breakfast voll war, oder? Sie schaute sich um. Der Parkplatz war leer, und diese Aussicht war wirklich spektakulär. „Das mache ich, glaube ich. Im schlimmsten Fall erteilt sie mir eine Absage."

„Das schätze ich auch." Er lächelte ihre Augen an. „Viel Glück."

Dieser direkte Blick ging etwas zu lange. Das war Absicht. Offenbar störte ihn ein Altersunterschied von zehn Jahren bei einer älteren Frau nicht sonderlich.

„Danke." Lächelnd drehte sie sich um und ging mit extra beschwingten Schritten den Weg entlang. Ihr Leben mochte ja ein Exempel für „es ist kompliziert" sein, aber an einem kleinen Ego-Boost war nichts verkehrt.

Die obere Hälfte der Tür war aus facettiertem Glas. Sie bewunderte die Handwerkskunst, während sie klopfte und wartete. Durch das Glas erhielt sie einen verschwommenen Blick auf eine alte Frau, die sich zur Tür bewegte, bevor sie aufging.

Sie berichtigte ihren Eindruck sofort. Die Frau war weniger alt als gebrechlich. Um ihren Kopf war ein weicher blauer Baumwollschal gewunden, und Molly wurde schwer ums Herz, als ihr klar wurde, worauf das hindeutete.

Sie warf einen Blick zur Seite auf den großen Eingangsbereich. Eine Freundin ihrer Mutter hatte im Vorjahr eine Chemo gemacht, und sie war wegen ihrer verlorenen Haare und ihres Aussehens sehr empfindlich gewesen.

„Na, hallo", sagte die Frau.

„Guten Abend. Ich bin Molly. Ich hoffe, Sie haben vielleicht ein Zimmer, das ich buchen kann?", fragte sie. „Colin und Tallulah richten Grüße aus."

Sie bot ihre Hand an. Die andere Frau nahm sie, und als ihre Handflächen sich berührten, spürte sie eine immense Kraft. Sie war ruhig und stark, geschärft wie die von Josiah, und tief wie ein Brunnen.

Sie fiel hinein. Und fiel und fiel …

Ihr schockierter Blick hob sich zum Gesicht der Frau, das dünner und faltiger war als das der Hexe aus ihren Träumen. Aber es war zweifellos dieselbe Frau. Molly starrte in ihre dunklen, mächtigen Augen.

„Ich bin Sarah Randall." Die Hexe lächelte. „Hast ja lange genug gebraucht, um mich zu finden. Komm mal lieber rein."

In den letzten paar Wochen hatte Molly nach und nach den Glauben daran verloren, dass sie die Hexe aus ihren Träumen je treffen würde. Nun standen sie einander direkt gegenüber, und Aufregung und Angst rangen um die Vorherrschaft. „Ich kann es nicht glauben."

Sarah Randall lachte. „Sich von der Traumwelt in die echte Welt zu bewegen kann ein ziemlicher Trip sein." Sie öffnete die Tür und rief: „Sam, würdest du Mollys Gepäck reinbringen?"

Sam richtete sich auf, denn er hatte noch gejätet. „Klar doch."

Sie rief über Sarahs Schulter: „Das Auto ist auf. Danke!"

Er grinste. „Aber gern!"

Sarah schloss die Tür und drehte sich um. „Er ist ein guter Junge."

„Junge?" Molly hob eine Augenbraue. Der erwachsene Mann draußen war alles andere als ein

Junge.

„Ich habe ihn auf dem Schoß gehabt, als er noch keinen Tag alt war", erklärte Sarah mit glitzernden Augen. „Daher ist er für mich auf jeden Fall noch ein Junge. Komm mit."

Molly folgte ihr nach hinten in die Küche. Sie schaute sich fasziniert um. „Das ist nicht wie die Küche im Traum."

„Nicht? Wie war sie für dich?" Sarah ging zum Kühlschrank und holte einen Krug Tee heraus.

„Sie war gelb und grün, und es gab einen riesigen alten Gasherd." Molly warf einen Blick auf den sorgfältig renovierten Raum mit Geräten aus Edelstahl, cremefarbenen Schränken und Granit-Arbeitsplatten.

„Seltsam, für welche Manifestation sich die Magie entscheidet", sagte Sarah. „Diese Küche hatte ich in den Fünfzigern."

Molly nahm den Tee mit gemurmelten Dankesworten entgegen und beäugte die ältere Frau verstohlen, während sie am Frühstückstisch auf den Stuhl ihr gegenüber glitt. Trotz ihrer Krankheit wirkte Sarah kaum alt genug, um in den Fünfzigern geboren zu sein, vom Besitz einer Küche ganz zu schweigen.

„Sie sind eine jener Hexen, die älter sind, als sie aussehen, Mrs. Randall."

„Nenn mich doch Sarah. Eine ‚jener Hexen'?" Sarah hob die Augenbrauen. „Wie vielen bist du begegnet?"

„Einem Hexer, vor dir." Der Tee war köstlich, und

sie trank durstig. „Ich denke, er wurde gegen Ende des russischen Zarenreichs geboren. Er brachte mir ein paar Dinge bei, die verhinderten, dass ich durchdrehte.“

Sarah betrachtete Molly neugierig. „Was für Dinge?“

„Meine Macht fing an, sich telekinetisch zu manifestieren, daher zeigte er mir, wie man sich konzentriert und sie willentlich einsetzt. Er sagte auch, dass ich irgendwann die Fähigkeit erhalten würde, meinen Alterungsprozess zu verlangsamen, so wie er es gemacht hat. Ich nehme an, du hast das auch getan?“

„Ja, ich bin sehr viel älter, als ich aussehe.“ Sarahs Gesicht wurde sardonisch. „Und mit einer solchen Macht, wie du sie besitzt, wirst du dieselbe Wahl treffen können, aber du solltest dir das gut überlegen. Du magst zwar ein verlängertes Leben erhalten, aber du wirst viel aufgeben müssen, um es zu bekommen.“

„Das habe ich mich bereits gefragt. Der Hexer, der mir geholfen hat, sagte, er hätte die Kinder seiner Kinder an Altersschwäche sterben sehen, und er sieht aus, als wäre er Mitte vierzig.“ Sie schaute auf ihr Glas hinab und gab widerstrebend zu, wie sehr sie Josiah vermisste.

Sarah nickte. „Wenn du den Jugendzauber anwendest, wirst du früher oder später von all deinen Lieben Abschied nehmen, von ihren Kindern und Enkeln. Es ist eine schwere Wahl, und irgendwann wirst du trotzdem sterben. Wir sind immerhin alle

Menschen, aber du wirst dem Tod erst dann gegenüberstehen, wenn alle, die du gekannt und geliebt hast, schon sehr lange tot und begraben sind."

„Ich verstehe."

„Schau nicht um meinetwillen so niedergeschlagen", sagte Sarah sanft. „Ich bin kein Opfer. Ich wusste, was ich tat, als ich den Zauber wirkte. Für alles, was ich aufgegeben habe, erhielt ich ein sehr langes, reiches und interessantes Leben. Das ist nur die Folge dieser Wahl. Außerdem melde ich mich noch nicht ganz ab."

„Nein, tust du nicht", sagte Sam von der Tür. „Du hast mir ein Versprechen gegeben. Du bleibst noch mindestens ein Jahr, hoffentlich zwei."

„Du weißt, dass ich nichts versprechen kann", erwiderte Sarah. „Wir werden sehen, wie viel Zeit mir die Chemo verschafft."

„Ich lasse dich nicht vom Haken", erklärte Sam. „Ich will dich mindestens zwei weitere Jahre lang in meinem Leben haben, also fokussier dich darauf, es möglich zu machen. Du hast immer gesagt, man könnte mit ausreichend Konzentration alles erreichen."

Sarah lächelte. „Ich werde sehen, was sich tun lässt."

Sam genehmigte sich ein Glas Tee und trank ihn, während er an der Spüle stand. Sein warmer, haselnussbrauner Blick begegnete dem von Molly, während er sagte: „Ich habe Mollys Gepäck in das Turmzimmer mit Meerblick gestellt. Ist das in

Ordnung?“

„Das ist perfekt. Bleibst du zum Abendessen?“

Er schüttelte den Kopf. „Ich stinke wie ein Büffel. Ich muss duschen, und ich habe ein paar Verträge, die ich heute Abend durchgehen muss, außerdem einen Termin morgen früh.“

Nachdem er aufgebrochen war, sagte Sarah: „Sam ist Landschaftsarchitekt. Er betreibt ein sehr gefragtes Büro.“

Molly sagte zu ihr: „Es ist schön, wie er auf dich aufpasst.“

Sarahs Gesicht wurde weich. „Ich nenne ihn Großneffe, aber eigentlich stecken da ein paar mehr ‚Groß-‘ drin. Er und ich sind die letzten aus unserer direkten Familie. Er ist ein guter Mensch – stark, nett, und er hat sich wunderbaren Dingen verschrieben.“ Sie schob sich hoch. „Komm mit, ich zeige dir das Haus.“

Es war ein geräumiges Gebäude. Von außen wirkte es, als hätte es drei Stockwerke, aber Sarah ging mit ihr nur durch zwei. An einem Ende des Flurs im zweiten Stock gab es eine verschlossene Tür. Molly nahm an, dass sie zu einem Speicher führte.

Neugier ließ sie stehenbleiben. Vor ihrem inneren Auge konnte sie Funken fühlen beziehungsweise sehen, die über ihrem Kopf hingen wie Sterne. „Was ist das?“

„Das ist meine Werkstatt“, erwiderte Sarah. „Ein paar Dinge da oben sind gefährlich. Ich halte sie verschlossen, damit sich keine Fremden da oben herumtreiben.“

„Verstanden“, murmelte sie. Wie würde die Werkstatt einer sehr alten Hexe aussehen? Wenn sie Glück hatte, zeigte Sarah sie ihr vielleicht irgendwann.

Oben gab es insgesamt acht Zimmer, darunter Mollys Turmzimmer, in das sie sich auf den ersten Blick verliebte, und zwei Bäder, eines auf jeder Seite des Hauses. Die Räume waren klein, aber die Bäder waren geräumig und mit Duschen renoviert, die in Badewannen mit Klauenfüßen angebracht waren, die Duschvorhänge hingen von ovalen Metallringen, und es gab weiß gestrichene Schränke und Böden aus Carrara-Marmor.

In der unteren Etage waren eine große Eingangshalle, ein gemütlicher Empfangsraum, Sarahs Schlafzimmer, das einst die Bibliothek gewesen war, ein formelles Esszimmer, die große Hauptküche mit einem Frühstückstisch und eine weitere große Küche, die als Anbau an das Haupthaus konzipiert war.

Dieser Raum hatte auf drei Seiten Fenster und war ideal geeignet, um im Sommer der heißen, schweren Arbeit des Einweckens nachzugehen, ohne den Rest des Hauses aufzuheizen. Der Bereich unter den Arbeitsflächen stand voller Stiefel, Gärtnerwerkzeug und anderem Kram.

Zu guter Letzt gab es eine Speisekammer, eine Waschküche und ein Klo, das mit modernem Inventar und einer kleinen Dusche mit einer Sitzbank zu einem winzigen Bad gestaltet worden war.

Wie alle viktorianischen Häuser war auch dieses

eine riesige, teure Schönheit, und etliche Gegenstände und Bereiche glühten vor Magie, nicht mit den hellen, gefährlichen Funken des Speichers, aber mit sanfter, weicher Unaufdringlichkeit.

In einem Küchenfenster hing ein Stück Buntglas mit einem runden Muster, das sich ewig zu wiederholen schien.

Ein kleiner, rustikal wirkender Besen, an den ein blaues Band gebunden und der mit Frühlingsfarben verziert war, hing nahe der Haustür an der Wand. Ein gusseiserner Leuchter stand in dem sauberen Kamin im Empfangszimmer, bestückt mit nach Lavendel duftenden Bienenwachskerzen, die selbstgemacht aussahen und sich sanft, aber tief magisch anfühlten.

Vor den Glastüren in der Frühstücksecke befand sich eine Veranda mit einem runden Tisch und Stühlen. Die Tischplatte war ein Mosaik mit einem Pentagramm, aus leuchtend poliertem Glas und Stein gefertigt. Das Muster wiederholte sich auf dem Fliesenboden der Veranda. Weiter draußen auf dem Grundstück breitete sich ein großes Labyrinth aus kleinen weißen Steinen in einem weitläufigen Garten aus.

Das Haus an sich wäre schon ein Kunstwerk gewesen. Mit der Magie, die im Lauf der Jahre in die Wanddekoration und die Möbel und Gebrauchsgegenstände gewoben worden war, wohnte dem Ort eine Komplexität inne, sowohl visuell als auch mental, die Molly anziehend fand.

Sarah bewegte sich, als würden ihre Glieder

schmerzen, und setzte sich wieder an den Küchentisch. „Du bist eingeladen zu bleiben, während du und ich uns kennenlernen. Vielleicht passe ich als Lehrerin nicht zu dir, und Everwood hat seine Seltsamkeiten, darum fühlt sich hier nicht jeder wohl. Du bist der einzige Gast, also sei so gut und putz dein Zimmer selbst und kümmere dich um deine Bettwäsche und Handtücher. Wenn du im Ort eine Unterkunft findest, in der du bleiben willst, können wir uns auch überlegen, wann du für Unterrichtsstunden hochkommst.“

„Natürlich. Wie viel verlangst du pro Nacht?“ Sie runzelte die Stirn. „Und würdest du eine Monatsmiete in Betracht ziehen?“

Die andere Frau winkte ab. „Ich verlange nichts von dir.“

Molly schüttelte den Kopf. „Ich kann nicht umsonst hier wohnen. Ich muss dir irgendwas bezahlen.“

„Ich brauche dein Geld nicht. Täte ich es, würde ich es verlangen.“ Sarah betrachtete sie. „Ich bin mal offen. Wir können es uns nicht leisten, dass ich dich jahrelang unterrichte, oder dass du in deiner Freizeit lernst. Du wärst besser dran, wenn du hier wohnen würdest. Es ist billiger, als wenn du für eine Unterkunft zahlen musst. Denn so müsstest du nur Teilzeit arbeiten.“

„Ich brauche gerade keinen Job.“ Molly lächelte. „Wenn ich hierbleibe, kann ich einkaufen und kochen, und ich kann auch beim Putzen helfen. Wenn du mich unterrichtest, kann ich dich im Gegenzug unterstützen. Das ist einfach richtig."

Sarah nickte. „Wir können es uns immer noch anders überlegen, wenn es nicht funktioniert." Sie beäugte Molly. „Was meinst du?"

Molly tippte nachdenklich mit den Fingern auf den Tisch. „Ich denke, du solltest die ganze Geschichte kennen, bevor du dich entscheidest, mich aufzunehmen", erwiderte sie. „Mein echter Name ist nicht der auf meinem Ausweis. Mein Mann hat versucht, mich zu töten, und jetzt ist er tot. Die Polizei will mich verhören, und nein, ich habe ihn nicht getötet. Der Hexer, von dem ich dir erzählt habe … Es ist kompliziert. Ich bin von ihm schwanger. Er und sein Zirkel jagen einen alten, gefährlichen Hexer, der die Macht anderer Hexen stiehlt, um sein Leben zu verlängern. Das hat vielleicht etwas damit zu tun, wie mein Mann gestorben ist, und wer auch immer das ist, will mich eventuell ebenfalls tot sehen. Wir sind uns da noch nicht ganz sicher."

Sie hielt inne, damit Sarah Gelegenheit hatte zu reagieren. Die alte Hexe sagte nichts, bedachte sie nur mit einem ruhigen, nicht verurteilenden Blick.

„Willst du mich rauswerfen?"

Sarah sagte sanft: „Ich will dir nur um so mehr helfen."

Mollys Blick wurde sanft, aber dann holten ihre eigenen Worte sie ein. „Moment. Josiah sagte, dass jede Hexe irgendwann vor einer Wahl steht. Entweder geht sie integer aus dem Leben, oder sie stiehlt, was verboten ist – die Macht eines anderen. Aber warum gibt es keine dritte Möglichkeit?“

Sarah kniff die Augen zusammen. „Was meinst du?“

„So, wie ich das sehe, haben wir zwei drängende Probleme“, sagte Molly. „Das erste ist Zeit. Du musst mir beibringen, wie man dein Leben verlängert. Du musst meine Macht nicht stehlen. Ich habe im Moment sowieso zu viel, um sie zu beherrschen. Solange wir es vermeiden können, mich vollständig auszulaugen, würde ich nur zu gerne helfen, dich zu stützen.“

„Das würdest du tun?“ Sarahs Gesicht öffnete sich vor Verwunderung. „Was für ein freundliches Herz du doch hast. Ich fürchte, meine Krankheit ist zu weit fortgeschritten, als dass deine Gabe viel mehr tun könnte, als mir ein wenig Zeit zu verschaffen, aber ich würde Sam gerne so viel Zeit geben, wie ich kann, und so lange wie möglich hier sein, um dich zu unterrichten.“

„Dann tun wir es.“

„Was ist dein zweites drängendes Problem?“

Sie lächelte Sarah an. „Niemand verletzt mein Baby, und ich werde nicht warten, bis jemand kommt, um mich zu retten, falls ich in Schwierigkeiten gerate. Daher muss ich lernen, wie man kämpft, falls es zu einer Konfrontation mit einer anderen Hexe kommt.“

Kapitel 17

IN Atlanta schritten verschiedene Untersuchungen voran.

Obwohl Josiah alles tat, um Molly spurlos verschwinden zu lassen, hatte keines der anderen Mitglieder des Zirkels noch Vertrauen in den Unterschlupf, da sie nun möglicherweise verraten konnte, wo er sich befand.

Daher säuberte Richard ihn. Er entfernte die Zauber, füllte den Tunnel auf und schloss das Loch im Keller, holte das Überwachungswerkzeug heraus und wischte im Haus von oben nach unten methodisch die Fingerabdrücke ab. Wenn er fertig war, würde Josiah es verkaufen und ein neues kaufen, und sie würden die aufwendige Arbeit beginnen, einen neuen ländlichen Unterschlupf im Einzugsgebiet der Stadt einzurichten.

Mit ihrer Buchhaltungsforensik hatten Henry und Steven mehrere Wege von und zu der russischen Bank, den Seychellen und Sherman & Associates nachverfolgt, aber ein erkennbares Muster musste sich erst noch finden.

Es war nicht klar, ob die Anwaltskanzlei Geld

wusch oder für geleistete Dienste bezahlt wurde. Vielleicht beides? Sie wussten nur eines sicher. Die Verbindung zwischen Sherman & Associates und einer russischen Organisation oder Firma war stark und unübersehbar.

Anson und Maria legten weiterhin penibel Akten über jede interessante Person in Atlanta an – jeden, der womöglich ihr Ziel war. Josiah hätte Russell selbst verdächtigt, wäre das nicht offenkundig unmöglich gewesen. Körper veränderten sich mit der Zeit, und mit plastischer Chirurgie ließen sich mühelos Gesichtszüge umformen, aber Russell war gute zehn Zentimeter kleiner als Rasputin damals, und obwohl er etliche magische Gegenstände trug, besaß er selbst keine Macht.

Josiah las Akten, baute Szenarien auf, um jede Person zu treffen, die sie ausgekundschaftet hatten, bearbeitete Fälle und befahl eine genaue Überprüfung des Sullivan-Anwesens. Aber er war nicht bei der Sache. Er war nicht bei der Sache, seit er aus New Orleans zurückgekehrt war.

Eines Abends wartete Anson nach der Arbeit in der Wohnung auf ihn, saß auf dem Sofa, die Wohnzimmerbeleuchtung eingeschaltet.

Josiah hielt inne, dann schloss er die Tür hinter sich ab. Sie trafen sich nur selten persönlich, führten ihre Geschäfte lieber per E-Mail, schrieben sich Nachrichten und telefonierten hin und wieder. „Anson? Was brauchst du?"

„Ein Gespräch mit dir. Was unternimmst du wegen dieses Trackers auf deinem Audi, da Richard nun den Unterschlupf bereinigt?“

„Nichts.“ Josiah trug seinen Aktenkoffer, sein Jackett und eine Tüte mit Fertigessen zum Küchentresen. „Ich gehe zur Arbeit, ich kehre in die Wohnung zurück, und ich mache normale Sachen, die ein Bezirksstaatsanwalt machen würde. Wenn jemand seine Energie darauf verschwenden möchte, das zu verfolgen, soll er doch. Wenn wir den Tracker entfernen, sind die Beobachter informiert, dass wir von ihnen wissen.“

Anson stand auf und folgte ihm. „Du hattest einen guten Grund, dir von Richard den Rücken decken zu lassen. Auf einmal ist es in Ordnung, dass er es nicht mehr tut?“

„Wir haben nicht genug Leute“, sagte Josiah müde. „Also decke ich mir selbst den Rücken.“

„Was ist los?“, fragte der ältere Mann. „Du warst immer der schärfste Barrakuda in unserem Fluss, und du bist *immer* wegen jeder kleinen Einzelheit hinter allen her gewesen. Du hast den Rest von uns dazu angehalten, geduldig und methodisch zu sein – ich bin mir sogar sicher, dass wir darum so lange unentdeckt geblieben sind.“

Josiah spießte den Mann mit einem harten Blick auf. „Ich bin immer noch der schärfste Barrakuda im Fluss.“

„Ok“, erwiderte Anson grimmig. „Schau, an deiner

Logik ist nichts zu bemängeln – Logik ist nicht das Problem. Und nein, wir haben nicht genug Leute, aber etwas an dir ist anders. Darum bin ich hier. Du bist anders, seit du in den Schlamassel mit dieser Sullivan verwickelt wurdest."

„Was soll ich denn sagen?" Er riss sich die Krawatte herunter und warf sie auf den Tresen.

„Ich will, dass du mir sagst, was los ist, denn ich weiß, dass etwas ist! Wir kennen uns schon verdammt lange, Josiah."

Josiah rieb sich über den Nasenrücken, hatte es plötzlich satt, auf diesen Namen zu hören und alles zurückzuhalten. „Molly ist schwanger. Das Kind ist von mir. Ich bin am langen Wochenende nach New Orleans gereist, um sie zu treffen. Und ich will sie so bald wie möglich wiedertreffen. Ich muss nur eine Möglichkeit finden, sie dazu zu überreden."

Anson machte große Augen. „Du bist der letzte, von dem ich das erwartet hätte. Von uns allen dachte ich, dass Maria oder Steven am ehesten für die Verlockung eines neuen Lebens empfänglich wären."

„Auf die beiden hätte ich auch gesetzt. Sie sind ausgeglichener und offener." Josiah ging zur Whiskyflasche, goss ein wenig in ein Glas und hielt die Flasche stumm Anson hin, der nickte. Er goss ein zweites Glas ein und schob es über den Tresen.

Anson nahm einen großen Schluck. „Wir haben alle etwas Wertvolles an diesen Bastard verloren. Meine Frau, Marias Tochter, Stevens Eltern, Richards Truppe,

Henrys Verlobte. Aber du – du hast Jahre verloren. Niemand war hasserfüllter als du – und niemand von uns wurde stärker getrieben."

„Oh, ich hasse ihn nach wie vor." Josiah kippte seinen Drink weg und goss sich noch einen ein. „Und ich will ihn immer noch tot sehen. Aber was, wenn ich anfange, etwas anderes mehr zu wollen als das?"

Dieses Baby und ich verdienen jemanden, für den wir immer an erster Stelle stehen.

Und ich warte nicht auf dich.

„Du bist müde", sagte Anson leise, sein Blick scharf.

„Sie sagte, diese mysteriöse, schreckliche Person, die mir vor all den Jahren so schlimm wehgetan hat, hätte mich innerlich zerfressen." Er seufzte. „Und sie hatte recht. Ich habe ihn zu meiner Mission gemacht. Ich habe *zugelassen*, dass er mich innerlich zerfrisst. Ich habe ihm Jahrzehnte meines Lebens gegeben, und ich meine nicht nur die, die er sich genommen hat, als ich gefangen war. Das muss aufhören."

Anson blickte auf die bernsteinfarbene Flüssigkeit in seinem Glas und schwenkte sie. Er murmelte: „Ich hätte für meine Frau alles aufgegeben. Unser Leben verlief anders, aber ich hätte es getan, wenn ich gemusst hätte."

Was versuchte Anson ihm zu sagen? Josiah runzelte die Stirn und brachte sich wieder auf Kurs. In letzter Zeit hatte er das viel zu oft tun müssen. „Marias Visionen haben uns beständig nach Atlanta geführt,

Anson. Er ist hier. Er muss hier sein."

Anson trank seinen Whisky aus. „Maria hat schon früher Fehler gemacht, und er ist zu gut darin, seine Spuren zu verwischen. Wenn nicht bald etwas in Bewegung kommt, sollten wir vielleicht darüber nachdenken, etwas zu tun, um es zu provozieren."

„Vielleicht", sagte Josiah. „Ich weiß nur, dass ich offenbar eine Frist erhalten habe."

„Was bedeutet das?" Anson musterte ihn genau. „Du bist nicht nur der Anführer unseres Zirkels. Du bist auch unser Geldgeber."

„Ich weiß nicht, was das bedeutet." Josiah lächelte Anson beruhigend an, als der Mann zögerte. „Wenn ich es herausgefunden habe, lasse ich es dich und die anderen wissen. Keine Sorge, ich ziehe niemandem den Boden unter den Füßen weg. Die Mission ist immer noch wichtig."

Als der ältere Mann weg war, dachte Josiah darüber nach, sein Fertigessen zu verzehren, aber er hatte keinen Appetit mehr, daher nahm er eine heiße Dusche. Später, als er sich endlich das kalte Essen auf den Teller kippte, leuchtete sein Telefon auf.

Das Beste an seinen Tagen waren die Textnachrichten von Molly. Er lächelte vor sich hin und schaute auf den Bildschirm.

Ich habe meine Lehrerin gefunden. Und es ist zu früh, um es sicher zu sagen, aber vielleicht habe ich eine neue Heimat für mich und das Baby.

Eifersucht verzehrte ihn. Er wählte ihre Nummer und lauschte dem Klingeln. Und Weiterklingeln.

Schließlich nahm sie ab. „Ich weiß nicht, wie ich dazu stehen soll. Textnachrichten und Neuigkeiten in Sachen Baby sind in Ordnung, aber wo ist die Grenze?"

Zieh keine Grenze gegen mich auf!, brüllte er beinahe. Sein Körper spannte sich an. Sanft, sanft jetzt. „Wirf mir nichts vor, *Milaja.*"

„Josiah", flüsterte sie.

Genauso, wie sie es vor zu vielen Tagen geflüstert hatte, die Lippen auf seine Haut gedrückt. Sein Körper ging in Flammen auf. Er schloss die Augen und flüsterte zur Antwort: „Ich respektiere deine Grenzen. Ich bitte dich darum, sie zu verschieben."

Er hörte, wie sie atmete. Leg nicht auf.

Sie legte nicht auf.

„Erzähl mir von deiner Lehrerin", lockte er sie.

„Sie ist sehr alt, nahe ihrem Lebensende. Sie ist ein guter Mensch. Wir werden einander sehr viel helfen können, glaube ich. Und mein Schlafzimmer heute Nacht ist in einem Turm in einem großen, alten viktorianischen Haus."

Er wagte es, sich ein wenig zu entspannen. „Beschreib es mir."

„Es gibt vier hohe Fenster, und entweder steht das Haus schief, oder die Küste krümmt sich, denn ich kann aus allen den Ozean sehen. Es gibt ein Doppelbett mit einem Rahmen aus Walnussholz. Es ist mit einem selbstgemachten Quilt in verblichenen Farben bezogen, und ich habe einen gemütlichen Sessel. Ich sitze gerade darin und schaue aufs Wasser. Ich werde der Brandung lauschen können, wenn ich einschlafe."

„Schön", murmelte er, seine Stimme rau. Er legte einen Augenblick eine Hand auf das Telefon und schleuderte dann seinen Teller wild durch den Raum. Er zersprang an der Wand. „Du klingst glücklich."

„Naja, es ist kompliziert", sagte sie trocken. „Aber ich bin glücklich, dass ich hier bin, und ich fühle mich sicher."

„Das ist sehr schön zu hören. Du hättest dich immer sicher fühlen sollen – hättest immer sicher sein sollen."

Die Wahrheit war, dass sie ohne ihn besser dran war. *Das hatte er immer gewusst.* Er war ein schlecht gelaunter Hurensohn. Er wusste nicht, wie man anders war als kalt, brütend und getrieben.

Zögerlich fragte sie: „Wie läuft es für dich?"

„Naja, das ist auch kompliziert", erklärte er und passte sich ihrem ironischen Ton an.

„Kann ich mir vorstellen." Sie wurde still.

„Es ist nicht so, dass ich dir nichts erzählen will oder muss, *Milaja*, aber ich bin mir nicht sicher, wie viel ich am Telefon sagen sollte", erklärte er sanft.

„Ich … verstehe." Plötzlich fragte sie: „Bist *du* in Sicherheit?"

Eine überraschte Wärme breitete sich in ihm aus.

„Heute Nacht bin ich sehr sicher."

„Richtig. Heute Nacht bist du es. Vielleicht sollten wir nicht mehr reden."

Ihre plötzliche Heftigkeit rüttelte ihn auf. *„Leg nicht auf."*

„Warum? Was versuchen wir hier zu tun – die Beziehung irgendwie weiterzuführen, aber nicht wirklich, während du dich in Gefahr begeben und eine Rachemission verfolgen darfst, oder manchmal auch nicht, und ich nichts darüber wissen darf? Ich habe es dir bereits einmal gesagt. Ich kann nicht die Geliebte zu deiner Frau sein."

Ich warte nicht.

Sein Whiskyglas zerbrach. Als er hinabschaute, stellte er fest, dass er die Scherben so fest umklammerte, dass er sich eine davon in die Handfläche getrieben hatte. Blut tropfte auf die Granitarbeitsplatte. Er sagte: „Triff dich nächstes Wochenende mit mir."

Sie stieß ein ungläubiges Lachen aus. Er hörte die Anspannung darin. „Du machst Witze. Oder?"

Mit steifer Selbstbeherrschung hielt er seine Stimme gleichmütig, bestimmt. „Ich muss dir Dinge sagen, und ich glaube, die sollte man persönlich besprechen. Ich werde am Freitagabend im Venetian Resort in Las Vegas sein, und ich werde dort bis Sonntagabend auf dich warten. Es liegt an dir, ob du auftauchst oder nicht, aber ich hoffe darauf, *Milaja*. Sei dir einfach darüber im Klaren, dass ich da sein werde."

„Was versuchst du denn jetzt?", flüsterte sie.

„Komm und finde es raus."

„Ich lege jetzt auf." Abrupt brach sie die Verbindung ab.

Er stand da und betrachtete den Saustall, den er angerichtet hatte. Den zerschellten Teller mit Essen, das Blut auf dem Tresen, sein Leben.

Von Molly kam eine Nachricht. Ich weiß nicht, ob ich komme. Ich muss nachdenken, also lass mir etwas Raum. Ruf nicht an und schreib nicht.

Verstanden, erwiderte er.

Instinktiv wusste er, dass nun kein guter Zeitpunkt war, sie zu drängen. So schwer es auch war, diese abendlichen Gespräche aufzugeben, wandte er sich der Arbeit zu und blieb dabei, nahm sich lediglich die Zeit, um ausgeklügelte Reisepläne auszuarbeiten, die sein wahres Ziel für alle potentiellen Beobachter verschleiern würden.

Würde sie kommen? Gedanken an sie verzehrten ihn. Verspätet erkannte er, wie gefährlich er geworden war, für sich und seinen Zirkel.

Am Freitagabend, nachdem er im Venetian eingecheckt hatte, schrieb er ihr die Nummer seiner Suite. Sie antwortete nicht. Sie wohnte irgendwo an der Küste, also konnte es sein, dass sie noch im Flugzeug saß.

Er duschte, zog sich eine Jeans und ein T-Shirt an, bestellte ein Steak aufs Zimmer und ließ es kalt werden, während er rund um die Suite Schutzzauber wirkte.

Dann tigerte er durch die großen, cremefarbenen und braungrauen Räume wie ein eingesperrtes Tier, rasend wegen der selbstauferlegten Einschränkungen.

Er würde ihr nicht noch einmal schreiben. Er würde warten, wie er es versprochen hatte.

Kurz vor neun Uhr klopfte es an der Tür. Er schnellte hoch und riss sie auf. Sie stand mit einer Handtasche auf der Schulter im Gang, in Sandalen, einem locker sitzenden Baumwolloberteil und einer fließenden Caprihose. Sie hatte keine Tasche fürs Wochenende, und ihr Gesicht war angespannt und blass.

Er nahm jede Einzelheit in sich auf, den Mund fest geschlossen. Was sie ihn alles durchmachen ließ. Sie war hier, aber nur gerade so. Sie war das Atemberaubendste, was er je gesehen hatte.

Schließlich fragte er mit einem grimmigen Lächeln: „Hab ich dir so richtig verdammt schmerzhaft gefehlt?"

Ihre Augen funkelten. Sie wirkte, als wüsste sie nicht, ob sie lachen oder ihn ohrfeigen sollte.

Er trat zurück, hielt die Tür weit auf. Sie marschierte hinein wie eine Tigerin und warf ihre Tasche auf einen Stuhl.

Dann fuhr sie zu ihm herum. „Was?", fuhr sie ihn an. „Warum bin ich hier?"

Sie war sehr wütend. Aber trotzdem war sie hier.

Ernst erwiderte er: „Nur du kannst beantworten, warum du gekommen bist, *Milaja*."

Sie machte eine ungeduldige Geste. „Es gab Dinge, die du mir persönlich sagen musstest. Also sag sie."

Er wollte sie anspringen, sie auf den Teppich zerren, ihr in den Nacken beißen. Bei diesem ungebärdigen Gedanken wurde sein Schwanz steif, und er wandte sich ab. Jeder Quadratzentimeter ihres Körpers tat laut kund, dass sie eine körperliche Annäherung in diesem Augenblick nicht so willkommen geheißen hätte, wie es in New Orleans der Fall gewesen war.

Er war so dicht davor, sie zu verlieren, falls es nicht schon geschehen war. Sie hatte keine Tasche dabei, das hieß, sie war nicht als Geliebte hier. Sie war vielleicht nur als Mutter seines Kindes anwesend.

Anstatt sich ihr zu nähern, ging er ruhelos in der geräumigen Suite auf und ab. „Du hast gesagt, du würdest nicht warten. Triffst du dich mit jemandem?"

Sie explodierte. „Was ist verdammt nochmal mit dir los? Ich bin schwanger. Du und ich waren vor erst wenigen Wochen zusammen. *Mein Mann ist letzten Monat gestorben!* Für was hältst du mich? Und außerdem geht es dich nichts an."

Er war an den deckenhohen Fenstern angekommen und verschränkte die Arme, während er hinaus auf die abendlichen Lichter starrte. Las Vegas funkelte in der Nacht. Sogar bei seinem schwachen Spiegelbild in der Scheibe erkannte er, wie seine Augen brannten.

Dreh dich nicht um, lass sie nicht sehen, was in deinem Gesicht ist.

Als er zuversichtlich war, dass er zurückhaltend klingen würde, erwiderte er: „Du darfst dich treffen, mit wem und wann du willst. Du hast selbst gesagt, dass du und Sullivan schon lange keine echte Ehe mehr geführt habt. Und für was ich dich halte? Ich halte dich für eine schöne Frau voller Kraft und Integrität. Du bist eine Frau, die zu ihrem Wort steht. Du hast mir einige ziemlich weitreichende und wichtige Dinge gesagt, und ich bitte dich um eine Klarstellung."

Die Stille pulsierte. „Ich bin nicht daran interessiert, mich mit jemandem zu treffen", erklärte sie, ihre Stimme unnatürlich durch unterdrückte Gefühle. „Ich habe meine Ausbildung mit Sarah gerade erst begonnen, und wie ich erklärt habe, ist mein Leben kompliziert."

Er nickte. Seine Hände waren unter seinen verschränkten Armen zu Fäusten geballt. „Hättest du Interesse daran, dich mit mir zu treffen, wenn unsere Leben passend eingerichtet wären, um das zu tun?"

„Sind sie nicht", erwiderte sie ausdruckslos.

Er beobachtete ihr Spiegelbild. Sie ging hinüber, um sich auf die Bettkante zu setzen, und legte den Kopf in die Hände.

„Denn ich würde mich mit dir treffen", sagte er leise. „Ich würde dich treffen, wann immer du mich lässt. Ich würde mit dir zu den Arztterminen gehen, bei jedem Ultraschall daneben sitzen, mit dir dem Herzschlag des Babys lauschen. Ich würde dich morgens lieben, während wir den Rest der Welt ausschließen, und ich würde dich in den Nacken küssen, während du uns Frühstück machst."

Das hatte er in New Orleans getan. Er erkannte den Augenblick, in dem sie sich daran erinnerte, als ihr Kopf sich hob.

Sie wischte sich übers Gesicht und flüsterte: „Was willst du von mir?"

„Ich will einen Zeitplan", sagte er sofort. „Ich will verhandeln. Wir haben beide Dinge gesagt, als die Gefühle hochkochten, und jetzt will ich wissen, was sie bedeuten. Du hast recht. Du verdienst jemanden, für den du und das Baby immer an erster Stelle stehen, und ich will die Gelegenheit, mich um diesen Job zu bewerben. Wenn es so einfach wäre, dass ich nur meine Arbeit kündigen müsste, hätte ich es bereits getan und wäre umgezogen, aber ich habe fünf Zirkelmitglieder, die von mir abhängig sind. Wir haben alle schreckliche Verletzungen durch die Person erlitten, die wir jagen. Sie haben Menschen an ihn verloren, die sie geliebt haben — eine Ehefrau, eine Tochter, eine Verlobte, Kameraden, Eltern — und ich bin derjenige, der sie überzeugt hat, sich mir bei dieser Aufgabe anzuschließen. Ich bin ihnen etwas schuldig, Molly. Ich glaube nicht, dass ich die Art Mann wäre, mit dem du zusammen sein willst, wenn ich sie einfach im Regen stehen ließe."

„Ok", sagte sie und klang ruhiger. „Ich verstehe, wie wichtig das ist, und du hast recht. Ich würde nicht viel von jemandem halten, der diese Verpflichtungen fallenlassen und abhauen könnte, daher verstehe ich, warum du reden wolltest."

Die stechende Anspannung in seinen Schultern ließ ein wenig nach. „Danke."

Sie kam herüber, um ihm sanft eine Hand auf den Rücken zu legen. „Hör nur, wie vernünftig wir klingen."

Er wirbelte herum, um sie an den Oberarmen zu packen. Die Plötzlichkeit ließ sie zusammenzucken. „Nichts daran ist vernünftig. Die Gefühle, die du und ich haben, *sind nicht normal*. Ich bin besessen von dir. Ich kann nicht aufhören, an dich zu denken, und daran, wie deine Haut schmeckt, an den Klang deines Lachens, die Art, wie du dem Leben mit so begeisterter Vorfreude entgegentrittst."

Ihre Lippen bebten. „Ich kann auch nicht aufhören, an dich zu denken."

„Na Gottseidank." Er strich ihr mit einer Hand übers Haar. „Denn die Gedanken an dich stören mich bei meiner Arbeit, bei meinen Entscheidungen. Ich kann nicht schlafen. Ist das Liebe? Ich weiß es nicht. Ich war noch nie verliebt. Ich weiß nur, dass ich bereit bin, beinahe alles wegzuwerfen, nur um die Gelegenheit zu bekommen, mit dir zusammen zu sein."

„Josiah …"

„Nenn mich nicht so", zischte er.

„Ich muss dich irgendwie nennen." Die pragmatischen Worte standen im Gegensatz zu der Art, wie sie sein Gesicht berührte. „Ich will mich mit allem auf dich werfen, was ich habe, und wenn es nur um mich ginge, würde ich es tun und mit den Risiken leben. Aber in meinem Leben geht nicht mehr nur um mich.“

„*Ich weiß*. Ich verstehe es.“ Er fing sich, dann fügte er leiser hinzu: „In meinem Leben geht es auch nicht mehr nur um mich.“

„Wie groß ist die Gefahr, in der du und die anderen schweben?“ Sie musterte sein Gesicht.

„Ich weiß es nicht“, erklärte er wahrheitsgemäß. „Es hängt von der Situation ab. Nach allem, was er mir sagte, während er mich gefangen hielt, ist dieser Hexer über tausend Jahre alt – er ist gefährlich, gerissen und hat keine Prinzipien, und wir verwischen wie besessen unsere Spuren. Ich weiß nur sicher, dass es immer gefährlicher wird, je näher wir an ihn herankommen. Unsere Seherin glaubt, dass er sich in der Gegend von Atlanta aufhält, und wir haben andere Hinweise darauf entdeckt, dass sich dort etwas Gefährliches verbirgt, Zauber etwa, die über die örtlichen Internetknoten geschichtet sind.“

Und er hatte die gefährlichste Position von allen eingenommen, immer an vorderster Front, im Blick der Öffentlichkeit, um direkten Kontakt mit potentiellen Verdächtigen aufzubauen. Das sprach er nicht aus. Molly war sich dessen bereits bewusst.

„Er hat bestimmt so viele verletzt oder getötet“, murmelte sie. „Kann dein Zirkel ihn besiegen?“

Da musste er mit einer weiteren Dosis Wahrheit

herausrücken. „Wir glauben schon, aber wir wissen es erst, wenn wir ihn bekämpfen.“

Sie erschauerte, dann warf sie ihm einen ernüchterten Blick zu. „Du meintest, du willst verhandeln. Also sag mir, was du willst, und lege es mir mit spezifischen Einzelheiten dar. Dann sage ich dir, ob ich es dir zugestehen kann.“

„Ich will achtzehn Wochen“, sagte er. „Viereinhalb Monate. Nach allem, was ich gelesen habe, sollte dann dein erster Ultraschall anstehen. Ich will mit dir zum Arzt gehen.“

Sie legte den Kopf schief. „Du bittest darum als unser erstes Date?“

In ihren Worten lag eine gewisse trockene Erheiterung. Er berührte ihre Lippen mit dem Zeigefinger. „Dein erster Ultraschall ist nur ein Teil dieser Verhandlung. Ein Date ist eine andere Angelegenheit. Wenn wir auf unser erstes Date gehen, besteht kein Zweifel, dass nur du und ich dabei sein werden.“

Hitze waberte auf ihren Wangen, und ihr Mund wurde weicher, aber dann fragte sie: „Was würdest du mit den achtzehn Wochen anfangen?“

Ihm war klar, dass das, was er als nächstes sagte, eine große Rolle spielen würde. Aber ebenso sehr, wie er gewillt war, einiges zu ändern, konnte er sich nicht verbiegen, um ihr zu gefallen.

Ohne zu zögern sagte er: „Versuchen, unseren Hexer zu finden. Du solltest wissen, dass wir vorhaben, ihn zu töten. Das ist die beste Lösung. Die Alten

Völker haben ein Tribunal, aber wir planen nicht, ihm auf diesem Weg Gerechtigkeit angedeihen zu lassen — nicht, wenn die Chance besteht, dass er freigelassen wird. Als Bezirksstaatsanwalt kann ich bestimmte rechtliche Strategien verfolgen, aber die haben wir immer nur als eine Möglichkeit betrachtet, um unser Endziel zu erreichen."

Sie schloss die Augen. „Ihr habt ihn sehr lange gejagt. Was, wenn ihr es nicht schafft?"

„Ich würde die Zeit auch nutzen, um mich aus dem Zirkel zurückzuziehen, auf eine Art und Weise, die keinem wehtut. Falls es aussieht, als wären wir in einer Sackgasse angekommen, hat eines der Mitglieder des Zirkels vorgeschlagen, etwas zu tun, um eine Reaktion zu provozieren, die ihn dazu bringt, sich zu zeigen. Aber egal ob wir es letztlich schaffen, ihn in diesem Zeitraum auszuschalten oder nicht, ich werde sie wissen lassen, dass ich gehe."

Sie reckte das Kinn und tippte sich mit einem Finger dagegen, während sie nachdachte. In diesem Augenblick wirkte sie bemerkenswert unvorhersehbar, und er spannte sich an.

„Du hast achtzehn Wochen", sagte sie. „Danach garantiere ich für nichts mehr."

„Was heißt das genau?" Er kniff die Augen zusammen. Sie hatte über etwas nachgedacht, und plötzlich hatte er das sichere Gefühl, dass ihm das Ergebnis nicht gefallen würde.

Sie lächelte ihn dünn an. „Du bist nicht der

Einzige, der noch Dinge ins Reine bringen muss, bevor das Baby geboren wird. In achtzehn Wochen komme ich heim, treffe mich mit der Polizei und fordere meinen Besitz."

✦　✦　✦

FALLS SIE GEGLAUBT hatte, Josiah vorher schon einmal zornig erlebt zu haben, war nichts mit der Wut zu vergleichen, die nun sein Gesicht verzerrte. Er fuhr sie an: „Den Teufel tust du!"

„Doch. Ich mache das." Sie hielt inne, um ihn zu betrachten. „Glaubst du wirklich, es dreht sich alles um dich – *deinen* Zirkel, *deine* Bedürfnisse, *deinen* Feind, *deine* Veränderung, *deinen* Zeitrahmen? Ich bitte dich."

„Natürlich dreht sich nicht alles um mich", erwiderte er heftig. In seinen Augen blitzte gelbes Feuer. „Warum glaubst du, dass ich mit dir reden musste? Aber *dieser* Einfall ist nicht akzeptabel!"

„Dann sind du und ich da grundsätzlich unterschiedlicher Meinung", stieß sie hervor. „Denn ich glaube, dass nur das sinnvoll ist. Ich werde nicht den Rest meines Lebens im Untergrund verbringen, und ich werde nicht untätig und passiv am Rand stehen, wenn ich etwas tun kann, um die Welt für das Kind sicherer zu machen. Und ich habe materielle Besitztümer, die ich einfordern muss, nicht zuletzt, weil sie mir Unabhängigkeit garantieren."

„Geld spielt keine Rolle", knurrte er.

Sie hob die Augenbrauen. „Ich habe festgestellt,

dass sich das sehr leicht sagt, wenn man Geld hat. Es nicht ganz so leicht, wenn man keines hat – und wenn man mal allmählich drüber nachdenkt, was die medizinische Betreuung einer Geburt kostet, und wenn man ein Kind durchs College bringen muss."

„Du brauchst die Arztrechnungen nicht zu bezahlen, und ich werde es unserem Kind niemals an etwas mangeln lassen!"

Sie seufzte. „Es spricht sehr für dich, dass du nicht vorhast, als Vater durch Abwesenheit zu glänzen. Andererseits würde ich dadurch noch abhängiger von dir, und ich will dich nicht um deines Geldes willen brauchen." Sie rieb sich über die Stirn, wo langsam Kopfschmerzen begannen. „Außerdem habe ich eine Mutter, die gehässig zu mir war, aber sie wird älter. Vielleicht hat sie nochmal darüber nachgedacht, dass sie immer auf Austins Seite stand. Ich weiß es nicht, denn ich habe mein altes Telefon nicht, und ich habe mich nicht getraut, in meine Mails zu schauen. Und ich habe verdammt lange in Atlanta gelebt. Ich habe Freunde, und ich kenne Leute. Sie verdienen es zu erfahren, was mit mir passiert ist, und ich sollte wieder meinen echten Namen benutzen können."

„Du bringst dich und das Baby in Gefahr!"

Schwer atmend funkelte sie ihn an. „Sehen wir mal, ob ich das richtig verstehe. Du wirst dich wochenlang aktiv konstanter Gefahr aussetzen, was ich kritiklos akzeptieren soll, denn … was, ich sollte froh drum sein, dass du ein Date mit mir willst – später – zu einem

Zeitpunkt, der dir und deinem Zirkel besser passt? Doch wenn ich mein Recht ausüben will, wieder die Kontrolle über mein Leben zu übernehmen, darfst du mir vorschreiben, dass das nicht in Ordnung ist? Du sagst, du willst verhandeln, aber diesen Vorschlag lehne ich ab.“

Er brüllte: „Du kannst dich nicht verteidigen – du hattest noch keinerlei Ausbildung!“

„Na, dann fliege ich mal lieber zurück und hol sie mir, oder nicht?“ Sie wollte ihn so sehr berühren, dass es beinahe ihre Entschlossenheit untergrub, aber sie drückte den Rücken durch und behauptete sich. „Du willst Zeit? Toll. Du hast deine achtzehn Wochen, um deinen Scheiß zu klären, und dann komme ich nach Hause. Und wenn du glaubst, du bist gut genug, um deinen mysteriösen Bösewicht auszuschalten, dann bist du auch gut genug, um mir Sicherheit zu garantieren, während ich dort bin, also ist es vielleicht genau das, was du provozieren musst. Es wird bestimmt eine verdammt gute Gelegenheit, sich der Herausforderung zu stellen.“

„Ich bin jetzt zu wütend zum Reden“, sagte er über die Schulter. Seine Stimme war rau geworden. „Geh mir verdammt nochmal aus den Augen.“

Ihre Lippen spannten sich an. „Gut. Ich muss sowieso meinen Flug erwischen.“

„Geh nicht“, flüsterte er.

Sie hatte es alles so sorgfältig geplant. Sie hatte nur hinfliegen wollen, um sich anzuhören, was er zu sagen hatte. Sie würde nicht bleiben, sie würde nicht schwach werden und wieder mit ihm schlafen, ganz gleich, wie verlockend es war, und sie würde vor Morgendämmerung zurück in ihrem wunderbaren Turmzimmer sein.

Aber jetzt zögerte sie. Was, wenn es das letzte Mal war, dass sie ihn sah? Er würde sich mehr denn je bemühen zu beenden, was er begonnen hatte, bevor sie nach Atlanta zurückkehrte.

Sie hielt nicht inne, um noch einmal über ihren Impuls nachzudenken, und warf sich auf ihn. Er wirbelte herum, und seine Arme schlossen sich eisern um sie.

Er kannte ihren Körper schon so gut. Er wusste, wie er sich an sie schmiegen musste, wie ihren Kopf zurücklegen, wie die tiefen Stellen ihres Mundes erobern, bis sie beide bebten. Er küsste sie, als würde er sie beinahe hassen.

„Ich könnte dich aufhalten", sagte er an ihrem Mund.

„Du könntest es versuchen." Sie bemühte sich, ihn fester zu halten. Sie kannte seinen Körper auch, und Gott, es fühlte sich so gut an, seine größere, muskulösere Gestalt fest an ihrer zu spüren. „Aber mir ist nicht klar, wie es dich deinem ersten Date näherbringen sollte, mich einzusperren."

„Verdammt sollst du sein." Er lehnte seine Stirn an ihre, die Augen geschlossen.

„Ach, verdammt sollst du sein", erklärte sie. „Denn

wenn du denkst, die nächsten achtzehn Wochen, in denen ich mir Sorgen um dich mache, werden leicht, hast du falsch gedacht."

Sie standen zusammen, atmeten leise, im selben Rhythmus. Sie merkte, dass sein Zorn nach und nach verrauchte. Sie legte ihm eine Hand auf die Brust, spürte seinen Herzschlag unter seinem breiten, harten Brustbein. Er war ein schwieriger Mann, aber sie wusste inzwischen einiges über ihn, und er hatte ein starkes, gutes Herz.

Darunter leuchtete seine Macht dunkel und glatt wie die Tiefen eines bodenlosen Sees. Nachdem sie nun angefangen hatte, mit ihrer eigenen widerspenstigen Macht zu ringen, verstand sie allmählich ein wenig, was er durchgemacht haben musste, um diese gleichmäßige, fugenlose Balance zu erreichen.

Dann sagte er sanfter: „Danke für die achtzehn Wochen."

„Ich habe nächste Woche meinen ersten Termin bei meinem neuen Arzt." Sie räusperte sich. „Wir werden einen Terminplan mit Arztbesuchen machen. Ich gebe dir Bescheid, wann der erste Ultraschall stattfindet."

Denn damit würde der achtzehnwöchige Countdown beginnen.

Kapitel 18

NUN WAR ES an ihm zu nicken. „Ich bin immer noch wütend. Erwarte nicht von mir, dass ich vernünftig bleibe, wenn du weiter darüber reden musst." Seine Stimme wurde rau. „Aber ich möchte wirklich gerne, dass du bleibst."

Gott, sie war so versucht. Einfach alles in den Wind schlagen und an ihm zerschellen.

Sie schüttelte den Kopf. „Ich … ich kann einfach nicht."

Ach, wem machte sie denn hier etwas vor. Sie war bereits an ihm zerschellt. Sie konnte es klingen lassen, als wäre sie noch voll im Spiel, aber innerlich war sie eine Massenkarambolage.

Würde es ihr das kleinste bisschen Qual ersparen, wenn sie jetzt ging und er in Atlanta getötet wurde, bevor sie einander noch einmal sehen konnten? Oder würde es sie heimsuchen, dass sie Zeit miteinander hätten haben können, wenn sie nur dafür offen gewesen wäre?

Ihr fiel erst auf, dass sie über seiner Brust die Hand öffnete und schloss, als er seine Hand auf ihre legte.

„Molly.“

Verlangen ließ die Steifheit ihrer Glieder dahinschmelzen, so dass sie vor ihm auf die Knie sank. Sie schlang die Arme um seine Oberschenkel und hielt ihn fest, und er ließ sie.

Früher hatte sie nie die Tyrannei körperlichen Verlangens verstanden, wie das Bedürfnis nach jemand anderem einen dazu treiben konnte, jeden vernünftigen Instinkt, über den man verfügte, auszublenden, bis jetzt.

Er würde ihr wehtun, vielleicht sogar sehr. Das Licht des echten Lebens würde schonungslos auf sie beide fallen, und wenn er noch einen Versuch machte, sie zu manipulieren, dann wusste sie, dass sie mit der Abrissbirne jede Brücke einreißen würde, die sie zwischen sich hatten errichten können.

Wahrscheinlich würden sie es nicht mal über das zweite oder dritte Date hinaus schaffen.

Sobald man die Unvermeidbarkeit der drohenden Katastrophe akzeptiert hatte, wurden die Dinge normalerweise etwas einfacher. Diesmal wurden sie kristallklar. Sie legte die Wange an den Reißverschluss seiner Jeans und genoss die dicke Ausbuchtung seiner Erektion durch den Stoff. Er konnte sein Verlangen nach ihr ebenso wenig verbergen.

Er beugte sich über ihre kniende Gestalt, streichelte ihre Haare, ihr Kinn, strich mit den Händen über die Krümmung ihrer Schultern. „Was brauchst du?“

„Ich verstehe nicht, wie es mit uns so weit kommen

konnte", murmelte sie beinahe träumerisch. „Ich mochte dich nicht mal, als ich dich kennengelernt habe."

Gelächter ging bebend durch ihn hindurch. „Wie ich mich erinnere, war ich nicht sonderlich liebenswert, aber ich liebte alles an dir. Ich wusste, dass du eine enorme Komplikation sein würdest."

„Du hattest recht. Das wurde ich, nicht wahr?" Sie öffnete den Jeansknopf und zog den Reißverschluss nach unten.

„Du ahnst nicht, wie sehr, aber ich würde keinen Augenblick mit dir gegen etwas anderes eintauschen." Lange, sanfte Finger legten sich unter ihr Kinn. Er hob ihr Gesicht, bis sie ihn anschaute. Sein bernsteinfarbener Blick war intensiv. „Du hast mir immer noch nicht gesagt, was du brauchst."

„Ich brauche, dass ich mir nehmen kann, was ich will."

Sie griff in seine offene Hose und zog seinen Schwanz heraus. Sie kannte seinen Körper genauso wie er ihren. Sie kannte das Muster aus Adern, die über seine Erektion verliefen, die samtene, empfindliche Haut über dem verhärteten Muskel, seinen Geruch, die Art, wie sich seine Hoden anspannten, wenn sie sie umfasste.

Er zischte, während sie ihn streichelte und mit der Faust bearbeitete, und stellte sich breitbeiniger hin, um einen besseren Stand zu haben, die Oberschenkelmuskeln angespannt. Sie war ebenfalls von ihm besessen.

Dem Geschmack seiner Haut. Den Geräuschen, die er von sich gab, wenn er die Kontrolle verlor.

Wenn er keine sexy Worte zu ihr sagte, war er gern leise, während sie sich liebten, beinahe lautlos. Dadurch konnte sie sich auf jeden Augenblick konzentrieren, wie bei einer Reihe von Schnappschüssen. Das. Das. Das. Bis er nicht mehr stillhalten konnte. Gott, sie liebte es, wenn es dazu kam.

Sie nahm ihn in den Mund, öffnete die Lippen, um sie um die breite Spitze zu schmiegen, eine Weile zufrieden damit, nur die Spitze in sich zu halten, und strich mit der Zunge in einem sanften Impuls an seinen empfindsamsten Teil. Die Anspannung seines Körpers wuchs, bis sie zu winzigen Schauern zerschellte. Er fing an, sanft zu pumpen, und sie nahm ihn weiter auf, öffnete die Kehle, bis sie ihn ganz in sich hatte.

Sie nahm und er bewegte sich, mit lautloser Absicht bis ganz zum Ende. Dann brach ein Laut aus ihm hervor, scharf wie der Schrei eines Falken. Er erschauerte, ergoss sich in sie, und sie schloss die Augen und schluckte jeden Tropfen.

Denn wir kennen diesen Tanz, nicht wahr, mein Freund? Wir waren schon früher an diesem intimen Ort.

Du drängst weiter, und ich gebe nach. Du gibst deiner tierischen Seite Raum, während ich mich erhebe, um dir entgegenzukommen.

Und wir brechen einander womöglich das Herz, aber wir werden sagen, dass es das wert war.

Noch einmal in diesen Flammen zu baden.

Nur um das Feuer zu entfachen.

Noch einmal.

DANACH KNIETE ER sich hin und hielt sie. Sie legte den Kopf an seine Schulter und trieb dahin, bis er sie hochhob, um sie aufs Bett zu legen. Während er sich neben ihr ausstreckte, rollte sie sich weg und schaute aus dem Fenster auf das wilde Lichtermeer. Achtzehn Wochen.

Er hob ihr schweres, offenes Haar hoch und sagte an ihrem Nacken: „Ich würde den Gefallen liebend gern erwidern, aber du wirkst plötzlich, als wärst du mit den Gedanken ganz woanders."

Sie schüttelte den Kopf und sagte telepathisch: <Es muss nicht immer eine Gegenleistung geben, Alexei.>

<Du liegst völlig falsch, *Milaja*. Wenn man sich liebt, muss es immer eine Gegenleistung geben.>

Ihre Lippen verzogen sich zu einem Lächeln. <Ok, aber es muss nicht immer alles auf einmal sein, weißt du? Manchmal ist es in Ordnung, wenn ich gebe, oder du gibst, und wir können es dabei belassen.>

Er küsste ihr Ohrläppchen. <Es ist mir egal, was es sein muss, solange du hier bleibst. Komm zurück von dem Ort, an den du gegangen bist.>

<Kann ich nicht.> Sie schaute über die Schulter zu ihm. <Du hast um Zeit gebeten, und die werde ich dir geben.>

Seine Miene spannte sich an. <Jedes Mal, wenn ich dich treffe, wird es schwerer zu gehen.>

Sie nickte, wenig überrascht, dann schob sie sich zum Sitzen hoch. <Das gilt auch für mich. Deshalb will ich dich nicht wiedersehen, bis die achtzehn Wochen um sind. Wir müssen uns beide auf das konzentrieren, was wir tun müssen.>

<Aber nicht gerade jetzt.> Er setzte sich ebenfalls auf und legte eine Hand um ihren Nacken. <Wir können uns das verdammte Wochenende genehmigen, Molly.>

Sie zuckte zusammen und sagte laut: „Ich glaube, ich bin an meine Grenze gelangt, und ich will nicht noch einen Streit provozieren. Du strengst mich an, wenn wir aneinandergeraten. Du brauchst die Zeit, um die du gebeten hast, und ich habe bereits gesagt, dass ich sie dir gebe, aber ich ändere meine Meinung nicht, was meine Rückkehr nach Atlanta betrifft."

Als er in einer raschen, hinterlistigen Reaktion die Augen zusammenkniff, wusste sie, dass sie eine Saite zum Schwingen gebracht hatte. Er hatte sich eine Strategie überlegt, wie er sie von ihrer Entscheidung abbringen könnte.

Er sagte: „Verhandeln wir neu."

„Ich bin durch mit Anwälten, Baby." Sie schob ihm das dunkle Haar aus der Stirn. „Ich vermisse dich jetzt schon, und ich mache mir Sorgen wegen dem, was dir in den nächsten achtzehn Wochen zustoßen wird. Um es besser zu machen, können wir nur dafür sorgen, dass wir beide diese Wochen unversehrt überstehen."

Er versenkte die Fäuste in ihren Haaren und küsste sie, bis die Muskeln in ihren Oberschenkeln bebten. Als er schließlich den Kopf hob, war sein Blick trostlos, und seine Miene hatte sich in grimmige Falten verzerrt. „Ich habe einen Mietwagen. Ich bringe dich zum Flughafen."

Es wurde spät. „Das musst du nicht …", fing sie an.

Seine Fassung bekam Risse, und etwas Eruptives und Furchterregendes blitzte auf seinem Gesicht auf. „Ich bringe dich. Verdammt nochmal. Zum Flug-hafen."

Sprachlos nickte sie. Er ließ sie los, rollte sich vom Bett, seine Bewegungen rasch und knapp. Sie flüchtete sich in das prächtige Bad, um sich wiederherzustellen. Es gab nichts, was sie wegen ihrer zerknitterten Kleider oder ihres starren Blicks unternehmen konnte. Sie trank etwas Wasser, fuhr sich mit den Fingern durch die Haare und schüttelte den Rest ab.

Bis sie herauskam, hatte er sein Handy hervor-geholt und war rege geworden. „Hast du deinen Flug verpasst?"

Sie wusste nicht, wie spät es war. Sie zuckte mit den Schultern. „Es spielt keine Rolle. Wenn ja, sollte ich Standby fliegen können. Ich kann das am Flughafen regeln."

Sein Mund spannte sich an, und er steckte sein Handy ein. „Gut. Bist du fertig?"

Er war distanziert geworden. Sie nickte.

Sie fuhren schweigend zum Flughafen. Als sie näherkamen, legte er eine Hand fest auf ihr Knie und ließ nicht los, bis er in eine Parklücke gefahren war. Sie schnallte sich ab, und als sie sich umdrehte, um sich zu verabschieden, fuhr er sie an.

„Ich finde völlige Funkstille nicht in Ordnung", sagte er heftig. „Schreib mir jeden Abend eine Nachricht. Ein Wort. Lass mich nur wissen, dass du in Sicherheit bist. Und gib mir heute Bescheid, wenn du es zurückgeschafft hast."

„Ja", stimmte sie flüsternd zu. „Und du schreibst mir auch zurück. Nur eine kurze Nachricht. Ich will auch wissen, dass du in Sicherheit bist."

Sie beugten sich beide vor, um sich brennend zu küssen, bis sie es nicht mehr aushielt. Sie riss sich los, stieg aus und ging blind in den Flughafen.

Selbst wenn sie beide die nächsten Wochen überlebten, veränderten und entwickelten sich Gefühle, und sie hatten nicht genug Zeit zusammen gehabt, um eine solide Basis für ihre Beziehung aufzubauen.

Die Katastrophe fühlte sich nicht mehr an, als stünde sie bevor. Molly war sich ziemlich sicher, dass sie sich bereits hereingeschlichen hatte.

Sie hatte ihren Flug nicht verpasst. Sie hatte bereits eingecheckt und reiste ohne Gepäck, daher war sie bald wieder unterwegs in die Bay Area. Sie musste von dort nach Norden fahren, und das dauerte länger, als sie gedacht hatte, weshalb es bereits dämmerte, als sie auf den Parkplatz bei Sarahs altem viktorianischem Haus fuhr.

Die friedliche Umgebung legte sich um ihre wunden, gereizten Nerven. Etwas Unbeherrschbares kam hoch, und sie schrie in der Enge des Subaru. Zum ersten Mal seit jener Nacht, in der sie Austin verlassen hatte, schluchzte sie wild, bis sie völlig leer war.

Sie schrieb Josiah: `Ich bin sicher zu Hause.`

Er antwortete sofort. `Gut. Ich schreibe dir jeden Abend um acht Uhr EST, für dich fünf Stunden eher.`

Sie schickte ihm einen hochgereckten Daumen.

Als sie nach drinnen ging, wandte sie sich zur Küche, um sich etwas Obst zu holen, das ihren knurrenden Magen beruhigen sollte. Dort fand sie Sarah, die mit einer Tasse Kräutertee am Frühstückstisch saß. Als Sarah zu Molly aufschaute, ließ Freundlichkeit ihre Züge weich werden. „War es so schwer, wie du dachtest hast?"

„Ja und nein." Molly rieb sich übers Gesicht, nahm sich eine Banane und ließ sich gegenüber von Sarah nieder. „Es war nicht so schlimm, wie es hätte sein können, aber dadurch wurde es irgendwie schlimmer. Ich finde nicht die richtigen Worte." Sie schälte die Banane und schaute sie an. „Wir haben geflucht und uns angebrüllt und eine Art Kompromiss gefunden."

„Sieht so aus, als würdest du diesen Kompromiss verabscheuen."

„Ich glaube, das tun wir beide." Sie legte dar, was

sie im Einzelnen beschlossen hatten, während Sarah mitfühlend zuhörte. „Also habe ich achtzehn Wochen, um für eine mögliche Konfrontation mit einem bösen, eventuell tausend Jahre alten Hexer zu üben. Derweil kann ich nur hoffen, dass Josiah und sein Zirkel ihn vorher finden und töten." Sie zuckte knapp mit der Schulter. „Und es überleben."

Bis auf ein kleines Zucken nahm Sarah die Neuigkeiten ruhig und gefasst auf. „Ich verstehe. Es sieht so aus, als hätten wir eine Menge Arbeit vor uns."

„Danke, dass du nicht sagst, es sei unmöglich." Molly schaute nach draußen. Der Morgen war sonnig, mit milden Temperaturen und einer weiteren kühlen Brise, die vom jadefarbenen Wasser hereinwehte. Draußen zeigte der Himmel ein klares Aquamarinblau. Goldenes Licht fiel durch die Fenster herein.

„Ich dachte, ich vermeide es mal, das Offensichtliche zu sagen", erwiderte Sarah trocken. „Ich hoffe, du lernst gern stundenlang. Musst du jetzt schlafen?"

Sie hatte im Flugzeug geschlummert, daher schüttelte sie den Kopf.

„In Ordnung. Hast du schon die Bücher ausgelesen, die ich dir letzte Woche gegeben habe?"

Molly nickte. In der vorigen Woche hatte Sarah ihr ein Pendel gegeben, mit dem sie zusammen mit den Büchern arbeiten sollte.

„Wie läuft das Üben mit dem Pendel?"

„Möchtest du es sehen?"

„Bitte."

Molly zog den Amethyst an der Kette aus Sterlingsilber aus ihrer Handtasche und hielt ihn ruhig vor sich, in der Haltung, die in einem der Bücher beschrieben worden war. Das Pendel fing an, vor und zurück zu schwingen. Dann begann es zu wirbeln, bis es sich lotrecht zum Tisch im Kreis bewegte.

Sarah machte große Augen. Molly verzog ironisch den Mund. Als das Pendel so schnell zu wirbeln begann, dass es durch die Luft pfiff, fing sie es zwischen beiden Händen. „Sag du es mir. Wie mache ich mich?"

„Oje", murmelte Sarah. „Naja, Schüler brauchen manchmal einige Monate, um den Einsatz eines Pendels zu meistern, als lass dich nicht entmutigen. Lass dir von mir zeigen, wie es gehen sollte."

Molly reichte es ihr. Sarah stützte die Ellbogen auf den Tisch und hielt es in der gleichen Haltung wie Molly zuvor, indem sie das Ende der Silberkette zwischen Daumen und Zeigefinger nahm und den Stein frei baumeln ließ.

Sarah sagte: „Das ist die richtige Art, es zu halten. Die Haltung hast du gut hingekriegt."

Sarah hielt ihre andere Handfläche direkt unter das Pendel, so dass der baumelnde Amethyst und die Kette von ihrer erhobenen Rechten zur Linken darunter eine Linie bildeten. Ihre Miene war ruhig, gelöst sogar. Sie hatte sich heute Morgen nicht die Mühe gemacht, sich einen Schal umzubinden, und die glatte, runde Kuppel ihrer Kopfhaut betonte ihr starkes, beinahe adlerhaftes Gesicht.

Auf den ersten Blick hatte sie ziemlich unscheinbar gewirkt, doch nachdem Molly sie besser kennenglernt hatte, sah sie, dass Sarahs Zügen eine Harmonie innewohnte, die angenehm anzusehen war, sogar mit den Falten der weichen, gebräunten Haut um ihren Mund. Selbst krank trug sie eine Lebendigkeit in sich, die vielen anderen fehlte.

Sarah erklärte: „Jetzt sieh zu.“

Anfangs schien nichts zu geschehen. Dann begann sich der Stein zu bewegen. Er schwang vor und zurück, in einem bestimmten Winkel. Sarahs Hand blieb dabei völlig reglos, ihr Ellbogen auf den Tisch gestützt, wie Molly sah.

„Zumindest wirbelt es nicht so wild wie bei mir“, murmelte Molly. „Aber warum tut es das?“

„Es reagiert auf meine Energie, so wie es auf deine reagiert hat“, erwiderte Sarah. Langsam neigte sie die Hände, erst in eine Richtung, dann in die andere, und der Amethyst neigte sich mit ihr, strebte aus den Fingern einer Hand zur Fläche der anderen.

Während Molly hinsah, hatte sie keinen Zweifel. Ganz gleich, in welcher Haltung Sarah den Stein hielt, sie behielt die komplette Kontrolle.

Molly seufzte. „Ich werde das nie erreichen.“

„Doch, wirst du. Wenn du deine Macht beherrschst, wird das Pendel sich für dich beruhigen. Jetzt stellen wir eine Frage. Fällt dir eine ein, die man mit Ja oder Nein beantworten kann?“

„Bin ich schwanger?“

„Perfekt. Ist Molly schwanger?“, fragte Sarah. Der Stein begann sich eindeutig im Uhrzeigersinn zu bewegen. „Das ist mein Positiv. Wenn das Pendel gegen den Uhrzeigersinn schwingt, ist das mein Negativ.“

Molly starrte fasziniert hin. „Du sagtest *mein* Positiv und *mein* Negativ. Was bedeutet das?”

„Ein Pendel reagiert nicht auf jeden gleich. Dein Positiv könnte sein, wenn es in Nord-Südrichtung vor und zurück schwingt, und Negativ bei Ost-West. Das Positiv meiner Lehrerin war, wenn ihr Pendel sich zu ihrem Herzen ausrichtete. Es ist auch möglich, dass dein Positiv mein Negativ ist.“

„Also ist gegen den Uhrzeigersinn nicht unbedingt schlecht?“ Molly rieb sich die trockenen, müden Augen.

„Überhaupt nicht. Im Lauf der Geschichte haben viele Kulturen gegen den Uhrzeigersinn als eine Gegenbewegung zur Sonne gesehen, was als Unglück galt, aber andere Kulturen sehen gegen den Uhrzeigersinn als etwas sehr Mystisches und Positives. Im Judentum werden Kreise in bestätigenden Ritualen oft gegen den Uhrzeigersinn abgelaufen. Es hängt alles vom sozialen Kontext und dem Energiefluss ab.“ Sarah zog die untere Hand zurück, und das Pendel beruhigte sich. „Ich wollte das erst später vorschlagen, aber ich denke, du solltest heute durch das Labyrinth gehen.“

Überrascht sagte Molly: „Das im Garten?" Als Sarah nickte, zuckte sie mit den Schultern. „In Ordnung. Wonach soll ich Ausschau halten?"

„Geh einfach irgendwann heute hindurch." Sarah gab Molly den Amethyst zurück und erhob sich. „Dann komm zu mir und erzähl mir, was du herausgefunden hast. Vorerst brauchst du, glaube ich, eine Pause, und ich werde etwas im Garten arbeiten, ehe es zu heiß wird."

„Aber ich brauche keine Pause …" Mollys Stimme erstarb. Sie *war* müde.

„Du hast dir ganz schön was vorgenommen, aber du musst erst Gehen lernen, bevor du läufst." Sarah tippte ihr im Vorbeigehen sanft auf die Schulter. „Und du musst auf deinen wunderbaren Körper aufpassen, nicht nur um deinetwillen, sondern auch für dein Baby."

Nachdem Sarah gegangen war, saß Molly nachdenklich in der leeren Küche. Sarah hatte recht. Ihre Schwangerschaft war noch so frisch, dass sie sie nicht einmal spürte, aber das war keine Ausrede, um ihren Körper zu belasten.

Sie machte sich ein ordentliches Frühstück und bereitete rasch einige Zutaten fürs Abendessen vor. Als sie fertig war, duschte sie und machte ein Nickerchen, dann wachte sie irgendwann später bei einer frischen Meeresbrise auf, die durch ein offenes Fenster hereinwehte.

Sie lag eine Weile da, saugte den Frieden in sich auf.

Dachte an Josiah. Alexei. Seine Augen, seine Hände. Daran, wie sein kaltes Auftreten ein intensives, leidenschaftliches Wesen verbarg. In diesem Augenblick vermisste sie ihn überhaupt nicht.

Gott, sie war so eine Lügnerin.

Nachdem sie sich saubere Caprihosen und ein T-Shirt angezogen hatte, ging sie nach draußen. Ein Stück entfernt kniete Sarah und jätete Unkraut in den Beeten mit jungem Gemüse. Sie trug einen Hut mit breiter Krempe, der ihren empfindlichen Kopf und die Schultern schützte.

In der gegenüberliegenden Richtung wartete das Labyrinth. Da sie Sarah nicht stören wollte, ging Molly darauf zu.

Aus der Nähe war es größer, als sie anfangs gedacht hatte, mindestens fünfzehn Meter breit und genauso gut gepflegt wie das restliche Grundstück. Die Wege bestanden aus weißem Kies, während größere rechteckige Steine, vielleicht zehn bis fünfzehn Zentimeter hoch, die „Wände" bildeten. Der Eingang wurde von zwei Wasserspeiern markiert, die aus weißem Marmor gehauen waren. Sie ragten gut einen Meter hoch auf.

Es war eine charmante Gartenanlage, aber Molly spürte keine Magie, oder warum Sarah ein Interesse an dem haben sollte, was sie dachte, nachdem sie durchgegangen war. Mit einem Schulterzucken betrat Molly zwischen den Wasserspeiern hindurch den Weg.

Nach den ersten paar Schritten hielt sie inne. War

die erste Biegung nicht nach rechts gegangen statt nach links? Verwirrt schaute sie sich das Muster aus Steinen und Wegen an. Sie führten in Spiralen um ein Zentrum, krümmten sich stets zu sich selbst zurück wie Schlangen.

Ihre linke Hand prickelte, während heißgoldenes Sonnenlicht auf ihren Kopf strömte. Dann ging sie wieder vorwärts. Sie musste aufpassen, wo sie hintrat, um nicht über die größeren Grenzsteine zu stolpern. Das Muster des Labyrinths war hypnotisch.

Sie bog links ab, immer links. Gegen den Weg der Sonne. *Gegen den Uhrzeigersinn.*

Nach links zu gehen fühlte sich gut, fühlte sich richtig an. Wann immer der Weg sich nach rechts wandte, widersetzte sie sich einen Augenblick, und irgendwie veränderte er sich, um sie nach links zu führen. Als die Kreise enger wurden und sie zum Mittelpunkt kam, richtete sich die Welt um sie herum in ein gemustertes Ganzes aus. Die Sonne und der Mond tanzten zusammen, während das Meer ein rhythmisches Lied spielte.

Sonnenwärts war im Uhrzeigersinn. Mollys Meisterin war der Mond, und ihm folgte sie. Der Ozean schloss sich an, seine Musik wirbelte mit den Gezeiten. Sie ging in einem Wirbel, einem Vortex. Als Reaktion darauf erhob sich ihre Macht, wirbelte um sie herum, ein Vortex im Vortex, und die Szenerie entfaltete sich. Die Steinwände wuchsen zu gewaltiger Höhe an, während der Pfad elfenbeinweiß leuchtete, breit wie ein Highway.

Molly trug so viel Magie im Körper, dass sie sie nicht zurückhalten konnte. Sie strömte aus ihren Augen und lief ihre Arme herab. Dieses eine Mal unternahm sie keinen Versuch, sie zu dämpfen oder zu unterdrücken. Es fühlte sich so gut an, sie fließen zu lassen, dass sie beinahe auf die Knie sank.

Sie hatte ihre linke Hand benutzt, um die Macht auf Austin und sein Auto zu schleudern. Als sie sich daran erinnerte, prickelte ihre Handfläche erneut. Sie schüttelte die Finger, um die Anspannung loszuwerden, und Magie strömte wie silbernes Feuer aus ihrer Hand.

Sie hob die Hand und drehte sie in der Luft. Die Magie reagierte, indem sie sich um ihr Handgelenk legte. Sie schüttelte es erneut, und mit einem Knall entfaltete sie sich wie eine Peitsche.

Das gehört mir, dachte sie. Dieses schöne, tödliche Etwas ist meine Macht.

Gegen den Uhrzeigersinn ist mein Positiv, mein richtiger Pfad. Alles richtet sich aus, wenn ich auf meinem richtigen Pfad wandle.

Als sie sich dem Kreis näherte, brandete ihre Magie höher auf, intensiver. Ihr Energievortex überschrieb den Vortex des Labyrinths. Ihre Magie verschluckte die Steine und den Kies, bis sie als Säule um sie herum aufstiegen, wirbelnd in ihrem Vortex, wirbelnd, wirbelnd, wirbelnd.

Sie hielt ihre magische Peitsche locker, trat in den Mittelpunkt des Labyrinths und drehte sich im Kreis, hielt ihre linke Hand zur Mitte gerichtet, im Herzen ihrer Magie.

Dann schaute sie auf. Die Steine des Labyrinths drehten sich über ihrem Kopf, so hoch sie blicken konnte, wirbelnd wie wahnhafte Sternbilder am wolkenlosen, tiefblauen Himmel.

Aus dem Augenwinkel sah sie Sarah im Gemüsebeet stehen, den Hut an den Kopf gedrückt. Die Krempe flatterte wild. Einige Meter entfernt peitschte eine Baumgruppe vor und zurück. Der Vortex, den Molly geschaffen hatte, wirkte auf alles in der Umgebung.

Ein Ast löste sich und flog durch die Luft, um unten in ein Fenster zu krachen. Sarah rief etwas. Molly verstand nicht, was sie sagte.

Sie brüllte: „Was?"

Sarah rief erneut und deutete auf den Boden zwischen ihren Beinen. „Du musst dich erden! Entlasse deine Macht in die Erde!"

„Wie?", rief Molly. Ihre Haare stellten sich als Wolke um ihren Kopf herum auf, und Strähnen wehten ihr ins Gesicht.

Sarahs Hut flog ihr vom Kopf, als sie beide Hände ausstreckte, die Handflächen nach unten gerichtet. Sie tat so, als würde sie etwas Unsichtbares nach unten schieben.

Molly beobachtete sie und imitierte ihre Haltung. Macht floss auch aus ihrer Rechten, aber sie war nicht so konzentriert wie die tödliche Linie aus Macht, die aus ihrer Linken geströmt war. Was von ihrer rechten Hand tröpfelte, fiel harmlos auf die Erde und verschwand, wurde vom Boden aufgesogen.

Die Lichtpeitsche, die aus ihrer linken Hand strömte, war nicht so kooperativ. Sie krümmte sich, floss auf sich selbst zurück und lockte Molly, mit ihr zu spielen. Sie hob die Hand und schleuderte sie weg. Sie knallte in der Luft wie das Knattern eines Blitzes.

Donner grollte aus dem wolkenlosen Himmel wie ein Überschallknall. Er ließ den Boden erbeben, und in der Nähe knackte ein Ahorn und fiel mit großen Getöse um.

O Scheiße.

Durch das Brüllen des Vortex wurde Molly sich allmählich Sarahs Gesang bewusst. Er war zu leise, als dass sie die Worte verstanden hätte, eine völlig andere Macht als ihre, tiefer, sehr viel älter und stärker in der Erde verankert.

Erst als ihre Füße auf dem Boden landeten, wurde ihr klar, dass sie ein paar Meter hoch in der Luft geschwebt war. Die neuerliche Verbindung ließ sie abrupt wieder zu Sinnen kommen. Sie warf den wirbelnden Steinen über ihr einen misstrauischen Blick zu, fiel auf die Knie, legte die Hände ins üppige Gras und konzentrierte sich darauf, ihre Magie in den Boden strömen zu lassen.

Sie strömte und strömte. Es floss in einer scheinbar endlosen Flut aus ihr heraus, bis der Fluss langsam zu einem Tröpfeln versiegte. Als er aufhörte, waren die

Steine und der Kies im ganzen Garten verteilt.

Der Wind erstarb. Molly und Sarah starrten einander aus der Ferne an. Sarah machte große Augen. Molly war immer noch auf Händen und Knien.

„Tut mir leid", rief sie. „Sollte es so laufen?"

Abrupt schlug Sarah sich beide Hände über den Mund und beugte sich vor. Ihr Gelächter schallte durch den Garten.

Kapitel 19

MOLLYS UND JOSIAHS Kompromiss hielt keine achtzehn Wochen.

Jeden Abend um acht leuchtete auf seinem Telefon ihre Nachricht. Sicher.

Und er schrieb zurück: Sicher.

Die Freude seiner Tage reduzierte sich auf dieses eine Wort.

Am nächsten Samstag berief er ein weiteres Zirkeltreffen im Unterschlupf in Birmingham ein. Nachdem er Ausweichmanöver gefahren war und den Audi stehengelassen hatte, holte er sich den Camry aus dem neuen Wohngebiet, in dem Anson ihn abgestellt hatte. Diesmal nahm Steven persönlich am Treffen teil. Nachdem sie ihren Kreis gewirkt hatten, sah Josiah sich um.

Anson zeigte seine übliche sanfte Miene. Maria stand mit verschränkten Armen da, schien bereit für einen Kampf. Richard hielt den Blick auf den Boden gerichtet, während er an seinen Zähnen saugte und aussah, als würde er gerade enorm viel hinunterschlucken. Steven sah sich ebenfalls in der Gruppe um, das schmale Gesicht hinter einer Brille mit schwerem Rahmen freundlich.

Er brauchte die Brille eigentlich nicht, wie Josiah wusste. Steven trug sie, um Leute auf Abstand zu halten.

Von ihnen allen war Henry der einzige, der abwesend wirkte. Er stand da und las sich stirnrunzelnd einige Papiere durch.

„Sobald du fertig bist", sagte Josiah zu ihm.

Henry erwiderte: „Ich bin seit Tagen fertig." Als er von seinen Papieren aufschaute, spießte sein eisiger Blick Josiah auf.

Das bestätigte, was er bereits erwartet hatte, und er nickte. „Ich sehe, Anson hat euch alle vorgewarnt, worum es bei diesem Treffen gehen könnte."

Erboster Ekel trat auf Richards Gesicht. „Molly Sullivan ist also schwanger ... Echt jetzt?" Er stieß ein zorniges Lachen hervor. „Wir hatten unsere Differenzen, aber ich hätte nicht erwartet, dass du so gottverdammt typisch bist."

„Ich bin nicht so gottverdammt typisch." Josiah hielt seine Stimme ruhig. „Sie ist so gottverdammt außergewöhnlich."

„Wenn das hier zu einem Wettbrüllen verkommt, bin ich raus." Henry klang gelangweilt. Er schaute bereits wieder in seine Papiere.

„Kein Wettbrüllen, nicht von meiner Seite", sagte Josiah. Er fixierte Richard, der ihm den Stinkefinger zeigte.

„Ich will nur eines wissen", brach es aus Maria hervor. „Wie kannst du mit dir leben, wenn du dich jetzt von uns abwendest? Das ist, als würdest du dich aus allem zurückziehen, wofür wir so hart gearbeitet haben."

Er versuchte geduldig zu sein. Sie verdienten ihre Chance, Dampf abzulassen und sich abzureagieren. „Ich wende mich nicht von euch ab. Molly und ich haben eine Vereinbarung getroffen. Ich verabscheue sie, aber sie wollte nicht nachgeben. Wir haben achtzehn Wochen, um herauszufinden, wie wir diesen Bastard ausschalten. Egal ob wir in dieser Zeit die Mission abschließen können oder nicht, sie kommt dann zurück nach Atlanta, um mit der Polizei zu reden und ihren Besitz einzufordern."

Alle reagierten.

Henry kniff die Augen zusammen. „Interessant."

Marias Stimme wurde schrill. „Sag ihr, sie soll sich fernhalten, wenn sie dieses Baby austragen will. *Nichts* ist mit dem Schmerz vergleichbar, ein Kind zu verlieren."

Richard lachte wieder wütend. „Sie ist verdammt nochmal eine völlig Fremde, und du lässt dir von ihr vorschreiben, was mit uns passiert? Nachdem wir dir so viel Zeit gegeben haben … Das ist verdammt unfassbar."

Josiahs Entschlossenheit, sein Temperament im Zaum zu halten, ging dahin. „Einen Scheißdreck hast du mir gegeben, Richard. Ich habe euch alle finanziell unterstützt, und das war auch deine Mission. Ich habe euch die Zeit und die Gelegenheit verschafft, Rache zu nehmen – darum haben wir überhaupt erst alle zusammengearbeitet. Und *für mich* ist sie keine verdammte Fremde, und ich *lasse sie* gar nichts tun. Selbst wenn ich mit ihrer Entscheidung überhaupt nicht einverstanden bin, hat sie das Recht, nach Hause zu kommen. Wenn wir versuchen, sie aufzuhalten, wäre das Freiheitsberaubung. Sie wird weitere viereinhalb Monate nicht hierherkommen, also müssen wir den Arsch hochkriegen und beenden, was wir angefangen haben."

„Aber das könnte perfekt funktionieren", sagte Anson. Er lächelte Josiah an. „Schau mal, ich weiß, dass du diesen ganzen persönlichen Schlamassel zu regeln hast ... aber erinnerst du dich, dass ich gesagt habe, wir müssten vielleicht versuchen, etwas zu provozieren? Mollys Rückkehr könnte genau das bewirken."

„Herr im Himmel", murmelte Josiah angeekelt.

Henry rieb sich mit dem Daumen übers Kinn, während er etwas anstarrte, das nur er sehen konnte. „Das gefällt mir." Sein Blick zuckte zu Josiah. „Aber was, wenn das ebenfalls scheitert? Was dann?"

„Sie und ich haben noch nicht im Detail besprochen, wie wir weitermachen." Bis auf das allerwichtigste. Ihren ersten Ultraschall. Ihr erstes Date. „Aber sie steht für mich an erster Stelle. Das bedeutet, wenn sie es für nötig befindet, dass ich mich aus dem Zirkel zurückziehe, werde ich das tun. Ich werde einen

Treuhandfonds aufsetzen, damit ihr weitermachen könnt." Er nahm Richard ins Visier. „Ich werde euch nicht hängen lassen, wie einige von euch offenbar von mir annehmen."

Richard wirkte allmählich etwas besänftigt.

Dann meldete Steven sich lächelnd zu Wort. „Ich denke, wir sollten bei Sherman & Associates einbrechen. Oder in Russell Shermans Haus. Oder beides." Alle anderen wurden still und starrten ihn an. „Was? Ich würde liebend gern mal nachsehen, was sie auf ihren Servern haben."

Wenn sie einbrachen, wäre nichts, was sie fanden, vor Gericht zulässig, aber das Durchfechten eines Rechtstreits war ohnehin immer nur ein Plan gewesen, durch den sie möglicherweise an ihren Gegner herankommen konnten. Und das würde ihnen die Gelegenheit verschaffen, eine Liste der echten Kunden der Kanzlei abzugreifen, nicht die unvollständige Liste mit Scheinkunden, die jemand in Sullivans Büro platziert hatte, damit die Polizei sie fand.

„Das ist perfekt", sagte Josiah. „Machen wir's."

Sicher, schrieb er an diesem Abend um acht Uhr.

Sicher, erwiderte sie.

In Everwood rief Sarah nach dem Vorfall im Labyrinth bei Sam an, um ihm zu sagen, dass ein „magisches Missgeschick" passiert sei. Er stieß einen Pfiff aus, als er in der nächsten Woche vorbeikam, um sich den Rasen anzuschauen.

„Ich übernehme die Reparaturkosten, egal wie

hoch", bot Molly an, während ihr Gesicht heiß wurde.

Sowohl Sam als auch Sarah schauten sie amüsiert an. „Ich glaube nicht, dass das nötig ist", sagte er. „Sarah ist in Everwood ziemlich gut vernetzt. Ich trommle ein paar Freiwillige zusammen."

Sarah machte ihre nächste Chemotherapie. Sam brachte sie hin und blieb während der vierstündigen Sitzung dort. Danach verbrachte Sarah drei Tage im Bett. Sie konnte keine feste Nahrung zu sich nehmen, schaute Fernsehen und schlief, während Molly ihr Tee aus Kurkuma, Ingwer, Minze und Magie brachte.

Mollys Pendel begann nach zwei weiteren Tagen des Übens angemessen zu reagieren. Wie sie geahnt hatte, drehte es sich für ihre positive Antwort gegen den Uhrzeigersinn, und im Uhrzeigersinn für ihre negative. Sie benutzte es, um herauszufinden, welche Mahlzeiten Sarah besonders guttun würden, und konzentrierte all ihre Energie darauf, diese zu kochen. Nach nur einer Woche sah Sarah allmählich so gesund und robust aus wie vor der Behandlung.

„Ich habe mich noch nie so schnell erholt." Sarah schenkte ihr dieses Lächeln, das ihr Gesicht erleuchtete. „Und das habe ich dir zu verdanken."

„Wirklich, es ist mir ein Vergnügen", sagte Molly. „Ich bin so froh, dass ich helfen kann."

Nach der Erfahrung im Labyrinth hatte sie befürchtet, vielleicht nicht im Gleichgewicht zu sein, aber unter Sarahs Anleitung begann sie zu lernen, wie man mit der rechten Hand Essen und Heiltränke kochte und Heilzauber wirkte, während sie mit der linken die Angriffszauber übten. Je mehr sie mit beiden Händen arbeitete, desto ausgeglichener wurde ihre Macht.

„Denn du bist beides", erklärte Sarah ihr lächelnd. „Sowohl Heilerin als auch Kämpferin."

Als Sarah kräftig genug war, um wieder die Treppe hinaufzugehen, brachte sie Molly in den Speicher, und Molly erhielt endlich die Gelegenheit, sich Sarahs Werkstatt anzusehen.

Der Dachboden ging über das ganze Haus, und er war riesig, luftig und gut aufgeräumt. Der Geruch nach Kräutern war durchdringend, und er kam aus einer Reihe hoher Regale, die auf einer Seite den halben Raum einnahmen. In den Regalen auf der anderen Seite reihten sich Flaschen mit unbekannten Substanzen, einige von ihnen enthielten Flüssigkeiten, die ruhelos im Glas zu kreisen und zu wirbeln schienen.

Eine große Büchersammlung in geschlossenen und offenbar abgesperrten Schränken befand sich in einem anderen Teil der Werkstatt. Ein großer Kamin dominierte eine Wand in der Mitte des Raums, und ein paar Bunsenbrenner standen ordentlich auf einer Seite eines langen Tischs.

Als Molly in der Mitte des Raums stand, stoben aus jeder Richtung magische Funken. Sie fühlte sich trunken von den Möglichkeiten, während sie sich drehte und alles in sich aufnahm.

Sarah beobachtete sie und lachte. „Ich habe keinen

Kessel, wie du sehen kannst."

„Es ist alles so perfekt." Molly seufzte glücklich. „Mir gefällt, wie organisiert du bist."

„Ich mag kein Chaos, weder mentales noch emotionales, und ganz bestimmt kein räumliches." Sarah ging hinüber zu den Regalen, die Tränke und Kerzen enthielten. „Siehst du, wie ich hier alles beschriftet habe?"

Molly kam herüber und bemerkte die Etiketten sowohl an den Regalen als auch den Gegenständen selbst. „Ja."

„Glaubst du, du kannst hier irgendwas finden, wenn ich dich alleine raufschicke?"

Sie grinste und nickte. „Oh ja."

„Gut. Die Schränke sind das Einzige, was fürs erste verboten ist, und die sind mit einem eigenen Schlüssel verschlossen. Früher oder später kommen wir auf ihren Inhalt zu sprechen." Sarah ging ihr voran vom Speicher zurück nach unten. Molly folgte ihr, und Sarah schloss sorgfältig hinter ihnen ab. „Schließ diese Tür immer ab, wenn du gehst. Die meisten gefährlichen Dinge sind in den Schränken, aber um auf der sicheren Seite zu sein, will ich hier oben niemanden haben, dem ich nicht vertraue."

Molly verspürte ein kleines, freudiges Glühen, als sie das sagte. „Ich verstehe."

Danach begann sie für Sarah Botengänge zu machen, brachte Kräuter, Heilpflanzen und Salben zu benachbarten Anwohnern. Auf ihren Botengängen traf

Molly Alyssa, eine junge alleinerziehende Mutter mit einem fünfjährigen Sohn namens Evan, der an einer seltenen Lungenkrankheit litt. Der Trank, den Molly brachte, half Evan, von einem Vollmond zum nächsten nahezu normal zu atmen.

Sie traf auch Charles und Bertrand, ein verheiratetes Rentnerpaar aus San Francisco.

Charles hatte eine Muskelschwäche, die Sarahs Salben und Heilpflanzen in Schach hielten. Und sie lernte den fünfundsiebzigjährigen Homer kennen, dessen rheumatische Arthritis von einer von Sarah Salben gelindert wurde.

Und als sie bei Colins Tankstelle hielt, um Benzin zu kaufen, kam er auf ein Schwätzchen heraus. Er erzählte ihr, dass Sarah seiner Tochter Tallulah das Leben gerettet hatte, als seine Frau Sonja mit ihr schwanger gewesen war. Tallulah war dank ihr inzwischen eine kluge, gesunde junge Frau.

Molly sagte: „Je mehr Leute ich treffe und je mehr ich mit ihnen plaudere, desto klarer wird mir, wie wichtig Sarah für diese Gemeinschaft ist."

„Das ist sie. Hab gehört, sie ist ganz begeistert von dir." Colin kniff im hellen Morgenlicht die Augen zusammen, während er gemächlich die Fenster ihres Subaru reinigte. Die Sonne betonte das Grau, das sich durch seine kurzen Locken stahl, und die Falten in der fröhlichen, mahagonidunklen Landschaft seines Gesichts. „Es wird ein schwerer Tag, wenn sie uns verlässt."

Sam trieb eine Gruppe Schüler auf, um die Steine des Labyrinths aufzusammeln und den Rasen mit dem Rechen von verstreutem Kies zu befreien. Sobald das erledigt war, brachte Sarah Molly bei, wie man das Labyrinth aufstellte, beginnend mit den Portalsteinen, die als Reservoire dienten, um die eigentliche Magie zu speichern. Der Schritt durch das Portal aktivierte den Zauber, aber wenn jemand das Labyrinth zufällig betrat, blieb es im Ruhezustand.

Für den Wiederaufbau des Labyrinths benötigten sie einige Freiwillige, und er dauerte einen langen, schweißtreibenden Arbeitstag. Sam kam mit Colin und Tallulah, Bertrand, Alyssa, drei Schülern und einigen Hexen aus dem örtlichen Zirkel – Delphine und ihrem jüngeren Bruder Remy, Lexie, Sylvie, Tasha, Cara und Lauren.

Bertrands Mann Charles konnte keine körperliche Unterstützung leisten, aber er versorgte alle mit kühlen Getränken, passte auf Alyssas Sohn Evan auf und servierte das Mittagessen, das Molly vorbereitet hatte.

Als sie fertig waren, erstreckte sich das Labyrinth so ordentlich auf dem Rasen vor ihnen wie zuvor, und Molly hatte das Gefühl, dass sie sich mit fast allen angefreundet hatte, außer vielleicht Sylvie, die scheu war wie eine verwilderte Katze und den direkten Kontakt mit ihr mied.

Molly mochte Delphine und Remy besonders. Die Familienähnlichkeit der beiden war unverkennbar in ihrer herrschaftlichen Haltung und den langgliedrigen, muskulösen Körpern. Delphine ließ ihre dunklen Korkenzieherlocken offen und trug einen Pentagramm-Anhänger an einem langen Lederband um den Hals, während Remy ein Spinnennetz tätowiert hatte, das den Großteil seines muskulösen Rückens bedeckte. Molly hatte inzwischen erkannt, wie schwierig es war, das wahre Alter einer Hexe zu erraten, trotzdem schätzte sie die beiden auf Ende zwanzig.

Am meisten fiel ihr jedoch auf, wie die verschlossenen, misstrauischen Blicke, die sie ihr zuwarfen, sich allmählich in Freundlichkeit wandelten, während der Tag voranschritt. Als alle unter Gutenachtwünschen aufbrachen, fühlte Molly sich erschöpft, aber glücklich.

Sie gehörte dazu. In weniger als einem Monat war es ihr gelungen, sich hier besser einzufügen als in beinahe vierzig Jahren zu Hause in Georgia. Das konnte man auch deprimierend finden, oder vielleicht war es ermutigend, was die Zukunft anging. Als Molly einschlief, wusste sie nur sicher, dass ihr Leben sich nun besser anfühlte als je zuvor. Sie wollte es mit beiden Händen packen und nie wieder loslassen.

Je mehr sie von Everwood sah, desto mehr liebte sie es. Es war eine Kleinstadt mit etwa fünfzehntausend Einwohnern und einem größeren Einzugsgebiet aus Wohngebieten und Einkaufsmeilen über die Stadtgrenzen hinaus. Sie lief gerne über die Holzstege und kaufte in den kleinen Boutiquen am Meer ein.

Nur ein entscheidender Teil fehlte. Unzählige Male

rang sie mit dem Wunsch, Josiah anzurufen und ihm etwas zu erzählen. Aber nein. Sie war diejenige, die die Regeln festgelegt hatte, und sie musste sich daran halten.

Daher schrieb sie ihm jeden Tag um fünf das eine Wort, auf das sie sich geeinigt hatten.

`Sicher.`

`Sicher`, gab er zurück.

In Atlanta bereiteten sich Josiah und sein Zirkel sorgfältig darauf vor, bei Sherman & Associates einzubrechen.

Sie rechneten mit Schwierigkeiten, vielleicht sogar magischen Fallen. Josiah ließ sie entscheiden, wie er helfen sollte. Für seinen Teil wäre er auch gern an vorderster Front geblieben, aber falls etwas passierte und man ihn dabei erwischte, wie er ein Verbrechen beging, würde er seine Stellung als Bezirksstaatsanwalt verlieren.

Nach einiger Beratung entschieden sie, dass die Macht im Büro des Bezirksstaatsanwalts noch zu nützlich war und er mit Maria zusammenarbeiten sollte, um als Reserve alles zu beobachten. Steven, Henry, Richard und Anson würden den eigentlichen Einbruch durchführen.

Sie würden an einem Sonntag in der Nacht einbrechen. Nachdem sie fertig geplant hatten, arbeitete Josiah mit Anson aus, wo der Camry stehen sollte, damit er ihn nutzen konnte, nachdem er seinen Audi an einem öffentlichen Ort geparkt hatte.

„Ich habe allmählich kein gutes Gefühl mehr dabei", murmelte Anson. „Du verschwindest zu oft. Wenn du keine Ahnung hättest, dass jemand deine Bewegungen verfolgt, würdest du überhaupt nicht verschwinden."

„Wir wussten immer, dass es auf Gewalt und Gefahr hinauslaufen würde." Noch während er das sagte, runzelte er die Stirn. Genauso wie sein einstiger Ehrgeiz, politische Macht zu erreichen, wirkten Gewalt und Gefahr nicht mehr so akzeptabel wie früher.

Wäre es nur um Rache gegangen, hätte er bereits aufgegeben, den Treuhandfonds für den Zirkel eingerichtet und sich nach Kalifornien abgesetzt. Aber Rache war das Einfachste an der ganzen Sache. Er hätte sogar auf die Chance verzichtet, jemals Gerechtigkeit für das zu erhalten, was man ihm angetan hatte. Aber Rasputin würde weiterhin Hexen zu seinen Opfern machen, nicht nur ihr Leben zerstören, sondern auch das Leben ihrer Familie, wenn man ihn nicht aufhielt.

An diesem Abend verpasste er beinahe die Acht-Uhr-Konversation, doch im letzten Augenblick tippte er den Text ins Telefon.

`Sicher.`

Sie erwiderte: `Sicher.`

Drüben in Everwood wünschte Sarah sich zur Sommersonnenwende eine Zusammenkunft. „Erst dachte ich, ich wäre dem nicht gewachsen, aber da du hier bist, sehe ich es anders. Macht es dir etwas aus, mir zu helfen?"

Selbst mit Mollys Gaben aus Energie und Heilkraft war beiden klar, dass dies vermutlich Sarahs letzte Sommersonnenwende sein würde.

„Natürlich nicht", erklärte Molly sofort. „Ich tue gerne, was immer ich tun kann."

Sie arbeiteten angestrengt an der Vorbereitung. Molly fand einen Segen in dem Zauberbuch, das sie gerade las. Mit Sarahs Zustimmung sprach sie den Segen über die Mahlzeiten, die sie am Abend zuvor vorbereitet habe. Über Nacht sank er ein, um jenen, die davon aßen, besonders viele Nährstoffe und Glück zu bringen.

Als der Tag anbrach, kamen über dreihundert Leute vorbei, aßen, tanzten, gingen durch Sarahs Labyrinth, setzten sich abwechselnd in einen Trommelkreis, der stundenlang aktiv war. Bis weit in die Nacht hinein genossen sie ein loderndes Lagerfeuer, und Molly freute sich, Sarah so offenkundig glücklich zu sehen, als sie die letzten Besucher verabschiedete.

Dann beendeten sie den Tag. Kurz bevor Molly einschlief, flüsterte sie: „Ich liebe mein Leben."

Das Haus schien zu horchen, denn es seufzte auf und legte sich um sie wie eine abgetragene, heißgeliebte Jacke.

Molly brachte weiterhin Kräutermischungen, Heilpflanzen und Salben zu den Leuten in der Umgebung, und Sarah begann ihr beizubringen, wie man unkomplizierte Arzneien zubereitete.

Anfangs verstand Molly nicht, warum gewisse Arzneien besser als Pflanzenextrakt funktionierten – wozu auch Tinkturen gehörten – und nicht als Salbe, was eine dickere Substanz war wie ein Balsam oder eine Lotion zum Auftragen, denn sie waren nicht auf eine Art kategorisiert, die sich ihr erschloss.

„Magie ist ein völlig anderes Ökosystem als das, was wir durch Wissenschaft geschaffen haben", erklärte Sarah. „Nur weil Paracetamol und Ibuprofen oral eingenommen werden müssen, bedeutet das nicht, dass das magische Äquivalent von Kopfschmerzmitteln genauso funktioniert. Gewisse Zauber sind nur effektiv, wenn man sie mit gewissen Kräutern kombiniert, und einige dieser Kräuter kann man oral einnehmen, andere nur durch die Haut aufnehmen. In einer modernen Apotheke findest du Pillen, die gegen eine Magenverstimmung helfen. In der Magie kannst du eine Tinktur auf den Bauch reiben, und die Magie wird durch die Haut absorbiert. Verschiedene Systeme bedeuten verschiedene Methoden, um Linderung bei derselben Erkrankung zu erwirken."

Sobald Molly das verstand, ging ihr Heilkundeunterricht sehr viel schneller vonstatten. Sie hatte viel Freude dabei, denn er sprach die hegenden Seite in ihr an, die aufblühte und wuchs – aber Angriffsmagie lernte sie mit derselben Entschlossenheit, mit der sie damals in Atlanta geübt hatte, als würde ihr Leben davon abhängen, denn eines Tages konnte es durchaus so kommen.

Genauso wie jede Hexe ein Positiv und ein Negativ hatte, gab es auch eine größere Affinität zu gewissen Elementen. Mollys beide größten Affinitäten waren der Mond und das Meer. Auf Sarahs Anweisung hin ging sie an den Strand, um im dem Licht des Vollmonds frisches, schäumendes Meerwasser zu schöpfen, und flüsterte über den Behältern, bis sie vor Macht glühten.

Es gab defensive und offensive Zauber, die sie sich einprägen konnte. Die mächtigsten Zauber waren diejenigen, die sie selbst schuf. Bei den meisten dauerte es mindestens ein paar Minuten, sie zu wirken – sollte sie also in einen richtigen Kampf verwickelt werden, waren ihre beiden Hauptwaffen die telekinetischen Schübe und ihre Machtpeitsche, die aus der linken Handfläche kam.

Sie übte das Zaubern auf dem Rasen mit Delphine, die mit scharfem Blick vergnügt lächelte, als sie ihre Mächte kombinierten und Blitz und Donner riefen, während unter der Klippe die Meeresbrandung toste.

Um die Telekinese und die Peitsche zu üben, verbrachte sie unzählige Stunden mit Lauren, einer der Hexen aus dem Everwood-Zirkel, die ein Yoga-Studio in der Stadt betrieb. Lauren wirkte, als hätte sie ihre Macht zur Zeit ihrer Menopause erlangt, doch ihr Körper war in makellosem Zustand, und sie konnte herumwirbeln und kicken wie ein Ninja.

„Du hast eine der stärksten Mächte, denen ich je begegnet bin", keuchte Lauren einmal nach einer langen Sitzung, nach der sie beide schweißüberströmt waren.

Molly nickte wenig überrascht. Josiah und Sarah hatten ihr beide dasselbe gesagt. Sie murmelte: „Ich hoffe, das reicht, falls ich in Schwierigkeiten gerate."

Wenn ich in Schwierigkeiten gerate.

Denn wie Sarah ihr einmal erklärt hatte, waren Hexen wie Blitzableiter für interessante und ungewöhnliche Ereignisse. Und sie hatte vor, ein sehr langes und interessantes Leben zu führen.

Als sie sich hinsetzten, um etwas zu trinken, lächelte Lauren sie schief an. „Du weißt, dass sie dich vorbereitet, oder?"

„Was?" Molly schüttelte ihre Sorgen ab. „Wer?"

„Sarah. Sie bereitet dich darauf vor, die Führung des Everwood-Zirkels zu übernehmen, wenn sie … Du weißt schon, wenn sie von uns geht."

„Tut sie das?" Vor Verwunderung fiel sie fast um. „Du irrst dich doch. Ich bin die unerfahrenste Hexe in Everwood."

„Delphine und ich haben darüber gesprochen. Wir glauben beide, dass du die Kombination hast, die Sarah am wichtigsten ist — die Heilerseite und die Kämpferseite, und du bist in beiden enorm stark. Für manche, die es wirklich brauchen, ist Everwood eine Zuflucht, und die Anführerin unseres Zirkels muss stark genug sein, um den Ort zu schützen. Aber Heilung ist auch wichtig. Und ich kenne Sarah schon viele Jahre, und sie hat noch nie einen ihrer Schüler eingeladen, bei ihr zu wohnen."

Molly atmete schwer aus. „Ich dachte, sie ließe mich bleiben, weil ich angeboten habe, ihr zu helfen, und weil …" Ihr fiel es genauso schwer wie Lauren, es auszusprechen. „Naja, weil nicht viel Zeit bleibt."

„Bevor du gekommen bist, fuhr jede Hexe des Zirkels an einem Tag rauf, um ein paar Stunden zu helfen." Lauren lachte. „Schau nicht so verdutzt. Deine magiegetränkten Speisen haben sehr viel mehr für sie getan, als eine von uns tun konnte. Aber … ja, du solltest ein wenig drüber nachdenken, denn früher oder später wird Sarah vermutlich ‚das Gespräch' mit dir führen."

Neben Sarah war Lauren die erfahrenste Hexe. Mit geschürzten Lippen fragte Molly bedächtig: „Wie würdest du dazu stehen?"

„Ich glaube, du wärst eine wirklich gute Wahl, Molly. Du musst noch viel lernen, aber du hast Köpfchen. Mir gefällt, dass du nicht zu jung bist, aber immer noch gerne lernst und mit anderen zusammenarbeitest. Ich weiß auch die Freundlichkeit zu schätzen, die du Sarah gegenüber zeigst, aber vor allem gegenüber anderen, die keine Möglichkeit haben, es dir zu vergelten. Falls der Zirkel überwältigende Einwände hätte, würde es dir wahrscheinlich schwerfallen, die Stellung zu halten, aber ich würde Sarahs Entscheidung befürworten. Ich bin hier, um dich zu unterstützen, wenn du dich entscheidest, uns anzunehmen."

Molly war nachdenklich, als sie von Laurens Studio wegfuhr. Wie ironisch, dass sie in die Lage kommen könnte, doch noch Macht zu erwerben. Nicht, dass es ihr wichtig gewesen wäre. Aber ihr gefiel der Gedanke, sich in ihre neue Gemeinschaft einzubringen. Sie half gerne Leuten, die es nötig hatten, und wenn sie auch ihren Schutz benötigten …

Sie konnte sich vorstellen, dass sie es tun würde.

Der Alarm auf ihrem Telefon ging los. Es war fünf.

Sie fuhr an den Straßenrand und rief Josiah beinahe an, um ihm davon zu erzählen und zu hören, was er dachte. Sie war ziemlich sicher, dass sie wusste, was der Josiah, den sie anfangs kennengelernt hatte, davon gehalten hätte.

Aber nein. So machten sie es nicht.

Darum schrieb sie: Sicher.

Und er erwiderte: Sicher.

Drüben in Atlanta ging der sonntägliche Einbruch nicht ohne Probleme vonstatten.

Sie führten ihn kurz vor Mitternacht durch. Das repräsentative Büro von Sherman & Associates lag in einem Hochhaus in der Innenstadt, aber sie mussten nicht in den Hauptsitz einbrechen. Als eine der bekanntesten Kanzleien des Bundesstaates gab Sherman & Associates bestimmt ein Vermögen für Datenschutz aus, daher nutzten sie vermutlich sowieso einen Server an einem anderen Ort mit verschlüsselten Sicherheitssystemen.

Doch auf eine elektronische Verschlüsselung, die Steven nicht knacken konnte, musste der Zirkel erst noch stoßen. Steven sagte, sie brauchten ihm eigentlich nur Zugang zum internen Netzwerk zu verschaffen, daher wählten sie eines der kleineren Filialbüros, das sich nördlich der Stadt befand.

Es war besser zugänglich, befand sich in einem Gebäude, das abseits von anderen Geschäften stand. Außerdem bestand, falls alles schiefging, die geringe Hoffnung, eine oder zwei Minuten zu gewinnen, bevor entweder die Polizei oder ein Sicherheitsdienst aufkreuzte.

Aber als das Viererteam eindrang, geschah etwas, irgendetwas Flüchtiges, Magisches, das in die Nacht hinausschoss. Keiner von denen, die reingingen, erkannte, was es war, und Josiah und Maria waren an Straßenecken zu weit entfernt aufgestellt, um es zu identifizieren.

„Raus mit euch", sagte Josiah in sein Mikrofon.

„Verstanden", erwiderte Anson.

Steven mochte von sozialen Situationen überfordert werden, aber in diesem Moment klang er völlig ruhig. „Ich brauche nur fünfundvierzig Sekunden, um den Malware-Zauber abzuschließen. Wartet kurz."

Josiah hörte heranrasende Sirenen und spürte etwas Großes, Magisches und Hässliches, das sich schnell näherte.

Maria sagte: „*Jesucristo*. Gleich schlägt's ein."

„Zweiundzwanzig Sekunden. Fast geschafft." Steven klang, als würde er übers Wetter reden.

Zwei Streifenwagen rasten an Josiahs Wachposten vorbei, aber die bereiteten ihm keine Sorgen. Sorgen bereitete ihm das riesige, magische Etwas. Josiah sagte: *„Raus mit euch, jetzt."*

„Gottverdammt." Richard stieß einen fremd klingenden Namen aus.

Ein weiteres enormes magisches Etwas wirbelte heran wie ein Zyklon. Einen Augenblick später erschien dieser Zyklon vor Josiah. Er verfestigte sich zur Gestalt eines hochgewachsenen Dschinn mit strengem Gesicht und glitzernden Diamantaugen. Er hatte die vier Einbrecher im Schlepptau.

Eine Spur von Stress lag auf Ansons markanten Zügen, während Richard erbost aussah. Wie üblich.

Henry hielt in einer Hand einen Laptop, als wolle er ihn gerade auf den Tisch stellen. „Ich schätze, den kann ich jetzt nicht mehr zurückstellen."

Steven reckte eine Faust. „Siebenundvierzig Sekunden. Ich hab's."

„Ja, und sie wissen, dass du's hast", murmelte Josiah.

„Meine Jahre alte Schuld dir gegenüber ist nun beglichen", sagte der Dschinn zu Richard. Dann verschwand er.

Richard starrte finster auf die Stelle, an der der Dschinn gestanden hatte. „Wisst ihr, wie verdammt selten es ist, einen Gefallen von einem Dschinn zu erhalten – wie selten ein *Mensch* einen Gefallen von einem Dschinn erhält? Ich hatte vor, ihn zu behalten, solange es geht."

„Beschwer dich später", sagte Josiah grimmig.

„Steigt in das verdammte SUV." Er sprach wieder ins Mikrofon. „Alle Eier im Korb."

Sie stiegen rasch in das Auto, das Anson nur für den Einsatz an diesem Abend gestohlen hatte. Während Josiah ruhig losfuhr, erwiderte Maria: „Gut zu hören. Ich mach mich auf die Socken."

„Wir sehen uns am Treffpunkt."

Zehn Minuten später kamen sie hinter dem verdunkelten Gebäude einer Ladenfiliale zusammen, die vor achtzehn Monaten pleitegegangen war. Während Richard das Innere des SUV säuberte, umarmte Maria sie. Sie hielt Steven ein paar Augenblicke lang fest.

Das Gefühl, dass etwas Bösartiges und Hässliches auf sie lauerte, schwebte immer noch am Rande von Josiahs Wahrnehmung. „Spürst du das?", fragte er Maria, und sie nickte, ihr Blick hart und erhellt von Visionen. „Weißt du, was das ist?"

„Irgendein Dämon, glaube ich. Aber ich denke nicht, dass sie uns erwischt haben. Unsere Verschleierungszauber haben gehalten."

Er wandte sich an Steven. „Dir ist klar, dass das Team, von dem sie ihre ausgelagerten Server bewachen lassen, an deinem Malware-Zauber arbeitet."

„Ist egal." Steven lächelte ihn fröhlich an und schnippte mit den Fingern. „Ich hab's schon, Baby. Noch während wir sprechen, sind ihre Daten bereits tonnenweise über ein halbes Dutzend IP-Adressen gegangen und werden auf meinen Server runtergeladen.

Es wird mich natürlich ein paar Tage kosten, die Verschlüsselung zu knacken."

„Allen ist klar, dass wir so einen Stunt nur einmal abziehen können, ja?" Josiah zog eine Augenbraue hoch, während er die Gruppe musterte.

„Ich bin einfach froh, dass wir dieses Mal überlebt haben", sagte Maria leise.

Das war Josiah auch. Zu Steven sagte er: „Die Liste ihrer Klienten hat höchste Priorität. Ich will sie, so schnell du sie mir besorgen kannst."

Henry sagte: „Und gleich darauf als zweites — besorg mir ihre Finanzauskünfte."

Steven wippte auf den Fußballen. „Alles klar."

Danach trennten sie sich. Ihre gesamte Zeit zusammen: unter fünf Minuten. Josiah begann mit dem Aufwand, sich einen Weg zurück zu seinem Audi zu suchen und dann in seine Wohnung heimzukehren. Er war danach lange zu aufgekratzt, um zu schlafen.

Die anderen waren erleichtert gewesen, aber ihm war klar, dass es unklug war, sich zu entspannen. Es würde sich zeigen müssen, ob sie wirklich davongekommen waren und die Informationen bekommen hatten, die sie brauchten.

Seine Gedanken wandten sich Molly zu, wie es dieser Tage häufig geschah. Er hätte den Stress sowieso nicht an sie weitergegeben, aber sie war schlau gewesen, als sie auf minimalem Kontakt bestanden hatte.

Am nächsten Morgen brach er zur Arbeit auf, entwickelte bereits Strategien für die verschiedenen

Meetings und Entscheidungen, die im Lauf des Tages anstanden. Beim Bremsen an einer Kreuzung nahm er aus dem Augenwinkel eine Bewegung wahr.

Ein Sattelzug, der sich zu schnell näherte. Er donnerte auf ihn zu. Josiah riss das Steuer herum, trat aufs Gas. Eine enorme Kraft krachte in die andere Seite des Autos und wirbelte es herum. Nicht der Sattelzug, wie ihm verschwommen klar wurde.

Die Tür auf der Fahrerseite war eingedrückt und ließ sich nicht bewegen. Es blieb nicht genug Zeit, um sein Telefon zu suchen. Er schleuderte einen Kommunikationszauber hinaus.

Mollys Stimme, schläfrig und verwirrt: „Was … Josiah?"

Er hätte es schon früher sagen sollen, aber wie so oft war er sich selbst der schlimmste Feind. Er hätte so vieles anders machen sollen. „Ich liebe d…"

Metall kreischte, als der Sattelzug das Auto von der anderen Seite erwischte. Josiah spürte einen riesigen Ruck, und dann wurde alles schwarz.

Kapitel 20

ZWEIUNDVIERZIG STUNDEN SPÄTER landete Mollys Flugzeug an einem schwülen Spätsommernachmittag auf dem Hartsfield-Jackson Atlanta International Airport.

Dreizehn Wochen ihrer Übereinkunft mit Josiah waren vergangen. Über vier Monate seit dem Tod ihres Mannes. Sie war in der vierzehnten Woche schwanger.

Zwei Polizisten in Zivil vom Atlanta PD holten sie ab, als sie aus dem Flugzeug stieg. Einer von ihnen, ein abgebrühter Mann in einem grauen Anzug, stellte sich als Frank Williams vor. „Guten Tag, Mrs. Sullivan." Sein Tonfall war höflich, während er sie durchdringend musterte. „Ich lasse Ihr Gepäck bei der Airline von zwei Uniformierten abholen. Wenn Sie bitte so freundlich wären, mit uns zur Dienststelle zu kommen."

„Natürlich." Sie hielt ihren Blick verschlossen, während sie sie prüfend betrachteten, ihre Stimme ruhig. „Das habe ich erwartet. Deswegen habe ich Sie angerufen."

Auf der Fahrt zur Dienststelle tauschten sie

Höflichkeiten aus. Wie ihr Flug gewesen war. Ob sie den Sommer von Atlanta vermisst hatte. Dass die Luft fühlte sich heute anfühlte wie Erbsensuppe. Frank mochte an heißen Tagen gesüßten Tee. Sein Partner – Molly glaubte, sein Name lautete Rubio – fuhr schweigend. Offenbar verspürte Rubio nicht das Bedürfnis nach Höflichkeiten.

Sie ebenso wenig. Sie starrte aus dem Fenster, während vertraute Szenerien vorbeizogen, und beantwortete Fragen, wenn sie gestellt wurden. Auf dem Revier machten sie ein Foto, brachten sie in einen Verhörraum und stellten ihr Gepäck in eine Ecke.

War sie verhaftet? Nein, natürlich nicht, aber Frank war so frei, es auszusprechen: Er hielt es für extrem seltsam, dass sie so lange verschwunden war, wo doch ihr Mann gerade gestorben und so viele persönliche Dinge ungeregelt geblieben waren.

Könnte sie ihnen denn erzählen, was an jenem Samstagabend passiert war, an dem ihr Ehemann gestorben war?

Würde es ihr etwas ausmachen, das noch einmal durchzugehen?

Sie benötigten lediglich ein wenig Aufklärung … Könnte sie die zeitlichen Abläufe in ihrer Geschichte noch etwas näher ausführen?

Sie erzählte ihnen eine stark verkürzte Version dessen, was passiert war, und hielt sich daran, ganz gleich, wie oft sie wieder darauf zurückkamen, um verschiedenen Dinge zu überprüfen.

Was am Abend der verhängnisvollen Party geschehen war. Wie sie den Haustresor geleert hatte, als sie gegangen war.

Wie Austin sie im Hotel gefunden und in den Aufzug gejagt hatte. Wie sie eine einstweilige Verfügung erwirkt, Nina angeheuert, eine Wohnung gefunden, die Scheidung eingereicht hatte. Sie hatte Nina eine Kopie der Seychellenakte gegeben, doch deren Büro war im Feuer abgebrannt, aber sie hatte auch eine Kopie aller relevanten Dokumente in einem Zip-Ordner in ihrem Mailkonto behalten.

Sie erwähnte Josiah mit keinem Wort. Er war der wichtigste Teil von allem.

Ihre Fassung zerbröckelte, als sie ihnen von dem Angriff berichtete. Sie erinnerte sich nur verschwommen an die Einzelheiten. (Stimmte auch.) Sie floh vor Austin, fuhr ihr Auto zurück zum Airbnb und merkte, dass sie sich übernommen hatte und verschwinden musste.

Wahr, wahr und wahr. Nachdem sie Monate unter Sarahs Fittichen verbracht hatte, war ihr klar, wie wichtig es war, zumindest eine Version der Wahrheit zu erzählen. Selbst wenn sie sich dessen nicht bewusst waren, besaßen viele Leute einen rudimentären Wahrheitssinn.

„Zu diesem Thema", sagte Frank. „Wie sind Sie so komplett verschwunden?"

An diesem Punkt hörte sie auf, ihnen Informationen zu liefern. „Das muss ich nicht erklären", sagte sie. „Ich hatte das Gefühl, mein Leben sei in Gefahr, also habe ich getan, was ich tun musste, um mich zu verstecken und zu überleben."

Das gefiel ihnen nicht, also kamen sie wieder darauf zurück, stellten abwechselnd Fragen, und das mehrere Stunden lang. Sie bat um Wasser und Toilettenpausen, wenn es nötig wurde. Ihre Schwangerschaft war noch nicht sichtbar, aber sie musste häufig aufs Klo.

Irgendwann brachten sie ihr eine Tasse Kaffee, die sie nicht anrührte, und später ein Sandwich. Davon aß sie etwas.

Was die Frage betraf, warum sie so lange weggeblieben war … sie hatte die Nachricht gehört, dass ihre Anwältin getötet worden und ihr Mann gestorben war.

Frank ging einen Augenblick raus, daher fragte Rubio: „Warum sind Sie nicht zurückgekommen, sobald sie die Nachrichten gehört haben?"

„Weil das Geld auf diesem Offshore-Konto nicht einfach aus dem Nichts aufgetaucht ist", sagte sie ausdruckslos. „Und Austin mich aus einem bestimmten Grund angegriffen hat."

„War er Ihnen gegenüber je vorher gewalttätig?"

„Nein."

„Woher, glauben Sie, kam das Geld?"

Als Rubio diese Fragen stellte, öffnete sich die Tür, und Frank kehrte zurück, gefolgt von einem weiteren Mann, der den Raum neu ordnete, während er hereinkam.

Der Neuankömmling trug dunkle Anzughosen und ein weißes Hemd, das am Hals offenstand und an den Armen hochgekrempelt war. Er hatte einen muskulösen, schlanken Körperbau und bewegte sich wie ein verwundeter Panther, humpelte leicht, das Gesicht hart und ausdruckslos. Sein bernsteinfarbener, katzenhafter Blick rang mit ihrem.

Sie hatte sich vorgebeugt, die Hände auf dem Tisch. Nun lehnte sie sich zurück, um die Hände unter die zerkratzte Tischplatte zu legen und zu verbergen, wie sehr sie bebten.

Ihr hungriger Blick saugte Einzelheiten auf. Er hatte abgenommen, seit sie ihn zum letzten Mal gesehen hatte. Er wirkte dünner. Er wirkte gemein.

Vielfarbige Prellungen verunzierten seine tief gebräunte Haut. Eine neue Narbe zog sich entlang der messerscharfen Kante seines Kinns, verlief bis zu seinem Nacken, um unter seinem Kragen zu verschwinden. Sie sah aus, als …

Abrupt drückte sie sich den Handrücken auf den Mund. Die Narbe sah aus, als wäre er beinahe geköpft worden. Mollys Magen schlug Kapriolen. Sie hatte noch keine morgendliche Übelkeit gehabt, aber einen Augenblick lang dachte sie, ihr würden womöglich die paar Bissen hochkommen, die sie von dem Hähnchen-Sandwich gegessen hatte.

Die beiden Polizisten bemerkten ihre Reaktion nicht. Sie hatten sich auf den Neuankömmling konzentriert. Rubio wirkte entsetzt. „Staatsanwalt

Mason. Schön, Sie zu sehen. Wir hatten nicht gehört, dass Sie aus dem Krankenhaus entlassen wurden oder schon wieder arbeiten gehen.“

„Ich habe das Krankenhaus heute Nachmittag verlassen. Offiziell bin ich krankgeschrieben.“ Josiah wandte den Laserstrahl seiner Aufmerksamkeit von Molly ab, um sich auf die beiden Polizisten zu konzentrieren. „Aber für ein paar spezielle Fälle mache ich eine Ausnahme.“

„Ich verstehe. Also …“ Rubio warf Frank einen Blick zu, der eindeutig besagte: *Was jetzt?*

Frank antwortete mit einem kaum merklichen Schulterzucken.

Josiahs harter Blick wanderte zurück zu Molly. „Mrs. Sullivan, ich war einer der Partygäste an dem Abend, als Sie und Ihr Mann Schwierigkeiten hatten.“

Es war, als würde sie einen Draht berühren, der unter Strom stand, als sie seine tiefe Stimme nach so vielen Wochen ihren Namen sagen hörte. Er war so wütend auf sie. Er hatte nicht versucht, telepathisch mit ihr zu sprechen. Sie wagte es auch nicht, ihn anzusprechen. Ihre Beherrschung fühlte sich so schon zerbrechlich genug an.

„Ich erinnere mich.“ Sie begegnete seinem Blick gleichmütig.

„Frank hat mir alle Informationen weitergeleitet.“ Josiah verschränkte die Arme. „Wenn Sie so sehr um Ihr Leben fürchteten, dass Sie die ganze Zeit über wegblieben, was hat sie dann jetzt zurückgebracht?"

Du. Ich wusste nicht, ob du am Leben oder tot warst. Ich hatte keine Möglichkeit, es herauszufinden. Krankenhäuser geben an niemanden bis auf die Familie Informationen heraus. Ich konnte nur Nachrichten schauen.

Sie wartete, bis sie wieder sprechen konnte, ohne durchzudrehen. „Ich hatte es satt, abzuwarten und mich zu fragen, wann es in Ordnung sein würde, das Leben einzufordern, das ich verdiene. Ich habe beschlossen, dass ich dringender Antworten auf meine Frage brauche, *was passiert ist,* als in Sicherheit untergetaucht zu bleiben. Dass ich mich dem hier mehr als alles andere stellen muss." Sie breitete die Hände aus, womit sie ihn und die beiden Polizisten einschloss.

Seine kalte Miene hatte sich nicht im Geringsten erwärmt. Zu den Polizisten sagte er: „Gehen Sie uns Kaffee holen."

„Aber Sir …" Unter dem Druck von Josiahs eisig starrendem Blick zerfaserte Franks Widerspruch zu Schweigen. Er murmelte zu Rubio: „Komm schon. Machen wir, was er sagt."

Während sie sich hinausbegaben, zog Josiah gegenüber von Molly einen Stuhl an den Tisch und setzte sich. Er hielt ihren Blick, legte ganz bewusst eine Hand auf das Aufnahmegerät, das mitten auf dem Tisch stand, und schaltete es aus.

Was hatte er nun vor?

Noch während sie den Mund öffnete, um zu

fragen, sagte er: „Die Tonaufzeichnung ist zwar abgeschaltet, aber die Kamera nicht. Sie sehen alles, was du machst."

„Verstanden." Mehr als alles andere wollte sie ihn berühren. Sie verschränkte die Hände unter dem Tisch. „Wie willst du erklären, dass du ohne Aufnahmegerät mit mir sprechen willst?"

„Ich sage ihnen die Wahrheit, dass du meine Informantin bist und mir für eine andere Ermittlung alle dir zur Verfügung stehenden Informationen gegeben hast. Das wird ihnen nicht gefallen, aber sie müssen es akzeptieren." Zorn blitzte in seiner Miene auf. Heftig sagte er: „Ich geige dir nur nicht gleich die Meinung, weil du scheiße aussiehst."

„Kann ich zurückgeben, denn so ist es", murmelte sie. Ihr Blick senkte sich und huschte nach rechts zu der neuen Narbe, und plötzlich ließ Nässe ihre Sicht verschwimmen. „Wie kannst du nach einer solchen Verletzung herumlaufen?"

„Magie. Mein Zirkel hat einen Unfallspezialisten gerufen, der heute Morgen in Atlanta eingetroffen ist."

Sie verschränkte die Arme und packte fest ihre Ellbogen. „Aber wie kannst du dich aufrecht halten? Du solltest nicht aus dem Krankenhaus entlassen sein, nicht nach einer solchen Verletzung. Es ist mir egal, was für eine magische Heilung du hattest."

„Soweit es die übrige Welt betrifft, bin ich noch im Krankenhaus." Er stemmte die Fäuste auf den Tisch und beugte sich vor, seine Knöchel liefen weiß an.

„Was zum Teufel machst du hier? Du bist ein paar Wochen zu früh dran."

Ein leichtes Beben durchlief sie. Sie zog ihr Telefon heraus, aktivierte den Bildschirm, dann scrollte sie durch die Anrufliste und hielt sie schräg hoch, damit er sie sehen konnte, ohne dass es auf der Kamera, die hoch in einer Ecke angebracht war, sichtbar wurde. „Vor zwei Tagen hast du mich um vier Uhr früh aus dem Tiefschlaf geweckt. Dann konnte ich dich nicht erreichen. Ich bekam nur eine Fehlermeldung."

Sein glühender Blick fiel auf ihr Telefon, und der Muskel in seiner Wange spannte sich an. Sie hatte Josiahs Nummer bestimmt hundert Mal gewählt, nur um immer wieder dieselbe Nachricht zu hören.

Die gewählte Nummer ist derzeit nicht erreichbar.

Das Telefon bebte in ihrer Hand. Er wirkte, als könne er jeden Augenblick über den Tisch springen. Tonlos sagte er: „Ich habe beim Unfall mein Telefon verloren."

„Krankenhäuser haben Telefone." Sie flüsterte, damit sie nicht brüllen musste. Sie wollte ihn schlagen. „Du hast dich nicht gemeldet. Nicht mal eine Nachricht hinterlassen."

Seine Miene spannte sich an. „Ich konnte nicht. Bis heute Nachmittag war ich bewusstlos. Als ich zurück in meine Wohnung kam und meine E-Mails durchging, hatte Frank gemailt, um mir mitzuteilen, du hättest angerufen und wärst unterwegs nach Atlanta. Ich bin so schnell gekommen, wie ich konnte. Du hättest nicht herkommen sollen, Molly."

Vor zwei Tagen war sie am Ende gewesen. Nun strömten ihre ungefilterten Gefühle hervor. „Dein Unfall kam in den landesweiten Nachrichten. Hast du das gewusst? Ich habe alle Nachrichtenseiten im Internet abgesucht, die ich finden konnte, aber nirgends gab es richtige Neuigkeiten. Es hieß lediglich, dass der Bezirksstaatsanwalt von Atlanta um sein Leben kämpft, nachdem er in einen Unfall mit mehreren Fahrzeugen verwickelt war. Es war keine Option, dort zu bleiben."

„Es war kein Unfall", zischte er.

Ihre Lippen wurden taub. „Jemand hat versucht, dich zu töten?"

„Genau deshalb hättest du nicht zurückkommen sollen."

Diese Worte gaben ihr den Rest. Sie fühlte sich durchgerüttelt und zuckte zusammen, dann sprang sie auf, um unstet auf und ab zu gehen. „Ist mir egal. Ist mir egal. Ich bin durch mit diesem Scheiß. Du hast mich aufgeweckt. Du wolltest mir etwas sagen. Dann ließ sich deine Präsenz auf dem Bett nieder, und ich konnte die Umrisse deines Körpers sehen. Du sahst aus wie damals in New Orleans, als du dich neben mich gelegt hattest, nur warst du durchsichtig." Sie zog sich in die Ecke unter dem gnadenlosen Auge der Kamera zurück und rief: „*Ich dachte, du wärst gestorben!*"

Er sprang auf, stieß seinen Stuhl um und schnellte auf sie zu. Er schob sie an die Wand, lehnte seinen ganzen Körper an ihren. Ihr kamen die Tränen, als sie seine angespannte, muskulöse Gestalt an sich gepresst spürte. Sein Geruch war merkwürdig, überlagert von etwas Antiseptischem.

Sie wusste jetzt so viel mehr darüber, wie man die Macht und den körperlichen Zustand einer Person deutete, und sie nutzte diese Fertigkeiten, um ihn zu scannen. Seine Macht war ernsthaft erschöpft, sein Körper stand unter enormer Anstrengung, während er sich von heftigen Verletzungen erholte.

Aber sein Herz, dieses robuste, gute Herz, schlug immer noch stark.

Er vergrub das Gesicht an ihrem Hals. „Hast du nicht mitbekommen, was ich gesagt habe?"

Ihre Arme legten sich um seine Taille. „Nein", sagte sie heiser. „Ich habe fest geschlafen, und was auch immer es war, ging zu schnell vorbei. Als ich wach genug war, um zu begreifen, dass etwas geschehen war, warst du schon still. Dann bist du verblasst."

„Ich habe gesagt, dass ich dich liebe", flüsterte er. „Ich hätte es schon früher sagen sollen. Ich hätte nicht darauf warten sollen, dass es der drohende Tod aus mir herauspresst. Du hast von deiner Mutter gesprochen, weißt du noch? Du sagtest, dass sie dich immer gehässig behandelt hat, aber sie würde älter werden und du wärst gern da, falls sie einen Sinneswandel hat. Ich dachte, dass es dir so ähnlich sieht, jemandem treu zu sein, der es nicht verdient hat. Ich hatte mich schon lange vorher in dich verliebt, aber das war der

Augenblick, in dem ich es sicher wusste."

Sie stieß einen bebenden Atemzug aus. „Ich liebe dich auch, aber du machst es einem manchmal wirklich nicht leicht."

„Ich werde das ändern", sagte er in ihr Haar. „Das schwöre ich."

Sie schnaubte. „Versprich nichts, was du nicht halten kannst."

„Das hier halte ich. Manchmal bist du treuer, als dir guttut, und manchmal halte ich meine Versprechen zu lange. Ich hätte dich nie um mehr Zeit bitten sollen. Es war leicht, mein Leben aufs Spiel zu setzen, solange ich der Einzige war, um den es ging. Dann wurde es unerträglich."

„Ich verstehe." Ihre Finger konnten nicht aufhören, die Weite seines breiten, angespannten Rückens zu erkunden. „Es hat mich frustriert und wütend gemacht, aber ich habe es verstanden. Du hattest andere Leute, die sich auf dich verlassen, und du hattest recht – du wärst nicht die Art Mann, mit dem ich zusammen sein wollen würde, wenn du sie so einfach stehenlassen könntest."

„Diese verfluchte Kamera", murmelte er heftig. Er schob sich weg und marschierte durch den Raum wie ein Tier im Käfig, dann fuhr er sie an: „Geh zurück nach Kalifornien."

Sie schüttelte den Kopf, ihr Mund grimmig. „Die Katze ist aus dem Sack."

In seinen Augen blitzte gelbes Feuer. „Ist sie nicht.

Du bist unter deinem Namen zurückgeflogen. Damit bleibt dein neuer Ausweis unangetastet. Wir können dich aus der Stadt bringen, zu einem anderen Flughafen."

„Ich gehe nicht." Gott allein wusste, was ihre Zuschauer aus dieser wütenden Konfrontation für Schlüsse zogen. Sie ging auf ihn zu, hielt aber mit dem Rücken zur Kamera inne, ihre Miene kontrolliert, denn Gott wusste, was sie preisgab. „Ich habe ernst gemeint, was ich gesagt habe. Der Kompromiss ist uns um die Ohren geflogen."

Er fuhr mit einer Hand durch die Luft. „Das ist nicht akzeptabel!"

„Ich erinnere mich nicht daran, dich um Erlaubnis gebeten zu haben." Sie erforschte seine Gesichtszüge, während sein Zorn höherkochte. „Du sagtest, es war kein Unfall."

„War es nicht!", knurrte er.

Das Übelkeitsgefühl kehrte in ihren Magen zurück. „Was ist passiert?"

„Ich bin seitlich gerammt worden", stieß er hervor. „Zweimal. Erst auf einer Seite, dann auf der anderen. Wenn ich nicht schon angefangen hätte, gegenzulenken und zu beschleunigen, wäre ich zerquetscht worden. Ich habe den Kommunikationszauber gewirkt, um dich zu kontaktieren, kurz bevor es zum Aufprall kam."

Sie spürte, wie ihr abermals das Blut aus dem Gesicht wich. „Wer war es?"

„Die beiden Trucks sind bei einer Spedition vor

Ort zugelassen. Wir wissen, dass sie gestohlen wurden, aber unsere Seherin sagt, dass es eine direkte Verbindung zwischen den Fahrern und unserem Ziel gibt. Sie sagt, dass er überall ist, wohin sie blickt. Die Fahrer sind verschwunden. Wir haben alle Beweise gesammelt, die wir finden konnten, haben Proben von den Lenkrädern genommen, und nun durchsuchen wir die Polizeidatenbanken, um zu sehen, ob wir einen Treffer kriegen." Sein Mund spannte sich an. „*Milaja*, du musst es dir überlegen. Du bist eine unterstützende Zeugin." Seine Fäuste öffneten und schlossen sich, während hilfloser Groll seine Züge verzerrte. „Im Augenblick ist meine Magie so erschöpft wie seit Jahrzehnten nicht. Ich kann dich nicht schützen."

„Ich habe dich nicht darum gebeten. *Ich dachte, du wärst tot.*" Als sie seine Miene sah, rieb sie sich übers Gesicht und bemühte sich um Geduld. „Ich bin nicht ohne Vorsichtsmaßnahmen zurückgekehrt. Diesmal wirst du mir vertrauen müssen."

JOSIAH STARRTE SIE mit wütender Ungläubigkeit an.

Die Zeit, in der er sich an sie gepresst hatte, war viel zu kurz gewesen. Jede wunde, aufgebrachte Zelle seines Körpers brüllte nach mehr Kontakt. Aber so verzweifelt er sich auch danach sehnte, sie wieder zu berühren, angesichts dieser leichtfertigen, gefährlichen Naivität musste er sie zur Rede stellen.

„Du hast ein paar Monate Ausbildung hinter dir,

also glaubst du, du kommst mit allem klar, was dir über den Weg laufen könnte?", fragte er heiser. „Ich hätte nie gedacht, dass du so naiv bist."

„Bin ich nicht!" Wut ließ blaues Feuer in ihren Augen blitzen. „Trau mir doch mal was zu."

Die Tür öffnete sich, und Frank und Rubio kamen vorsichtig herein.

Frank sagte: „Alles in Ordnung, Boss?"

Josiah fuhr zu ihnen herum, das Gesicht verzogen: „Ich bin noch nicht fertig."

„Wie blöd, ich nämlich schon", sagte Molly. Sie schaute Frank an. „Ich habe *Sie* kontaktiert, und ich habe gerade mehrere Stunden damit verbracht, mit Ihnen netten Herren zu kooperieren und Ihre Fragen zu beantworten."

„Eigentlich stimmt das nicht ganz." Frank hob die Augenbrauen und kratzte sich mit dem Daumennagel am Kinn. „Wir haben noch ein paar Fragen, bei denen Sie die Antwort verweigern."

„Ist das so?", fuhr sie auf. „Pech gehabt. Sie haben keinen Grund, mich festzuhalten. Ich habe nichts falsch gemacht, außer meine Angelegenheiten in Unordnung zu hinterlassen, was vielleicht ärgerlich ist, aber nicht illegal. Ich bin nicht verpflichtet, Ihnen jedes Detail meines Privatlebens auf dem Silbertablett zu servieren, *insbesondere*, wenn es für Ihren Fall nicht relevant ist."

„Das sagen Sie", merkte Rubio an.

Sie funkelte ihn an. „Und es ist nicht meine

Aufgabe, darüber zu spekulieren, was vor sich gehen könnte. Das ist *Ihr* Job."

Verbal war sie in Hochform, aber Josiah bemerkte plötzlich, wie dunkel die Ringe unter ihren Augen waren, wie spröde der feuchte Glanz in ihrem blauen Blick. Sie hatte in diesen letzten paar Tagen Höllenqualen erlitten.

Er musste sie so dringend in die Arme nehmen, dass er sich lieber abwandte.

Er stand so kurz davor, ihre Geheimniskrämerei auffliegen zu lassen. Einen blendenden Augenblick lang wollte ihm kein Grund mehr einfallen, damit weiterzumachen. Beinahe öffnete er den Mund, um alles auszuplaudern und Molly und das Baby für sich zu beanspruchen. Es würde sich so verdammt gut anfühlen, es endlich auszusprechen.

Wenn er das tat, würde es ihn schlagartig zu Franks und Rubios Hauptverdächtigen machen, aber wen zum Teufel kümmerte das? Er hatte Alibis in der ganzen verdammten Stadt bei den Ersthelfern, mit denen er in dieser endlosen Samstagnacht geredet hatte. Er wurde vielleicht vom Dienst suspendiert, bis er vom Verdacht befreit war, aber die Stellung des Bezirksstaatsanwalts bedeutete ihm inzwischen einen Dreck.

Sowohl er als auch Molly waren bereits in Gefahr. Sie sollten zusammen sein. Sich dem, was auch immer als nächstes kam, gemeinsam stellen.

Eines hielt ihn ab. Seine Verletzungen und die darauf folgende Heilung hatten ihm jedes Quäntchen

Ausdauer geraubt, das er besaß. Er stand nur noch aus Wut aufrecht, aus Furcht um ihre Sicherheit, und purer, sturköpfiger Entschlossenheit.

Und obwohl die Gefahr, in der er schwebte, sich klar und deutlich angekündigt hatte, wussten bisher nur er, Frank und Rubio, dass Molly in die Stadt zurückgekehrt war.

Vertrau mir, hatte sie gesagt, aber verdammt, das war schwer, wenn ihr Leben und das Leben ihres Babys auf dem Spiel standen.

„Sie hat recht", sagte er zu den Polizisten. „Das hat jetzt lange genug gedauert. Macht für heute Abend Schluss. Werdet ihr sie zu ihrer Unterkunft bringen, wo auch immer die ist?"

„Ja, können wir machen", erwiderte Frank.

Josiah drehte sich um, um in ihr wütendes, erschöpftes Gesicht zu sehen. „Wenn Sie uns eine Kopie des Seychellen-Kontoauszugs besorgen können, betrachte ich das als glaubhaften Beweis, dass eine Bedrohung Ihrer Sicherheit besteht. Können Sie das machen, ehe Sie gehen?"

Ihr Mund spannte sich an, aber sie antwortete angemessen bereitwillig. „Absolut. Wie ich sagte, ich habe Kopien in einer Zip-Datei in meinem Mailkonto gespeichert. Ich brauche lediglich Internetzugriff und ein paar Minuten."

Frank sagte: „Wir machen auf dem Weg nach draußen an meinem Schreibtisch Halt."

Josiah griff telepathisch aus. <Ich werde mir als

allererstes ein neues Telefon besorgen, damit ich mich dafür entschuldigen kann, ein Arschloch zu sein. Ich nehme dieselbe Nummer.>

Ihr Gesicht wurde weicher, und der feuchte Glanz kehrte in ihre Augen zurück. <Vergiss erstmal das verdammte Telefon. Geh einfach an einen sicheren Ort, an dem du dich ausruhen kannst. Es tut weh, dich anzuschauen.>

<Ich würde dich nicht allein lassen, *Milaja.*> Josiah hielt ihren Blick fest. <Um nichts in der Welt, außer jetzt, da du ohne mich besser dran bist.>

Ihr Mund zuckte. Sie schüttelte den Kopf, machte aber keinen Versuch, zu widersprechen.

„Sind … wir fertig?", fragte Rubio, der misstrauisch von einem zum anderen blickte.

„Wir sind fertig", sagte Josiah. „Zumindest vorerst. Nachdem Sie eine Kopie der Zip-Datei bekommen und alles verifiziert haben, stationieren Sie heute Nacht ein Team vor ihrer Unterkunft. Ich will rund um die Uhr eine Polizeipräsenz. Ist das klar?"

„Sonnenklar", erwiderte Frank.

Josiah lehnte sich an den Tisch, vorgeblich, um darauf zu warten, dass die anderen gingen, aber vor allem, weil er nicht sicher war, ob seine Beine ihn noch länger tragen würden. Sein Körper tat überall weh, besonders an der Hüfte und am Hals, wo er am meisten abbekommen hatte.

Molly ließ sich nicht täuschen. Sie warf ihm einen finsteren Blick zu, während sie Frank folgte. Rubio war der letzte, der ging und das Gepäck hinausrollte.

Sobald Josiah allein war, rieb er sich den Nacken und ließ die Schultern hängen. Durch die Anstrengung, sich aufrecht zu halten, hatte er leicht zu schwitzen begonnen.

Aber sein Abend war noch nicht vorbei. Er musste seinen Zirkel überzeugen, dass es richtig war, auf Molly aufzupassen.

Er hörte bereits ihre Gegenargumente, und an allen war etwas dran. Im Augenblick waren sie zu wenige. Es gab andere Dinge, um die sie sich dringend kümmern mussten, zum Beispiel den Spuren von der Unfallstelle so schnell wie möglich zu folgen, bevor sie kalt wurden. Und Molly zu schützen gehörte nicht zu ihrer Mission.

Aber die Suche nach jeglichen verdächtigen Aktivitäten, die sich um sie herum abspielten … damit könnte er es ihnen vielleicht schmackhaft machen.

Nachdem er wieder zu Atem gekommen war, schob er sich hoch und humpelte hinaus. Als er am Dienstraum vorbeikam, saß Molly am Schreibtisch, während Frank sich über sie beugte. Ihre Aufmerksamkeit war auf den Computerbildschirm vor ihnen gerichtet.

Während Josiahs Blick auf den beiden lag, lehnte sie sich zurück, und Frank stieß einen leisen Pfiff aus. „Ich dachte, mein Posteingang sähe schlimm aus, aber Sie räumen alles ab. Die Leute sorgen sich darum, was mit Ihnen passiert ist.“

„Scheint so“, sagte sie. Ihre Stimme war erstickt

vor Gefühlen. „Da ist die Zip-Datei.“

„Hier übernehme ich“, erklärte Frank. Sobald sie sich wegbewegt hatte, übernahm er die Maus. Einen Augenblick später kniff er die Augen zusammen und richtete sich auf. „In Ordnung, Lady. Wie der Staatsanwalt sagte, sieht es so aus, als läge hier eine glaubhafte Bedrohung vor.“

Josiah wartete nicht länger, um noch weiter zu lauschen. Er hielt am Planungstisch inne, um zu sehen, ob er in einem Streifenwagen mitfahren konnte. Der Dienstleiter versicherte ihm, dass sie ihn zu seiner Wohnung bringen konnten, und er humpelte nach draußen, um sich zur Streife zu gesellen.

Eine halbe Stunde später, als er die Vordertür aufsperrte und nach drinnen ging, wartete dort sein Zirkel auf ihn. Vollzählig.

Er bedachte ihre angespannten, unzufriedenen Gesichter mit einem nachdenklichen Blick, während er zum nächstbesten Ledersessel ging und mit einem Knurren hineinsank. Sein ganzer Körper tat weh.

„Was?“, fragte er.

„Was machst du bloß, läufst überall herum?“ Maria kam herüber, um ihm direkt ins Gesicht zu starren. „Du wärst beinahe gestorben. Der Spezialist sagte, du sollst es langsam angehen lassen!“

Er schloss die Augen. Bei den Göttern, was würde er nicht für die Gelegenheit geben, sich einfach aus-zuruhen, bis er von selbst wieder aufwachte. „Ich weiß.“

„Du kannst dich nicht immer so weiterpeitschen. Vielleicht hat dich der Unfall nicht umgebracht, aber ein Herzinfarkt könnte es noch hinkriegen." Sie drückte ihm die Hand.

„Ich brauche ein neues Handy. Dann gehe ich ins Bett, versprochen."

„Ich besorge dir eins", bot Steven an.

Josiah nickte dankbar. „Was noch? Ihr habt euch nicht hier versammelt, weil ich die ärztlichen Anweisungen missachtet habe."

Anson sagte grimmig: „Ich habe magische Funken gespürt. Im Verlauf des Nachmittags und des Abends sind etliche einzeln wahrnehmbare aufgetaucht."

Er hob die Augenbrauen und schaute Maria an. „Menschen?"

Sie nickte. „Ich denke schon. Sie sind nicht alle auf einmal erschienen, und sie sind nicht zusammengeströmt, aber ich glaube, dass irgendeine Art Versammlung vor sich geht. Ich meine … abgesehen von uns natürlich. Wir haben uns auch versammelt."

Seine Atmung stoppte, während er diese Nachricht verdaute. „Sind sie freundlich oder feindlich gesinnt?"

„Das ist unklar."

„Haben sie mit der Mission zu tun?", fragte Richard.

Daraufhin zögerte sie nicht. „Sehr stark."

„Klingt mir nicht sonderlich freundlich", murmelte Henry.

„Wir müssen abwechselnd Wache halten", sagte

Josiah. „Uns ansehen, was für Aktivitäten auftreten, und ob wir sie verorten können."

„Sehe ich auch so", sagte Anson.

„Ich bedaure, dass ich im Moment nicht helfen kann", erklärte Josiah. Übelkeiterregende Erschöpfung zerrte an ihm, und er zürnte dagegen.

„Nichts ist wichtiger, als dass du so schnell wie möglich deine Energie wiederherstellst", sagte Henry. „Wir brauchen dich für das, was als nächstes kommen mag."

„Denke ich auch", sagte Richard.

Ihm blieb nichts anderes übrig. Je eher er sich erholte, desto eher konnte er sich mit Molly zusammentun, um sich dem zu stellen, was folgen mochte. Verdammt seien Geheimniskrämerei und Lügen. Er war *fertig* damit.

Aber es gab noch eine letzte Sache, um die er sich kümmern musste, bevor er ins Bett fiel.

„Es gibt etwas, das ihr wissen solltet", sagte Josiah. „Molly ist nach Atlanta zurückgekehrt. Sie hat gehört, was mir zugestoßen ist, und hat sich Gedanken gemacht, ob ich tot bin. Bisher sind die Polizisten, die an dem Fall mit ihrem Mann arbeiten, die Einzigen, die wissen, dass sie zurück ist, und ich natürlich. Ich bin zum Revier gefahren, um zu sehen, was los ist. Sie haben sie heute Abend verhört."

Er hielt inne, um sich umzuschauen und ihre Reaktion auf die Nachricht abzuschätzen. Richard brütete. Anson und Maria wirkten zurückhaltend.

Henry zeigte eine skeptischere Miene. Und Steven wirkte wie immer freundlich. Es war sein üblicher Gesichtsausdruck. Das und die Brille mit dem dicken Rahmen tarnten seinen gefährlichen, blitzschnellen Verstand.

Dann seufzte Maria und rieb sich die Augen. „An ihrer Stelle wäre ich auch zurückgeflogen."

„Wir müssen sie ebenfalls unter Beobachtung halten", erklärte Josiah.

„Um was genau zu tun?", fragte Richard. „Es ist nicht unsere Aufgabe, Babysitter für sie zu spielen."

„Moment mal", warf Henry ein. „Es sind unbekannte Magieanwender aufgetaucht, Josiah wurde angegriffen, und nun ist Molly hier. Das muss doch alles zusammenhängen. Ich denke, wir sollten abwechselnd in ihrer Nähe Wache halten. Und Josiah sollte auch nicht allein gelassen werden, bis er wieder auf den Beinen ist."

„Ich stimme beidem zu", sagte Anson. „Josiah und Molly sind unsere beiden bekannten Hotspots. Wenn die Dinge richtig heiß werden, kochen sie vermutlich bei ihm oder bei ihr über."

Steven schob sich auf seiner geraden Nase die Brille hoch und lächelte: „Und außerdem! Da wir alle hier versammelt sind und Josiah nicht gestorben ist, habe ich ebenfalls Neuigkeiten. Ich habe die Verschlüsselung der Daten geknackt, die wir gestohlen haben. Wir haben jetzt eine komplette Kundenliste von Sherman & Associates."

Kapitel 21

SIE DREHTEN SICH alle um, um ihn anzustarren.

„Hättest du das nicht gleich sagen können?", brauste Richard auf.

Als Steves kluger Blick ihren Unmut bemerkte, zuckte er mit den Schultern. „Alle hatten viel zu sagen, und wir waren beschäftigt."

Anson rieb sich übers Gesicht. „Stimmt schon. Hast du sie bei dir?"

„Ja." Steven hielt einen USB-Stick hoch. „Ich habe auch ihre Finanzaufzeichnungen."

„Damit steht es fest", sagte Henry. „Ich bleibe hier. Ich muss die Daten auf Übereinstimmungen zwischen Kunden und der finanziellen Aktivität untersuchen, die wir aufgedeckt haben."

„Und du musst mir ein neues Telefon besorgen, auf dem meine alte Nummer aktiviert ist", sagte Josiah zu Steven. „So bald wie möglich. Ich will, dass es funktioniert und ich es in der Hand habe, ob ich nun wach bin oder nicht."

„In Ordnung", erwiderte Steven.

Anson, Richard und Maria schauten einander an.

Der ganze Zirkel wusste, dass es besser war, Richard und Josiah wenn möglich getrennt zu halten. Maria sagte zu Richard: „Du und ich können abwechselnd Molly bewachen."

Anson ergänzte: „Ich bleibe mit Henry hier, bis Steven zurück ist. Danach kann ich euch den Rücken freihalten und euch bringen, was ihr braucht."

Josiah spürte das Gewicht der Verantwortung von sich abfallen. Der Zirkel hatte sich ohne ihn organisiert. Frank und Rubio hatten ihm die Adresse gegeben, wo Molly übernachtete, daher teilte er sie ihnen mit und schob sich hoch. „Sieht aus, als würde ich vorerst nicht gebraucht."

„Ja, geh ins Bett", sagte Maria.

Wie Molly, als sie verletzt gewesen war, brauchte er vor allem ein paar Wochen lang gutes Essen und Ruhe, doch er glaubte nicht, dass er das bekommen würde.

Teufel aber auch, er würde sich damit zufriedengeben, wenn seine Macht zurückkehrte. Ausruhen konnte er sich, wenn er tot war.

„Weckt mich, wenn was passiert", erklärte er ihnen.

Er humpelte in sein verdunkeltes Schlafzimmer und streckte seinen schmerzenden Körper vorsichtig aus. Er erinnerte sich nicht daran, dass sein Kopf das Kissen berührte, als die Bewusstlosigkeit über ihn strömte wie eine dunkle Flut.

✧　✧　✧

FRANK UND RUBIO geleiteten Molly zu einem Motel

und blieben, bis ein Streifenwagen eintraf. Die beiden uniformierten Polizisten würden bis zum nächsten Morgen auf dem Parkplatz stationiert sein.

Frank reichte ihr seine Karte, bevor er ging. „Halten Sie uns über Ihren Aufenthaltsort auf dem Laufenden. Wir können keinen Polizeischutz bieten, wenn wir nicht wissen, wo Sie sind."

„Verstanden." Sie nahm die Karte.

Sobald er weg war und sie die Türkette vorlegen konnte, stieß sie einen erleichterten Seufzer aus. Sie war müde, und das Sandwich hatte sie nicht sonderlich weit gebracht. Sie brauchte richtiges Essen, aber es war schon so spät, dass sie das Zimmer nicht mehr verlassen wollte. Sie hatte eine Flasche Wasser in der Handtasche, und ein paar Trockenfrüchte und Nüsse im Koffer. Das würde bis morgen reichen müssen.

Das war alles Logistik. Es war ihr egal. Es zählte nur, dass Josiah am Leben war.

Sie setzte sich auf die Bettkante und rief Sarah an, die beim ersten Klingeln abnahm.

„Da bist du ja. Ich habe mir schon Sorgen gemacht."

„Tut mir leid, das ist meine erste Gelegenheit anzurufen. Die Polizei hat mich stundenlang befragt. Ich habe gerade erst mein Motelzimmer betreten." Nun, da sie für sich war, ließ sie die Tränen kommen. „Josiah war schwer verletzt, aber er lebt. Sein Zirkel hat einen magischen Unfallspezialisten hinzugezogen. Josiah ist aufs Polizeirevier gekommen – er sagte, der Zusammenstoß sei kein Unfall gewesen.“

„Das … ist kompliziert“, sagte Sarah. „Es ist eine wunderbare Nachricht, dass er überlebt hat und es ihm gut geht, aber bist *du* in Sicherheit?“

„Vorerst schon. Niemand weiß, wo ich bin, und sie haben draußen einen Streifenwagen abgestellt.“

„Ich werde den anderen Bescheid geben. Du bist bestimmt erschöpft.“

„Ja. Ich werde ein wenig schlafen. Dann gehe ich meine To-Do-Liste an.“

„Ich will, dass du dich oft meldest, wenn du wieder wach bist.“

„Mache ich“, versprach sie. „Sarah, danke für alles. Bitte sag den anderen auch nochmal Danke von mir.“

„Natürlich. In diesem Zirkel passen wir aufeinander auf. Vergiss das nie. Jetzt ruh dich etwas aus.“

„Du auch.“

Nachdem sie im Bad gewesen war und sich bettfertig gemacht hatte, wühlte Molly in ihrem Handgepäck nach dem neuen Tablet, das sie sich am Flughafen gekauft hatte. Sie ging die Grundeinstellungen durch, verband sich mit dem WLAN des Motels und loggte sich in ihr altes Mailkonto ein.

Sie hatte über tausend Mails von Freunden, Bekannten, alten Arbeitskollegen und Ehrenamtlichen, mit denen sie gearbeitet hatte, sowie von Tanya Martin. So viele Leute, die ihr Beileid wünschten, sie baten, sich bei ihnen zu melden, gute Wünsche schickten. Die

Menge war überwältigend.

Es gab nichts von ihrer Mutter, aber E-Mail war nicht Glorias bevorzugtes Kommunikationsmittel. Sie hatte ein Mailkonto, in dem sie hin und wieder nachsah, aber normalerweise meldete sie sich telefonisch, und Molly wusste, dass ihre alte Telefonnummer deaktiviert worden war, nachdem niemand die Rechnung bezahlt hatte.

Julia hatte Dutzende E-Mails geschickt. Dutzende. Molly hielt sich eine Hand vor den Mund, als sie durchscrollte. Sie öffnete ein paar und las sie. Die ersten klangen ruhiger, aber die späteren E-Mails waren sprunghafter. Sie ließ den Kopf hängen und seufzte.

Sie war eine schlechte Freundin. Julia hatte ihr in den letzten Jahren so oft zugehört, und Molly hatte sie ohne ein Wort fallen gelassen.

Und sie war hier, um sich mit allem zu konfrontieren, was sie in ihrem alten Leben offengelassen hatte, nicht nur, um sich mit den rechtlichen Dingen zu befassen, sich Verbrechern zu stellen und ihren Besitz zu beanspruchen.

Eines nach dem anderen. Sie formulierte eine Rundmail, die warm und beruhigend klang, aber nicht entschuldigend. Sie würde sich nicht dafür entschuldigen, sich in Sicherheit gebracht zu haben. Sie schrieb auch keine Einzelheiten. Dass man in einer laufenden polizeilichen Ermittlung nach ihr fahndete, ging niemanden etwas an.

Sie schickte die Rundmail an alle außer ihrer

Mutter, Julia und ihrer Immobilienmaklerin Tanya. Ihnen schrieb sie persönliche Nachrichten und fügte ihre neue Telefonnummer ein. Als sie diese abgeschickt hatte, gab es nichts mehr, was sie an diesem Abend tun konnte, also ging sie ins Bett.

Wo schlief Josiah? Passte sein Zirkel auf ihn auf, so wie der von Molly auf sie aufpasste? Sie starrte an die dunkle Decke, ohne etwas zu sehen, bis sich ihre Lider schlossen und sie wegdämmerte.

Ihr Telefon tönte schrill. Josiah. Sie schoss hoch und griff danach. „Hallo?"

Julias erstickte Stimme erklang am anderen Ende. „Molly, bist du's wirklich?"

Enttäuschung ließ ihren Eifer abwärts taumeln. Sie warf einen Blick auf den rot leuchtenden Radiowecker neben dem Bett. Es war kurz nach Mitternacht. Es war dumm zu denken, er könnte anrufen. Wenn es ihm annähernd so ging wie ihr nach ihren Verletzungen, schlief er bestimmt tief. Er wachte vielleicht bis zum nächsten Nachmittag nicht auf, wenn überhaupt.

„Ja", sagte sie. „Ich bin's wirklich."

„O mein Gott." Julia fing an zu schluchzen.

Es brauchte etliche Minuten des aneinander Vorbeiredens, bis sie sich beruhigte. Es klang, als hätte Julia getrunken, aber Molly blieb dran.

„Ich kann noch immer nicht glauben, dass ich mit dir rede", sagte Julia. „Ich muss dich treffen. Wann können wir uns sehen?"

„Ich weiß nicht", erwiderte Molly. „Es ist gerade so

viel los. Ich habe heute Stunden auf dem Polizeirevier verbracht. Sie wollten mich darüber befragen, was in der Nacht von Austins Tod geschah."

„Warum bist du ohne ein Wort verschwunden? Nicht mal deine Mutter wusste, wohin du gegangen warst."

„Austin hat mich in jener Nacht angegriffen", sagte sie unverblümt. Nicht jeder musste jede Kleinigkeit aus ihrem Leben erfahren, aber sie hatte es auch satt, sich zurückzunehmen oder die Wahrheit schönzufärben. „Ich bin entkommen, aber ich hatte Angst, er könnte es wieder probieren."

„Oh. Mein. Gott", hauchte Julia. „Wo bist du? Ich muss dich unbedingt treffen."

„Jetzt?" Sie warf einen weiteren Blick auf die Uhr. „Es ist fast ein Uhr nachts. Was ist mit Drew und Philip?"

„Seit du weg bist, hast sich einiges geändert. Ich habe Philip verlassen und bin in Therapie, u...und meine Eltern haben Drew den Sommer über aufgenommen, damit ich mich wieder organisiert kriege. Sie kümmern sich toll um ihn." Julia klang verbittert. „Sie bringen ihn zum Schwimmunterricht und zum t...therapeutischen Reiten, und er ist begeistert. Er ist mit ihnen besser dran als mit mir."

„Das glaube ich nicht", sagte Molly mit sanfter Stimme.

„Ich schon." Julia lachte wild auf. Sie klang gefährlich instabil. „Ich weiß nicht, was ich tun soll,

Molly.“

„Also heute Nacht solltest du meiner Meinung nach nicht herkommen. Du hast getrunken. Du solltest nicht fahren.“

„Ja, ich habe getrunken, na und? Wen kümmert’s?“, rief Julia. „Ich kann ein Taxi nehmen. Komm schon. Ich muss dir Dinge sagen, die sich monatelang in mir angestaut haben. Bitte?“

Arrgh. Sie ließ wieder den Kopf hängen, während sie es sich überlegte. In Atlanta mochte es ein Uhr früh sein, aber nach ihrer inneren Uhr war es drei Stunden eher, und nun, da sie ein Nickerchen gemacht hatte, fühlte sie sich hellwach. „Klar, komm rüber.“ Sie gab Julia die Adresse des Motels und ihre Zimmernummer.

„Ich bin bald da“, versprach Julia.

Sobald sie aufgelegt hatten, stieg Molly aus dem Bett. Sie wollte Julia nicht im Schlafanzug treffen, daher zog sie sich Jeans, Turnschuhe und einen gemütlichen Sweater an. Nachdem sie die Bettdecke wieder gerichtet hatte, bürstete sie sich die Haare und aß eine große Handvoll Trockenfrüchte und Nüsse.

Ein Klopfen erklang an ihrer Tür. Als sie durch den Spion schaute, sah sie Julia mit einem der Streifenpolizisten draußen stehen. Es hatte irgendwann zu regnen begonnen, und auf dem Parkplatz waren lauter Pfützen.

Die Polizistin blickte ernst. Als Molly die Tür öffnete, klimperte sie mit einem Paar Autoschlüsseln. „Als Miss Oliver hier geparkt hat, bin ich rübergegangen, um mich zu vergewissern, dass alles in Ordnung ist, und habe in ihrem Atem Alkohol gerochen. Kennen Sie sich?"

Molly sah nach Julias vertrautem Volvo, der schief geparkt war, dann stellte sie sich der elend wirkenden Julia. „Du hast mir versprochen, ein Taxi zu nehmen."

„Ich weiß, aber ich wollte nicht auf eins warten", erwiderte Julia tränenerstickt. „Ich dachte, was kann schon schiefgehen? Alle sind im Bett. Woher sollte ich wissen, dass mitten auf dem Parkplatz ein Streifenwagen steht?"

Molly verkniff sich ein weiteres Seufzen. Sie fragte die Polizistin: „Gibt es irgendeine Möglichkeit, das fallenzulassen?"

„Ja. Nehmen Sie Ihre Schlüssel und geben Sie sie ihr nicht zurück, bis sie nüchtern ist. Es ist nicht meine Aufgabe, sie für Alkoholmissbrauch am Steuer dranzukriegen, wenn ich für etwas anderes eingeteilt bin." Die Polizistin warf Molly einen bedeutungsschweren Blick zu.

„Verstanden", versprach Molly. Sie nahm die Schlüssel entgegen und steckte sie in ihre Tasche. Dann drehte sie sich zu Julia, die gegen sie stieß und sie fest umarmte.

„Mein Gott, es tut so gut, dich zu sehen!"

Molly erwiderte die Umarmung und zog sie nach drinnen. Nachdem sie die Tür abgeschlossen hatte, musterte sie Julia von oben bis unten.

Julia sah nicht gut aus. Normalerweise war sie

geschminkt, aber jetzt nicht. Stress zeigte sich auf ihrem hübschen Gesicht, und ihre Haut war aufgequollen.

„Ich glaub's nicht, wie toll du aussiehst", sagte Julia, als sie sich trennten. „Du bist so gebräunt, und deine Haare sind umwerfend. Das Wetter hier war ganz furchtbar."

„Du siehst auch gut aus", sagte Molly.

„Lügnerin", erwiderte Julia ohne Zorn. „Ich weiß, dass ich schrecklich aussehe. Aber, hey, ich habe etwas Pinot Noir dabei. Es ist kein Lemon Drop Martini Lunch, aber zumindest etwas."

Als sie die beiden Flaschen aus ihrer Ledereinkaufstasche fischte, erklärte Molly: „Ich trinke nichts, aber ich habe jetzt deine Schlüssel, also nur zu, wenn du willst."

Mit enttäuschtem Blick kniff Julia die Augen zusammen. „Bist du sicher? Sieht dir gar nicht ähnlich, einen guten Wein abzulehnen. Rotwein war immer dein Favorit."

„Ich bin mir sicher."

„Na, ich nehme was."

Mit trotziger Miene ging Julia ins Bad, um sich einen Zahnputzbecher zu holen, während Molly sich an den kleinen Tisch in der Essnische am Fenster setzte. Julia öffnete den Wein, goss sich den Becher voll und setzte sich auf den Stuhl gegenüber.

Sie fragte: „Was machst du nur, dass du so glücklich aussiehst? Und gibt es eine Chance, dass du davon was übrig hast, das du mir abgeben kannst?"

Julia nahm einen großen Schluck Wein. Ihr Lächeln wirkte übertrieben und verzweifelt, und nach der ersten engen Umarmung vermied sie es, Molly direkt anzusehen.

Vorsichtig erwiderte Molly: „Ich glaube nicht, dass Glück so funktioniert, Juls. Jeder muss es für sich selbst rausbekommen. Du hast gesagt, du bist jetzt in Therapie. Wann ist das passiert?"

„Etwa einen Monat, nachdem du verschwunden bist, und … und … und Austin gestorben ist." Julia trank mehr Wein. „Ich habe echt gemerkt, dass du nicht mehr da warst, um mir zuzuhören, weißt du?"

Molly beobachtete, wie sie sich mehr Wein einschenkte. „Wie läuft die Therapie?"

„Ach verdammt, ich weiß es nicht." Julias Kichern klang nicht erheitert. „Tatsächlich hasse ich sie, aber niemand hat mir versprochen, dass es Spaß machen würde. Ich gehe zu diesem Typen, bei dem Janet war. Erinnerst du dich, als Todd und sie diese schwierige Zeit durchmachten? Janet hat diesen Typen wärmstens empfohlen und sagte, er wäre im Netzwerk. Da wir durch die Kanzlei alle dieselbe Versicherung haben, dachte ich, ich könnte es mit ihm versuchen."

Es fühlte sich erschütternd an, über alte Bekannte aus ihrem vergangenen Leben zu sprechen. Todd war ein Anwalt bei Sherman & Associates. Molly war dem Paar zwar nicht nahegestanden, aber sie wusste, dass Todd es im letzten Jahr nicht geschafft hatte, Partner zu werden, und das hatte seine und Janets Ehe belastet.

„Ich hoffe, es hilft dir, zu jemandem zu gehen."

Abrupt stellte Julia ihren Becher ab und warf Molly den ersten direkten Blick zu, seit sie hergekommen war. „Wir haben nicht mehr dieselbe Verbindung, oder? Du trinkst nicht mit mir, und ich sehe, dass du dich fragst, warum ich mitten in der Nacht vorbeikommen musste."

Molly versuchte es diplomatisch. „Nimm es nicht persönlich. Für mich hat sich alles sehr verändert, aber es bedeutet mir viel, dass du dich mit mir treffen wolltest."

Julia verschränkte die Hände auf dem Tisch und schaute sie an. „Ich muss dir eigentlich etwas erzählen."

„Das hast du gesagt. Was ist los?"

„Ich muss mich bei dir entschuldigen. Wirklich entschuldigen" Julias Knöchel liefen weiß an, und ihre Stimme bebte. „Ich schätze, es ist eine der größten Entschuldigungen, die ich in meinem Leben loswerden musste. Robert – mein Therapeut – bestand darauf, dass ich als Teil meiner Heilung mit dir spreche. Anfangs sträubte ich mich, aber als er nicht nachgab, erkannte ich, dass er recht hatte. Ich musste das, wenn möglich, persönlich erledigen."

Molly runzelte die Stirn. „Ok, spuck's einfach aus. Worum geht's?"

Julias geröteter Blick hob sich, um ihrem zu begegnen. „Ich bin diejenige, die mit Austin geschlafen hat."

Einen Augenblick drangen die Worte nicht zu Molly durch. Dann schüttelte sie heftig den Kopf. „*Du* warst die andere Frau? Du hast immer gesagt, du würdest ihn verabscheuen.“

„Habe ich auch!“ Julia wischte sich die Nase ab und schniefte. „Er war ein Arschloch. Er war nie gut genug für dich.“

Molly drehte sich der Magen um. „Das ergibt keinen Sinn.“

Julia stieß ein weiteres wildes, ungezügeltes Lachen aus. „Das war zu erwarten. Nichts, was ich die letzten Jahre getan habe, hat viel Sinn ergeben. Ich habe mir gesagt, es hätte nichts zu bedeuten. Er würde dich sowieso betrügen, und es wäre bloß Sex. Fieser Sex, die Art, um die du deinen M…mann nicht bittest, wenn du Mutter bist und dein Mann ständig zu wenig schläft, weil er zu viel arbeitet, und dein fünfjähriger Sohn auf der anderen Seite des Flurs schläft, und mein Gott, das hört sich alles ganz falsch an.“

„Unfassbar“, murmelte Molly.

Das violette Höschen hätte Julia gut gestanden, mit ihrer zierlichen, gerundeten Figur, der blassen Haut, dem dunklen Haar. Die Erinnerung, wie Molly an jenem Nachmittag das Höschen gefunden hatte, brachte einen Nachhall der stechenden, tiefen Schmerzen zurück.

Julia war diejenige in ihrem Bett gewesen, die mit ihrem Mann fremdgegangen war.

Tränen liefen Julias blasse Wangen hinab. „Es tut

mir leid, so leid. Wenn ich es ungeschehen machen könnte, würde ich das. Ich wollte dir nie wehtun. Es ging dabei nie um dich, jedenfalls nicht bis ganz am Schluss."

„Du hast immer gesagt, dass du uns beneidest." Molly spürte, wie sie sich distanzierte, als würde sie sich selbst aus großer Entfernung mit Julia sprechen sehen.

Julia stürzte sich begierig auf diesen Satz. „Genau das ist es. In meinem verkorksten Kopf hat sich das alles vermischt. Ich habe mich in meiner Ehe gefangen gefühlt, und ich musste immer für Drew verfügbar sein, und ich fand nie Zeit für mich. Deshalb habe ich versucht auszubrechen. Ich fing an, zu viel zu trinken. Ich trinke immer noch zu viel. Dann, nach ein paar Monaten, hat die Affäre mich allmählich krankgemacht. Ich dachte, ich könnte sie von unserer Freundschaft getrennt halten, aber das konnte ich nicht. Du hattest Besseres verdient. Du hattest verdient, es zu erfahren."

„Es ging mehrere *Monate*?" Es dauerte einige Augenblicke, bevor Molly wieder etwas sagen konnte. „Und anstatt dich dem zu stellen, was du getan hast, hast du vorgegeben, dein Höschen zu verlieren, damit ich es auf diese Art herausfinde."

Sie kam sich vor wie eine Idiotin. All die Annahmen, die sie getroffen hatte, als sie sich imaginär mit Austins Geliebter unterhalten hatte. Mit einigen Dingen hatte sie recht gehabt, aber größtenteils hatte sie falsch gelegen. Austin war gegen seinen

„Typ" unterwegs gewesen, und sie hatte Julia niemals verdächtigt.

Julia wischte sich die Wangen ab und musterte Mollys Gesicht. „Ich kann nicht sagen, was du gerade denkst oder fühlst."

Im Gedanken daran, wie dünn die Motelwände waren, stieß Molly leise hervor: „Was glaubst du denn, wie ich mich fühle? Ich bin durch mit dem, was Austin getan hat. Das sind alte Kamellen. Aber *du* hast das in meinem Bett getan, und *du* hast dich danach mit mir zum Mittagessen getroffen. Ich war in dieser Woche völlig aufgelöst. Du hast mir in die Augen geschaut und niemals ein gottverdammtes Wort gesagt. Was verdammt nochmal stimmt mit dir nicht?"

„Ich weiß." Julia begann wieder zu weinen. „Ich wollte dich nicht verlieren."

„Weißt du, was ich dich immer wieder sagen höre? Es ging immer um das, was *du* wolltest, was *du* brauchtest." Schwer atmend starrte Molly Julia an, bis diese den Blick senkte. Beinahe im Plauderton sagte sie: „Ich habe Leute satt, die sich Dinge nehmen wollen, die ihnen nicht gehören."

Austin und Julia mit ihrer Untreue. Der Hexer, der Josiah und anderen so viel Schlimmes angetan hatte.

Julia richtete sich auf. „Dass ich bereit bin, mich zu entschuldigen, heißt nicht, dass du auch bereit bist, mir zu vergeben. Das verstehe ich."

Molly starrte sie an, als wäre sie ein Insekt. „Glaubst du?"

Julia zuckte zusammen. „Ich habe alles verdient, was du zu sagen hast, und du verdienst die Gelegenheit, es zu sagen. Ich hoffe nur, dass du in deinem Herzen Vergebung für mich findest. Ich will deine Freundschaft immer noch nicht verlieren."

„Wieder geht nur um dich." Molly kämpfte gegen den Drang an, sie zu ohrfeigen. „Hast du dich mit ihm getroffen, nachdem wir beim Mittagessen waren?"

Die Frau zuckte zurück. „Nur noch ein- oder zweimal, dann habe ich alles beendet. Ich habe es nicht mal persönlich gemacht. Ich habe am Telefon mit ihm Schluss gemacht, am Freitag bevor er … bevor er gestorben ist."

Nur noch ein- oder zweimal …

Plötzlich hatte Molly das Gefühl, mit dieser ganzen Unterhaltung fertig zu sein, mit den Gesprächen mit Julia, mit dem Durchleben der alten, schlechten Gefühle aus ihrer zerbrochenen Ehe. Durch.

Sie wollte zurück nach Everwood, in der großen, ruhigen Küche heilende Mahlzeiten für Sarah kochen. Sie wollte im Fischrestaurant am Pier zu Mittag essen, während sie auf das launische, ruhelose Wasser schaute. Sie wollte mit Delphine Zauber üben und mit Lauren trainieren. Sie wollte, dass Josiah mit ihr dort hinging. Sie wollte ihr neues, gutes Leben führen.

„Ich will dich nicht mehr sehen oder mit dir reden", sagte Molly abrupt. „Ich will deinen Namen nicht denken oder aussprechen. Vielleicht verzeihe ich dir nie, und ob ich das mache, geht dich nichts an. Ich hoffe, du bekommst dein Leben geregelt – denn das ist jede Menge Scheiß, und Drew verdient Besseres von seiner Mutter. Und ich hoffe, dass dir dieses Gespräch irgendwie gut getan hat, denn mir hat es kein bisschen geholfen. Vielleicht habe ich es verdient, es zu erfahren, aber ich hatte es bereits vor Monaten verdient. Im Augenblick hat es nur eine Menge alten Kram wieder hochkommen lassen, den ich hinter mir hatte. Raus jetzt."

„Nein, bitte. Warte!" Julia hechtete vor und packte Mollys Hand.

Nur eine kleine Vorwärtsbewegung. Julia berührte gern andere. Molly hatte das bei ihr schon Dutzende Male gesehen.

Als Julias Handfläche ihren Handrücken berührte, flammte etwas auf und grub sich unter Mollys Haut.

Ein Zauber.

Ein unbekannter Zauber drang in ihren Körper ein.

Entsetzen ließ den Raum in den Hintergrund treten. Sie riss die Hand weg. *„Was hast du getan?"*

Blass und verdutzt stand auch Julia auf. „Ich habe gar nichts getan. Was meinst du?"

„Du hast mich berührt!" Molly starrte auf ihren Handrücken. War es Gift? Würde es sie töten? Der Zauber war so subtil, und ihre Haut wirkte unversehrt und glatt.

„I…ich wollte einfach nicht, dass du gehst."

Molly hörte kaum zu, während sich die hintersten Winkel ihres Verstandes entzündeten. Jemand hatte eine magische Falle erzeugt und sie in aller Heimlichkeit aufgestellt. Nun war sie zugeschnappt. Sie konnte die andere Person spüren. Sie wusste nun, wo Molly war, in Echtzeit, was bedeutete, dass man sie verfolgen konnte.

Was bedeutete, wenn die andere Person in der Nähe war, konnte sie sie schnell finden. Und sie hatte sie durch den Einsatz von Magie gefunden.

Sie rannte ins Bad, um sich mit Seife die Hände zu waschen. Es half nicht. Der Zauber war in ihren Blutkreislauf eingedrungen. Sie konnte spüren, wie er durch ihre Adern strömte, fremd und unerwünscht.

Julia war ihr gefolgt. „Was ist los? Geht's dir gut?"

Molly fuhr zu ihr herum. „Was war auf deinen Händen?"

„Was meinst du?" Julias Miene war verkniffen. „Du machst mir allmählich Angst."

„Deine Hände!", stieß sie hervor. „Du hattest etwas auf den Händen!"

Völlig verdattert und mehr als nur halb panisch starrte Julia auf ihre Hände hinab. „Ich habe eine Handcreme aus einem Kosmetikkorb benutzt, den die Kanzlei den Familien der Partner beim Picknick zum Memorial Day schenkte. Das war, bevor ich Philip verlassen hatte. Ich war beeindruckt. Das ist hochwertiges Zeug, und sie haben uns viele verschiedene Sachen geschenkt. Es gibt eine Gesichtscreme, eine Bodylotion und eine Handcreme, und Shampoo und Spülung. Sie hatten sogar ein Haarspray.

Warum, bist du allergisch?"

Falls der Zauber sich in der Kosmetik versteckt hatte, die Julia benutzte, warum hatte er sich nicht schon aktiviert, als sie sich umarmt hatten?

Aber Julia hatte vorhin nicht wirklich Kontakt zu Mollys Haut bekommen. Sie trugen beide Sweatshirts, und Julia hatte eine Jacke angehabt.

Und die Sucher waren in der Nähe, sehr nahe. Sie hatten sich gar nicht auf die Suche nach Molly gemacht. Stattdessen hatten sie Fallen gestellt und gewartet. Julia und Molly hatten den Rest erledigt.

Julia, die sich bei Molly entschuldigt hatte, auf das Beharren eines Therapeuten hin, an den sie über Sherman & Associates gekommen war. Vielleicht war Julias Therapeut gar kein Therapeut. Zu diesem Zeitpunkt war Molly bereit, alles zu glauben.

„Du Idiotin", flüsterte sie vor sich hin. Sie musste weg, jetzt, so schnell sie konnte. Zu Julia sagte sie: „Wir sind fertig, aber ich brauche dein Auto. Geh heim."

„Was meinst du damit, du brauchst mein Auto?" Julia folgte ihr. „Wir können die Dinge nicht so stehen lassen. Wir müssen unsere Gefühle verarbeiten."

„Scheiß auf deine Gefühle!" Sie hatte keine Zeit zu verlieren. Der Suchscheinwerfer der Aufmerksamkeit näherte sich.

Sie brauchte ihr Telefon, ihre Handtasche und ihre Sammlung magischer Gegenstände aus dem Koffer. Und sie hatte bereits Julias Schlüssel. Sie schnappte sich alles, rannte zur Tür hinaus, sperrte den Volvo auf und sprang rein.

Der geparkte Streifenwagen war im Rückspiegel sichtbar. Während sie hinschaute, öffneten sich die Türen, und beide Polizisten wollten aussteigen.

Sie hatten keine Zeit, sich mit ihnen zu beschäftigen, und wenn sie ihr folgten, wären sie in einem magischen Konflikt leichte Ziele. Sie flüsterte einen Schlafzauber in ihre Finger und warf ihn auf den Wagen. Beide Polizisten sanken zurück auf ihre Sitze.

Julia war ihr nach draußen gefolgt. Sie riss die Fahrertür auf. „Du kannst nicht einfach so weg –"

Molly stieß sie von sich, knallte die Tür zu und verriegelte sie. Dann startete sie den Motor, wendete und beschleunigte, während sie vom Parkplatz fuhr. In den paar Minuten, die sie gebraucht hatte, um sich in Bewegung zu setzen, waren die Sucher noch näher gekommen.

Die nassen Straßen waren rutschig und spiegelten das Licht der Halogenlampen, daher fuhr sie nur so aggressiv, wie sie sich traute. Ein Lieferwagen weiter vorne bewegte sich zu langsam. Sie trat aufs Gas und fuhr an ihm vorbei.

Was konnte sie tun? Sie musste Zeit gewinnen, um den Zauber loszuwerden. Falls ihr das misslang, würde sie sich auf eine Konfrontation vorbereiten müssen, und eine solche wollte sie nicht in einem Wohngebiet erleben, wo jemand zu Hause sein könnte.

Sie schnappte sich ihr Telefon, suchte Sarahs Nummer und drückte drauf. Sarah ging beim zweiten

Klingeln dran.

Molly sagte: „Ich bin in Schwierigkeiten.“

Sarahs Stimme war ruhig und trocken. „Was ist passiert?“

„Ich habe mich mit einer alten Freundin getroffen. In der Creme, die sie benutzt hat, war ein Zauber versteckt, und sie hat mich berührt. Sie war ahnungslos. Sie hat keine Magie. Jemand hat sie benutzt, um mir eine Falle zu stellen.“

„Wie nahe sind sie?“

„Vielleicht zwölf, fünfzehn Minuten entfernt.“ Molly riss das Lenkrad scharf herum, um ein zerbeultes Stück Altmetall zu umfahren. Ihr Verstand war im Hyperantrieb, sie nahm ihre Umgebung nur schemenhaft wahr. „Ich bin mir nicht sicher. Ich habe so etwas noch nie gespürt. Der Zauber ist in meinem Blutkreislauf. Wie kann ich ihm entgegenwirken? Kann ich ihn unschädlich machen?“

„Ja, aber das würde mehr Zeit und Materialien brauchen, als du hast. Abhängig von der Stärke und Komplexität würdest du eine gute Stunde lang ein Bittersalzbad nehmen und einen Reinigungszauber wirken müssen. Wenn die Magie sehr stark ist, kann es manchmal mehrere Reinigungsbäder über ein paar Tage hinweg erfordern, sie vollständig aufzulösen.“

Molly hörte, wie gestresst sie klang, als sie sagte: „Du hast recht, das ist nicht machbar.“

„Wir haben uns darauf eingestellt, also keine Panik. Ich wecke die anderen und bereite sie vor. In der

Zwischenzeit wählst du deinen Kampfplatz und lässt mich wissen, wo er ist, sobald du kannst. Ich brauche einen Fokus, und Lauren, Delphine und Sylvie müssen wissen, wo sie dich finden."

„Ok." Molly hielt inne. „Wenn das nicht funktioniert, möchte ich, dass du weißt, wie dankbar ich bin –"

„Still jetzt und fahr schnell. Versuch, so viel Zeit zu schinden, wie du kannst." Sarah legte auf.

Sie war still und raste durch die Straßen der Stadt, während sie etliche Ideen durchging, wohin sie sich wenden könnte.

Der beste Ort, der ihr einfiel, war eine alte Landebahn nordöstlich der Stadt. Einer der Wohltätigkeitsvereine, für die sie einst ehrenamtlich gearbeitet hatte, hatte historische Dokumente, Fotos und Karten des Gebiets aufbewahrt.

In Atlanta gab es mehrere alte, verlassene Flugpisten, die nach und nach aus der Wahrnehmung der Öffentlichkeit verschwunden waren. Molly hatte einen schönen Sommer damit verbracht, zu jeder Landebahn zu fahren und sie für ihre Akten zu fotografieren. Manche waren für neue Wohngebiete und Einkaufsmeilen erschlossen worden, für Autobahnkreuze oder Straßen, aber ein paar lagen immer noch brach und wurden nicht benutzt.

Diese Landebahn war eine davon, sie befand sich auf einem großen, überwucherten Feld. Niemand wohnte in der Nähe, und sie war von dichtem

Baumbestand umgeben.

Sie rief Sarah erneut an. „Ich habe den Ort."

„Erzähl mir so viel wie möglich."

Schnell klärte Molly sie auf, während sie ihren Volvo zu höherer Geschwindigkeit antrieb. Es half, ein Ziel im Kopf zu haben.

Sarah sagte: „Hervorragend. Sind sie überhaupt zurückgefallen?"

Molly überprüfte es geistig. „Ein bisschen. Nicht viel."

„Was schätzt du?"

„Ich habe noch etwa fünfzehn Minuten Vorsprung."

„Fahr schneller", erklärte Sarah. „Ich gebe es den anderen weiter. Ich hab dich lieb."

„Ich hab dich auch lieb." Sie legte auf.

Das Telefon klingelte wieder. Sie fuhr sechzig zu schnell und konnte den Blick nicht von der Straße wenden, daher ging sie dran, ohne hinzuschauen.

„Molly", sagte Josiah. Seine Stimme war heiser und rau. „Wo bist du?"

Ihr Puls hüpfte vor Freude und Überraschung. „Du hast ein Telefon. Warum bist du wach?"

„Jemand aus meinem Zirkel hat mich geweckt. Zwei von uns haben das Motel im Auge behalten. Sie sagten, du hättest deine Polizeieskorte außer Gefecht gesetzt. Sie hatten in einem anderen Zimmer eingecheckt und rannten rechtzeitig raus, um dich wegfahren zu sehen. Sie haben versucht, dir zu folgen, haben dich aber verloren. Was ist los?"

„Eine alte Freundin wollte sich mit mir treffen, und ich war dumm." Rasch erklärte sie alles in groben Zügen. „Ich kann den Zauber nicht abschütteln, und ich traue mich nicht, anzuhalten, bis ich auf der Landebahn bin."

„Ich bin unterwegs. Lass dein Telefon an und stecke es irgendwo fest, unter einem BH-Träger oder so, an deiner Haut. Das gibt mir einen Fokus, bis ich ankomme."

Sie drückte sich das Telefon fest ans Ohr, lauschte seinem Atem, merkwürdig beruhigt durch das Geräusch. „Selbst wenn du jeden Geschwindigkeitsrekord brichst, der je aufgezeichnet wurde, wirst du es nicht rechtzeitig schaffen."

„Das weißt du nicht", sagte er heftig. „*Ich komme.* In der Zwischenzeit versteck dich, wenn du kannst. Ich kann unsere Verbindung als Kanal nutzen, um einige Verteidigungszauber auf dich zu wirken."

Sie biss sich auf die Lippen und dachte darüber nach. Ganz wie Arzneimittel interagierten Zauber oft miteinander. Sarah nannte das *relative Kontraindikation.* Es war möglich, das Josiah mehr Schaden anrichtete als Gutes tat, falls er zufällig einen Verteidigungszauber wirkte, der mit irgendeinem der Angriffszauber interagierte, die sie geübt hatte.

„Wirke keine Zauber auf mich", erklärte sie. „Aber ich nehme alle Kraft, die du und dein Zirkel in meine Richtung schicken können."

„Ich gebe dir alles, was ich habe." Seine Stimme entfernte sich etwas, als sie ihn zu jemand anderem sagen hörte: „Hol Richard. Ich muss mit ihm sprechen."

Sie war so auf ihn konzentriert, dass sie beinahe ihre Abfahrt vom Highway verpasste. Sie blinkte und riss gerade rechtzeitig nach rechts herum, um auf eine zweispurige Landstraße zu schießen. Diese war kurvig, nass und dunkel, was sie dazu zwang, langsamer zu werden.

Die Scheinwerfer des Volvos verliehen den tropfenden Bäumen Gestalt. Sie erhaschte einen Blick auf einen Raben, einen Wolf. Monate zuvor waren sie Zeugen gewesen, wie sie ihr altes Leben verlassen hatte. Es fühlte sich nur richtig an, dass sie nun zugegen waren.

Ihre Verfolger holten allmählich auf.

„Ich bin wieder da." Josiahs Stimme kam laut und deutlich bei ihr an. „Wir haben eine Idee, wie wir schneller zu dir kommen."

„Ich habe ein paar Haarnadelkurven vor mir", erklärte sie. „Ich muss das Telefon ablegen."

„Leg noch nicht auf." Er klang so ruhig, so fest. „Wie heißt die Landebahn, zu der du unterwegs bist?"

Er versuchte wirklich alles, um sie zu schützen und sich an dem Kampf zu beteiligen, aber er hatte sich noch nicht von seinen lebensbedrohlichen Verletzungen erholen können. Die kommende Konfrontation würde womöglich nicht sie umbringen.

Aber ihn könnte sie durchaus umbringen, denn er würde sterben, bevor er zuließ, dass ihr etwas passierte.

Nur dass er nicht zu ihr kommen konnte, wenn er nicht wusste, wo sie war.

„Josiah?"

„Ja, *Milaja*."

„Ich liebe dich", sagte sie zu ihm.

Sie wartete nicht auf eine Antwort. Sie schaltete ihr Handy aus. Dann warf sie es in den Getränkehalter und konzentrierte sich auf die dunkle, einsame Straße vor sich.

Kapitel 22

DIESE HAARNADELKURVEN HATTEN ihren Preis.

Molly blieben bestenfalls zehn oder fünfzehn Minuten, bevor sie sie einholen würden.

Das war es nicht wert, den Versuch zu machen, die Landebahn zu erreichen. Sie musste jetzt anhalten, bevor sie noch mehr Zeit verlor. Sie war es sowieso leid, wegzulaufen. Eigentlich war sie es schon seit Monaten leid, und sie war mehr als nur etwas sauer.

Also gut. Es wäre besser gewesen, die Gegend wäre am Meer gewesen, oder – sie schaute in den bewölkten Nachthimmel – wenn Vollmond gewesen wäre. Sie vermisste die Anwesenheit ihrer beiden stärksten Elemente, aber sie musste mit den Karten spielen, die man ihr gegeben hatte.

Sie fuhr um eine weitere Kurve und erreichte einen relativ geraden Straßenabschnitt.

Das war der Ort.

Sie wirbelte den Volvo in einer engen Kehrtwende herum. Auf der zweispurigen Straße war gerade genug Platz zum Umdrehen. Dann stellte sie das Fahrzeug in den Parkmodus, ließ den Motor aber laufen, rannte zum schmalen Seitenstreifen und suchte, bis sie einen Stein fand, der so schwer war, dass sie ihn mit beiden Händen hochheben musste.

Sie rannte zurück zum Volvo, stellte den Stein auf die Fahrerseite neben das Gaspedal. Dann, mit offener Fahrertür, durchwühlte sie ihre Auswahl an magischen Gegenständen nach einem Stück gesegneter Kreide und einer Phiole mit dem Meerwasser, das sie am Strand im Licht des Vollmonds geschöpft hatte. Zumindest hatte sie ihre beiden stärksten Elemente in gewisser Form bei sich.

In der Phiole leuchtete die Flüssigkeit in elfenbeinfarbenem Licht. Der Segen, den sie bei der Entnahme des Wassers gesprochen hatte, ließ es vor Macht glühen. Sie schob es in ihre Tasche und knallte die Tür zu.

Wie lange hatte das gedauert? Drei Minuten? Fünf?

Sie fiel mitten auf der Straße auf die Knie und zeichnete ein Pentagramm. Bei jeder Spitze, an der sie ankam, sang sie.

„Heilige Luft, ich bitte dich, begleite mich.

Gesegnetes Wasser, ich bitte dich, begleite mich.

Komm, Feuer.

Erhebe dich, Erde.

Ich bitte dich zu mir, Geheiligter Geist.

Verbanne jegliche Schwäche und fülle meinen
    Quell.

Macht im Inneren, Macht im Äußeren.

Segne meinen Vortex,
Fülle meine Hand,
Bade mich in weißem Mondlicht,
in meinem großen Kampf.“

Bei jedem Satz wurde ihre Ausrichtung besser. Hier war ihr Standort im Kosmos, genau hier, mit den Elementen, die sich wie Freunde an einem warmen Feuer um sie versammelten … falls jene Freunde so alt wie das Universum und so wesentlich wie die Götter waren. Ihr Vortex drehte sich langsam zu ihren Füßen, ruhig noch, und Magie strömte aus ihrer linken Hand.

Eine Machtwoge traf sie – elegant, geschärft und unverwechselbar. Sie erkannte Josiahs Magie, die über sie strömte. Er hatte eine Möglichkeit gefunden, nach ihr auszugreifen, ohne das Telefon als Kanal zu nutzen. Sie wollte ihn zurückweisen. Er hatte auf dem Polizeirevier nur durch pure Willenskraft gehandelt, aber sie glaubte auch, dass sie jegliche Hilfe gebrauchen konnte, also öffnete sie sich dafür und nahm sie auf.

Gott, er war so stark, und sie spürte, dass er von der gesamten Kraft seines Zirkels gestärkt wurde. Die Magie strömte um sie, bis sie sich fühlte, als würde sie über der Straße schweben. „Ok, es reicht“, murmelte sie. „Ich kann nicht mehr aufnehmen. Lass nach, Liebster.“

Die Magie ging leicht zurück, als könne er sie hören, oder wahrscheinlicher konnte er spüren, dass sie randvoll war. Sie verankerte sich wieder in ihrem

Körper.

Eine weitere heftige Energiewoge traf sie. Diesmal erkannte sie Sarahs üppige, überbordende Magie, die vom Everwood-Zirkel gestützt wurde. Mollys Haarspitzen stellten sich auf. Als sie diesmal spürte, wie ihr Bewusstsein nach oben trieb, knüpfte sie sich nur noch locker an ihren Körper.

Sie war erstaunt über das, was sie erreicht hatten, und badete in ihren vereinten Mächten, als würde sie in einen edlen Wein eintauchen. „Heilige Scheiße. Ich schulde allen Blumen und Pralinen."

Sarahs Lachen geisterte durch ihren Kopf. Sie glaubte, Josiah flüstern zu hören: <Überlebe, bis wir dich rausholen. Das wird Dank genug sein."

Dann erhob sich Mollys eigene Magie, um sich dem Rest anzupassen. Blitze sammelten sich am Rande ihres Blickfelds. Ihre Sicht zersplitterte, und sie schien etliches auf einmal zu sehen.

Da war Josiah, der mit bloßer Brust in Jogginghosen dastand, die Füße breit aufgestellt, die Katzenaugen gelb glühend, während er Energie aus der Erde zog und in sie strömen ließ.

Und da war Sarahs dunkler Blick, der über einer großen Silberschale mit gesegnetem Wasser wachte. Sie glaubte, dass diese Dinge jetzt geschahen, aber sie sah auch andere Dinge, Schatten der Vergangenheit und mögliche Hinweise auf die Zukunft.

Josiah, der an einem Grab stand. Seine Haare waren sehr viel länger, und sein schwarzer Anzug wirkte, als gehöre er in eine andere Zeit. Auf seinem verbitterten Gesicht glänzten Tränen.

Eine viel jüngere Sarah, die vor Schmerz und Freude schrie, während sie ein Kind gebar.

Und Molly sah sich selbst, während Austin einen Baseballschläger schwang und mit aller Kraft zuschlug. Sie brach zusammen, und als sie wieder aufstand, legte ihr eine nachtdunkle Göttin einen finsteren Mantel der Macht wie Rabenflügel um die Schultern.

Deutlich sprach Sarah in ihrem Ohr: *„Konzentration."*

Molly wurde zurück in die Gegenwart gerissen, und ihre Sicht beschränkte sich wieder auf eines.

Der näherkommende Hexer war sehr nah. Molly ging zum Fahrersitz des Volvos und ließ sich halb nieder, einen Fuß auf der Bremse, während sie in den Fahrmodus schaltete.

Weiter vorne dröhnte ein Auto um eine Kurve. Es war ein ausländisches Modell, rasant und teuer. Genauso wie sie gespürt hatte, dass sich die Suche auf sie einschoss, stellte sich die Überzeugung ein: Das war ihr Gegner.

Sie nahm den Fuß von der Bremse, schob den Stein aufs Gaspedal und sprang heraus. Der Volvo raste los. Sie war etwas zu langsam, und das Auto warf sie um. Sie fiel auf den Asphalt, rollte sich ab, schnellte hoch und stand rechtzeitig wieder, um zu sehen, was als nächstes geschah.

Das teure, rasante Auto schwenkte scharf ab, um

dem Volvo auszuweichen. Die Straße war zu schmal. Das Auto stürzte über den Seitenstreifen in den über einen Meter tiefen Graben daneben. Molly sah, wie Airbags ausgelöst wurden, während der Volvo direkt aus der Kurve fuhr und gegen einen Baum prallte.

Vom Auto des Hexers ließ Licht aus den schräg stehenden Scheinwerfern alles in starkem Kontrast erscheinen. Das schicke ausländische Auto kam so schnell nicht wieder auf die Straße.

Die Fahrertür öffnete sich, und ein Mann glitt heraus.

Sie fühlte eine kurze, intensive Wärme, als würde Josiah die Arme um sie legen. In ihrem Ohr sagte er: <Töte ihn jetzt.>

Sie kannte alle Gründe, warum sie das tun sollte, aber präventiv einen Unbekannten zu töten fühlte sich falsch an. Vielleicht konnte sie eine Art Waffen-stillstand erreichen. Sie schüttelte den Kopf. „Mein Ritt. Meine Regeln. Meine Fehler."

Gelbe Katzenaugen blitzten. <*Milaja!* Rette dein Leben!>

Während sie diskutierten, stieg der Hexer aus dem Graben und richtete sich auf. Er war gutaussehend, mit markantem slawischem Knochenbau und langem, dunklem Haar, das zu einem Pferdeschwanz gebunden war.

Er fühlte sich auch mächtig an, aber mit einer plötzlichen Überzeugung, die sie nicht erklären konnte, wusste sie, dass er nicht so stark wie sie war. Er trug

Jeans, spitze Stiefel und einen schwarzen Kaschmirpulli, der über tätowierte Unterarme zurückgezogen war. Sie erhaschte einen Blick auf ein blaues Pentagramm und eine Sonne auf einer Pyramide.

Der dunkle Blick des Mannes glitzerte. In nicht akzentfreiem Englisch sagte er: „Ich mochte dieses Auto.“

„Wer sind Sie?“ Sie musterte ihn. Sie war sich sehr sicher, dass er Russe war, aber sie konnte die dreiste Selbstsicherheit dieses jungen Mannes nicht mit der Gerissenheit des alten Hexers aus Josiahs Erzählung in Einklang bringen. „Warum tun Sie das?“

„Das geht Sie nichts an. Ich habe eine Aufgabe erhalten, und ich werde sie erledigen.“ Er kam auf sie zu.

„Mich zu töten löst überhaupt nichts“, erklärte sie. „Ich habe die Informationen, die ich besitze, bereits an die Behörden weitergeleitet. Man weiß, wo ich bin.“

„Dieses Gespräch habe ich schon mit anderen geführt.“ Er lächelte. „Als nächstes werden Sie zweifellos betteln. Es ist alles sinnlos. Ich bin nicht umzustimmen, und ich habe kein Mitleid. Ich werde sicherstellen, dass Sie nicht vor den Gerichten dieses lächerlichen Landes aussagen können.“

Sie wurde nüchtern und ruhig. „Ich will Ihnen nicht wehtun. Ich weiß nicht, wer Sie sind, und ich hege keinen Groll gegen Sie. Gehen Sie jetzt, bevor Sie etwas tun, was Sie nicht rückgängig machen können. Buchen Sie einen Flug, verschwinden Sie von hier, und schauen

Sie niemals zurück. Das ist Ihr Leben nicht wert."

Der fremde Hexer lächelte. „Glauben Sie, ich bin der Einzige, wegen dem Sie sich sorgen müssen, dass Sie mich mit eingekniffenem Schwanz wegschicken können? Sie mögen zwar etwas Macht erlangt haben, aber Sie müssen noch viel lernen, Molly Sullivan."

Schwach vernahm sie das Brausen von Rabenflügeln, und auch sie lächelte. „Sie wurden gewarnt."

Er schleuderte eine Hand in ihre Richtung, die Finger ausgebreitet. Sie erkannte die Geste. Sie hatte das selbst in den letzten Monaten häufig gemacht. Seine Handfläche war tätowiert. Sie hatte keine Zeit, um zu erkennen, was für ein Bild es war.

Sie tauchte seitlich ab. Wieder war sie nicht so schnell, wie nötig gewesen wäre. Ein enormer Schlag streifte unsichtbar ihre rechte Schulter.

Sie wirbelte herum, taumelte und ging auf ein Knie. Verdammt. Das würde einen schlimmen Bluterguss hinterlassen.

Sie beobachtete ihn wachsam und schüttelte Magie aus der linken Hand. Sobald sich eine Peitsche bildete, schlug sie zu. Seine Augen traten hervor, als ihn die Peitsche um den Hals erwischte, und auch er taumelte und ging auf die Knie.

Konnte sie ihn so töten? Sie hatte niemals auch nur das getötet, was bei ihr auf den Tisch kam, und das hier fühlte sich intim und hässlich an, als würde sie ihre Finger in seine Haut graben. Ihre Absicht fiel in sich zusammen, und sie schluckte schwer gegen eine Welle der Übelkeit an.

Er wühlte in seiner Tasche, zog etwas Schwarzes heraus und warf es auf sie.

Als es durch die Luft flog, entfaltete es sich und wurde immer größer, bis es den Nachthimmel auslöschte. Ich muss lernen, wie man das macht, dachte sie und starrte es an. Sie versuchte nicht auszuweichen. Sie hätte sowieso nicht entkommen können.

Das schwarze Netz legte sich um ihren Kopf. Ätzender, brennender Schmerz flammte überall auf, als der Spruch zündete. Sie schrie, verlor die Konzentration, und ihre Machtpeitsche zerfiel.

<Es ist ein Todesfluch, Molly.> Sarahs telepathische Stimme klang drängend. <Du musst verhindern, dass er dich komplett absorbiert.>

<Wie?> Der Schmerz wurde qualvoll, als er all ihre Nervenenden entflammte.

Falls Josiah oder Sarah versuchten, eine Antwort zu geben, hörte sie sie nicht. Sie fiel auf die Knie, vornübergebeugt. Es gab nichts, was sie tun konnte, um das aufzuhalten. Anfangs hatte der Fluch körperlich gewirkt, aber als er sie berührte, war das dunkle Netz bereits durch ihre Kleider gedrungen.

Sie wusste nicht genug darüber, wie man Zauber auflöste ... sie hatte keine Bittersalze, keine Wanne mit Wasser, in die sie sich legen konnte, keine Zeit ...

Sie hatte nur ihre Phiole mit Meerwasser.

Meerwasser, gesegnet vom Licht des Vollmonds,

voller natürlicher Salze.

Das Atmen fiel ihr schwer. Das Innere ihrer Lunge fühlte sich feucht an. Sie hustete und spuckte Blut.

Sie wühlte in ihrer Tasche, zog die Phiole heraus und goss sich die Flüssigkeit über den Kopf.

Nichts geschah. Es gab nicht genug Flüssigkeit, um darin zu baden, und sie war nicht mit einem Reinigungszauber belegt. Es würde nicht funktionieren, und sie hatte nichts anderes, was sie ausprobieren konnte. Sie sank zusammen, stützte eine Handfläche auf den Asphalt und versuchte sich aufrecht zu halten.

Das Wasser aus der Phiole tränkte ihre Haare und berührte ihre Kopfhaut, und eine kühle, weiße Macht strömte über den ätzenden Schmerz, linderte ihn. Keuchend schaute sie in den Himmel, während die Wolken sich teilten und den Mond enthüllten.

Ihre Macht wurde stärker. Ihre Magie erhob sich, um sich damit zu verbinden, und sie passten einfach perfekt zusammen. Natürlich passten sie. Molly hatte den Segen geschaffen, als sie das Meerwasser geschöpft hatte. Sie hatte es selbst in die Phiole gefüllt, und wie Sarah ihr gesagt hatte, war die stärkste Magie jene, die geschaffen wurde, wenn man sich selbst hineingab.

Mondlicht, Meerwasser und ihre Magie.

Die Macht der Drei.

Der Schmerz verschwand. Sie hob den Kopf und sah den Hexer an. Er stand da, die Hände auf den Hüften, und beobachtete sie mit einem leichten Lächeln, nicht berührt von dem Schmerz, den er verursachte, oder der Tatsache, dass er glaubte, ihr beim Sterben zuzusehen.

Blitze füllten ihre Augen und ihre Gedanken. Sie stieß sich nach oben und spuckte einen weiteren Mundvoll Blut aus. „*Jetzt* hege ich einen Groll.“

Erstaunen brach über die Miene des Hexers herein. Er öffnete den Mund und hob die Hände. Molly gab ihm nicht die Zeit, noch einen Zauber zu wirken. Sie griff tief in ihr Innerstes, rief ihren Vortex und ließ ihn übernehmen.

Er brandete heraus.

Sie hatte so viel Macht herbeigerufen – aus den Elementen, aus der Stärke, die Josiah und Sarah ihr verliehen hatten, aus ihrem eigenen Quell der Magie –, dass sie die Kontrolle verlor. Sie war eine Vernichtungsmaschine, *und es war ihr egal*. Sie öffnete die Arme weit und hieß den Wahnsinn willkommen.

Das Pfeifen der heranrauschenden Luft klang wie ein Güterzug.

Das Wasser, das sich übergeschüttet hatte, vervielfältigte sich, bis es eine brausende Flut war, die gegen den Uhrzeigersinn um sie herumwirbelte.

Die Erde grollte unter ihren Füßen, und der Asphalt bekam Risse.

Der ausländische Sportwagen explodierte, und ein großer Feuerball wallte auf. Er wogte in einer riesigen, roten Gewitterwolke über ihr.

Der Hexer stand, wie sie sah, immer noch. Das war ein Ärgernis.

Sie war der Geist, der die anderen Elemente vereinte. Sie warf den Vortex auf ihn.

Dieser hob ihn hoch und wirbelte ihn hinauf in die Luft. Er schrie, als sein Körper von der Feuerwolke verschluckt wurde. Nach ein paar Augenblicken hörten die Schreie auf.

<Herr im Himmel>, glaube sie Josiah sagen zu hören.

Plötzlich erlosch Sarahs Anwesenheit.

Der abrupte Machtverlust brachte den Strudel aus dem Gleichgewicht. Molly verlor den Kontakt zu Josiah. Die Feuerwolke löste sich zu schwarzem Qualm auf. Der Boden unter ihr hörte auf zu beben und wurde wieder fest. Die verbrannte Leiche des Hexers stürzte zur Erde, und die Blitze schwanden aus Mollys Sicht, als der Vortex erstarb.

Sie schob sich hoch und betrachtete die Zerstörung, die sie angerichtet hatte. Ein Spinnennetz aus Rissen zog sich durch die Straße, ausgehend vom Mittelpunkt, an dem sie gestanden hatte. Der Hexer selbst war nicht mehr erkennbar in dem Stück verbranntem Fleisch, das auf dem Asphalt lag.

Sie hatte noch nie jemanden getötet. Sie starrte den Leichnam an. Sein Gesicht war verschwunden.

Aber er hatte versucht, sie zuerst zu töten. Sie schob das Kinn zur Seite und drückte ihre schmerzenden Schultern zurück. Sie hatte vor, sehr lange zu leben. Sie würde den Rest ihres Lebens haben, um mit der Art, wie sie ihn getötet hatte, zurechtzukommen.

Im Augenblick war sie einfach nur froh, überlebt zu haben.

Und sie brauchte ihr Handy. Sie humpelte zum Volvo, stieg in den Graben und suchte in dem umgekippten Auto, bis sie es unter dem Lenkrad fand. Während sie einschaltete, sah sie sich um. Die Gegend war recht abgelegen, vielleicht gab es keinen Funkturm, zu dem sich eine Verbindung herstellen ließ.

Sobald ihr Telefon wieder an war, klingelte es. Laurens Name leuchtete auf dem Bildschirm auf. Molly ging ran, und Lauren sagte: „Wir sind fast da."

„Oh, gut." Der Graben war holprig und uneben, und die Muskeln in ihren Beinen bebten. Sie stützte sich an die Seite des Autos. „Sarah war den Großteil des Kampfes bei mir, aber dann fiel sie aus. Ich mache mir Sorgen um sie."

„Sie ist an ihre Grenzen gestoßen und konnte nicht mehr die Macht aller anderen zusammenhalten, aber es geht ihr gut", sagte Lauren beruhigend. „Lexie und Remy sind bei ihr. Was ist mit dir? Du warst gerade mitten im Kampf. Wo ist dein Angreifer?"

„Er ist tot." Sie schaute zu der Leiche und erschauerte. Es hatte wieder zu regnen begonnen, und die Tropfen zischten, wenn sie auf die Flammen trafen. Von hier aus wirkte es, als hätte die Erde sich aufgetan, um die Hölle hervorquellen zu lassen.

Glauben Sie, ich bin der Einzige, wegen dem Sie sich sorgen müssen? Was hatte er damit gemeint? Suchten andere nach ihr?

Ein SUV erschien in der Kurve und kam vorsichtig näher.

Molly fragte: „Seid ihr in diesem SUV?"

„Jep", erwiderte Lauren.

Sie stieg aus dem Graben und winkte, sobald sie im Scheinwerferlicht war. Das SUV fuhr an der Seite ran, und Delphine, Lauren und Sylvie stiegen aus.

Die Kupferfarben von Delphines Korkenzieherlocken betonten ihre goldbraune Haut, während sie betrachtete, was vor ihr lag. „Wir haben alle gespürt, was du da losgelassen hast, aber verdammt auch. Es ist eine Sache, sowas aus der Ferne zu spüren, und etwas ganz anderes, es zu sehen. Erinnere mich dran, mich nie mit dir anzulegen, Schätzchen."

Sylvie, die normalerweise die Nervöse war, schaute sich um, ihre Augen strahlten vor Macht. Obwohl sie ganz Mensch war, war sie elfisch schlank und trug ihr schwarzes Haar in kleinen Zöpfen. „Dieser Ort wimmelt vor Möglichkeiten. Wir können die Leiche hier vergraben. Dem Wald macht es nichts aus."

Delphine warf Molly einen Blick aus großen Augen zu und formte mit dem Mund ein *O-mein-Gott*. Dann sagte sie in lockerem, leichtem Ton: „Niemand sagte was davon, dass wir den Leichnam vergraben, Syl."

Sylvie blinzelte sie an. „Wir müssen was damit tun ... oder?"

„Eins nach dem anderen. Holen wir erstmal alle tief Luft." Laurens klassisch schöne Züge leuchteten vor Erleichterung. Sie zog Molly fest in die Arme. „Ich bin froh, dass es dir gut geht.“

„Danke. Ihr habt keine Ahnung, was es mir bedeutet, dass ihr mit mir nach Atlanta gekommen seid.“ Molly erwiderte die Umarmung mit einem Arm, während sie ihr Telefon hochhielt. „Ich muss Josiah anrufen. Ich habe auch zu ihm den Kontakt verloren. Er macht sich bestimmt Sorgen.“

Während sie sich durch ihre Kontaktliste scrollte, erregte ein metallisches Grollen ihre Aufmerksamkeit. Das war nicht das Geräusch eines einzigen Motors. Etliche Fahrzeuge kamen näher. Molly begegnete Laurens Blick.

„Ersthelfer?“, schlug Lauren vor.

„Das war ein verdammt großer Feuerball“, bemerkte Delphine. „Er war bestimmt meilenweit sichtbar.“

Sylvie kaute auf ihrem Daumennagel und murmelte: „Hab doch gesagt, dass wir die Leiche verstecken sollten.“

Oder vielleicht waren es Josiah und sein Zirkel? Molly hielt ihr Telefon ans Ohr, während sie zusah, wie ein Auto nach dem anderen in Sicht raste. Zwei, drei, vier, fünf … sechs … Ihre Scheinwerfer erleuchteten den düsteren Abschnitt der Straße taghell.

Sie klickte auf Anrufen.

Josiah brüllte ihr ins Ohr. „Da steckst du ja! Leg verdammt nochmal nie wieder auf, wenn ich dran bin!“

O ja. Das hätte sie beinahe vergessen. „Bist du das, Baby?“

„Was soll das verdammt nochmal heißen, ob ich das verdammt nochmal bin?", wollte er wissen. „Wenn du Zeit zum Quatschen hast, ist der Andere hoffentlich tot."

„Ja, er ist tot."

„Gut. Ich habe gerade mit einem Dschinn um einen Transport verhandelt."

Einem *Dschinn*? „Bedeutet das, dass ihr noch nicht unterwegs seid?"

„Ich war etwas beschäftigt damit, die Ressourcen des Zirkels zu dir zu leiten", stieß er hervor.

Sie fing mit der 4-7-8-Atemtechnik an. „Du wirst das nicht auf sich beruhen lassen, oder?"

„Bei Gott, nein. Warte nur, bis wir uns persönlich sehen."

Die Fahrzeuge fuhren zu beiden Straßenseiten ran, und Silhouetten stiegen aus. Ein Kribbeln lief Mollys Rückgrat hinauf, und die anderen Frauen kamen näher. Besorgt sagte Delphine: „Ich spüre eine Menge Magie, Schätzchen. Hast du nicht gesagt, in dieser Gegend gibt es nicht viele Magieanwender?"

Glauben Sie, ich bin der Einzige, wegen dem Sie sich sorgen müssen? „Josiah, erinnerst du dich, dass ich sagte, ich hätte Vorkehrungen getroffen?", hauchte Molly. Sie zählte die Silhouetten, während sie gemächlich näherkamen. Sieben, acht, neun ... „Ich wollte es dir auf dem Revier sagen, aber ich hatte keine Gelegenheit dazu. Ein paar Freundinnen sind mit mir nach Atlanta gekommen, und wir sind in Schwierigkeiten.

Mindestens dreizehn weitere Hexen oder Hexer sind eingetroffen."

Die Silhouetten erhoben ihre Macht, die zusammenschnellte, um ein nahtlosen Netz zu bilden.

„Alles klar", sagte Josiah. Die Verbindung war tot.

Ooookay. Sie steckte das Telefon ein und schüttelte ihre Machtpeitsche heraus. Delphine klappte ein Messer auf und hielt die Spitze am Ellbogen, um sich für ihre einzigartige Form der Magie bereitzumachen, während Sylvie zu flüstern begann, bis die Waldränder raschelten.

Die Silhouetten drangen nicht weiter vor, und eine tiefe, mit einem schweren Akzent belegte Männerstimme sagte: „Ich schlage vor, ihr lasst diese Zauber fallen, wenn ihr überleben wollt. Ihr müsst nicht alle vier sterben, wenn ich nur eine will."

Diese Stimme. In ihr lag die komplexe Patina zahlloser Jahre. Das war Josiahs Folterer. Molly hatte keinen Beweis, aber sie spürte es tief im Mark.

„Oh, na, wenn ihr nur eine von uns wollt." Delphines Stimme triefte vor Sarkasmus. „Ihr könnt uns mal."

Sie schnitt sich in die Haut, Blut quoll hervor und entließ einen Strom der Macht. Im gleichen Augenblick beendete Sylvie ihren geflüsterten Spruch. Ranken peitschten aus den Bäumen und legten sich um die Silhouetten. Das brach das nahtlose Machtnetz der Gruppe auf, aber nicht, bevor sie alle vier von einem magischen Schlag getroffen wurden.

Die Welt drehte sich, als Molly und die anderen Frauen zusammenbrachen. Die Magie bildete eine Schlaufe, elaboriert und komplex wie das Buntglas, das in Sarahs Küchenfenster eingelassen war, nur dass Molly ihre Aufmerksamkeit nicht von dem Zauber abwenden konnte. Sich nicht auf den Einsatz ihrer Macht konzentrieren konnte.

Lauren keuchte: „Gedankenfalle."

Molly hob den Kopf, kniff benebelt die Augen zusammen. Etliche Gestalten kämpften gegen die sie umschlingenden Ranken, aber andere näherten sich nach wie vor. Jede gemächliche Bewegung drückte Selbstvertrauen aus.

Ein enormes Brüllen fremder Macht brach über die Szenerie herein. Es landete ein paar Meter von Molly und den daliegenden Gestalten der anderen entfernt. Blinzelnd versuchte sie ihren Blick auf diese neue Entwicklung zu richten.

Sieben neue Gestalten standen auf der Straße, eine vorne, die anderen an den Seiten verteilt.

Eine von ihnen sagte: „Ich werde meinen Gefallen zum mir genehmen Zeitpunkt einfordern", und wirbelte weg, so dass sechs übrig blieben.

Der vordere war Josiah, immer noch halb bekleidet.

Sie erhaschte einen verschwommenen Blick auf sein hartes Gesicht. Er wirkte unmenschlich.

Er öffnete die Hände, und eine gigantische Macht explodierte daraus wie eine Bombe. Sie hob alles in die Luft und schob es zurück. Jeden, der stand. Alle dreizehn Fahrzeuge. Die einzigen, die sie nicht berührte, waren Molly und die anderen, die noch auf dem Boden lagen.

Schreie erfüllten die Luft, als Leiber zerquetscht wurden. Josiah und sein Zirkel attackierten die Überlebenden mit weiteren Schüben, während einer sich von ihnen löste und neben die bewegungsunfähigen Frauen kniete.

Es war eine kleine Latina. Sie umfasste Mollys Kopf mit machtglühenden Händen und ließ die Gedankenfalle wegbrechen. Ihr harter, leuchtender Blick traf den von Molly. „Hilf ihm! Er hat dir alles gegeben – er hat keine Reserven mehr!"

Alles klar. Molly rollte sich auf Hände und Knie.

Wenn es etwas gab, das sie in den letzten drei Monaten, in denen sie Sarah geholfen hatte, gut gelernt hatte, dann, jemand anderem Kraft zu geben.

Sie richtete den Blick auf Josiahs breiten Rücken, drang in sich selbst ein, so tief sie konnte, und ließ alles, was sie hatte, in ihn strömen. Kurz zuckte sein Kopf zurück, und er taumelte, als die Woge der Macht ihn traf. Dann sog er alles auf und schritt voran, während sein Zirkel ihm folgte.

ALL DIE JAHRE.

All die Jahre des Planens, Übens, Vorbereitens. All die Jahre des geduldigen Wartens.

Sie hatten den massenvernichtenden Zorn genährt,

der ihn nun antrieb. Grigori Rasputins Macht tränkte die andere Gruppe von Hexern. *Josiah spürte ihn.*

Sein schweifender Blick nahm alles auf einmal auf. Sein erster Schlag hatte ein paar von ihnen sofort getötet und weitere verletzt. Andere versuchten sich aus Ranken zu befreien, die sie wie Fliegen in einem Spinnennetz festhielten.

Aber die Mehrheit war frei und konnte kämpfen.

Getragen von der überschäumenden Machtflut, die Molly ihm gegeben hatte, stürzte er sich auf den feindlichen Zirkel wie ein Schmiedehammer. Steven, Henry, Anson und Richard kämpften an seiner Seite, während Maria die Frauen befreite. Josiah überzog beide Fäuste mit einem Telekinesezauber, und jene, die er traf, erhoben sich nicht wieder.

Ein Typ, ein blitzschneller Hurensohn, trat ihm hart in den verletzten Oberschenkel. Keuchend wegen der heißen, stechenden Schmerzen stolperte Josiah zurück und fiel beinahe hin. Dann stürzte Steven sich mit ganzem Körpereinsatz auf den feindlichen Hexer, und Henry kam rasch hinzu, um einen brutalen Haken zu landen, der den Mann von den Beinen holte und gekrümmt zu Boden gehen ließ.

An dieser Stelle sah Josiah auf, über das schmale Schlachtfeld hinweg, in das die Straße sich verwandelt hatte, und in einen vertrauten, dunklen Blick, der in unvertrauten, gutaussehenden Zügen ruhte. Grigori hatte das getan, was Josiah schon immer irgendwie vermutet hatte – er hatte sein Gesicht verändert.

Der Mann wirkte nachdenklich und strich sich

übers Kinn, an dem er einst einen Bart getragen hatte. Er sagte: „*My ukhodim seychas.*"

Wir gehen jetzt.

„*Nein.*" Josiah brüllte: „*NEIN!*"

Noch während er vorwärts strebte und den Kampf antreten wollte, schnellte zwischen ihnen ein wuchernder Dornenwall hoch. Er wuchs rasch zu über fünf Metern Höhe an. Richard brüllte gequält. Sein Körper war in dem Wall gefangen.

Josiah konnte entweder mit einem weiteren magischen Schub durch den Wall schlagen, oder er konnte Richard befreien. Beides konnte er nicht, nicht gleichzeitig.

Einen Sekundenbruchteil zögerte er. Dann rannte er zu dem feststeckenden Mann und begann, den Wall um ihn herum mit Auflösezaubern zu überziehen. Währenddessen hörte er auf der anderen Seite Motoren starten. Einige der Fahrzeuge waren noch fahrtauglich.

Wütend arbeitete er schneller. Der Wall regenerierte sich, aber er wirkte die Zauber immer wieder, bis genug magische Dornen verschwunden waren, dass Richard sich befreien konnte und auf dem Boden zusammenbrach. Steven rannte herüber, um sich neben ihn zu knien.

Sobald Richard frei war, wirbelte Josiah herum, um den Dornenwall mit der geballten vereinten Macht von Molly und ihm zu treffen. Noch während er das tat, wusste er es.

Rasputin war zusammen mit jenen aus seinem Zirkel, die überlebt hatten, schon fort.

Kapitel 23

DER REST DES Dornenwalls fiel in sich zusammen und löste sich in Luft auf.

Der Zorn, der Josiah angetrieben hatte, löste sich ebenfalls auf. Er schaute sich die Verheerung auf der Straße an. Fahrzeuge waren in irren Winkeln herumgeschleudert worden, die Strahlen ihrer Scheinwerfer durchschnitten wie zufällig die Szenerie.

Molly war in Sicherheit. Sie kauerte dort, wo er sie zuletzt gesehen hatte, umgeben von drei unbekannten Frauen. Die Frauen hatten ihr die Hände auf Schultern und Arme gelegt, die Gesichter verzerrt vor Konzentration, während sie sie dabei unterstützten, Energie und Macht an ihn weiterzuleiten.

Leiber lagen auf dem Asphalt verstreut. Als er sich drehte, zählte er sechs …

Anson.

Maria kniete neben Ansons Körper, beide Hände flatterten über seiner Brust. Nein. Nein. Josiah sprang zu ihnen. Er fiel auf Ansons anderer Seite auf die Knie. Maria hob den Kopf. Der Regen hatte ihr die Haare an die Kopfhaut geklebt, und Tränen liefen ihr über das schmutzige Gesicht.

„Er lebt, aber es war knapp.“

Josiah wirbelte herum, um Molly anzuschauen. „*Milaja*, hör jetzt nicht auf. Ich brauche noch etwas mehr.“

Ihre Miene verriet Stress, aber sie nickte. Der stetige Machtfluss, der auf ihn eindrang, ließ kein bisschen nach. Gott, sie war so stetig, so stark. Eine Woge der Liebe zu ihr durchströmte ihn, so rein und kraftvoll, dass sie ihn, wäre er nicht schon auf den Knien gewesen, womöglich umgeworfen hätte.

Er widmete sich wieder Anson. Magische Verbrennungen überzogen den Großteil seines Gesichts und der Brust. Sein Atem war gequält und unstet.

„Wenn du noch ans Beten glaubst, wäre jetzt ein guter Zeitpunkt“, sagte er zu Maria. Er wirkte Heilzauber, hielt jedes Mal den Atem an, wenn sie über Ansons Körper schwebten, bevor sie langsam einsanken. Manchmal, wenn die Verletzungen zu schwer waren, nahm der Körper die Art Heilzauber, die er wirken konnte, nicht mehr auf.

Jemand gesellte sich zu ihm. Er schaute zu einer der Frauen auf, die bei Molly gewesen waren. „Meine Name ist Lauren“, sagte die Frau. „Ich bin Heilerin. Lassen Sie mich helfen.“

Er schaute wieder zu Molly, die nickte, während sie sie beobachtete.

„Ja“, sagte er zu Lauren. „Vielen Dank.“

Zusammen arbeiteten sie an Anson, während dessen Atmung langsam weniger gequält wurde und ein paar der wunden Stellen verschorften. Josiah wirkte weiter Heilzauber, bis Lauren ihn am Handgelenk fasste und wortlos zum Aufhören drängte.

„Er kann keine mehr aufnehmen." Laurens haselnussbraune Augen blickten freundlich. „Aber es ist schon gut. Ihr Freund wird es jetzt schaffen."

Josiah nickte und schwenkte auf einem Knie herum, um nach Richard zu sehen. Steven und Henry waren bei ihm, stützten ihn beim Sitzen. Blut lief ihm übers Gesicht und den Körper.

„Genug", sagte er zu Molly.

Ihr Gesicht war vor Anstrengung verzerrt. Sie nickte und brach keuchend die Machtübertragung ab, während die beiden Frauen neben ihr zusammensanken.

Als der stetige Machtfluss aufhörte, sah er Sterne. Er wankte und fiel auf den Rücken. Alles in seinem Inneren fühlte sich schwarz und wund an, und er hatte überall Schmerzen. Sein verletztes Bein vermittelte ihm das Gefühl, es stünde in Flammen. Er hatte nichts mehr übrig. Nichts mehr, das er wiederbeleben konnte, nicht einmal, wenn ihr Feind sich entschieden hätte, umzukehren und es noch einmal mit ihnen aufzunehmen.

„*Josiah!*" Molly fiel neben ihm auf die Knie. Sie schaute ihm in die Augen, dann schloss sie ihre kurz. „Gott sei Dank. Du hast mir Angst gemacht, als du zusammengebrochen bist."

Er legte ihr eine Hand aufs Knie. Sie war schon länger als alle anderen draußen im Regen und bis auf die Haut durchnässt. Ihre Lippen waren blau angelaufen.

Lauren kauerte neben Ansons bewusstloser Gestalt, während Maria und die anderen Frauen Richard untersuchten und die Leichen musterten. Leise stellte Molly Josiah Sylvie und Delphine vor.

„Ich verstehe nicht, was ich da sehe", sagte Maria. Sie drehte sich im Kreis, starrte von Leichnam zu Leichnam. „Worauf blicke ich?"

Das zog alle Aufmerksamkeit auf sich. Steven fragte: „Was ist los?"

„Sie fühlen sich *alle* an wie er. Aber er ist weg. Er war hier … oder? Und ist dann gegangen?"

„Ja", sagte Josiah heiser. „Ich habe gesehen, wie er jetzt aussieht."

„Ich weiß", erwiderte sie. Als sie ihn anschaute, war ihr Blick hart und von Visionen erleuchtet, ihre Stimme nüchtern. „Und er hat dich auch gesehen – er hat uns alle gesehen. Also kann keine dieser Leichen er sein."

„Vielleicht gehören sie zu seiner Familie", sagte Lauren. „Familienmitglieder können dieselbe Energie haben."

Entsetzen fegte über Marias Miene. „Das ist passiert. Das hat er getan. Er hat sich vermehrt." Dann schaute sie Josiah an. „Die ganze Zeit dachten wir, wir würden nach *einem* Gegner suchen, aber nun gibt es eine ganze Familie von ihnen."

Richard sagte rau: „Das kann sein, aber wir werden sie heute Nacht nicht mehr finden oder bekämpfen. Wir müssen hier weg."

„Legen wir sie alle in ein großes Grab, bevor wir gehen?", fragte Sylvie. Ihr Blick huschte umher. „Ja? Nein?"

Steven stemmte die Hände in die Hüften. „Ich glaube, wir sollten sie liegen lassen. Sie haben gekämpft und einander getötet."

„Damit kommen wir nicht durch", erklärte Molly. „Der Volvo im Graben gehört einer Freundin. Einer ehemaligen Freundin."

Kiesel auf dem kalten, nassen Asphalt rieben über die nackte Haut von Josiahs Rücken, als er Anstalten machte, sich hinzusetzen. Molly legte die Arme um ihn, um ihm zu helfen, und er lehnte sich an ihre starke, schlanke Gestalt.

„Wir zünden den Volvo an", murmelte Sylvie. „Nein, Moment, das funktioniert nicht. Sie können immer noch die Fahrgestellnummer lesen. Wir könnten den Volvo natürlich auch mit den Leichen vergraben."

Richard stieß ein plötzliches Lachen aus. „Lady, ich weiß nicht, von welchem Planeten Sie stammen, aber niemand von uns kann in diesem Wald eine Grube ausheben, die groß genug wäre, um ein Auto und sechs Leichen zu verbergen."

„Ich kann das." Sylvie warf ihm einen gerissenen Seitenblick zu. „Wenn ihr wollt."

„Denk nicht mal dran!" Delphine lief hinüber zum Volvo. „Ich glaube, wir sollten versuchen, dieses Auto aus dem Graben zu holen. Wenn wir es starten können, fahren wir es einfach weg. Oder? Wir sind zu neunt, und unser SUV ist in Ordnung. Wir lassen alles andere, wie es ist, und fahren." Sie schaute sich in der Gruppe um. „Kommt schon, jeder, der nicht verletzt ist oder flachliegt, rüber hier und schieben."

„Bringen wir erst Josiah und Anson ins SUV", schlug Lauren vor. „Sie sollten raus aus dem Regen."

Henry, Steven und Richard trugen Ansons schlaffe Gestalt zum SUV, während Josiah mit Mollys Hilfe auf die Beine kam. „Ich schaffe das schon selbst", murmelte er.

„Empfindlich", murmelte sie. Sie blieb neben ihm, während er zum Auto humpelte und auf den Beifahrersitz sank. Sein verletztes Bein musste er mit den Händen hineinhieven. Danach sackte er zurück, und sie beugte sich herein, um ihm aus der Nähe in die Augen zu schauen.

„Ich bin immer noch wütend auf dich", flüsterte er ihr knapp zu.

Sie nickte, und ihre Augen verdunkelten sich, als sie sein Gesicht streichelte. Ihre Finger waren eiskalt.

Er bewegte sich, als sie es tat, und zog sie an sich, während sie das Gesicht an seinem Hals vergrub. Telepathisch sagte er: <Gott, was hast du mich durchmachen lassen. Ich bin um zehn Jahre gealtert, während dein Telefon abgeschaltet war.>

<Was hast *du* mich durchmachen lassen!> Ihr gedämpftes Lachen ließ ihre Schultern beben, bis er plötzlich nicht mehr so sicher war, dass sie lachte. <Einigen wir uns darauf, dass wir so was wie diese Woche niemals wieder durchmachen.>

<Niemals wieder, *Milaja*.> Seine geistige Stimme wurde heiser, während er den Mund an ihren nassen Kopf drückte. <Das ist ein Versprechen.>

Er hatte seine Chance gehabt, Grigori zu töten. Er hatte es versäumt, und er würde es nicht noch einmal versuchen. Nichts war es wert, sein Leben oder das von Molly oder das ihres ungeborenen Kindes aufs Spiel zu setzen. Nichts.

Denn sie standen immer an erster Stelle.

DIE NÄCHSTEN DREI Wochen verstrichen in einem Reigen des Aktionismus.

Nachdem sie den Volvo erfolgreich aus dem Graben geholt und gestartet hatte, begab sich die Gruppe in den neuen Unterschlupf. Die am wenigsten Erschöpften und Verletzten fuhren den Volvo zurück zum Motel und holten Bettzeug und Vorräte, während die anderen Anson ins Bett verfrachteten.

Josiah und Molly schliefen auf einer Pritsche neben ihm. Die Pritsche war hart und ungemütlich, und sie waren wieder in einem Keller. Aber Molly ruhte mit dem Kopf an seiner Schulter, und Josiah hätte um nichts in der Welt mit jemandem getauscht. Er fiel in ein schwarzes Loch und wachte erst wieder auf, als sie ihn anstupste, damit sie sich gemütlicher auf eines der Luftbetten legen konnten, die die Gruppe aufgestellt hatte.

Er nutzte die Gelegenheit, um aufs Klo zu gehen und viel zu trinken, bevor er zurück in die heilende Dunkelheit sank, Mollys Arme um ihn herum. Als er zum nächsten Mal aufwachte, war er allein. Ihr Geruch war noch neben ihm auf dem Kissen, und jemand hatte sein Telefon an ein Ladegerät gesteckt.

Ein leises, frustriertes Knurren entfuhr ihm. Die meiste Zeit, die sie zusammen verbracht hatten, war er nicht bei Bewusstsein gewesen, und es fehlte ihm, neben ihr zu liegen. Er hob sein Telefon auf, starrte auf das Datum und die Uhrzeit, und fuhr dann hoch. Abgesehen von der kurzen Unterbrechung hatte er über sechsunddreißig Stunden geschlafen.

Der neue Unterschlupf war ebenso so groß, abgelegen und hässlich wie der letzte, und sie hatten genug Räume, um Leute darauf zu verteilen. Er zog sich eine saubere Jeans und ein T-Shirt an, die neben dem Luftbett gelegen hatten. Dann verließ er ihren Schlafraum und machte sich auf die Suche nach den anderen.

Stimmen erklangen im Keller. Er humpelte die Treppe hinab und sah, dass ein paar Kartentische aufgestellt worden waren. Einige aus der Gruppe saßen auf Klappstühlen, aßen und tranken, während sie diskutierten.

Anson trug seinen alten Lieblingsbademantel, seine Haut war fleckig, weil immer noch die Brandwunden zurückgingen. Henry brüllte etwas aus dem Überwachungsraum. Einen Augenblick später schaltete sich Steven ein. Sie waren beide im selben Raum. Richards Gesicht und Hände waren von hellen Narben überzogen. Maria und Molly saßen zusammen, ein wenig abseits von den Männern.

Alle bemerkten sein Eintreffen. Mollys Miene hellte sich auf, und sie eilte herüber. Er legte die Arme um sie und versank im Wunder ihrer Anwesenheit. „Kaffee."

„Essen", erklärte sie. „Du hast seit Tagen nichts gegessen."

„In Ordnung. Und Kaffee." Er setzte sich, und Maria stellte ihm eine frische Tasse Kaffee hin, zusammen mit einem vollen Teller mit Sandwiches, Obstsalat und gekochten Eiern. Da er plötzlich am Verhungern war, haute er rein. Molly setzte sich neben ihn, eine Hand legte sie ihm auf den Rücken.

Er genoss ihre Berührung schweigend und hörte nicht auf zu essen, bis er alles auf dem Teller verzehrt hatte. Dann griff er nach seinem Kaffee und blickte sich um. „Wo sind die anderen Frauen?"

„Sie sind heimgeflogen", erwiderte Molly. „Sie wollten bleiben, aber sie haben ihre Arbeit und ein eigenes Leben. Es war nicht fair, sie noch länger hier bleiben zu lassen, besonders, da ich wieder mehr oder weniger untergetaucht bin."

Er warf ihr einen langen, gemessenen Blick zu und

nippte an seinem Kaffee. „Was meinst du mit *mehr oder weniger*? Entweder bist du untergetaucht oder nicht. Und du bist hoffentlich untergetaucht."

„Ich war mit Frank und Rubio in Kontakt", erklärte sie ruhig. „Ich habe ihnen gesagt, dass man mich wieder angegriffen hat, diesmal mit Magie, weshalb ich aus dem Motel geflohen bin. Sie haben Julias Kosmetik zusammen mit den Geschenkkörben der Familien der anderen Partner konfisziert, die für Sherman & Associates arbeiten. Nachdem ein Test auf Magie positiv ausfiel, haben sie Russell und den Rest der Geschäftsführung zur Befragung abgeholt. Die Kanzlei leugnet, etwas davon gewusst zu haben."

„Natürlich", knurrte er. Sein Blick begegnete dem von Anson. Leise fragte er: „Wie geht's dir?"

Anson lächelte. „Mir geht's gut, dank dir, Molly und Lauren. Wird jeden Tag besser."

Josiah entspannte sich und wandte sich an Richard. „Und dir?"

Richard nickte. „Nichts, das man mit Aloe-Vera-Gel nicht hinkriegt. Lauren sagte, die Kratzer verblassen noch." Telepathisch fügte er an: <Danke, dass du mich befreit hast.>

<Gern geschehen.>

Henry und Steven verließen den Überwachungsraum, um zu ihnen zu kommen.

„Und außerdem!", sagte Steven mit einem breiten Lächeln. „Nun, da wir alle beisammen sind und du schon wieder nicht gestorben bist, haben Henry und ich herausgebracht, dass das Geld nicht nur von einem Kunden oder einer Firma gekommen ist, sondern von mehreren. Die Hauptverbindungen sind die Seychellen und russische Banken. Wir haben da ein organisiertes Verbrechersyndikat vor uns. Unser Gegner führt eine bedeutende russische Verbrecherfamilie an."

Maria schaute auf ihre gefalteten Hände hinab. Sie murmelte: „Ich gehe immer wieder alles durch. Er war vielleicht nicht mal da, bis zur Nacht des Kampfes. Was ich aufgeschnappt habe, waren womöglich die ganze Zeit Familienmitglieder, aber wir haben nach einem Einzelnen gesucht."

Josiah griff über den Tisch, um ihre Hände zu nehmen. „Ich habe es anders im Kopf. Wir haben weitergesucht, bis wir ihn fanden."

Als sie aufsah, glitzerten Tränen in ihren Augen. „Ich war mir so sicher."

„Du lagst nicht falsch", sagte Anson sanft. „Du hattest nur nicht das ganze Bild."

Josiah lehnte sich zurück, nahm Mollys Finger und hielt ihre Hand an seinem Oberschenkel. Er trank vom Kaffee, genoss das tiefbraune Getränk.

„Ich bin raus", sagte er. „Offiziell, von diesem Augenblick an. Wir wussten alle, dass es dazu kommt. Solange Molly einverstanden ist, unterstütze ich die Bemühungen des Zirkels finanziell. Ich bespreche gerne Strategien mit jedem von euch oder allen, und ich würde euch gerne Zuflucht bieten, falls jemand von euch sie braucht. Aber ich werde nicht mehr aktiv bereitwillig in den Kampf ziehen."

Mollys Griff spannte sich an, und ein Seufzen ging durch die Gruppe.

„Er lässt dich vielleicht nicht einfach gehen, nun, da wir unseren Zug gemacht haben", sagte Anson. „Aber ja, wir wussten alle, dass es dazu kommen würde, und es wird auch Zeit. Du hast genug getan."

„Ich werde tun, was immer ich tun muss, um meine Familie zu schützen, aber ich werde nichts von mir aus unternehmen." Josiah schüttelte den Kopf, während er die Erinnerung an das durchging, was passiert war. „Er war genau vor mir. Ich hatte ihn beinahe."

Nach einem Augenblick regte sich Molly. „Ich habe einen weiteren Vorschlag. Ich habe mit Sarah geredet, der Anführerin des Zirkels, in dem ich nun lebe. Vor langer Zeit hat sie Everwood als eine Art Zuflucht für Leute gegründet, die eine brauchten. Sie hat mir die Befugnis gegeben, jeden von euch auf ein Jahr Probezeit einzuladen. Ihr dürft kommen und in Everwood leben, um euch auszuruhen und zu erholen, während ihr entscheidet, was ihr als nächstes macht — denn gegen ein großes, mächtiges Verbrechersyndikat anzutreten ist ziemlich heftig, und ihr denkt lieber gut darüber nach, wie ihr weiter vorgehen wollt. Wenn euch das zusagt, gäbe es ein paar Grundregeln, denen ihr folgen müsstet."

Maria regte sich. „Das ist sehr großzügig von ihr, so viele von uns einzuladen. Was sind die Regeln?"

Molly lächelte. „Sie sind recht einfach. Bringt

diesen Kampf nicht nach Everwood. Niemals. Es gibt eine Menge verletzlicher Leute in dieser Stadt, und sie muss ein geschützter Raum bleiben. Außerdem würdet ihr wie jedes andere Mitglied einen Zehnten eurer Energie und Finanzen an den Zirkel bezahlen, während ihr dort seid. Dann würdet ihr die Gemeinschaftsgüter zusammen mit allen anderen genießen dürfen. Ausnahmen gibt es für jene, die sich den Zehnten nicht leisten können. Ihr könnt zwar besprechen, was immer ihr wollt, wann immer ihr wollt, aber ihr verfolgt die Mission eures Zirkels im Raum von Everwood nicht aktiv, und am Ende des Jahres müsst ihr Everwood entweder verlassen oder euch voll anschließen." Sie schaute entschuldigend in Josiahs Richtung. „Du wärst auch ein Jahr auf Probezeit."

„Klingt fair. Jeder Zirkel hat etwas Ähnliches in seinen Statuten." Er hob ihre Hand, um sie auf die Finger zu küssen. „Ich nehme an."

Während die anderen die Gelegenheit besprachen, zupfte Molly an Josiahs Hand. Er stand mit ihr auf und ging hinaus in einen warmen, sonnigen Nachmittag. Er holte tief Luft, hob das Gesicht der Sonne entgegen. Als er sie anschaute, wartete sie geduldig auf seine Aufmerksamkeit, ihre Miene ernst.

Seine schlichte Freude über den Sommertag verblasste. Er kniff die Augen zusammen und fragte: „Was ist los?"

Sie spannte den Kiefer an. „Ich muss zurück. Ich habe nur darauf gewartet, dass du aufwachst, damit wir reden können, bevor ich aufbreche.“

„Warum musst du jetzt los?“, wollte er wissen und zog sie an sich. „Du hast so darauf beharrt, herzukommen.“

„Nun, zum einen lebst du“, erklärte sie, während sie sich an ihn schmiegte. „Das ist das wichtigste. Außerdem war ich fleißig, während du außer Gefecht warst. Steven und Henry haben mir geholfen, das Geld von meinem Girokonto auf ein Offshore-Konto zu überweisen, von dem Steven schwört, dass es sicher ist. Und die Dynamik hat sich verschoben, als die Polizei entdeckt hat, dass die Kosmetik magisch sabotiert wurde. Nachdem ich eine Weile mit Frank und Rubio telefoniert habe, bin ich mit ihnen zu einer … wie soll ich sagen … vorsichtigen Übereinkunft gekommen. Ich habe ein Mailkonto eingerichtet, das dazu dient, mit ihnen in Verbindung zu bleiben, und ich habe ihnen versprochen, zurückzukehren, wenn sie mich zum Aussagen brauchen.“

„Ich verstehe“, sagte er grimmig.

Sie wirkte verdutzt und frustriert. „Du klingst nicht sonderlich glücklich. Ich dachte, das ist das, was du willst.“

„Das war, bevor mir klar war, wie sehr ich dich liebe und dich in Sicherheit wissen muss.“ Er legte die Nase in ihr sauberes, nach Lavendel riechendes Haar. „Aber fahr fort.“

„Ich habe auch mit meiner Immobilienmaklerin wieder Kontakt aufgenommen. Sie schwört, dass sie mein Haus in ein paar Wochen verkaufen kann. Falls das stimmt, kann ich alles elektronisch unterzeichnen, und das Geld kann auf dieses sichere Konto überwiesen werden, das Steven für mich eingerichtet hat. Ich habe immer noch nicht raus, wie ich den Jeep sicher loswerde, den ich gekauft habe – ich nehme an, der ist beschlagnahmt?"

„Korrekt."

Sie seufzte. „Und ich kann nicht ohne Unterlagen auf die Rentenfonds zugreifen, und ich weiß nicht, wie ich an die Kiste mit Erinnerungsstücken komme, von der ich sicher bin, dass sie auch in Polizeigewahrsam ist, aber ich muss eigentlich nicht mehr hier sein. Und Sarah ist krank. Sie braucht meine Hilfe."

Er spannte die Arme an. „Ja, du musst gehen. Du bist sicherer und glücklicher in Kalifornien. Nein, ich will nicht, dass du zurückkehrst – aber wir können das später klären. Ich kann nur noch nicht ganz weg."

Sie hob den Kopf. „Ich dachte mir schon, dass du das sagen könntest, und ich verabscheue es mehr als alles andere, was bisher –"

Er legte ihr sanft eine Hand auf den Mund. „Ich bleibe nicht, um einen Kampf loszutreten. Ich will nur bleiben, um meine Angelegenheiten zu regeln und zu sehen, wie mein Zirkel weitermachen will, und das kann ich so ziemlich alles von diesem Unterschlupf aus erledigen. Ich muss den Treuhandfonds für sie einrichten, wenn sie das wollen, und Josiah Mason muss zurücktreten, während er krankgeschrieben ist.

Dann wird er verschwinden."

Sie packte seinen Bizeps und fragte telepathisch: <Das ist alles, was du tun wirst?>

<Das ist alles>, versprach er. <Ich schwöre es. Ich sollte in etwa einer Woche aufbrechen können. Wenn du willst, kann ich nachsehen, ob Frank mir deine Kiste mit Erinnerungsstücken überlässt, und ich bringe sie mit, wenn ich komme. Vergiss das Auto. Du brauchst das Geld nicht so dringend, wie du in Sicherheit bleiben musst. Erinnerst du dich, wie ich sagte, dass du finanziell nicht ungeschoren davonkommen würdest?>

Sie erwiderte: <Ich erinnere mich.>

<Und dein Rentenfonds generiert weiter Geld, richtig?>

Sie nickte.

„Dann lass ihn", sagte er laut. „Eines Tages wird es für dich sicher sein, darauf zuzugreifen. Du hast bereits bewiesen, dass du nicht tot bist, und das sogar bei der Polizei. Niemand kann versuchen, ihn ohne deine Erlaubnis zu pfänden."

„Du hast recht." Sie richtete sich auf. „Mich drängt gerade nichts."

Er musterte ihre Züge. „Also, haben wir einen Ausstiegsplan?"

„Ja."

„Einer von uns wird dich nach Birmingham fahren, und du kannst deinen neuen Ausweis benutzen, um von dort abzufliegen." Mit einer Plötzlichkeit, die sie zusammenzucken ließ, packte er sie an den Armen.

„Mir ist gerade eingefallen, wie wütend ich auf dich bin."

Sie hob die Augenbrauen. „Dann ist es vermutlich gut, dass ich aufbreche?"

„Es ist niemals gut, dass du aufbrichst", fuhr er sie an. „Und leg verdammt nochmal niemals wieder das verdammte Telefon auf, wenn ich dran bin!"

Sie versuchte, seitlich wegzugleiten, während sie mit den Lippen Worte formte: *Klar, schon klar.*

Aber er konnte sie nicht loslassen. Seine Haut, sein Körper, seine hungrige Seele hatten nicht genug von ihr bekommen, und schon wieder verlor er sie ein paar Tage lang. Er zog sie an sich und küsste sie, bis sie beide bebten.

Als er schließlich den Kopf hob, stellte er fest, dass sein unrasierter Bart ihre empfindliche Haut hellrot aufgerieben hatte. Er berührte sanft ihre Wange und wirkte einen kleinen Heilzauber, um die Irritation verschwinden zu lassen.

Ihr Blick wurde aufgekratzt. „Beeil dich", sagte sie.

Er versprach: „Ich komme, so schnell ich kann."

Kapitel 24

AUF DEM LANGEN Flug zurück in die Bay Area zahlte Molly für WLAN und arbeitete sich ein Stück weit durch die Riesenmenge an aufgelaufenen Mails, die sie erhalten hatte. Ehrliche Leute verdienten ehrliche Antworten.

Es gab ein paar neue Mails von Julia. Sie löschte sie ungelesen.

Es gab auch eine Mail von Gloria. Molly hob die Augenbrauen und klickte darauf, um sie zu überfliegen.

„… Ich verstehe nicht, wie meine eigene Tochter mich so schrecklich behandeln konnte … mich zurücklassen, um Austin ganz allein zu begraben … und nachdem du die Frechheit hattest, monatelang wegzubleiben, Molly Ann, bekomme ich nichts als eine E-Mail …"

Manche Leute klammerten sich an ihre Gemeinheit. Molly hoffte nur, dass es Gloria etwas Befriedigung brachte, denn ihre Tochter würde ihr nie Befriedigung bringen. Sie drückte auf Löschen.

Sie war erschöpft und missgestimmt, als sie in Everwood ankam, aber als sie auf den Parkplatz am alten viktorianischen Haus am Meer bog, besserte sich ihre Laune sofort. Sie stieg aus dem Auto, und schon kam Sarah aus dem Haus, um sie mit einem strahlenden Lächeln und einer festen Umarmung zu begrüßen.

„Ich habe mir Sorgen um dich gemacht.“ Molly hielt Sarah vorsichtig. So ein zerbrechlicher Körper, um so einen wunderbaren, mächtigen Geist zu beherbergen.

„Und ich habe mir Sorgen um dich gemacht“, sagte Sarah. „Ich bin so froh, dich zu Hause zu haben.“

Sich wegen Josiah zu sorgen half nichts, daher stürzte sie sich zurück in ihr neues, wunderbares Leben. Zum Dank für die Hilfe kaufte sie jedem Mitglied des Everwood-Zirkels Schokolade und Blumen, kehrte zu ihrem Heil- und Kampfunterricht zurück und kochte massenhaft starke, machterfüllte Mahlzeiten und Tinkturen für Sarah.

Ich bin sicher zu Hause, schrieb sie an Josiah. Und ich vermisse dich.

Ich bin auch sicher, erwiderte er. Ich vermisse dich auch, und ich werde bald da sein.

Neun Tage später kam ein Fremder nach Everwood. Er sprach mit etlichen Leuten, um Räumlichkeiten für eine neue Anwaltskanzlei zu erwerben, die mit einer verhandelbaren Gebühr arbeiten würde, und er mietete eine möblierte Wohnung an der Küste. Gespannte Gerüchte verbreiteten sich in der Stadt wie ein Lauffeuer.

Er war ein Senkrechtstarter, sagten die Leute. Ein Mann mit Macht und Mitteln, der der Stadt einiges bringen würde. Ein Mann, den man im Auge behalten sollte.

Bald nach seiner Ankunft fuhr er hinauf zum viktorianischen Haus auf dem Hügel und klopfte an die Vordertür.

„Ich gehe schon!", rief Molly, während sie sich erhob, um die Tür zu öffnen.

Als sie es tat, sah sie sich einem hochgewachsenen, herrschaftlichen Mann gegenüber. Bernsteinfarbene Katzenaugen blickten lächelnd in ihre. „Ich heiße Alexei Volkov", sagte der Mann. „Möchtest du mit mir zu Abend essen?"

In ihr breitete sich Freude aus, luftig und hell und erfüllt von einer sonnendurchströmten Meeresbrise.

„Gerne." Sie erwiderte sein Lächeln. „Aber du solltest wissen – beim ersten Date lasse ich mich nie flachlegen."

„*Milaja*", knurrte er.

Lachend warf sie sich auf ihn, und sie war noch nie so vollkommen zu Hause gewesen wie in diesem Augenblick, als sie auf Zehenspitzen auf der breiten, luftigen Veranda stand, während seine Arme sich um sie schlossen. Nach einem langen, brennenden Kuss zog sie sich zurück. „Komm und lern meine neue Mama kennen."

„Ich würde liebend gern deine Mama kennenlernen."

Molly nahm ihn mit nach drinnen und stellte ihn Sarah vor. Dann ließ sie die beiden alleine, um Dinge zu besprechen, von Zirkelführerin zu neuem Hexer, während sie nach oben ging, um sich für ihr erstes Date fertig zu machen. Sie entschied, eine weiche Baumwolltunika und einen bunten, weiten Rock zu tragen, denn ihr Bauch zeigte allmählich endlich eine leichte Rundung vom Baby. Sie griff nach einem gemusterten Schal und ging zurück nach unten, wo sie feststellte, dass ihre beiden großen Lieben fabelhaft miteinander auskamen. Sie und Alexei gingen ins Fischrestaurant am Pier.

Zu seiner großen Frustration – und ihrer – ließ sie sich beim ersten Date nicht flachlegen. Sie sagte: „Ich verdiene es, umworben zu werden.“

„Das tust du, Liebste.“ Er zog vor ihr den unsichtbaren Hut.

Nach einem weiteren keuschen, aber brennenden Kuss ließ er sie auf der Schwelle stehen. Sie sah ihm nach, wie er wegfuhr, und stolperte dann zittrig zurück in das alte viktorianische Haus, das sich um sie legte wie ein gern getragener Mantel. Als sie durch das dunkle Erdgeschoss ging, nahm sie den Frieden und die Stille in sich auf, während ihr zwei Tränen über die Wangen liefen.

Sie war schwanger. Sie hatte die Erlaubnis, hin und wieder emotional überspannt zu sein. Außerdem war es alles so gut, so gut.

Bei ihrem dritten Date ließ sie sich flachlegen. Sie

waren zusammen zu ihrem ersten Ultraschall gegangen und betrachteten die körnigen Schwarz-Weiß-Bilder von ihrem Baby.

Der Doktor fragte: „Wollen Sie das Geschlecht wissen?"

„Nein", sagte Molly.

Im selben Augenblick sagte Alexei: „Ja."

Der Doktor lachte. „Was soll es sein?"

„Sagen Sie es mir", erklärte Alexei, sein Gesicht erheitert. „Sagen Sie es ihr nicht. Ich kann gut Geheimnisse bewahren."

Das konnte er, teuflisch gut. *Das würde furchtbar werden.* Molly richtete sich auf, die Augen aufgerissen, und sagte: „NEIIIIIN." Als Alexei und der Doktor noch mehr lachten, knickte sie ein. „Ich halte es schon jetzt nicht aus! Sie werden es uns sagen müssen."

„Gratulation", erwiderte der Doktor mit einem Lächeln. „Sie haben ein hübsches, gesundes kleines Mädchen."

Aber das war nicht das Date. Das war Babymutter- und Babyvater-Kram.

Nach dem Termin gingen sie zur Feier des Tages Eisessen, und das war ihr drittes Date. Alexei trank einen Kaffee, während Molly sich mit Schokominzeis verwöhnte.

Als sie fertig war, fragte er: „Willst du sehen, wo ich wohne?"

„Natürlich!", antwortete sie begeistert.

Er hatte völlig unschuldig gefragt. Da war sie sich

ziemlich sicher. Entweder das, oder er war einfach so gut. Auf jeden Fall nahm er sie mit in die Wohnung und zeigte ihr die Fensterfront hinaus zum Meer, von der sie *begeistert* war.

Als sie hinaus aufs Wasser starrte, flüsterte sie: „Ich wusste nicht, dass ich so glücklich sein kann."

Er kam von hinten heran, legte die Arme um sie und flüsterte heiser an ihrem Nacken: „Ich auch nicht, *Milaja*. Ich wusste nicht, dass ein solches Glück existiert."

Als seine Lippen die zarte, sensible Haut in ihrem Nacken berührten, explodierte zwischen ihnen ein brutaler Feuerball der Empfindungen. Mit einem scharfen Keuchen fuhr sie herum, und ihre Lippen prallten gegeneinander. Er strich mit bebenden Händen unter ihrer Tunika nach oben. Seine schwieligen Finger auf ihrer nackten Haut bescherten ihr eine kaum auszuhaltende Lust.

Sie zerrte an seinem Hemd, riss den Knopf seiner Anzughose auf. Er biss sie in den Hals, führte sie rückwärts, schob sie hinab aufs Sofa und fiel auf sie, sein Körper ein langer, muskulöser Bogen der Aggression. Sie schafften es nie, sich ganz auszuziehen, bevor sie die Beine um seine Hüfte legte und er in sie eindrang.

„Ich will mir mit dir so viel mehr Zeit lassen, aber noch nicht", murmelte er an ihrer Haut.

„Mund halten. Egal." Sie stöhnte, bohrte die Fersen in die Kissen und hob die Hüften seinen Stößen entgegen. Aus Gier wurde sie selbstsüchtig. Sie ließ eine Hand zwischen sie gleiten und bewegte ihre Finger, wo er in sie eindrang, befriedigte sich selbst, während er sich in ihr bewegte.

Er stieß ihre Hand weg und übernahm. Als er sie berührte, kam sie. Fluchend kam er gleich nach ihr, bäumte sich unter der Intensität seines Höhepunkts auf, während sie sein verkniffenes Gesicht betrachtete und ihre innere Muskulatur anspannte, bis er fertig war.

Er fiel zurück auf sie, das Gesicht in ihren offenen Haaren vergraben, während sie ihn hielt und sich treiben ließ.

Nach einer Weile regte er sich, hob den Kopf und sagte: „Mund halten? Egal?"

Ihr Mundwinkel hob sich in einem schiefen Grinsen. „Du hast irgendwas gefaselt. Bla bla. Ich will ein höflicher Liebhaber sein, bla bla, ich will mir Zeit lassen. Zu viele Worte, zu wenig Sex."

Er brach in Gelächter aus, während seine harten Züge noch von der Hitze dessen, was sie getan hatten, gerötet waren. Gott, sie liebte es, ihn so zu sehen. „Ich war nicht höflich. Ich will dich genießen wie ein Fünf-Sterne-Menü in einem Weltklasse-Restaurant und die ganze Nacht dafür brauchen. Sag bitte nicht, dass du wieder ohne Flachlegen weitermachen willst."

Kichernd strich sie ihm durch die Haare. „Ich denk mal, damit sind wir durch, oder? Aber es hat eine zeitlang Spaß gemacht."

„Wenn man Qualen spaßig findet." Er zog sich

zurück, entkleidete sich mit geübt effizienten Bewegungen und hob sie hoch.

„Meine beiden Beine und Füße funktionieren zusammen echt super", erinnerte sie ihn, während sie den Kopf an seine Schulter legte.

„Mund halten", sagte er. „Egal. So bringe ich dich schnellstmöglich in mein Bett, und ich habe Appetit auf mein Fünf-Sterne-Menü. Rechne nicht damit, dass du heute Nacht heimkehrst."

Sie sollte Sarah eine Nachricht schreiben, um ihr Bescheid zu geben, dachte sie. Dann legte Alexei sie schwungvoll aufs Bett und war mit derselben kontrollierten Bewegung über ihr, und alle vernünftigen Gedanken lösten sich auf.

Sie wusste, was für eine Kraft darin lag, zum einzigen Fixpunkt seiner entschlossenen Aufmerksamkeit zu werden. Ihr Körper erinnerte sich ebenfalls, und er entzündete sich überall, wo er sie berührte. Sie verlor sich in einem Nebel aus Sinnlichkeit und Vergnügen, und es fiel ihr erst wieder ein, Sarah zu schreiben, als es schon nach zwei Uhr nachts war.

Sarah ließ für den Notfall ihr Telefon immer an, und Molly wollte sie bestimmt nicht mit ihrer Entschuldigung wecken. Nachdem sie eine Weile überlegt hatte, entschied sie sich, es zu lassen und sich am nächsten Morgen zu entschuldigen.

Als es so weit war, lachte Sarah. „Ich habe mir keine Sorgen gemacht. Ehrlicherweise war ich überrascht, dass du so lange gewartet hast. So, wie er dich ansieht … ich sag ja immer gern dem Mann, dass er Glück hat, aber er sieht dich an, als hättest du den Mond in den Himmel gehängt."

Sie biss sich auf die Lippen und lächelte. „Das tut er, nicht wahr?"

Bei ihrem fünften Date machte er ihr einen Antrag. Draußen in der Nähe des Labyrinths im Licht des Vollmonds, auf einem Knie, während er einen Verlobungsring mit einem blauen Diamanten hielt.

„Der ist herrlich", hauchte sie.

„Das Blau steht für das Meer", erklärte er. „Ich liebe dich. Mehr als das mag und bewundere ich dich, und ich werde dich mein restliches Leben lang jeden Tag wollen und brauchen. Wir werden es nicht immer richtig hinkriegen – und ich weiß sicher, dass ich es nicht richtig hinkriege. Aber ich verspreche dir folgendes: Ich werde dich in allem unterstützen, was du tun willst, und ich werde dich wertschätzen und respektieren, solange ich in diesem Körper lebe. Und wenn ich etwas falsch mache, werde ich es *in Ordnung bringen*."

Sie starrte auf ihn hinab. Für jemanden, der kein Romantiker war, hatte er sich über diesen Antrag ziemlich viele Gedanken gemacht. Der Mond, das Meer, das Labyrinth.

Er sagte ihr so viel mehr mit seinen Taten, nicht nur seinen Worten, und es war vollkommen perfekt.

So perfekt.

Sie erwiderte: „Absolut, ja."

Ein begeistertes Lächeln erhellte seine Züge. Er kam auf die Beine, hob sie hoch und schwang sie im Kreis. Sie warf ihm die Arme um den Hals, hielt ihn fest.

Sie hätte auch Ja gesagt, falls er die Möglichkeit nebenbei irgendwann beim Mittagessen erwähnt hätte, aber das verriet sie ihm erst viel, viel später.

In den nächsten paar Monaten kamen weitere Neuankömmlinge in die Stadt. Erst traf Anson ein, und dann Maria, Steven und Henry.

Aber nicht Richard. Richard konnte nicht, sagte er. Er war immer noch zu wütend, um sich irgendwo niederzulassen, und er hatte den Fonds übernommen, den Alexei eingerichtet hatte. Everwood war kein Ort für ihn. Alexei und der Rest seines Zirkels hatten an Sarahs Küchentisch ausführlich darüber gesprochen, während Sarah und Molly gelauscht hatten.

Hin und wieder schaltete Sarah sich ein, aber Molly hielt sich zurück. Zum einen wurden ihre Ansichten nicht gebraucht, und davon abgesehen war sie selbstsüchtig froh darüber, dass Richard die Wahl getroffen hatte, wegzubleiben und ihre Mission weiterzuführen, während die anderen ihre Auszeit nahmen, um zu entscheiden, wie sie mit ihrem Leben weitermachen wollten.

Bei der intensiven Arbeit mit Sarah konnte Molly die dunklen, suchenden Fühler der Magie an den Rändern der Verhüllungs- und Verschleierungszauber spüren, die Sarah und der Everwood-Zirkel die letzten paar Jahrzehnte in die Gegend eingelassen hatten. Everwoods Zuflucht hielt noch, aber Molly vergaß nie, welchen Preis sie bezahlen würden, falls dieser Schutz jemals fiel.

Doch indem er aktiv an anderer Stelle arbeitete, würde Richard die Aufmerksamkeit der Verbrecherfamilie Rasputin von Everwood abziehen.

Zumindest vorerst. Mit dem, was sie inzwischen als Vorsehung erkannte, war Molly klar, dass es eine weitere Konfrontation geben würde – vielleicht sogar mehrere Konfrontationen –, aber sie wollte diese Zukunft so lange wie möglich aufschieben. Sie brauchten alle so viel Zeit, wie sie sich nehmen konnten, bevor es dazu kam.

Zeit zur Erholung, Zeit, dass Molly ihr Baby bekommen konnte, Zeit, um ihre Ausbildung abzuschließen.

Zeit für das allumfassende Projekt des Lebens, Zeit für Freude.

Als der Herbst kam, führte Sarah an einem frühen Nachmittag bei einer Butternusskürbissuppe „das Gespräch" mit Molly. Sie hatten sich gerade zum Mittagessen hingesetzt. Mit geschlossenen Augen atmete Sarah den köstlichen Duft der Suppe ein und lächelte vergnügt.

„Ich hoffe, sie schmeckt dir." Molly schnitt einen Laib selbstgebackenes Brot an. „Ich habe etwas von dem verzauberten Oregano verwendet, der dir so gut getan hat."

„Würdest du meine Nachfolgerin werden, Molly?", fragte Sarah. „Ich habe so viel Respekt für alles, was du durchgemacht hast, und alles, was du bist. Everwood braucht jemanden mit deiner Kraft und Freundlichkeit."

„Ja", erwiderte Molly. „Du bringst mir jeden Tag etwas Gutes bei, selbst wenn du es gar nicht beabsichtigst, und ich fühle mich zutiefst geehrt, dass du mich darum bittest. Ich könnte niemals hoffen, in deine Fußstapfen zu treten, und ich weiß, dass ich noch so viel zu lernen habe, aber ich verspreche, dass ich immer mein Bestes tun werde, um dein Erbe auf die Weise zu bewahren, die du dir wünschen würdest."

Das war es schon, so einfach gefragt und bereitwillig beantwortet. Sarahs dunkle, mächtige Augen lächelten mit großer Liebe und Akzeptanz von der anderen Seite des Tisches, als sie anbot, Molly das Leben zu schenken, das sie bereits liebte. Einfach so.

Danach wusste ein Teil von Molly, dass einige große Lebensereignisse rasch hintereinander kommen würden. Nachdem sie und Alexei alles besprochen hatten, entschlossen sie sich, eine ruhige Hochzeit zu feiern, die es ihnen erlauben würde, zusammen mit ihren Freunden den Tag wirklich zu genießen.

Molly backte ihre eigene Hochzeitstorte. Alexei bat Anson, sein Trauzeuge zu sein. Sarah traute sie. Es goss den ganzen Tag wie aus Kübeln, und sie rollten im Erdgeschoss die Teppiche zurück, damit alle tanzen konnten.

Nachdem sie geheiratet hatten, zog Alexei ein. Ein paar Monate später wurde Elisa May Volkov zur Wintersonnenwende geboren. Molly wusste, dass sie Wehen hatte, schon Stunden vor der abendlichen Zusammenkunft, aber sie weigerte sich, das Fest von Sarah oder Alexei absagen zu lassen. Sie wollte sicher gehen, dass die Leute Spaß hatten, während sie gebar.

Offen gesagt war es nervig. Die Wehen waren harte Arbeit und sehr schmerzhaft, und als sie dieses Baby endlich herauspresste, lag in dieser Erfahrung mehr urtümliche Freude, als sie sich erinnern konnte, je erlebt zu haben.

Alexei hielt seine zarte, neue Tochter in Händen und sagte bewegt zu ihr: „Ich werde der beste Vater sein, den du dir erhoffen kannst."

Dieser Augenblick. Dieser eine Augenblick war alles.

Nach dem ersten Tag des neuen Jahres verweigerte Sarah jegliche weitere Behandlung. Als Molly, Alexei und ihr Neffe Sam widersprachen, nahm sie sie alle in die Arme.

„Ich bin fertig", sagte sie. „Ich wollte dieses neue kleine Baby halten und das neue Jahr einläuten, und ich bin so froh, dass ich das getan habe. Aber ihr müsst verstehen, dass ich bereit bin zu gehen. Der Tod hat sehr lange auf mich gewartet, und es gibt *etwas auf der anderen Seite*. Ich weiß nicht, was es ist. Das weiß keiner von uns, aber ich bin gespannt darauf."

„Mein Gott, wenn du es so sagst", brach es aus

Molly hervor. Sie musste weggehen, während wieder Tränen aus ihren Augen strömten. Wieder einmal, ohne es zu beabsichtigen, war Sarah immer noch ihre beste Lehrerin.

Sarah starb spät im Januar, glitt zwischen einem Atemzug und dem nächsten aus ihrem Körper. Alle wussten, dass es kam. Der Zirkel hatte am Bett Wache gehalten, damit sie beim Übergang nicht alleine sein musste.

Ganz gleich, wie Molly sich darauf vorbereitet hatte – ganz gleich, wie weit im Voraus sie gewusst hatte, dass es kam –, sie war trotzdem am Boden zerstört.

Alles war entschieden, die Geschäfte am Lebensende geregelt. Der Zirkel hatte Molly als Sarahs Nachfolgerin angenommen. Alexei und Molly hatten das große, alte viktorianische Haus bereits gekauft, und Sarah hatte ihre flüssigen Mittel Sam überschrieben. Sarah hatte das Amt mit den Schutzzaubern des Zirkels an Molly übergeben. Es blieb nur noch eines zu tun, das schwerste von allen.

Sie verstreuten Sarahs Asche genauso, wie sie es sich gewünscht hatte, auf der Klippe, die über das Meer hinaus blickte. Hunderte Leute kamen, um ihr die letzte Ehre zu erweisen und Sarahs Leben zu feiern. Blumen, Spenden und Trauernachrichten kamen von allen großen Familien in der Hexendomäne in Louisville.

Molly tat an diesem Tag, was sie konnte, so gut sie es vermochte, alles mit gebrochenem Herzen. Einmal fand Alexei sie, wie sie sich in ihrem Bad versteckte.

„Alles ist gut", schluchzte sie. „Ich kann nur nicht aufhören zu weinen."

Er sagte nichts, weise wie er war, und nahm sie nur in den Arm.

Schließlich, als der Tag vorbei war, ging Molly in Sarahs Schlafzimmer, um sich dort in einen alten Sessel am leeren Bett zu setzen, während Alexei Elisa nach oben brachte, um sich um sie zu kümmern.

Ein Klopfen erklang an der offenen Tür, und Molly sah auf. Sam stand im Türrahmen, in den Armen ein ledergebundenes Buch. Er lächelte sie an. Er hatte genauso rote Augen wie sie.

„Es tut mir leid, Sam." Molly wischte sich über die Augen. „Ich dachte, du wärst schon los."

„Noch nicht – steh bitte nicht auf. Ich war auf dem Weg nach draußen, aber ich musste noch eines tun." Er kam herüber und gab ihr das Buch. „Sarah wollte, dass ich dir das gebe, sobald die Trauerfeier vorbei ist."

Sie nahm es mit gemurmelten Dankesworten an. „Weißt du, wir haben dieses Haus zwar gekauft, aber du bist trotzdem jederzeit willkommen, Sam. Komm nächste Woche doch zum Essen vorbei."

„Das klingt gut. Das würde mir sehr gefallen. Ruh dich etwas aus, ja?"

„Du auch."

Sam küsste sie auf die Stirn, dann ging er, und im Haus bereitete sich Frieden aus. Die Dielenbretter quietschten, als Alexei mit Elisa in ihr Kinderzimmer ging. Molly lauschte, atmete tief ein. Das Haus liebte es, wieder ein Baby zu haben, und es wusste immer, wann alles in Ordnung war.

Nach einer Weile entspannte sie sich genug, um sich im Sessel zurückzulehnen. Alexei kam herein, einen der Stühle aus dem anderen Raum in der Hand. Er stellte ihn neben sie, setzte sich und legte ihr eine Hand aufs Knie.

Sie lächelte ihn schief an, und dann widmete sie sich dem ledergebundenen Buch in ihrem Schoß.

Sie öffnete die erste Seite. Es stand ein Datum im Frühling vor zwei Jahren dort, und der Text war in Sarahs starker, ruhiger Handschrift verfasst.

Meine Liebe,

irgendwann in der Zukunft trittst du in mein Leben, und ich weiß noch nicht, wer du bist, aber ich liebe dich bereits. Hin und wieder erhasche ich einen Blick auf dich. Diese Bilder leuchten wie Glühwürmchen an einem warmen Sommerabend.

Ich wünschte, ich könnte dir erzählen, was ich sehe, dass du stärker bist, als du weißt, freundlicher, als dir klar ist, und so viel mächtiger, als du glaubst. Du bist gut, vollkommen und perfekt, genau wie du bist. Das warst du schon immer, und die Menschen in deinem Leben — die Leute, die zu verlassen du dich schon jetzt bereit machst — hätten es dir sagen sollen. Ihr Verlust ist mein Gewinn.

Ich habe herausgefunden, dass wir nicht so viel Zeit

miteinander haben werden, wie ich mir gewünscht hätte, daher dachte ich, ich nutze dieses Buch, um Dinge aufzuschreiben, wenn sie mir einfallen. So kann ich dich so oft wie möglich treffen, noch bevor du auftauchst. Das sind nur Notizen, also nutze sie oder nicht, je nachdem, was du brauchst.

Du erlangst deine Macht, und es ist eine so seltsame, herrliche Zeit des Übergangs, aber sie kann auch furchterregend sein. Das Allerwichtigste — das einzig Wichtige — ist die Erinnerung, dass deine Macht in dir ruht. Sie ist nicht draußen im Äther, sie gehört niemand anderem, und du kannst sie nicht weggeben.

Niemand kann sie dir rauben. Ganz gleich, was alle anderen tun, oder was in der Welt um dich herum passiert, diese Macht gehört dir, vollkommen und für immer.

Du musst sie dir nur holen.

In aller Liebe,
Sarah

Mit leichten Fingern berührte Molly Sarahs Unterschrift auf der Seite. Dann schaukelte sie in dem alten, gemütlichen Sessel, blätterte die Seite um und begann zu lesen.

Danke!

Danke, dass ihr *Die Macht der Hexe* gelesen habt! In diesem Buch geht es hauptsächlich darum, wie Molly ihre ureigene Macht erlangt, nicht nur als Mensch, sondern auch als Hexe, und ich hoffe, ihr habt ihre und Josiahs Geschichte gern gelesen.

Würdet ihr gern in Kontakt bleiben und es erfahren, wenn etwas Neues herauskommt? Ihr könnt:

- Euch für meine monatliche E-Mail eintragen auf: www.theaharrison.com
- Mir auf Twitter folgen unter @TheaHarrison
- Mir auf meiner Facebook-Präsenz folgen unter facebook.com/TheaHarrison
- Mich auf Patreon unterstützen: patreon.com/TheaHarrison

Bitte nehmt euch ein paar Minuten für eine ehrliche Rezension dieser Geschichte. Rezensionen helfen anderen Lesern, Bücher zu finden, die sie gerne lesen. Ich weiß jede einzelne Rezension zu schätzen, ob sie positiv ist oder negativ.

Viel Spaß beim Lesen!
~Thea

Suchen Sie nach folgenden Titeln von Thea Harrison

DIE ALTEN-VÖLKER-ROMANE

Im Bann des Drachen

Gebieter des Sturms

Der Kuss des Greifen

Das Feuer des Dämons

Das Versprechen des Blutes

Das Lied der Harpyie

Die Versuchung des Vampyrs

Der Kuss der Hellen Fae

Das Ende der Schatten

MONDSCHATTEN-TRILOGIE

Mondschatten

Bannknüpfer

Löwenherz

HEXENMACHT-TRILOGIE

Die Macht der Hexe

DIE ALTEN-VÖLKER-NOVELLEN

Das Herz des Wolfes (in: Berührung der Dunkelheit)

Die Stimme der Jägerin (in: Berührung der Dunkelheit)

Die Augen der Medusa (in: Berührung der Dunkelheit)

Die Verlockung der Assassine (in: Berührung der Dunkelheit)

Nachtschwingen

Dragos macht Urlaub (auch in: Familienalbum eines Drachen)

Pia rettet die Lage (auch in: Familienalbum eines Drachen)

Peanut kommt in die Schule (auch in: Familienalbum eines Drachen)

Dragos geht nach Washington

Pia übernimmt Hollywood

Liam erobert Manhattan

Die Erwählte

Planet Dragos

RISING DARKNESS

Schattenrätsel

Schicksalsstunde

ROMANCE UNTER DEM PSEUDONYM
AMANDA CARPENTER
(nur auf Englisch erhältlich)
A Deeper Dimension
The Wall
A Damaged Trust
The Great Escape
Flashback
Rage
Waking Up
Rose-Coloured Love
Reckless
The Gift of Happiness
Caprice
Passage of the Night
Cry Wolf
A Solitary Heart
The Winter King

www.ingramcontent.com/pod-product-compliance
Lightning Source LLC
Chambersburg PA
CBHW070336170726
48291CB00001B/70